PALERMO.
1 : 13.000
Olivuzza
Serra di Falco
Piano
degli Orti
Collegio Romano
Via Cimeterio
V. Malaspina
Via Terre Rosse
Largo de Marmi
Villa Ferrore
S. Oliva
Pignatelli
Villa S. Giuseppe
Via delle Croci
Casino Carini
Giardino Inglese
Conservatorio delle Croci
La Barbera
Barone Dolce
Via Grande delle Croci
Borgo
Vicaria (Carceri)
Via S. Polo
Casino Agnello
Stradone del Borgo
Quattro Venti
Consolazione
Caserma
Stradone del Mole
PORTO
Argentiere
Schiavo
Arsenale
Braccio del Molo
Lanterna e Batteria del Molo
Castelluccio
Via dell' Acqua Santa
F
G
H
I

Edition
CONVERSO

Santo Piazzese

Blaue Blumen zu Allerseelen

Ein Palermo-Krimi

Edition Converso

Vorwort
Palermo, ein fließendes Mosaik?

Palermo ist ein hoffnungsloser Fall, eine Stadt, die »unerlösbar«* zu sein scheint. Das zumindest behaupteten in nicht allzu ferner Vergangenheit Sizilianer mit starkem Sinn für die sizilianischen Belange. Hartnäckig habe ich mich stets gegen das Nachplappern einer solchen Sentenz verwahrt. Denn im Laufe der Jahre und aufgrund der Ereignisse, die sicherlich Rechtfertigung genug dafür geliefert haben, war daraus letztlich einer jener Gemeinplätze geworden, der sich dank eifriger Verwendung zu einem konditionierten Reflex, ja zu einer regelrechten Verkrustung verdichtete und kaum mehr aus dem Bewusstsein, auch nicht aus dem der besonders »Wachgerüttelten«, herauszulösen ist. Denn uns *Eingeborenen* – lassen wir das Feigenblatt mal beiseite –, besonders den Intellektuellen unter uns, liefert ein solcher Spruch ein bequemes moralisches Alibi, um unser Sich-aus-allem-Raushalten, unser Auf-Distanz-Gehen von der so genannten *res publica*, unsere allfällige Verweigerungshaltung zu legitimieren.

Meine Widerstände, dessen bin ich mir vollkommen bewusst, sind mehr affektiver denn rationaler Natur: In dieser Stadt bin ich geboren, hier habe ich immer schon

* Leonardo Sciascia sprach als Erster von Palermo, das ihm auf immer verloren erschien, lehnte sich dazu an Tomasi di Lampedusa an, der ganz Sizilien auf diese Weise sah.

gelebt, zuweilen habe ich mir auch eine Tarnkappe aufgesetzt, und zwar in einer wackeligen Balance zwischen Schimpfen, sehnsüchtigen Fluchtgedanken und der Einsicht, dass es mir schlichtweg unmöglich ist, andernorts zu leben.

Ich bin mir ziemlich sicher, wäre Leonardo Sciascia heute noch am Leben, käme er um die Erkenntnis nicht herum, dass seine warnende Prophezeiung, die er in die berühmte Metapher von der Palmenlinie gekleidet hat, längst Wirklichkeit geworden ist. Die Nachricht, dass sich aufgrund der weltweiten Klimaerwärmung der nördlichste Breitengrad, auf dem die Palme optimale Lebensbedingungen vorfindet, pro Jahr um einige Zentimeter von Süd nach Nord verschiebt, hatte den aus Racalmuto gebürtigen Schriftsteller sehr nachdenklich gestimmt. Mit seiner bitterscharfen Ironie, der wir nie genug nachtrauern können, entwarf Sciascia das Bild der fortschreitenden *Sizilianisierung* ganz Italiens zum Schlechten hin.

Wovon er sich vermutlich keine Vorstellung machen konnte, ist die starke Beschleunigung, die dieser Prozess in den Jahren nach seinem Tod (er starb 1989) erfahren sollte. Italien, unrettbar verloren, hätte er heute gesagt. Und heute würde ich in dieser Aussage vielleicht einen Teil der Gründe finden, derentwegen ich eine Sonderstellung Palermos ablehne: Eine Weigerung, die, damit wir uns richtig verstehen, ganz und gar nichts Tröstliches an sich hat. Denn die Verwässerung unserer Verantwortung als Bürger Palermos und ihre Auflösung in einer kollektiven Verantwortung aller Italiener – als wäre es das Hinnehmen eines geteilten Leids – könnte für uns gewiss kein Trost sein.

Seitdem ich mich bei der Niederschrift meines ersten Romans bemüßigt gefühlt hatte, systematisch und, sofern möglich, auf *wissenschaftliche* Weise über die städtische Wirklichkeit nachzusinnen, kam ich nach und nach zu der Überzeugung: Sollte Palermo tatsächlich eine Besonderheit zu eigen sein, dann ist das nicht seine Unerlösbarkeit, sondern seine Vagheit, seine Vermeidungshaltung, seine Drückebergerei. Jedes Mal, wenn ich mich auf die Suche nach einem möglichen Kondensat machte, das heißt, dem nachspürte, was zuweilen mit einer gewissen Dramatisierung die Seele der Stadt genannt wird, bin ich mit schöner Regelmäßigkeit gegen eine Gummiwand geprallt. Ein fruchtloses Unterfangen, umso mehr noch für einen, der so manchen Zweifel an der Existenz einer Seele hegt, selbst beim *Homo sapiens.*

Mein Versuch ging in die Richtung einer anthropologischen Verschmelzung – und ich nehme als schlichter Beobachter, als, nennen wir es ruhig so, einfacher Mann von der Straße, gewiss nicht als Eingeweihter Zuflucht bei der Anthropologie – denn eine Stadt verstehen zu wollen, bedeutet selbstverständlich und vor allem, zu verstehen, wer ihre Bürger sind. Und das ist es, wo wir Palermitaner als Kollektiv ein Höchstmaß an widerständiger Verschleppungstaktik betreiben: ein passives und unbewusstes, wiewohl hartnäckiges Allem-aus-dem-Weg-Gehen.

Nun will ich mir keine Analyse über den Identitätsverlust der Stadt und ihrer Bewohner anmaßen – also den Niedergang der Gesellschaftsklassen und ihrer Führungsriege in der Zeit nach dem Bauboom der 60er und 70er Jahre; ich begnüge mich mit der Mutmaßung, dass die Schwierigkeit, Palermo zu *lesen*, die mehr als logische Konsequenz daraus ist.

In meinen Augen ist Palermo gegen jedwede Bestrebung gefeit, es unter einen gemeinsamen Nenner quetschen zu wollen.

Lange war ich überzeugt, dass nur ich mit einer derartigen Beschränkung geschlagen bin. Dass es andernorts luzidere Köpfe gibt, die in der Lage sind, sämtliche Signale, die diese Stadt unaufhörlich und seit eh und je sendet, zu empfangen, zu deuten und aus ihnen ein organisches und kohärentes Bild zu entwerfen. Widersprüchliche, aber starke Signale, denn Palermo ist ein Ort, der dauerhaft zwischen Agonie und übermäßiger Vitalität schwebt, der imstande ist, auf extreme Weise Schönheit und Grausamkeit, Furor und Trägheit, Niedertracht und Heldentum, Tristesse und Lebensfreude hervorzubringen. Zu verführen und zurückzuweisen.

Signale also, die in ein Fresko zusammenfließen. Und der Ort, der per Definition dazu bestimmt ist, Identitäten zu skizzieren, ob es sich um Metropolen oder Personen handelt, ist nun mal der Roman. Und in den Romanen, deren Handlung in dieser Stadt spielt, hoffte ich, selbige Identität zu finden.

Aber es gibt ihn nicht. Der Fresko-Roman, der Epochenroman oder wie es heutzutage so schön heißt, der Roman über das Universum Palermo, wartet noch darauf, geschrieben zu werden. Zumindest wartet er noch auf seine Veröffentlichung. Und das, so meine ich, ist kein Manko der palermitanischen Schriftsteller, es ist vielmehr die eigene Unfähigkeit der Stadt, sich aus dem Blickwinkel eines einzigen, wiewohl talentierten Romanautors erzählen zu lassen.

Im ersten Moment weckt die Stadt Illusionen, dann jedoch weicht sie dem aus, der glaubt, den Schlüssel zu ihrem Wesen gefunden zu haben. Palermo ist eine Stadt wie ein Mosaik, das nur in Fragmenten und unter subjektiven Gesichtspunkten sichtbar wird. Und sobald man meint, jedes Element an die richtige Stelle gesetzt zu haben und ein komplexes Bild zu erkennen, wenn man glaubt, alles ins rechte Licht gerückt zu haben, dann entgleiten jene Mosaikteilchen, eines nach dem anderen, und erschaffen auf diese Weise eine verschwommene, nicht greifbare Landschaft. Wie ein fließendes Mosaik.

Dabei hat es, besonders in den letzten Jahren, an Passbildern dieses Mosaiks nicht gefehlt, ganz im Gegenteil:

Nur wenige Städte haben das Auftauchen einer solch großen Anzahl von Schriftstellern innerhalb eines relativ engen Zeitrahmens erlebt, was manche Kritiker dazu verleitet hat, von einer regelrechten palermitanischen Schule zu sprechen, und das besonders im Genre Krimi und Noir. Nebenbei bemerkt, teile ich dieses Urteil nicht, denn die palermitanischen Schriftsteller bilden zum Glück für ihre Leser einen Archipel, dessen Inseln untereinander frei von Verbindungen sind. Wenn es sich um eine Schule handelt, dann um eine der Differenzen.
Dass dies quasi *State of the Art* in der Beziehung eines angehenden palermitanischen Schriftstellers und seiner Stadt ist, habe ich bereits beim Schreiben meines ersten Romans *Die Verbrechen in der Via Medina-Sidonia* gemerkt, und zwar ganz instinktiv, so meine ich. Und ebenso instinktiv hat sich auch mein Schreiben angepasst, weg von jedem analytischen Ansatz, bis auf marginale Momente, hin zum Erzählen.
Entscheidend dafür war möglicherweise auch das Krimi-Genre, das sich für die Annäherung an heutige Städte wohl am besten eignet. Denn hinter den polizeilichen Ermittlungen verbirgt sich oft die Erforschung gesellschaftlicher Subjekte. Der Roman, zusammen mit seinem Nachfolger *Das Doppelleben von M. Laurent*, entstanden wie durch ein »Auskeimen« aus dem vorigen, offeriert eine Sicht auf Palermo, die als anormal definiert wurde.
Mehr als von Anomalie wäre es vielleicht korrekter, im wortwörtlichen, das heißt im geometrischen Sinne, von Ex-Zentrizität zu sprechen, da ich mich mit beiden Romanen von dem thematischen Mittelpunkt Mafia wegbewegt habe. Mein Hauptanliegen beim Schreiben war es, die Mafia als eine Palermo-immanente Realität darzustellen, die derart empirisch erfahrbar ist, dass anders als in Andeutungen über sie zu sprechen zum verzichtbaren Beiwerk wird. Es handelt sich bei diesen beiden Krimis also eigentlich nicht um Storys ohne Mafia, sondern um

solche ohne die Mafia als Hauptakteur. Aber deswegen ist ihre Wirkkraft nicht weniger dramatisch, und das trotz der bissigen Ironie, von der sie durchdrungen sind. Jean-Claude Izzo, der vor einigen Jahren verstorbene Schriftsteller aus Marseille, hat sie gar unter die Noirs aus dem Mittelmeerraum eingereiht, deren »Stammbaum bis zur griechischen Tragödie zurückreicht«.

Mit dem vorliegenden Roman *Blaue Blumen zu Allerseelen*, der jetzt dank der Hartnäckigkeit meiner Übersetzerin Monika Lustig glücklich in deutschen Landen gelandet ist,* ändert sich alles. Anstelle des Protagonisten der ersten beiden Bücher, des Ich-Erzählers Lorenzo La Marca, Flaneur, Universitätsdozent, unfreiwillig in die Rolle des Detektivs geraten, tritt nun dessen Freund Vittorio Spotorno, seines Zeichens Kommissar, auf den Plan, dessen Trauzeuge er einst gewesen war. Und der ist von Berufs wegen befugt, sich mit Mafiadelikten zu befassen; überdies wird in der dritten Person erzählt, was der Handlung mehr Objektivität verleiht.

Der vorliegende Roman verhält sich in mancher Hinsicht spiegelbildlich zu den *Verbrechen in der Via Medina-Sidonia*. So spielt er zum Teil in derselben Zeit, und einige, in beiden Romanen vorkommende Episoden werden im ersten Buch aus La Marcas Sicht und hier aus der Perspektive Spotornos erzählt: In einem Kapitel der *Verbrechen* erfährt man von einem Mafia-Doppelmord, der nun zum Gegenstand der Ermittlungen in *Blaue Blumen* geworden ist. Immer schon hat mich die Möglichkeit fasziniert (und mir einen Heidenspaß bereitet!), nicht-parallele literarische Universen zu schaffen, die interagieren, sich ausdehnen und Wegen folgen, die sich am Ende überschneiden, wie es häufig auch in der Realität der Fall ist, ohne dass wir uns dessen immer bewusst sind.

* Der Übersetzerin ist es eine Ehre, schließlich verdankt sich die Gründung ihrer Edition CONVERSO zu einem Teil diesem »Landemanöver«.

Das Palermo aus diesem dritten Roman hat augenscheinlich nur wenige Berührungspunkte mit der emanzipierten, höchstlebendigen Metropole der ersten beiden, ja, an manchen Stellen wirkt es geradezu antithetisch, unkommunikativ und manchmal wie von einem düsteren Schleier umhüllt.

In Wahrheit existieren diese beiden Städte, zusammen mit vielen anderen, Seite an Seite und vor den Augen all derer, die Lust haben, sie zu sehen. Was sich zwischen den ersten beiden Romanen und dem dritten verändert, ist der Blickwinkel des Betrachters. Denn La Marca und Spotorno können aufgrund der Unterschiede bei Beruf, bürgerlichem Stand und sozialer Kontakte nicht ein und dieselbe Sichtweise teilen. Und so wie die Stadt unseren Blick beeinflusst, so ist sie ihrerseits davon gefärbt. Genau wie die Literatur.

Santo Piazzese, im April 2018

Abschweifungen über einen Teerfleck (samt Verbrechen)

Wenn du einmal mit nackten Füßen in einen Teerklumpen getreten bist, gibt es nichts Besseres als Olivenöl. Du reibst mit einem Stückchen ölgetränkter *màttola* über die Stelle und kannst zusehen, wie das Schwarze verschwindet. Bei dem Wort *màttola* hätte sein Vater ihn mit schiefem Blick gerügt: Entweder du sprichst Italienisch oder Dialekt, eins von beiden! Also war folgender Kompromiss entstanden: Auf dem kurzen Weg vom Gehirn zur Zunge hatte sich die *màttola* bereits in einen einwandfreien weißen Wattebausch verwandelt. Zeitlebens sollte ihm eine gewisse schambesetzte Scheu bleiben, reinen Dialekt zu sprechen … nackt und schutzlos wäre er sich dabei vorgekommen. Dieses Bewusstsein erreichte ihn jedoch erst später, sehr viel später.

Einbeinig, um Gleichgewicht ringend, stand der Junge auf dem Felsen und begutachtete die betroffene Fußsohle. Der Teerfleck war groß, dick und klebrig. Nicht daran zu denken, in die nagelneuen weißen Stoffschuhe zu schlüpfen, um nach Hause zu eilen und alles wieder in Ordnung zu bringen. Er warf einen Blick hinter sich in Richtung Straße. Auf der schmalen Schneise zwischen den Felsen und dem Erdwall, auf dem die Bahngleise verliefen, lagen überall Glasscherben, somit war auch an Barfußgehen nicht zu denken.

Am Abend zuvor hatten die Jäger aus Frust ob der ausbleibenden Lerchen, ihre eigentliche Jagdbeute, wie wild auf leere Glasflaschen geballert. Die großen Vogelschwärme der vergangenen Jahre existierten nur noch als Erinnerung. Zogen dennoch welche vorüber, dann immer weiter draußen über dem Meer, und um sie von der Küste aus zu erreichen, hätte es Motorboote gebraucht. Hier aber gab es nur Ruderboote, und nie hatte er verstanden, weshalb die mit so vielen Jägern an Bord nicht untergingen oder zumindest kenterten. Ab dem Nachmittag bis zum Sonnenuntergang war der Golf zwischen Sant'Erasmo und Acqua dei Corsari voller Ruderboote.

Zu Beginn der Lerchenjagd vor einigen Wochen hatte sich ein halbes Drama abgespielt und tagelang für Gesprächsstoff gesorgt.

Das neue Boot von Don Angelino – den alle *Donnancilino* nannten, als wäre es ein einziges Wort – war bei der ersten Ausfahrt schnurstracks auf eine Teerpfütze aufgelaufen. Bis dahin nichts Ungewöhnliches. Das Ereignis aber hatte bei den anderen Bootsbesitzern kaum verhohlene Heiterkeit ausgelöst, denn Don Angelino hatte sein Boot von einem gestandenen Maler für Prachtkarren* verschönern lassen, der sich der Sache mit größtem Eifer gewidmet hatte – schließlich war das sein erster Auftrag dieser Art. Anders gesagt, ihm war noch nie zu Ohren gekommen, dass man Boote nach Art der Prachtkarren bemalen lässt. Er hatte das ganze Boot verziert, vom Rumpf bis zum Kiel, als müssten sie es immerzu auf der Malstaffelei, im Nirwana der Boote halten, ohne es je im echten Meer zu Wasser zu lassen.

Besonders die rechte Bootsseite hatte es dem Jungen angetan. Die dort aufgemalten Szenen hatte er auf den ersten Blick wiedererkannt: Vor ein paar Jahren war er in einem der Blättchen, die die Großmutter sonntags vom Kirchgang mit nach Hause brachte, auf sie gestoßen. Un-

* Gemeint sind natürlich die üppig und farbenfroh verzierten zweirädrigen, von einem Esel gezogenen sizilianischen Karren.

ter den Figuren waren zwei Paladine, die ein Duell miteinander austrugen. Da wird der eine von ihnen tödlich getroffen, und als der andere ihm dann den Helm abnimmt, zeigt sich, dass der Verwundete in Wirklichkeit eine junge Frau mit blondem Haar ist. Und die Frau bittet den Paladin, bevor sie nun sterben müsse, noch getauft zu werden, denn sie sei Türkin oder so was in der Art. Und so begibt sich der Paladin zum nahen Bach, füllt ihren Helm mit Wasser und tauft die Frau, die daraufhin glückselig in den Tod geht.
Ihr Name war Chlorinde, und als man einige Jahre später einem Waschmittel diesen Namen verpasste, war das in seinen Augen ein Sakrileg, das auf obskure Weise nach Wiedergutmachung verlangte.
Als er zum ersten Mal das Ende der Geschichte las, war ihm ein kleiner Seufzer entwischt. Überrascht stellte er fest, dass sein Atem schwer ging und sein Kinn zitterte. Beim Anblick der Frauenfigur mit dem blonden, aus dem Helm hervorquellenden Haar spürte er, wie ihm etwas Salziges die Kehle hinab rann. Seither riefen blonde Frauen bei ihm zwiespältige Gefühle – Misstrauen und Faszination zu ungleichen Teilen – hervor.
Das Boot war also geradewegs über den Teer geglitten, und Chlorinde war von einem dunklen Guss verunstaltet worden, so gnadenlos wie der Schwerthieb des Paladins. Finster war auch Don Angelinos Miene, schließlich hatte die aufwendige Bemalung ihn ein Vermögen gekostet.

Hast du aber kein Olivenöl zur Hand, kannst du dir mit Bimsstein behelfen. Der löst zwar den Teerfleck nicht vollständig auf, aber wenn du damit kräftig rubbelst, absorbiert er nach und nach die Ölschicht, und zurück bleibt nur noch ein grauer Schatten. So kannst du zumindest ohne großes Risiko in deine Schuhe schlüpfen.
Einzelne Bimssteine wurden hin und wieder von den Gezeiten angeschwemmt, aber nach den starken Fluten

unter dem Nordostwind konnte man sie inmitten der gestrandeten Austern haufenweise einsammeln. Die Austern legte er in einen Korb aus Weidengeflecht, und war der einmal voll bis oben, konnte er ihn unmöglich alleine hochheben. Und aus dem Grund zogen sie zum Austernsammeln auch stets zu dritt los, immer das gleiche Gespann.

Signorina Lo Giudice behauptete, sie ähnelten der Flagge eines Heers, das auf immer und ewig der Niederlage geweiht sei, denn Rosario war rothaarig und Diego blond, nicht vom gleichen Blond wie das von Chlorinde, es war viel heller, fast weißblond wie bei einem Albino.

Der Junge hingegen hatte schwarzes Haar, schwärzer als jener verdammte Teerfleck.

In ihrem Viertel war es seit Menschengedenken Usus, die Grundschullehrerinnen mit *Signorina* anzureden, selbst wenn sie Mütter oder, wie im Fall von Signorina Lo Giudice, Witwen waren. Den männlichen Lehrkräften gebührte der Titel *Professore*. Wer weiß, warum. In Norditalien aber wurde das ganz anders gehandhabt. Der Junge erinnerte sich noch gut an das überlegene Grinsen seiner Schulkameraden an der Sanzio-Schule, als sie zum ersten Mal hörten, wie er den Lehrer Dorigatti mit *Professore* ansprach. Er hatte sich einfach nie an das dort übliche *Signor Maestro* und *Signora Maestra* gewöhnen können. Nicht, dass ihn das wer weiß welche Anstrengung gekostet hätte. Nein, aber er wäre sich beinahe wie ein Verräter vorgekommen.

Ein Jahr später war seine Familie zum Glück zurück nach Palermo gezogen, und alles wurde wieder so, wie es sich gehörte. *Signorina* und *Professore*.

Signorina Lo Giudice war verrückt nach Austern. Also sammelten die drei nach den ersten Stürmen, die vom Ende des Sommers kündeten, welche für sie, frühmorgens, wenn der Rückfluss noch kräftig war, und bevor die Austern anfingen, unter der Sonne weich zu kochen.

Sie klaubten die geschlossenen Exemplare auf, und war der Korb voll, bedeckten sie alles mit einer Schicht Meersalat, aber nur mit dem, der an den Felsen wuchs, damit ja kein Sand in den Spalt zwischen den Schalenhälften eindringen konnte. Hin und wieder öffneten sie eine mit dem Messer und sahen, wie das Weichtier sich zuckend krümmte, als erwartete es den Spritzer Zitronensaft, der einen nicht gerade würdigen Tod einläutete, nämlich mittels Zersetzung durch Magensäure. Der Junge mochte keine Austern, auch später nicht.
Der Korb war zu einem Drittel gefüllt, und dabei blieb es. Für den heutigen Tag hatten sie aufgehört, Austern zu sammeln. Vielleicht würden sie nie wieder welche sammeln gehen, kam es ihm blitzartig in den Sinn. Die Austernbank war ohnehin dem baldigen Untergang geweiht, zerstört von stinkig-giftigen Abwässern, die binnen Kürze die Wasser des Golfs mit allerhand Sauereien angereichert haben würden, und begraben unter einer Masse Schutterde, die man einfach so im Meer entsorgt hatte.
Aber das konnte der Junge gar nicht wissen. Noch nicht. Er setzte auch den anderen Fuß auf den Boden und schaute nach rechts, gen Osten bis zur anderen Spitze des Golfs im Gegenlicht. Dort schimmerte etwas Rostfarbenes, die Haare von Rosario, der vornübergebeugt nach etwas suchte. Wahrscheinlich nach leeren Patronenhülsen. Die frisch Abgeschossenen rochen nach gebrauchtem Leder, ein Geruch, der einem die Lungenflügel weitete, den Herzschlag verlangsamte und einen Vorgeschmack auf die kommenden Jahre des Erwachsenwerdens bescherte. Ein beinahe schmerzliches Vergnügen.
Diego hatte er nicht im Blick. Der weiße Umriss des Postdampfers war schon seit einer Weile im Hafen verschwunden, nachdem er auf schräger Linie den gesamten Golf durchkreuzt und dabei die üblichen, die Brandung zerteilenden Wellen aufgeworfen hatte. Die *Saturnia* hin-

gegen würde nach Sonnenuntergang die Anker lichten, die große Flaggengala in voller Beleuchtung, als ließe sich mit solcherart künstlicher Freude die echte Tristesse ausgleichen, die gar aus den Luken zu dringen schien.
Obwohl die *Saturnia* ein dunkles, schweres Riesenschiff war, warf sie Wellen auf, die flacher und langgezogener als die des Postdampfers waren. Sie lief, zur Hälfte bereits mit Emigranten aus Genua, Neapel oder von sonst woher beladen, in den Hafen ein und legte von der Landungsbrücke Vittorio Veneto wieder ab, nachdem sie seine Landsleute aufgenommen hatte, die zusammen mit den anderen, unbekannte Dialekte sprechenden Passagieren in New York von Bord gehen und sich über die amerikanischen Lande zerstreuen würden.
Daran dachte der Junge zuweilen.
Er sprang vom Felsen und sammelte ein, zwei noch feuchte Bimssteine von einer gewissen Größe. Dann hockte er sich auf einen flachen Felsbrocken und begann, über den Fleck zu reiben, und sobald die Oberfläche den Teer absorbiert hatte, wechselte er die Seite. Hin und wieder schaute er über die linke Schulter zu dem Bretterhaus mit dem Dach aus matten ockerfarbenen Ziegeln. Die Bretter waren noch in den ursprünglichen Farben lackiert, die zunehmend verblassten, besonders das Hellblau, das sich mit dem Dunkelblau und dem Weiß abwechselte. Das Haus hatte Ähnlichkeit mit einer riesigen Strandkabine, war aber überaus solide aus abgelagertem Tannenholz gebaut, wie ihm der Großvater einmal gesagt hatte. Andernfalls würde es, von den ersten kräftigen Windböen im Herbst in die Luft gehoben, auf und davon fliegen.
Der Transporter stand nach wie vor auf dem Platz zwischen dem Haus und den Gleisen der Schmalspureisenbahn. Auch die Pkws waren noch da, einige große schwarze Alfa Romeos mit Blaulicht auf dem Dach, das jetzt ausgeschaltet war.

Der Junge hatte die näherkommenden Schritte deutlich vernommen und zuckte deshalb auch nicht zusammen, als sich der mächtige Schatten eines Mannes über ihn schob und einige Momente verharrte. Dann ging der Mann weiter bis zum Saum der Bucht und ließ dabei genussvoll den Kies unter seinen Schuhen knirschen – zumindest deutete der Junge das so. Lange blickte der Mann übers Wasser, das mit jeder Brandungswelle die Spitze seiner zweifarbigen Schuhe umspülte. Schließlich näherte er sich erneut dem Jungen, der die Bimssteine auf der anderen Seite neben sich hatte fallen lassen.
— Um den Teer wegzukriegen, sagte er, brauchst du Öl. Oder zumindest einen Bimsstein.
Der Junge nahm die Steine zur Hand und zeigte sie dem Mann. So zu ihm hochschauend erschien er ihm wie ein Riese im grauen Anzug, der einen Strohhut mit havannabraunem Band auf dem Kopf trug. Riesig und überproportioniert zwischen den Felsen und dem Teerflecken.
Der Mann nickte wortlos. Sein Gesicht war terrakottafarben. Der Junge wandte sich erneut zum Bretterhaus um. Dort öffnete gerade ein junger Mann die Ladetüren des Transporters; zwei andere Männer kamen mit einer Bahre aus dem Haus, über der ein weißes Tuch lag, dessen Saum beinahe den Erdboden berührte. Das Tuch schien sich nur leicht zu kräuseln, so schmal war die Silhouette, die sich ganz schwach darunter abzeichnete. Signorina Lo Giudice war nach ihrer Pensionierung wie ausgedorrt. Die Männer schoben die Bahre in den Laderaum, schlossen die Türen und stiegen ein. Sie waren ganz in Weiß gekleidet, trugen weiße Kittel. Langsam fuhr der Transporter los.
Andere Männer verließen das Haus. Einer hielt einen Fotoapparat mit großem Blitzlichtstativ in der Hand. Ein junger Mann im grauen Anzug mit lockerem Krawattenknoten näherte sich bis auf Hörweite und blieb am Rand der Fläche aus weißen Steinen stehen, genau oberhalb

der fest ins Gestein eingepassten Ädikula mit der ewig brennenden Votivlampe.
— Kommissar, sagte er, wir wären hier fertig.
Der Mann machte eine Geste mit dem Arm. Dann sah er auf den Jungen.
— Wie heißt du?, fragte er.
— Spotorno, heiße ich, sagte der Junge.
— Spotorno, wie noch?
— Vittorio. Vittorio Spotorno.
— Aha, Vittorio. Wie König Vittorio Emanuele. Und was willst du einmal werden, wenn du groß bist, Vittorio Spotorno?
Der Junge blickte zum Horizont. Dann drehte er sich zu der hell gekleideten Gestalt um. Der Mann trug ein kleines Abzeichen am Revers seines Sakkos, etwas, das mit einem König im Exil zu tun hatte. Er kannte das Abzeichen von Diegos Opa, der oft von Königen redete und den er sehr mochte. Der Mann sah ihn noch immer an, als hinge von seiner Antwort das Schicksal des ganzen Erdenrunds ab.
— Ich will Kommissar werden, sagte der Junge. Polizeikommissar.

Via degli Emiri, viel zu viele Jahre später

Er kam sich vor wie in dieser alten Fernsehdokumentation, in der ein Chirurg das Gehirn eines nur lokal betäubten Mannes mit einer Sonde stimulierte, und sobald er einen bestimmten Punkt in der Gehirnrinde berührte, behauptete der Mann, eine grüne Wiese zu sehen, auf der er und seine Mutter wandelten. Die etwas monotone, abgehackte und doch durchdringende Stimme des Mannes schien aus weiter Ferne zu kommen, wie aus einer fremden Galaxie. Aber es war eine flüchtige Galaxie, denn die Sonde hatte Erinnerungen zu neuem Leben erweckt, die aus dem Bewusstsein des Mannes längst verschwunden waren.

Polizeiobermeister Puleo hatte fast die gleichen Worte benutzt wie damals der junge grau gekleidete Mann, am Tag der Ermordung von Signorina Lo Giudice, vor viel zu vielen Jahren, und Spotorno war es, als hätte ihm jemand eine Sonde ins Gehirn getrieben.

— Dottore, wir wären hier fertig, hatte Puleo gesagt.

Ob man noch immer Bimssteine findet?, fragte sich Spotorno unmittelbar, in einer Art unerbittlichem und grausamem Reflex. Er musste richtiggehend an sich halten, um nicht nach unten zu sehen und zu kontrollieren, ob Teer unter seinen Fußsohlen klebte. Seltsam war, dass ihn der Reflex nicht eine Stunde früher hinter der Zisa, in einer Seitenstraße der Via degli Emiri überkommen

hatte, als er in einem der beiden Ermordeten im himmelblauen Fiat 127 Rosario Alamia erkannte.
Vielleicht war es seiner langjährigen Erfahrung mit Mordopfern zu verdanken, wenn sich aus dem zerschlagenen und entstellten Gesicht des Mannes mit dem vielen Blut doch noch Stück um Stück das Bild eines jungen rothaarigen Burschen zusammensetzte, das in Spotornos Erinnerungen aus der Kindheit nur noch in vagen Umrissen vorhanden war.
Der Erfahrung sei Dank, das ja, aber ohne vor Dankbarkeit Luftsprünge zu machen. Mordopfer hatte der Herr Kommissar bereits so einige gesehen, zu viele. Und auf den Doppelmord des heutigen Tages hätte er gerne verzichtet. Ein Fall von »Saturnismus Kaliber zwölf« hätte sein Freund Lorenzo konstatiert, mit anderen Worten: eine Bleivergiftung. Lorenzo, dieser scheinheilige Zyniker.
Es kam nicht von ungefähr, dass er an Lorenzo La Marca dachte. Vor knapp einer Stunde waren sie noch zusammen gewesen, als im Polizeifunk die Meldung von der tödlichen Schießerei bei der Zisa kam. Und sie waren nicht etwa wegen eines Ausflugs ins Grüne zusammengekommen. Die von der Zisa waren für Spotorno nämlich nicht die ersten Toten an jenem Samstag Ende Juni. Und am Vortag hatte ein Nachtwächter, als er seine Gattin am Telefon mit ihrem Liebhaber erwischt hatte, die Dienstpistole auf sie gerichtet und das Magazin leer geschossen.
So ist es immer, dachte er. Es gab Wochen, in denen nichts, absolut gar nichts geschah. Und plötzlich machte es zur selben Zeit Klick im Hirn seiner Mitbürger, der Schalter war umgelegt, und das Verbrechen hatte freie Bahn. Dann genügten nicht einmal Achtundvierzig-Stunden-Tage.
Mit einem gewissen Bedauern hatte er den ersten Toten des Vormittags zurückgelassen, einen Kerl, den sie im Wasserrosenteich in den Giardini Botanici Comunali in

der Via Medina-Sidonia entdeckt hatten. Vermutlich Tod durch Ertrinken.

Ohne Zweifel Mord, auch wenn er sich gedreht und gewunden hatte, das vor La Marca zuzugeben. Wie üblich war es zwischen ihnen fast zum Streit gekommen, als sie von dem Funkspruch mit der Meldung der zwei Toten bei der Zisa unterbrochen wurden. Den Ertrunkenen hatte La Marca entdeckt. Nur ein paar Wochen zuvor hatte er hier einen weiteren Toten gefunden, dieses Mal aber an einem der Großblättrigen Feigenbäume in den Giardini Botanici hängend. Lorenzo arbeitete an der Universität im Institut für Biochemie*, und das Fenster seines Arbeitszimmers ging auf eben diese Giardini.

Die beiden Todesfälle mussten miteinander in Verbindung stehen, daran gab es nichts zu rütteln. Ein schön verzwicktes Schlamassel, ganz nach Spotornos Geschmack. Es hätte ihm gefallen, sich tiefer in den Fall zu versenken. Doch angesichts der Wahrscheinlichkeit eines neuen Mafiakriegs musste er sich das aus dem Kopf schlagen.

Puleo glaubte offenbar, sein Chef hätte ihn gar nicht gehört.

— Dottore, wir wären hier fertig, wiederholte er im Näherkommen.

Spotorno nickte.

Ein guter Kerl, dieser Polizeiobermeister Puleo. Neapolitaner bis ins Mark, höflich, wohlerzogen, einfühlsam, nur wenige Leute hätten ihn für einen Bullen gehalten. Puleo war gleich aufgefallen, dass im Kopf seines Chefs etwas nicht ganz richtig tickte und dieser sich manchmal in einem Zustand meditativer Entrücktheit, in einer wissentlich herbeigeführten Abwesenheit befand, die er in der Zwischenzeit zu erkennen wusste. Wieder einmal kam ihm der ungebührliche Gedanke, dass Kommissar Spotorno für seinen Beruf eigentlich nicht geschaffen

* Siehe: *Die Verbrechen in der Via Medina-Sidonia*, Köln 1998.

war. Und das Bewusstsein, dass der Kommissar von ihm das Gleiche dachte, erschien ihm ungemein faszinierend. Auch deswegen schätzten sie einander, beschied er.
Spotorno hegte in der Tat eine Art fein ausgewogener Vorliebe für Polizeiobermeister Puleo, den er im Stillen in den Rang des zuverlässigsten Mitarbeiters erhoben hatte. Er erkannte in ihm ein Übermaß an Gelassenheit, einen besorgniserregenden Mangel an berufsbedingter Gereiztheit, was ihn früher oder später, wenn nicht rechtzeitig unter Kontrolle gebracht, in ernste Schwierigkeiten stürzen würde. Als Diagnose mehr als offensichtlich: In seinem jungen Mitarbeiter entdeckte der Kommissar nämlich Ähnlichkeiten mit dem jungen Spotorno.
Er nahm auf dem Rücksitz des kastanienbraunen, zufällig auf die Farbe seines Leinenanzugs abgestimmten Alfa Romeo Platz. Puleo setzte sich neben den Beamten, der an diesem Tag als Fahrer eingeteilt war und sofort die Reifen quietschen ließ.

Bei der Mordkommission bewegten sich alle immer so, als wüssten sie ganz genau, wohin sie zu gehen und was sie zu tun hatten. Die Zurschaustellung von Effizienz galt als moralisches Gewohnheitsrecht, wiewohl dies, besonders im Sommer, auch beträchtliche Energie kostete. Eine weitere Variante der viel diskutierten Dichotomie zwischen Sein und Schein. Spotorno fiel nicht darauf herein. Besonders nicht an Tagen wie diesem. Und es war wirklich wundersam, wie sich just an solchen Tagen dieses Missverhältnis so häufig in Form eines Berichts, eines ersten schriftlichen Überblicks materialisierte und bereits erwartungsvoll auf dem Schreibtisch des für die Ermittlung zuständigen Beamten lag.
Spotorno griff nach den Papieren, noch bevor er sich niedersetzte.
Im Leben von Rosario Alamia musste es, seitdem sie beide sich aus den Augen verloren hatten, nicht besonders

toll gelaufen sein. Rosario hatte es nur bis zur Mittleren Reife gebracht, weiter nichts; die Handelsschule Duca degli Abruzzi hatte er nach mehrmaligem Sitzenbleiben aufgegeben. Das allerdings ging aus dem Polizeibericht nicht hervor.

Was im Übrigen auch nicht nötig war. Derlei Dinge waren bekannt, man sprach darüber unter den alten Freunden, die Spotorno von Zeit zu Zeit noch getroffen hatte, auch nachdem seine Familie in die Stadt, in die Via Venezia gezogen war. Und einmal hatte Rosarios Mutter ihn zu sich in die Schneiderwerkstatt rufen lassen, um mit ihm zu reden – um zu *verstehen*, hatte sie gesagt –, aber viel brachte sie nicht heraus, sie weinte nur, ausgiebig und still, und er verspürte eine Last auf dem Zwerchfell, als säße ihm jemand auf dem Brustkorb. Er war wieder gegangen, ohne auch nur zwei halbwegs vernünftige Worte herausgebracht zu haben.

Zu jener Zeit besuchte er das Vittorio-Emanuele-Gymnasium, aber noch heute reagierte er auf dieselbe Weise auf weinende Frauen, gleich welchen Alters. Amalia, seine Frau, hatte einmal gesagt, das sei der Grund, weshalb das Schicksal ihnen zwei Söhne beschert hatte. Doch das war eine dieser übertriebenen, verqueren Schuldzuweisungen, wie sie auch in weniger eingespielten Ehen von Zeit zu Zeit vorkommen.

Rosarios Mutter, Signora Rosa Brancato Alamia, musste jedenfalls noch am Leben sein.

Der Rest hingegen stand in der Polizeiakte. Nichts Gravierendes: Ausstellen ungedeckter Schecks über einige hunderttausend Lire, was schon fünf Jahre zurücklag, und eine Anzeige wegen Körperverletzung, die noch älteren Datums war. Auch das hatte ihm irgendjemand mal gesteckt.

Die Sache hatte sich folgendermaßen zugetragen: Rosario, Zigarette zwischen den Lippen, wollte ungestört seiner Wege gehen. Er hatte gerade eine jener sinnlosen Moralpredigten hinter sich, die ihm sein Vater regelmäßig, praktisch wie eine Beichtstuhlbuße angedeihen ließ, und wie immer war er danach zornig und gekränkt und zog eine finstere Miene. Da steuerte auf der Via Maqueda ein Typ auf ihn zu und bat ihn um Feuer. Mit einem einzigen Fausthieb hatte Rosario dem armen Kerl die Nase zerdeppert. Einfach so, eiskalt, ohne ein Wort zu sagen. Zu diesem Zeitpunkt war er achtzehn Jahre alt. Der Typ hatte ein paar Jährchen mehr auf dem Buckel und war obendrein sehr viel kräftiger gebaut als er. Aber er war picobello gekleidet, blank gewienerte Schuhe, Krawatte, alles ohne Fehl und Tadel. Nur, dass es ihm an jeglicher Beobachtungsgabe fehlte.

Als Spotorno von der Sache hörte, war er keineswegs überrascht. So war Rosario immer schon gewesen. Unberechenbar. Impulsiv. Großherzig. Der großherzigste Mensch, den er je kennengelernt hatte. Aber auch der blauäugigste. Seine Naivität war so ausgeprägt, dass sie schon fast an Heiligkeit grenzte. Oder an Einfältigkeit, was häufiger zutraf.

Nach dem Fausthieb hatte Rosario mit dem eigenen Taschentuch das Blut bei seinem Gegenüber zu stoppen versucht und ihn persönlich zu Fuß in die Notaufnahme in der Via Roma begleitet. Einige Monate später hatte der Typ die Klage zurückgezogen.

Mehr wusste Spotorno nicht. Er und Rosario hatten sich nach den Sommerferien in der ersten Mittelschulklasse aus den Augen verloren, ohne dass irgendetwas darauf hingedeutet hätte. Seither waren sie sich nur ein einziges Mal noch begegnet. Wobei es sich dabei weniger um eine Begegnung als um einen Zusammenstoß handelte.

Spotorno war erst spät nach Unterrichtsschluss aus der Schule gekommen, da der Philosophielehrer ihn aufgehalten hatte, um mit ihm zu reden. Obwohl noch über ein Jahr Zeit bis zum Abi war, bekniete der Lehrer ihn jetzt schon, die Idee mit dem Jurastudium unter allen

Umständen fallen zu lassen und sich stattdessen in Altphilologie einzuschreiben.
Danach trat er den Nachhauseweg alleine an. Er überquerte die Piazza Sett'Angeli, um dann über Schleichwege zur Via Candelai und von dort aus direkt nach Hause zu gelangen.
Es machte ihm nichts aus, ohne Begleitung zu sein. Wenn er mit den anderen nach Hause ging, kam hin und wieder einer mit dem Vorschlag, doch die Gran-Cancelliere-Gasse zu passieren, um die Huren zu sehen.
Einige Monate zuvor war eines dieser bedauernswerten Geschöpfe nebst einem jemenitischen Matrosen erstochen worden – »eine blutjunge Dame von Welt«, wie die Zeitungen mit heuchlerischer Prüderie geschrieben hatten. Man hatte sie noch ineinander verkeilt auf der blutgetränkten Matratze aufgefunden, so als hätten sie gar nichts mitbekommen. Zur größten Empörung der Kurienkreise hatte die *Sicilia* sogar noch eine Zeichnung des Tatorts mit den Umrissen der Körper veröffentlicht.
Bei der Vorstellung, Li Vigni, sein Philosophielehrer, könnte sie früher oder später in dieser Gegend entdecken, spürte er Schamröte aufsteigen.
Vittorio Spotorno galt bei den Lehrern, selbst bei dem für Sport, als Musterschüler. Und durch die Gran-Cancelliere-Gasse zu gehen, sorgte bei ihm stets für eine anhaltende, wenn auch nicht unangenehme Sinnesverwirrung. An jenem Tag hatte ihn zudem ein gewisses Selbstmitleid heimgesucht, das er lange auszukosten gedachte.
Das war auch der Grund, weshalb er nicht auf das Motorrad achtete, das in einer scharfen, ansteigenden Kurve wie aus dem Nichts hervorgeschossen kam und ihn um ein Haar auf die Pflastersteine der Via Sant'Isidoro alla Guilla geschleudert hätte. Es war ein silberfarbenes, schmales, schnittiges Motorrad, und der Fahrer hatte noch im Überholen, unmittelbar nachdem er ihn gestreift hatte, gebremst.

— Beinahe hätte ich meinen Freund Vittorio umgenietet, hatte eine tiefe Stimme gesagt, die in seinen Ohren unbekannt klang. Bis auf eine leicht schleifende Aussprache, und die knipste ein winziges Licht in seinem Kopf an. Dann hatte er sich umgedreht und die roten Haare gesehen. Lang, glatt, mit Pony. Aus dem Lichtlein war der Scheinwerfer eines Leuchtturms geworden.

Die Hormone hatten Rosarios Stimme verändert, doch eine Art Echo war wie eine Verlängerung der Kindheit zurückgeblieben. Haspelzunge. So hatten seine Kumpel ihn genannt. Aber nur, wenn er nicht zugegen war. Andernfalls hätte es was gesetzt, und nicht zu knapp, wie diejenigen am eigenen Leib erfahren mussten, die es mal gewagt hatten. Spotorno hatte das nie getan. Auch wenn er nicht anwesend war, hatte er ihn stets bei seinem richtigen Namen genannt. Außerdem tendierte er selbst zu einer weichen Aussprache des Rs, was er später mit größter Willensanstrengung fast immer in den Griff bekam. Bullen ohne markantes R gab es einfach nicht. Zumindest durfte es keine geben, dachte er.

Rosario war nicht einmal abgestiegen. Und er hatte ihn auch nicht dem Mädchen vorgestellt, das sich in einem offenkundigen Dauerreflex fest an seinen Rücken schmiegte. Schön war sie, blond, mit großen dunkelbraunen Augen und langen Beinen. Die Beine ragten unter einem schwarzen Minirock hervor und steckten in ebenfalls schwarzen Stiefeln. Sie machte kein einziges Mal den Mund auf, ja, nur dank Rosario schien sie überhaupt zu atmen. Auf den zweiten Blick entschied Spotorno, dass sie zwar attraktiv, aber keine echte Schönheit war.

Es war die Zeit der Beat-Mode, die mit Verspätung und in einer Softvariante die Stadt erreicht hatte und sich nun Zeit nahm, sie wieder zu verlassen, wie es immer in den Peripherien von Imperien der Fall ist. Auch Rosario und seine Sozia trugen diesen späten Beat-Look, der den kommenden Hippie-Kult schon anzudeuten schien.

Aber es war ein Pseudo-Hippie-Look, wie man ihn in den Modeboutiquen finden konnte, in Pastelltönen, die eher an teures Kaschmir denken ließen.
Vittorio hingegen hielt sich stets fern von jeglichem Modediktat.
Sie hatten ein paar Sätze gewechselt, nichts von Bedeutung, die üblichen Banalitäten darüber, was sie so machten und was sie nicht machten. Und die einzige Wahrheit, die sich aus den dahingeworfenen Worten ableiten ließ, wenn man sie von jeder Ausschmückung befreit hatte, war folgende: Rosario trotzte dem Leben ab, was er nur konnte. Ansonsten tat er nichts.
Als das Motorrad wieder startete, blieb Spotorno in einem konfusen Zustand des Selbstbedauerns zurück, in einer zwiespältigen Empfindung, deren Bedeutung er erst nicht begreifen wollte und die er dann mit einem Gefühl der Verlegenheit verdrängt hatte. Es war wie die Hinnahme eines definitiven Abschieds von der Jugendzeit.
Wir damals waren wesentlich reifer als die jungen Leute heutzutage, dachte er, mit Blick auf den Polizeibericht. Das dachte er häufig, aber ohne Selbstgefälligkeit. Vielmehr verspürte er jetzt etwas Ähnliches wie damals. Ein Sehnen nach dem, was er nicht gewesen war, ein verspäteter Tadel für die überschwängliche Gedankenwelt jenes fernen, siebzehnjährigen Ichs.
Er dachte auch an all die Male zurück, da so manch einer Rosario ein schlimmes Ende prophezeit – es ihm zuweilen gar gewünscht – hatte: Im Malaspina* würde er enden. Und dann im Ucciardone**. Dort würde er sich die Hörner abstoßen. Erschießen würden sie ihn.
Aber am Ende war er nicht wegen etwas, das er getan

* Jugendgefängnis in Palermo

** Berüchtigtes und größtes Gefängnis in Palermo, in den 80er Jahren auch »Grand Hotel dell'Ucciardone« genannt, da die dorthin verlegten Mafiosi ungehindert ihren Geschäften nachgehen konnten. Derzeit gilt das Ucciardone-Gefängnis wegen Überbelegung und schlechtem Bauzustand als eines der schlimmsten Gefängnisse Italiens.

hatte, erschossen worden. Und auch nicht wegen etwas, das er nicht getan hatte. Das zumindest stand für den stellvertretenden Staatsanwalt fest, der umgehend zum Tatort bei der Zisa geeilt war. Und das war auch Spotornos Ansicht, was er sich schweren Herzens eingestehen musste, denn es behagte ihm nicht sonderlich, mit Dottore De Vecchi einer Meinung zu sein.
Andererseits genügte diesbezüglich auch ein Blick in den zweiten Polizeibericht, der nicht sonderlich viel dem hinzufügte, was die Mordkommission schon am Tatort geschlussfolgert hatte, sobald die Identität des anderen Toten feststand: Das eigentliche Ziel des Anschlags war Gaspare Mancuso, genannt Asparino, gewesen.
Im Laufe seiner vierunddreißigjährigen, nicht sehr ehrbaren Existenz hatte Asparino dafür gesorgt, dass seine Verbrechensakte zu einem kleinen Faszikel angeschwollen war. Bei seiner ersten Verurteilung wegen versuchter Erpressung, im Alter von zwanzig, war unmittelbar Haftverschonung angeordnet worden. Die Strafe hatte er dann allerdings mit Zins und Zinseszins abgesessen, nachdem sie ihn bei einer Straßensperre im Auto mit einer Pistole am Leib geschnappt hatten.
Der ganze Rest, das waren lediglich Mutmaßungen, Ableitungen und Verdächtigungen. Material für Ermittlungsberichte, Polizeiwissen also, aus dem sich keine juristisch verwertbaren Beweise machen ließen. Was dann maximal die klassischen, wenig zielführenden Vorsichtsmaßnahmen gerechtfertigt hätte, wie man sie niemandem vorenthalten mochte: Zwangswohnsitz in einem Kuhdorf in Norditalien mit anschließender Rückkehr in den wachsamen Schoß der Familie und der dazugehörigen Tötung des fettesten Kalbs*.

* Siehe: Gleichnis vom Verlorenen Sohn (Lukasevangelium): Bei seiner reumütigen Rückkehr ins Haus des Vaters schlachtet dieser gleich das fetteste Kalb im Stall, ohne auf den anderen Sohn Rücksicht zu nehmen, der ihm stets treu gedient und nicht sein Erbteil verprasst hat.

Spotorno hätte anstelle von Mancusos Vaters nicht einmal ein Hühnchen* geschlachtet. Aber das Problem, und das wusste er bestens, waren nicht die Väter, sondern die Mütter, die Schwestern, die Ehefrauen, die Töchter.

Mancuso war allem Anschein nach seit damals nicht mehr auffällig geworden: keine zwielichtigen Geschäfte, aber auch nicht die Spur einer offiziellen Beschäftigung, abgesehen vom Wachehalten im Lebensmittelgeschäft seines Vaters. Einen Gutteil seines Tages verbrachte er auf dem Gehsteig vor der Ladentür oder bei schlechtem Wetter im Hinterzimmer. In beiden Fällen hatte er immer jemanden um sich, seine Altersgenossen oder jüngere Burschen.

Das Leben als freier Mann, ohne Verpflichtungen und Fesseln gleich welcher Natur, mit Ausnahme – zu gegebener Zeit – eben die der Ehe, hatte Mancuso und seine Familie nicht daran gehindert, einen nicht zu verachtenden, wenn auch nicht allzu auffälligen Lebensstil an den Tag zu legen.

Gelegentliche Kontrollen hatten nie etwas von Bedeutung ans Licht gebracht. In der Stadt gab es zu viele ähnliche Konstellationen, um sie allesamt dauerhaft unter Überwachung zu stellen oder um zu versuchen, einen V-Mann einzuschleusen. In den Annalen der Mordkommission mussten im Verlauf der Jahre Dutzende solcher Fälle gespeichert sein: Mancuso war der klassische, überaus ehrgeizige *picciotto***, dem aus Mangel an Beweisen niemand etwas anhaben konnte.

Doch wer immer auf ihn geschossen hatte, musste Beweise haben, dachte Spotorno und nahm die Aufnahmen vom Tatort, die Puleo ihm gerade frisch aus dem Fotolabor auf den Schreibtisch gelegt hatte, gründlich unter die Lupe.

* *Pollastro*, Hühnchen, bedeutet übertragen auch Einfaltspinsel – ein nicht abbildbares Wortspiel.

** Jungspund. Lehrling in der Mafia

Trotz jahrelanger Berufserfahrung in einer Stadt, die mit Mordopfern reichlich gesegnet war, hatte Spotorno es nie geschafft, seine Abscheu gegenüber echtem Blut zu überwinden. Anhand von Fotos gelang es ihm einfach besser, die notwendige Distanz wiederherzustellen.
Rosario saß am Steuer des Fiat 127. Der Leichnam hatte eine ziemlich aufrechte Haltung bewahrt, nur der Kopf war über die niedrige Lehne des Sitzes nach hinten gekippt und leicht seitwärts zum Fenster gedreht, als hätte Rosario ein letztes Bild des Himmels über der Zisa einfangen wollen.
Bei eingehender Betrachtung der zusammengekniffenen Gesichtszüge war es für Spotorno nicht schwierig, die Spuren älterer Kontrakturen aus der Zeit vor dem tödlichen Überfall zu erkennen. Seelische Narben, nannte er sie insgeheim, und gestattete sich damit ganz ausnahmsweise einen melodramatischen Schlenker.
Selbst die Kleidung lieferte Indizien. Der Polizeiobermeister hatte von einem anständigen Outfit gesprochen. Rosario trug hellblaue Hosen aus Baumwollstoff, die zwar ein bisschen verknittert und ausgebleicht, aber von hervorragender Qualität waren, sowie ein dunkelblaues langärmliges Leinenhemd, mit breiten Kragenspitzen, die, wie selbst Spotorno wusste, seit Ewigkeiten aus der Mode waren. Seine Füße steckten in braunen Mokassins, die ein wenig an Form verloren hatten, aber immerhin Markenschuhe waren. Seine Armbanduhr war eine Casio mit Digitaluhrwerk und metallenem Gliederarmband.
Es war die Garderobe von einem, dem im Leben nicht alles in den Schoß fiel, der gleichwohl versuchte, sich auf den Beinen zu halten.
Ein Geschoss war in Rosarios rechte Schläfe eingedrungen und auf der anderen Seite des Schädels wieder ausgetreten. Auf den ersten Blick wies er keine weiteren Verletzungen auf. Auch eine oberflächliche Leichenbeschau am Tatort hatte nichts dergleichen zutage gefördert.

Mancuso hingegen war von Kugeln durchsiebt, und jede einzelne hätte ausgereicht, ihren Zweck zu erfüllen. Aus dem Blickwinkel einer Choreographie des Geschehens hatten aber diejenigen den meisten Schaden angerichtet, die man ihm in den Kopf geschossen hatte, vor allem jene Kugel, die durch die Stirn eingetreten und im Nacken wieder ausgetreten war. Es musste der erste Schuss gewesen sein. Mancuso hatte den Kopf seitwärts gedreht, um den Killer anzusehen, genau in dem Moment, da dieser den Abzug betätigte. Ein Ausdruck höchster Verwunderung, mehr als von Angst, war auf seinem Gesicht zurückgeblieben und wurde von der heruntergeklappten Kinnlade noch betont: Sein Mund stand offen wie bei der Figur des erschrockenen Hirten aus der Weihnachtskrippe, die Spotorno in seiner Kindheit auf dem Olivella-Markt gekauft hatte. Mancusos Leichnam lag quer, mit ungelenken Gliedmaßen da, so als hätte er vor dem Erstarren noch lange gezuckt und sich zusammengekrampft.
Das war nicht der einzige Unterschied zwischen den beiden Männern. Mancuso war gediegen, aber nicht wirklich elegant gekleidet, und doch war es alles Markenware, vom gelben Polohemd bis zu den Mokassins, die er ohne Strümpfe trug. An den entsprechenden Stellen am Körper war er goldbehängt: Am rechten Handgelenk prangte ein Armband, am linken eine Uhr, um den Hals eine Kette aus bedachtsam ausgewähltem Massivgold, über dem Ehering ein weiterer Ring mit einem Opalstein.
Spotorno erinnerte sich daran, von Amalia gehört zu haben, ein Opal würde unabwendbares Unglück bringen. Das hier erschien geradezu als schlagender Beweis. Allerdings hatte das eigentliche Unglück ganz offensichtlich Rosario getroffen, der die Tatsache, dass er sich im falschen Moment mit der falschen Person im falschen Auto befand, mit dem Leben bezahlt hatte.
Was hatte er in jenem Fiat 127 mit einem wie Mancuso verloren?

Signorina Lo Giudice

Erst als das letzte Fahrzeug, der Alfa mit dem Kommissar an Bord, gänzlich aus dem Blickfeld verschwunden war, kam Rosario näher. Er beobachtete einige Augenblicke, wie sich Vittorio erneut mit den Bimssteinen abmühte.
— Hier braucht es Olivenöl, um den Teer zu entfernen, sagte er.
Der Junge hob den Kopf und starrte ihn an. Sie verstanden sich auch ohne viel Worte.
— Was wollte der da?, setzte Rosario nach.
Der Junge antwortete nicht sofort. Rosario hatte seinen aggressiven Ton wieder aus der Versenkung geholt, als wollte er ihm ankreiden, dass er mit dem Kommissar ein paar wenige Sätze gewechselt hatte. Zumindest war Vittorio dem Freund dankbar, dass er ihm das traditionelle *Du hältst es also mit den Bullen* ersparte. Denn das hätte in ihrem Verhaltenskodex zumindest nach einer formalen Repressalie verlangt. Vittorio dachte an den Kommissar nicht wie an einen Bullen.
— Er wollte wissen, ob wir etwas gesehen haben, rang er sich schweren Herzens durch.
— Und was hast du ihm gesagt?
Mit einem Achselzucken erwiderte Vittorio:
— Was soll ich ihm schon gesagt haben? Nichts habe ich ihm gesagt.
Andererseits hatte er tatsächlich nichts zu erzählen ge-

habt. Bis auf den Umstand, dass er Signorina Lo Giudice im Nachthemd mit hervorquellenden Augäpfeln quer überm Bett hatten liegen sehen. Dass sie tot war, war auf den ersten Blick zu erkennen gewesen, selbst von außen, durch die schrägen Schlitze der Holzlamellenläden hindurch, die sie im Sommer für gewöhnlich offen ließ. Rosario war umgehend zu ihm gestoßen. Und so war der Korb mit den Austern an diesem Tag und auf immer nur halbgefüllt geblieben.

— Wo ist Diego?, fragte Rosario.

Die drei trafen sich jeden Morgen in der Früh bei den an Land gezogenen Booten, zwischen den Felsen der kleinen Bucht, die irgendjemand *Il Sacramento* getauft hatte, vielleicht wegen der Votiv-Ädikula, die in einer Nische zwischen den Felsbrocken eingelassen war.

Zum ersten Mal bis auf den Meeresgrund von Sacramento zu tauchen, markierte den Übergang von der Kindheit zur Jugend. Die anderen sahen einen dann voller Respekt an. Die Bucht war tief. Von ihnen dreien war das just in diesem Sommer nur Diego geglückt. Zum Beweis hatte er eine Faustvoll grünlichen Sand mit nach oben gebracht.

Aber an diesem Tag hatte Diego sich verspätet, und Rosario und Vittorio machten sich ohne ihn ans Austernsammeln. Später sahen sie ihn für einen kurzen Moment von hinten, wie er sich vom Holzhaus entfernte, das war, nachdem sie beide bereits den Leichnam von Signorina Lo Giudice entdeckt hatten. Er war nicht einmal mehr in Rufweite, und sie hatten ihn nur an seinen Haaren wiedererkannt; von Ferne wirkte sein Kopf wie der eines alten Mannes, der recht und schlecht am Körper eines kräftigen jungen Burschen befestigt war.

Und dann war das ganze Theater losgegangen.

— Was macht ihr denn da?, hatte eine tiefe Stimme, jede Silbe betonend, gefragt, als sie erneut durch die Schlitze der Fensterläden linsten. Nach so langer Zeit war er noch

immer nicht in der Lage, sich die Faszination zu erklären, die ihn und Rosario erfasst hatte und die sie daran hinderte, ihre Augen von Signorina Lo Giudices Leiche abzuwenden.
Die Stimme gehörte dem Vater eines ihrer Spielkameraden, den sie alle *den Türken* nannten, obwohl er in einer Baracke am Stadtrand von Frankfurt zur Welt gekommen war. Nach seiner Rückkehr aus Deutschland hatte er eine Anstellung bei der Firma Vaselli gefunden und leerte jeden Morgen den Inhalt der Mülleimer, die alle Haushalte in ihrem Viertel am Abend auf die Straße stellten.
Er trug diesen Müll in einem großen Sack auf dem Rücken, und seine schmächtige Statur verschwand beinahe darunter. Es war unbegreiflich, wie in diesem Körper eine solche Stimme wohnen konnte.
Mit einer Armbewegung hatte der Türke ihn und Rosario vom Fenster weggeschoben und einen Blick ins Innere geworfen. Dann hatte er den Sack abgestellt.
— Schaut ja nicht hin!, hatte er sie gewarnt und weiter: Verzieht euch, geht nach Hause!
Also waren sie zu den Felsen hinuntergegangen, und kurz darauf trafen all die Autos mit den blinkenden Lichtern und den Sirenen und auch der Transporter mit den weiß gekleideten Totengräbern ein. Rosario hatte sich genau wie Diego davongemacht, aber zur entgegengesetzten Seite. Und er, Vittorio, war in den Teer getreten.
Er hatte den riesigen Klumpen, den die wuchtigen Brecher auf dem Trockenen hinterlassen hatten, durchaus gesehen, doch er hatte nichts getan, um ihm auszuweichen. Ja, er war sich sicher, absichtlich hineingetreten zu sein, auch wenn er nicht hätte erklären können, warum.
Es hatte ihm gutgetan, sich auf jenen Fleck zu konzentrieren, nach einem Bimsstein Ausschau zu halten, sich damit die Fußsohle bis fast aufs rohe Fleisch abzureiben. Sein Denken war völlig von diesen Steinen absorbiert. Sie stammten, so hatte Diegos Großvater ihnen einmal

erzählt, von einer Insel namens Lipari und wurden vom *Grecale*, dem Nordostwind, auf dem Wasser schwimmend herangetrieben. Vom Meer aus gesehen erschien die Insel wegen des Bimssteins vollkommen weiß.
Diegos Großvater war während des Krieges in der Taucherbrigade gewesen, später hatte er auf den Schwertfischkuttern in den Gewässern um Lipari und den anderen Inseln des Liparischen Archipels gearbeitet. Manchmal waren einige dieser Inseln von ihrem Viertel aus zu erkennen – wie eine Ahnung von etwas Violettem zwischen Himmel und Wasser, wenn die Luft ganz klar war und der Wind den schwarzen Rauch aus den Schornsteinen von Quattroventi, dem Kraftwerk zwischen Hafen und Schiffswerft gegenüber dem Ucciardone-Gefängnis, Richtung Norden blies.
Er wollte gerade antworten, dass er nicht wüsste, wo Diego sei, als Rosario den Arm hob und auf eine Stelle hinter Vittorio deutete. Von dort kam Diego langsam am Meeressaum entlang auf sie zu. Nicht ein einziges Mal sah er hinüber zum Haus von Signorina Lo Giudice.
Und so begriffen sie, dass er die Leiche noch vor ihnen gesehen hatte.
Andererseits war das unumgänglich, denn Diego musste auf seinem Weg zum Strand am rückseitigen Fenster des Bretterhauses vorbeigehen. Für ihn war das von zu Hause der kürzeste Weg. Und von ihnen dreien war er immer schon der Gewiefteste, der, der als Erster die Zigarettenstangen Marke Winston entdeckte, die von irgendeinem Kutter über Bord geworfen worden waren, weil mitten in der Nacht ein Patrouillenboot der Finanzpolizei auf ihn zusteuerte. So etwas wurde zuweilen angeschwemmt, wenn ein Flugzeugträger in der Bucht vor Anker ging. Gewöhnlich blieben sie für ein paar Wochen, brachten Schlechtwetter mit und vom offenen Meer trieb so gut wie alles heran: Kanister voller Tütensuppen, leere Coca-Cola-Flaschen, Packungen mit Kondensmilch. Und Ziga-

rettenstangen. Einmal war eine ganze Kiste dabei, auf der in azurblauen, mit Schablone aufgedruckten Großbuchstaben U.S.S. Forrestal geschrieben stand.
Vittorio hatte nie etwas von den Zigaretten wissen wollen, aber die anderen vollführten regelrechte Kämpfe, um so viele wie möglich an sich zu bringen. Dann ließen sie die mit Meerwasser durchweichten Päckchen in der Sonne trocknen und brachten sie später heim zu ihren Vätern. Einmal hatte Diego eine geraucht, aber Vittorio hatte nicht einmal einen winzigen Probierzug machen wollen.
Jetzt war Diego bei ihnen angelangt, schwitzend und mit umherirrendem Blick. Er brachte es nicht einmal fertig, ihnen in die Augen zu schauen. Spotorno entdeckte in seinem Gesicht einen Ausdruck, der ihm bekannt vorkam. Damals, als sie am Strand einen Totenschädel gefunden hatten, da hatte er genauso ausgesehen. Rosario hatte den Schädel entdeckt, ihn umgehend unter einem Stück Karton verborgen und dann seine beiden Freunde herbeigerufen.
Der Schädel war grau und glatt poliert, die leeren Augenhöhlen wirkten wie schwarze Löcher, der Unterkiefer fehlte.
Spotorno hatte sich mit einer Mischung aus Neugier und Vorsicht genähert. Er hatte Angst, ohnmächtig zu werden. Doch im Gegenteil: Regungslos stand er da, so als würde er bloß einen Stein betrachten, den das Meer zu etwas Bizarrem geformt hatte.
Auch Diego betrachtete ihn lange, ohne ihn zu berühren, dann trat er ihm mit dem Absatz den Stirnknochen ein. In seinem Gesicht stand ein entschlossener, doch zwiespältiger Ausdruck, den Kommissar Spotorno dank langjähriger Berufserfahrung auf dem Gesicht vieler seiner Klienten zu erkennen wusste. Eine verstohlene Niedertracht, auf halber Strecke zwischen Befriedigung und Schuldgefühl.

Danach hatten sie ein Loch in den feuchten Sand gegraben, die Bruchstücke des Schädels hineingelegt und zugedeckt. Diego war mit wahrer Inbrunst am Werk gewesen und hatte abschließend mit dem Zeigefinger ein Kreuz in den festgeklopften Sand gezogen.
Spotorno hatte nie jemandem von diesem Totenschädel erzählt. Jetzt beugte Diego sich nach unten, um seine Sandalen zu öffnen, und kickte sie dann von sich.
— Hast du sie gesehen?, fragte Rosario ihn.
— Nein, entgegnete Diego.
Sein unruhiger Blick verschwand, und er sah seinen Freunden, einem nach dem anderen, kurz und durchdringend in die Augen. Und da die naheliegende Gegenfrage: wen oder was er hätte sehen sollen, ausblieb, schlussfolgerten die beiden, dass er tatsächlich über alles Bescheid wusste. Diego nahm den Korb, schleifte ihn bis zum nächsten Felsen und brachte ihn in einen Neigungswinkel, damit er kippte.
Sämtliche Austern glitten in einem gewaltigen Schwall hervor und schufen die Illusion einer kompakten Masse, eines einzigen abstoßenden Organismus, der dann in einem langen Moment hinabstürzte und beim Aufprall auf dem Wasser zersplitterte.
Vittorio hatte irgendwann einmal in einem Film eine Seebestattung gesehen, und etwas in Diegos Gebaren beschwor genau diese Atmosphäre herauf. Das Bild der aus dem Korb gleitenden und im Wasser verschwindenden Mollusken wurde in seinem Kopf vom Bild der Leiche von Signorina Lo Giudice überlagert, wie sie langsam über eine hölzerne Trage rutschte und in die Tiefe glitt.

Kommissar Spotornos diffiziles Schweigen

Aber eigentlich hatte das mehr den Sinn einer Grabinschrift, dachte Spotorno.
Es war fast Mitternacht und noch immer saßen sie bei Tisch. In dem Beruf, den er sich ausgesucht hatte, waren Abendessen zu nächtlicher Stunde keine Seltenheit. Die Kinder waren kurz zuvor erst zu Bett gegangen, im Sommer durften sie die üblichen Schlafenszeiten etwas laxer handhaben.
Amalia zündete sich eine Merit an. Sie genehmigte sich genau eine Zigarette pro Tag, und die gleich nach dem Essen, als eine Art glorreicher Abschluss des Tages und im Gedenken an die schönen alten Zeiten mit einem Päckchen pro Tag. Spotorno hatte eine Höllenangst, dass diese eine Zigarette der Funke sein könnte, der nach dem Großbrand unter der Asche vor sich hin glomm, als eine Art Vorwegnahme eines künftigen Lasters.
Amalia beobachtete ihn durch die perlgrauen Rauchringe hindurch. Während solcher Abendessen ohne Kinder waren sie oft schweigsam. An diesem Abend jedoch herrschte ein besonderes Schweigen, zumindest von Spotornos Seite. Amalia dachte, wenn Lorenzo mit seiner Manie für Oxymora jetzt hier wäre, würde er von einem dichten, gleichwohl durchlässigen, einem diffizilen Schweigen eben sprechen. Es musste etwas mit seiner Arbeit zu tun haben. Und über die sprachen sie so gut wie nie. Nicht

etwa, weil Kommissar Spotorno jemand wäre, der nach den harten Dienststunden alles hinter sich ließe, nein, das gewiss nicht. Er war vom Typ *Bulle-im-Dauereinsatz* und nur in diesem Zuschnitt war ihm der Beruf erträglich. Andernfalls hätte er genauso gut die Stelle bei der Bank annehmen können, die man ihm nach seinem Uniabschluss angeboten hatte. Seine Schweigephasen waren viel mehr verdeckte Reifungsprozesse: Es waren Pausen nur augenscheinlicher Ruhe, die er dazu nutzte, die Ereignisse des Tages in den richtigen mentalen Fächern ad acta zu legen.

Puleo hatte ihn einmal mit der Vokabel *organicare* überrascht, die er von wer weiß woher zur Beschreibung des Prozesses heranzog, dem vielleicht auch er, Spotorno, ausgesetzt war. Später hatte er ihm gestanden, dass es sich dabei um eine Art lexikalische Ansteckung, eine Kontaminierung mit Fachjargon handelte, der von seinem Bruder Gaetano, einem Agrartechniker, stammte. In dessen Berufsfeld beschrieb genannter Begriff den Vorgang, bei dem chemische Elemente aus dem anorganischen Zustand zu organischer Materie übergingen.

Nun war Spotorno im Begriff, Rosarios Tod organisch zu verarbeiten, wie er sich schweren Herzens eingestehen musste. Aber es war eine widerspenstige Überführung in einen organischen Zustand. Und die anorganischen Elemente, die Geschosse, der Überfall samt dem ganzen Beiwerk, nahmen ungewöhnliche Bahnen und versetzten ihn zurück an jenen Septembermorgen vor vielen, vielen (wie vielen?) Jahren, dem Tag, da Santo Li Pani die Signorina Lo Giudice mit einem Kopfkissen erstickt hatte.

Es war der andere Tote, Mancuso, den er hätte organisch verarbeiten sollen, nicht Rosario, der scheinbar ein zufälliges Opfer war. Mancuso aber war nie Teil von Spotornos Leben gewesen.

Jetzt bemerkte er Amalias beharrlichen Blick, mit dem sie ihn durch ihre Rauchschranke hinweg beobachtete.

Sie nahm nochmals einen langen Zug, und bei Spotorno schnellte erneut eine Erinnerung an die Oberfläche seines Bewusstseins. Eine Erinnerung an jene salzgetränkten Winston, die Diego geraucht hatte. Der Geschmack musste grauenvoll gewesen sein. Und wer weiß, warum sie als junge Burschen vom *Inhalieren* und nicht von einem Zug an der Zigarette gesprochen hatten. Im Nachhinein erschien ihm das wie die unterbewusste Materialisierung eines Begehrens. Oder eine Gestaltwerdung des zukünftigen Lasters. Eine ganze Weile hatte er den Eindruck, als könnte Amalia seine Gedankengänge mitverfolgen, beinahe wünschte er sich das geradezu. Und das war es schließlich, was ihn dazu brachte, den Mund aufzumachen.

Er erzählte ihr von den Toten des Tages. Über den alten Mordfall Lo Giudice war Amalia im Bilde, war er doch eines der vorherrschenden Themen während der langen Zeit des Werbens um sie gewesen, das Vittorio, was sie betraf, genauso gut hätte überspringen können. Von ihrer zweiten Begegnung an, die der ersten im Abstand von ein paar Jahren gefolgt war, hatte sie nämlich für sich beschlossen, dass sie ihn und keinen anderen als Vater ihrer zukünftigen Kinder akzeptieren werde.

Spotorno hatte ewig gebraucht, sich davon zu überzeugen, dass aus den spöttisch dreinblickenden dunkelbraunen Augen keine Überheblichkeit, sondern eine Erwartung sprach. Die Erwartung, dass dieser allzu ernsthafte und altmodische junge Mann endlich begreifen möge, wie die Dinge standen. Nämlich, dass ihr, Amalia Nisticò, gelegentliche Grasraucherin, zeitweilige Trägerin eines Pseudo-Zigeuner-Looks, Fremdsprachenstudentin mit gediegen bürgerlichem Familienhintergrund, all die langweiligen Typen, die in der Fakultät wie dicke Brummer um sie herumschwirrten und Spotornos Alpträume bei Tag und bei Nacht bevölkerten, wie lächerliche, unreife Hampelmänner vorkamen.

Schließlich aber hatte Amalia die Warterei sattgehabt. Und so, eines Morgens Ende November, hatte sie Vittorio in Richtung Punta Raisi, zur Strandvilla ihrer Eltern gelotst, die zwar verlassen, aber noch nicht gänzlich winterfest gemacht war, was hieß, dass die Matratzen noch nicht in feuchtigkeitsabweisenden Plastikhüllen steckten. Vittorio hatte für eine lachhaft lange Zeit geglaubt, dass sie ihn dorthin geschleppt hatte, um mit ihm Marihuana zu rauchen, und mit einem Gefühl seliger Unruhe hatte er entschieden, dass ihm das nichts ausmachte und er sogar Marihuana rauchen würde. Sie war einfach so schmachtend, und bis dato hatte er keinerlei Vorstellung, dass eine so junge Frau ein solch drängendes Sehnen, eine vorgezogene glückselige Ermattung ausstrahlen konnte.

Dann war alles nur Erdenkliche geschehen. Außer Marihuana rauchen. Und auch heute noch verspürte Spotorno auf der kleinen Veranda, wo sie im Sommer zwischen Efeututen, Yuccapalmen und Fensterblättern immer zu Abend aßen, bei der Erinnerung an jenen Vormittag im November exakt den gleichen Aufruhr in seinem Innern wie damals, als er mit seinen Kumpeln vom Gymnasium die Gran-Cancelliere-Gasse entlanggegangen war.

Als er mit seinen Ausführungen geendet hatte, überraschte Amalia ihn mit der einzigen Frage, mit der er nicht gerechnet hatte:

— Hast du der Mutter schon einen Besuch abgestattet?

Wieder einmal ertappte Spotorno sich bei dem Gedanken, dass seine Frau ein paar Jahrhunderte zuvor den Scheiterhaufen riskiert hätte. Vermutlich traf das aber auf alle Frauen zu.

Der Gedanke an Rosarios Mutter war ihm mehr als einmal durch den Kopf gegangen, und zwar von dem Moment an, da er einen der Toten vom Vormittag als ihren Sohn identifiziert hatte. Er hatte sich gefragt, ob er ihr persönlich die Nachricht überbringen sollte, doch am Ende behielten die ungeschriebenen Gesetze seines Berufs die Oberhand. So wenigstens hatte er es sich weisgemacht. Aber jetzt musste er sich eingestehen, dass das nur vorgeschoben war und es ihm nicht gelingen wollte, sich gänzlich von einem Schuldgefühl zu befreien, das einem allzu selektiven Gedächtnis geschuldet war.

Kein einziges Mitglied der Familie Alamia hatte sich in der Via degli Emiri blicken lassen.
Der Mancuso-Clan hingegen hatte sich vollzählig eingefunden, und zwar nur wenige Minuten, nachdem die Bullen mit großem Trara eingetroffen waren. Der Auftritt war drehbuchreif gewesen, mit allem, was dazugehört: wildes, unartikuliertes Geschrei, Anrufungen des Verstorbenen, Einfordern der augenblicklichen und drakonischen Bestrafung der Verantwortlichen durch Gotteshand.
Sie machten sogar Anstalten, den Toten mitnehmen zu wollen, wohlwissend, dass die Polizei sie daran hindern würde. Aber das gehörte eben zum Ritual, ergo versuchten sie es. Die Szenerie erinnerte an den Drehort eines drittklassigen Mafiafilms aus den 60er Jahren.
Spotorno hatte sich über die Abwesenheit von Rosarios Angehörigen um den himmelblauen Fiat 127 herum nicht groß gewundert. Es gab kaum noch lebende Verwandte. Der Vater, Angestellter in einem Reisebüro, war kurz nach der Pensionierung an einer nicht auskurierten Hepatitis gestorben. Und Rosarios einzige Schwester musste ins Haus der Mutter geeilt sein, um dort die Dinge weitestgehend zu regeln.
Spotorno sah sie im Geiste deutlich vor sich. Sie war gut drei, vier Jahre älter als die Jungs, eine schlaksige Heranwachsende, auf dem Weg zu einer nervösen Jugendzeit, mit glattem rotem Haar, genau wie der Bruder. Und mit einem Namen, der ihm so gut gefiel, dass er, hätte er je eine Tochter gehabt, sie ohne Wenn und Aber so genannt hätte: Maddalena.

Hin und wieder war er ihr in seinen jugendlichen Träumen wiederbegegnet, den besonders unruhigen, kurz vorm Morgengrauen. Und das waren Träume, die er keinem je zu erzählen gewagt hatte.
Er wusste, dass sie bald nach ihrem dreißigsten Geburtstag einen aus dem Norden geheiratet und Kinder bekommen hatte. Außer ihr gab es, soweit er sich erinnerte, keine anderen Verwandten, weder Onkel und Tanten noch Cousins und Cousinen oder sonst wen. Er fand, dass zumindest Rosarios Schwager in der Via degli Emiri hätte auftauchen können, und versuchte vergeblich, sich zu erinnern, welchen Beruf er ausübte. Womöglich war er arbeitsbedingt unterwegs gewesen.
Um genau zu sein, gab es in Rosarios Leben noch eine Exfrau – eine unbedeutende Episode, ein Einsprengsel, wollte man zynisch sein.
Die Sache war noch ganz frisch gewesen, als Spotorno auf die übliche Art und Weise, bei einem der traditionellen Kaffeetreffen mit alten Freunden, davon gehört hatte. Es war eines jener Ereignisse aus der Kategorie *Ewiger Pechvogel* gewesen, die Rosario bereits bei der Registrierung seiner Geburt von Amts wegen ins Stammbuch geschrieben worden war. Ein Ereignis, wie viele es schon kommen sehen – oder herbeigewünscht – hatten: eine erst sechzehnjährige Braut in Erwartung eines ungewollten Kindes, eine Eheschließung mit Dringlichkeitsstufe.
Das Kind war mit einer schweren Missbildung, von der Spotorno nie Einzelheiten wissen wollte, zur Welt gekommen und hatte nur wenige Wochen überlebt. Rosario war damals zwanzig gewesen, und seine Frau hatte ihm schon am Vorabend ihres ersten Hochzeitstages den Laufpass gegeben; diesen Tag hätten sie sowieso nicht feierlich begangen, weil es zwischen ihnen von Anfang an desaströs gelaufen war. Die junge Frau war anschließend aus der Öffentlichkeit verschwunden, und niemand wusste, wo sie abgeblieben war.

Spotorno beschloss, am folgenden Tag Signora Rosa seine Aufwartung zu machen. Amalia nickte zustimmend, als er ihr das sagte. Die Zigarettenzeremonie war schon seit einer Weile beendet. Jetzt war der Jasmin an der Reihe. Das Jasmin-Zeremoniell bildete den Abschluss aller ihrer Sommerabende, es sei denn, sie steckten mal wieder in einer ihrer sporadisch auftretenden Spannungssituationen. Davon gönnten sie sich nur wenige, und auch die nur aus Prinzip, wie Amalia einmal ihrer Freundin Maruzza La Marca anvertraut hatte.
Die beiden Jasminpflanzen hatten sich so weit ausgebreitet, dass sie einen Gutteil der nach Süden gelegenen Balkonwand bedeckten. Es dauerte zehn Minuten, um sämtliche Blüten in Reichweite zu pflücken und in einen kleinen Bastkorb zu sammeln, den Amalia dann auf der Konsole in ihrem Schlafzimmer platzierte.
Als Spotorno noch Kind war, hatte er von Zeit zu Zeit Gelegenheit zu beobachten, wie sich die Mädchen Jasminblüten zwischen die Brüste steckten. Sie taten das, ohne auf die Jungs seines Alters zu achten, als wäre da überhaupt niemand, der ihnen zuschaute, so sehr waren sie – wie sehr aber guten Glaubens? – in einer vermeintlich kindlichen Unschuld befangen.
Auch Amalia schmückte ihren Busen zuweilen mit Jasmin.
An diesem Abend jedoch nicht, vielleicht weil die Blüten dort eh nicht lange überdauert hätten.

Draußen, auf offener See, zog ein Flugzeugträger vorüber. Vielmehr war es gar nicht so weit draußen, denn Spotorno konnte problemlos die aufgedruckte Schrift auf den Mützen der Matrosen lesen: U.S.S. Forrestal. Der Flugzeugträger steuerte geradewegs auf ihn zu, so wie er da stand in seinen weißen Stoffschuhen, die mitten auf dem Sacramento-Strand fast ganz im Kies des Ufersaums versanken.

Er wollte flüchten, doch vergeblich, denn seine Beine waren bleischwer.
Zum Glück drehte das Schiff wenige Meter vor dem Ufer bei, und er sah die Schiffsseite an sich vorüberrauschen, während die Matrosen Winston-Kisten über Bord warfen. Diego stürzte sich ins Wasser, mit Kurs auf die Kisten. Dann bemerkte Spotorno die riesige Welle, grün, durchsichtig und vollkommen lautlos. Im Näherrollen brach sie an den Seiten weg und formte so eine Grimasse, angetrieben von einer ureigenen und bösen Willenskraft, mit einem weißen Schaumkamm obenauf. Er hatte schreien und Diego alarmieren wollen, brachte stattdessen lediglich einen seltsamen Laut hervor, eine Art tiefes, raues Röcheln, das er selbst nur als Vibrieren in seinem Kopf verspürte. Dann erwischte die Welle Diego, der sofort im Wasser verschwand und erst dahinter, im offenen Meer wiederauftauchte. Doch schon wurde er von einer zweiten, noch viel größeren Welle erfasst. Spotorno sah Diegos weißblondes Haar verschwinden und wiederauftauchen, dann verlor er ihn endgültig aus den Augen.
Jetzt war er wieder in der Lage, die Beine ganz normal zu bewegen. Er ging in östliche Richtung, zur nächsten Bucht mit den sandgoldenen, algenbedeckten Felsen und wartete ab. Er wusste, dass die Leiche genau an dieser Stelle angespült werden würde und musste nicht lange warten. Die Meeresoberfläche war wieder glatt, bis auf eine kleine Brandungswelle, die Diegos Körper Richtung Land trieb. Auch der Flugzeugträger war verschwunden. Ich muss seine Mutter verständigen, dachte Spotorno. Und auch Diegos Großvater, der als ehemaliger Seemann immer wusste, was zu tun war. Der Leichnam strandete mit einem dumpfen Geräusch auf den Kieseln, einem schwachen Reiben wie vom Tonabnehmer am Ende einer Schallplatte; Spotorno trat näher und zog den bäuchlings Liegenden aufs Trockne, auf die glatt polierten, heißen Steine. Er versuchte, ihn umzudrehen.

Im Drehen noch erkannte er, dass er da nicht Diegos Leiche vor sich hatte, sondern den Körper des erwachsenen Rosario. Eine Pistolenkugel hatte seinen Kopf von einer Schläfe zur anderen durchbohrt.
Schweißgebadet erwachte Spotorno, neben ihm die friedlich schlafende Amalia.
Beim Frühstück erzählte er ihr seinen Traum, der ihm noch immer in den Knochen saß. Still hörte sie ihm bis zum Ende zu, kommentierte nur von Zeit zu Zeit mit einem Nicken. Dann wachten die Kinder auf, und alles drehte sich nur noch um sie.
Beim Rasieren dachte er an ein Buch, das Amalia ihm zu Zeiten ihrer ersten Liebesgeplänkel geschenkt hatte, es hieß: *Ein Kinderspiel**. Er erinnerte sich, dass Amalia ihm ans Herz gelegt hatte, sofort mit der Lektüre zu beginnen, und dann hatten sie lange über das Buch gesprochen, das ihm ebenfalls sehr gefiel. Wenn er jetzt nicht so intensiv geträumt hätte, wer weiß, vielleicht hätte er Lust bekommen, es erneut zu lesen. Es war eine Geschichte über junge Leute, in einer Phase des Übergangs von einer *schmerzdurchdrungenen* Adoleszenz zum frühen Erwachsenenalter, die sich als viel zu kurz erahnen ließ.
Heute gibt es keine schmerzdurchdrungene Adoleszenz mehr, dachte er. Aber das musste nichts Schlechtes sein, wenngleich er davon nicht vollständig überzeugt war. Vielleicht hing das mit der Vokabel *schmerzdurchdrungen* zusammen, die ihn immer schon fasziniert hatte, ja, er hatte sie oft in den Schulaufsätzen am Gymnasium und sogar zwei Mal beim schriftlichen Abitur verwendet, und der Prüfungslehrer für Italienisch hatte das bei der Mündlichen angesprochen, weshalb er überzeugt war, die Prüfung vermasselt zu haben. Am Ende aber hatte er die beste Abschlussnote der ganzen Klasse bekommen.

* Roman von Pier Antonio Quarantotti Gambini, Turin 1947

Heutzutage sind die adoleszenten Wachstumsabschnitte durchgeplant, dachte er. Durchgeplant und mittelmäßig. Und da es ihm nicht an selbstkritischen Denkanstößen mangelte, konnte er nur hoffen, dass er sich selbst nicht wie ein Besessener in die Entwicklungsschübe in der zukünftigen Adoleszenz seiner Kinder einmischen würde.
Auf den letzten Seiten dieses Buchs ging es um einen Mann, der in einer Art schwimmendem Container ertrunken war: Die Monsterwellen der aus dem Hafen von Triest auslaufenden Militärkreuzer hatten ihn erfasst und versenkt.
Es gab einen französischen Regisseur, den Amalia sehr schätzte, und bei dessen Tod sie gesagt hatte, es sei wirklich schade, dass niemand ihm dieses Buch vorgeschlagen hatte, denn er und nur er hätte daraus einen großartigen Film gemacht. Eigentlich mochte Spotorno das Kino, doch, wie Amalia behauptete, war er nie über die Filme aus den späten 50er Jahren hinausgekommen. Filme mit Kratzspuren auf dem Zelluloid, wie sie im Sommer in den Freilichtkinos liefen, die in der Stadt längst ausgestorben waren.
Den Hollywoodfilmen der letzten Generationen mit ihren Spezialeffekten und der unerträglichen Geräuschkulisse konnte er nichts abgewinnen. Ihm gefielen die Filme von Totò. Und die alten amerikanischen Noirs in Schwarzweiß oder die französischen Filme mit diesem Schauspieler, wie hieß der noch mal?, der ebenfalls schon gestorben war – der Himmel weiß, wann genau. Er mochte vor allem den einen Film mit ihm, den er aufgenommen hatte und sich von Zeit zu Zeit wieder ansah, obwohl er voller Werbespots war: *Der Tag bricht an*.
Spotorno hatte es nie geschafft, sich an die Namen der Regisseure zu erinnern, und verwechselte die der Schauspieler, mit Ausnahme von Johnny Weissmüller, weil die Filme von Tarzan mit Abstand die ersten waren, die er als junger Bursche gesehen hatte.

Er fluchte leise. Wegen dieser für ihn so ungewöhnlichen Abschweifungen war er unkonzentriert und hatte sich mit dem Rasiermesser am Kinn geschnitten. Er war gezwungen, den blutstillenden Stift zu verwenden. Dann fiel ihm ein, dass ja Sonntag war, und er sich sonntags für gewöhnlich gar nicht rasierte.
Er verfluchte noch einmal diesen Traum, der ihn derart aus dem Konzept gebracht hatte.

Maddalena und der Preis von Baumwollgarn

Niemand hätte nach einem Gang durch die Büros der Mordkommission diesen Tag für einen Sonntag im Sommer gehalten. Es herrschte das gleiche Kommen und Gehen wie an jedem anderen Tag, sommers wie winters, an Wochentagen wie an Feiertagen, abgesehen von einer größeren Dichte an Drogensüchtigen unten in der Nachtaufnahme. Das Verbrechen, man weiß es ja, macht keine Ferien. Diesen Satz hatte Spotorno zum ersten Mal aus dem Mund eines Polizeipräsidenten mit tragischer Aura gehört, der überzeugt war, in seiner kleinen Abschiedsansprache vor dem Aufbruch zu ruhigeren Gestaden tiefschürfende Weisheiten zum Besten geben zu müssen.

In der großen Amtsstube hämmerte Puleo auf der Tastatur eines Computers herum, auf dessen Monitor eine Überzahl grüner, viel zu heller Buchstaben tanzten. Er begrüßte Spotorno mit dem üblichen, respektvollen *Buon giorno, Dottore*. Dann erhob er sich, folgte ihm in sein Büro und wies ihn, als wäre das überhaupt nötig, auf einige Papiere auf dem Schreibtisch hin. Spotorno hinterließ seinen Schreibtisch immer aufgeräumt und wäre sowieso nicht darum herumgekommen, sie zu bemerken. Es war der vorläufige Autopsiebericht.

Zwei Täter hatten geschossen. Zumindest waren zwei unterschiedliche Waffen eingesetzt worden. Bei Gaspare Mancuso, genannt Asparino, hatten sie insgesamt siebzehn Ein- und Austrittswunden gezählt. Und zwischen der Leiche, dem Innern des Fiat 127 und dem Ort der Schießerei hatten sie zwölf Projektile mit zweierlei Kaliber bergen können. Das bestätigten auch die zwölf um den Wagen herum aufgefundenen Patronenhülsen, sieben aus einer 38er und der Rest aus einer 765er.

Was Spotorno oft die Stirn runzeln ließ, waren die ganzen Details zur Todesursache, als wäre es von wer weiß welcher Bedeutung festzustellen, ob nun die Kugel, die die Leber zerfetzt hatte, schließlich zum Exitus von Mancuso geführt hat oder die, die seine Lunge durchquert, oder noch eine andere, nämlich die, die seine Aorta beschädigt hatte. Ganz zu schweigen vom Ausmaß der Zerstörung, das die Kugel, die sie ihm in die Stirn geschossen hatten, in seinem Kopf hinterlassen haben musste.

Spotorno zweifelte nicht daran, dass diese Dinge in einem schönen Verbrechen auf dem Papier, in den Fällen eines Kriminalromans, ihre Bedeutung hatten. Aber beim Großteil der Schießereien mit tödlichem Ausgang, mit denen Beamte wie er es zu tun kriegten, war es absolut eindeutig, dass jemand das Opfer mit Blei durchsiebt hatte und dass das die Todesursache war, ohne dass Einzelheiten eine Rolle spielten. Und in diesem aktuellen Fall erschien es ihm wie ein Wunder, dass Rosario von all den Kugeln, die nicht für ihn bestimmt waren, lediglich eine einzige erwischt hatte. Ein schwacher Trost, angesichts dessen, dass er sich diese an der falschen Stelle eingefangen hatte.

Bis dato war noch nicht mit Gewissheit zu sagen, ob unter den aufgefundenen Projektilen auch dasjenige war, das seinen Kopf von einer Schläfe zur anderen durchquert hatte; doch den ersten Ergebnissen zufolge war er aus einer 765er getroffen worden.

Am Samstagnachmittag hatte die Zusammenkunft mit dem Chef der Mordkommission stattgefunden.

Es war noch zu früh für Hypothesen über das Blutbad,

also darüber, ob sie von einer einzelnen Gelegenheitstat, wie zum Beispiel einer Bestrafung für einen Regelverstoß, ausgehen mussten oder ob sie ein erstes Anzeichen für etwas sehr viel Größeres vor sich hatten. Die kommenden Stunden und Tage sollten die entsprechenden Antworten liefern. Entweder aufgrund eines Mangels oder eines Übermaßes an Ereignissen. In der Zwischenzeit hieß es, die Informanten auszuquetschen. Und mit der hoffnungslosen Prozedur der Zeugenaussagen und den frustrierenden Befragungen der Familienangehörigen fortzufahren.
Ausgeruht und mit klarem Kopf versuchte Spotorno, Ordnung in die am Vortag vorsichtig erstellte Rekonstruktion zu bringen. Währenddessen verließ Puleo den Raum und kehrte einige Minuten später mit zwei kleinen Plastikbechern in der Hand zurück. Spotorno nippte an dem kochend heißen Kaffee ohne Zucker, so wie er ihn haben wollte. Puleo setzte sich ihm gegenüber und schlug die langen Beine übereinander.
Der himmelblaue Fiat 127 gehörte Rosario Alamia. Das hatten sie umgehend bei der Kontrolle der Wagenpapiere festgestellt. Aber er war nicht der ursprüngliche Besitzer. Vorbesitzerin war Anna Manfredi, wohnhaft in Monreale, in der Piazzale dei Martiri della Resistenza Nummer 12. Zumindest war sie dort vor neun Jahren, zur Zeit der Fahrzeugzulassung gemeldet gewesen. Der Fahrzeughalterwechsel hatte vier Jahre später stattgefunden.
Spotorno dachte, dass der Wagen gut ins Bild und zu Rosarios gesamter Erscheinung passte. Mancusos Führerschein war nach einem Antrag der Abteilung für Präventivmaßnahmen beim Landgericht auf Anordnung des Polizeipräsidenten eingezogen worden. Vielleicht war Rosario also Mancusos Chauffeur gewesen.
Spotorno zog die Aufnahmen vom Tatort hervor und breitete sie auf dem Tisch aus. Als die Schießerei losgegangen war, musste der Wagen fast gestanden haben. Die Streifenwagen hatten ihn an der Ecke zwischen Via degli Emiri

und Via Damasco vorgefunden, der erste Gang war eingelegt, die Zündung eingeschaltet und der linke Blinker gesetzt.
Rosario hatte noch nicht mit dem Abbiegemanöver begonnen. Als er getroffen wurde, war sein Fuß von der Gangschaltung gerutscht, und der Wagen hatte sich noch fast einen Meter weit in Richtung Fahrbahnmarkierung der Via degli Emiri bewegt, bevor der Motor ausging. Den Ein- und Austrittswunden an den Schläfen nach musste Rosario den Kopf nach links gedreht haben, um zu sehen, ob Fahrzeuge aus der Via degli Emiri kamen. Folglich war die Kugel, die ihn getroffen hatte, eine der ersten gewesen, andernfalls hätte er noch die Zeit gehabt, sich umzudrehen, zur entgegengesetzten Seite, aus der die Schüsse kamen. Dann hätte er das Projektil an einer frontaleren Stelle am Kopf abgekriegt.
Die Schüsse waren alle von rechts gekommen, einige durch das Seitenfenster neben dem Beifahrersitz, andere durch die Heckscheibe, was noch deutlicher machte, dass der einzige Adressat dieses ganzen Segens Gaspare Mancuso, genannt Asparino, war.
Die letzten Bewegungen der beiden Ermordeten zu rekonstruieren, war nicht schwierig gewesen. Auf dem Rücksitz des Wagens lag ein Plastikbeutel und darin, eingeschweißt in Zellophan, Fisch.
In der Via Damasco, ein paar hundert Meter weiter oben, gab es einen Fischhändler. Name und Anschrift des Ladens standen in roten Buchstaben auf beiden Seiten der Plastiktüte. Der Ladenbesitzer hatte es anfangs mit ein paar Ausflüchten versucht, bis ihm Puleo den Beutel mit den Fischen und dem aufgedruckten Namen seiner Firma unter die Nase gehalten hatte. Erst dann hatte der Mann zugegeben, dass ja, vielleicht ein himmelblauer Fiat 127 vor seinem Geschäft Halt gemacht hatte und einer der beiden Insassen ausgestiegen war, um ein paar Kilo Makrelen zu kaufen.

Fangfrisch waren die, wollte er unbedingt klarstellen. Alle wüssten, dass nirgendwo sonst so frischer Fisch zu haben war wie bei ihm, nicht einmal an den Verkaufsständen von Porticello. Ja, genau. Wenn er dem Dottore welche anbieten dürfte, es sei nämlich gerade eben eine Steige mit noch lebenden Babyfischen eingetroffen, die …

Puleo starrte ihn an. Dann fragte er, ob der Kunde mit dem Fiat 127 öfter käme, um bei ihm Fisch zu kaufen.

— Dottore, ich kann mir keine Gesichter merken. Und Namen genauso wenig. Meine Frau tadelt mich immer deswegen, sie behauptet, ich würde nicht einmal meine eigenen Kinder erkennen, wenn ich ihnen unterwegs begegnete. Und außerdem schau ich ja nicht auf die Gesichter der Kunden; die Fische schau ich an. Ob Fliegen auf ihnen sitzen, ob sie noch etwas frisches Eis brauchen, ob ich sie besser mit frischem Wasser bespritzen soll. Sie wissen ja, das Auge isst mit, und für bestimmte Kunden zählt mehr das Aussehen als die Substanz. Einigen Leuten genügt es, vier stinkige Ulvenfresser auf dem Vucciria-Markt zu sehen, die schön drapiert zwischen frischen Algen liegen, und schon blättern sie dafür Summen hin wie für Kabeljau. He, aber nicht bei mir! Meine Kunden würden mir solche Salpen um die Ohren hauen; ich biete ausschließlich Ware erster Wahl. Stellen Sie sich vor, bei mir kauft sogar die Küchenhilfe des Staatsanwalts ein. Fragen sie ruhig, wen immer Sie wollen: Im Haus des Staatsanwalts kommen heute Meerbarben von Angelino Rotella auf den Tisch … Sehen Sie doch selbst, wie frisch!

Puleo hatte den Laden sehr erleichtert verlassen, denn der Fischgeruch, vermischt mit dem konkreten Bild des vielen Bluts im Innern des Fiat 127 und der noch immer sehr lebendigen Erinnerung an den Thunfisch in süßsaurer Sauce vom Vorabend, war drauf und dran in aller Öffentlichkeit Verheerendes zu bewirken. Den Anblick der fleischigen, fast scharlachroten Barben auf einem

Bett aus gehacktem Eis auf der Marmortheke des Fischgeschäfts wollte er jedenfalls möglichst lange aus der Reichweite seiner Gedanken halten. Vielleicht würde er nie wieder Appetit auf Fisch verspüren, dachte er. Und dabei fühlte er, zu seinem eigenen Leidwesen, eine Mischung aus Ekel und Wehmut.

Ein paar Stunden nach dem Überfall war die Meldung von einem brennenden Motorrad in der Gegend von Sant'Erasmo hereingekommen. Die Täter hatten es am Rand einer staubigen, kahlen Freifläche hinter halbeingestürzten und unbewohnten Häusern, wenige Meter vom Meer entfernt, zurückgelassen und in Brand gesetzt, bevor sie dann ein anderes, höchst wahrscheinlich unverdächtiges Fahrzeug bestiegen. Das war die herkömmliche Mafiapraxis, wenn es überhaupt noch weiterer Bestätigung bedurfte.

Zeugen hatten von einem schweren Motorrad gesprochen, das wenige Minuten vor dem Überfall an der Kreuzung zwischen Via degli Emiri und Via Damasco gestanden hatte. Aber niemand hatte auf zwei unauffällig gekleidete Männer mit Motorradhelm auf dem Kopf geachtet. Die Kreuzung schien der ideale Platz für einen Überfall zu sein: Die Autos mussten hier vor dem Abbiegen stoppen, die Häuser waren dank breiter Straßen recht weit voneinander entfernt, und im Übrigen war die Sicht durch Bäume verstellt.

Die Zeugen, ein Universitätsdozent mittleren Alters und seine Frau, hatten vom Balkon ihrer Wohnung geschaut.

Sie behaupteten, vor der Schießerei wieder hineingegangen zu sein. Was hieß, sie wussten keine Einzelheiten. Die Ermittler erwarteten sich auch keine: Sie lagen ohnehin bereits über dem Durchschnitt, was die Zahl der Zeugen bei Ereignissen dieser Art anging.

Spotorno ertappte sich dabei, wie er sich im Büro umsah, als suchte er nach etwas, das seinen Verbleib dort unumgänglich machte. Dafür gab es eine Unmenge Gründe, das wusste er nur allzu gut. Papierkram, der in Normalzeiten die Aufopferung eines Sommersonntags – in Gedanken immer bei den Kindern, die unter fortgesetztem Mangel an väterlicher Zuwendung litten – gerechtfertigt hätte, und natürlich erst recht am Tag nach einem Mafia-Doppelmord. Aber er wusste auch, dass er in Wirklichkeit nach einem Alibi suchte, um den Besuch bei Signora Rosa zu umgehen.

Schließlich gab er sich einen Ruck. Eine halbe Stunde Trauerbesuch, dachte er, dann hätte er seine Pflicht getan.

Er passierte wieder das Großraumbüro und warf Puleo einen Blick zu. Ohne den Doppelmord und mit einer Verlobten in der Nähe und nicht im siebenhundert Kilometer entfernten Torre del Greco wäre Puleo an einem Vormittag wie diesem sicher nicht so lange in den Büroräumen der Mordkommission geblieben, zumal es sein freier Tag war.

Neben der Tastatur lauerte ein einschüchternder Wälzer mit dem Titel *Handbuch des Konkursrechts*. Der Polizeiobermeister widmete sich ihm mit Begeisterungsschwüngen, die oft ins Stocken gerieten wie ein Schwimmender inmitten eines Teppichs aus Braunalgen. Inzwischen fehlten ihm nur noch wenige Prüfungen, und zu Beginn des neuen akademischen Jahres sollte er eigentlich auch das Thema für seine Abschlussarbeit erfahren. Er wollte jedoch lieber nicht zu viel Gas geben, um seinen guten Notendurchschnitt nicht zu gefährden, den er trotz der harten, verantwortungsvollen Arbeit bei der Mordkommission hatte halten können. Zumal es ihm bisher gelungen war, seinen beruflichen Ehrgeiz nicht in Übereifer ausarten zu lassen.

Spotorno, wie jeder tüchtige Bulle mit gesunden Prinzipien, misstraute dem Eifer; er hielt große Stücke auf den jungen Mann, den er oft mit herzlicher Ruppigkeit behandelte. Als Puleo zur Polizei kam, hatte er nur einen Mittelschulabschluss vorzuweisen. Innerhalb von drei Jahren holte er dann als Externer seine Fachhochschulreife nach. Und zu gegebener Zeit, Spotorno hatte da keine Zweifel, würde das juristische Staatsexamen folgen. Und weiß der Himmel, ob Puleo danach seine Karriere im Polizeidienst fortsetzen oder lieber den großen Sprung wagen und sich irgendwo in der Nähe seines Zuhauses als Praktikant einer Anwaltskanzlei verdingen würde. Spotorno glaubte nicht ohne Grund, dass die Zukunft des jungen Mannes fast gänzlich in den unbekannten Händen der zukünftigen Signora Puleo lag.

— Save', warum drehst du nicht eine schöne Runde? Oder besser noch, schnapp dir die Badehose, fahr nach Mondello und geh ein paar Meter schwimmen; lass es gut sein für heute mit deinem Buch, schlepp es nicht unnötig mit dir herum. Heute Abend schaust du dir noch einen schönen Film im Arena an, und morgen fühlst du dich wie neugeboren. Wenn ich könnte, würde ich es genauso machen …

Er ging nicht davon aus, dass Puleo seinen Rat befolgen würde. Vielmehr würde er sich in seine Miniwohnung in der Nähe vom Corso Pisani begeben, die er mit zwei Kollegen teilte, und lernen, bis ihm der Kopf rauchte.

Draußen blieb Spotorno einen Moment lang neben seinem weißen Fiat 131 stehen, den er mühsam in Schuss hielt, unentschieden, ob er einsteigen oder zu Fuß gehen sollte. Die Sonne knallte ihm auf den Schädel, aber im Auto würde es noch schlimmer sein, denn er hatte keinen Parkplatz im Schatten gefunden. Der Anblick des üppig blühenden Parks der Villa Bonanno gab den Ausschlag. Das war seiner Meinung nach der schönste Platz der Stadt, besonders bei diesem Licht. Und wenn man bedachte, dass die Stadtplaner einmal wer weiß wie auf die Schnapsidee gekommen waren, die sehr hohen Palmen und die großen Platanen ausreißen zu wollen, um einen

kahlen, einsamen Waffenplatz daraus zu machen. Dennoch beschloss er, nicht durch den Park zu gehen, sondern die schattigen Gassen vorzuziehen.
Er passierte die Fassade mit der leeren Rosette, das einzige Überbleibsel der Kirche Sant'Annunziata dello Scutino, halbverborgen von einer jungen Großblättrigen Feige, die sich da illegal eingenistet hatte und früher oder später ihr Werk vollbringen und auch die wenigen verbliebenen Mauerreste zum Einsturz bringen würde. Weiter überquerte er die Piazza San Giovanni Decollato, ging unter dem Torbogen jenseits des Palazzo Sclafani hindurch und bog in die Via dei Biscottari ein, wo er unmittelbar das Tempo drosselte. Jetzt bewegte er sich mit der Gemächlichkeit eines Kreuzfahrtdampfers voran, die niemand aus seinem Büro bei ihm für möglich gehalten hätte. Für gewöhnlich legte Spotorno den typischen Schritt eines Bullen an den Tag, der Hindernisse nicht umgeht, sondern sie überrennt. Von Zeit zu Zeit aber gönnte er sich eine Pause. Die Sandsteinplatten, mit denen die Gassen in den Quattro Mandamenti, den vier Altstadtbezirken Palermos, gepflastert sind, schienen wie geschaffen für Entschleunigung und kontemplatives Spazieren, getragen vom Rhythmus der auf Stein schlagenden Absätze. Er schüttelte den Gedanken ab, dass diese Verlangsamung heute nichts weiter als die Verlängerung des Reflexes eines ganzen Vormittags sein könnte, nämlich den Moment des Trauerbesuchs hinauszuschieben. Nein, dachte er, es ist purer Genuss.
Sein Weg führte ihn durch die Via Puglia und über die Piazza Santa Chiara hinweg. Die Zahl der sudanesischen, nigerianischen, ghanaischen, ivorischen, mauretanischen, senegalesischen und kapverdischen Familien in diesem Viertel wuchs beständig. Sie hatten sich vor einigen Jahren in den von Einheimischen verlassenen, heruntergekommenen Häusern niedergelassen und zahlten dafür oft Wuchermieten. Die Nordafrikaner konzen-

trierten sich vor allem auf die Gegend unterhalb der Via Maqueda, im Bezirk Tribunali-Castellammare. Ein Teil der Sri Lanker verteilte sich rings um den Borgo Vecchio, ein anderer Teil in der Gegend der Poliklinik oder im Umkreis der Zisa.
Durch den weitgeöffneten Laden einer ebenerdigen Behausung fiel sein Blick auf einen Schwarzen in weißem Kaftan, der Anstalten machte, einem anderen Schwarzen, der ebenfalls in weißem Kaftan auf einem zerfledderten Barbierstuhl saß, die Haare zu schneiden.
Dieses Bild sorgte bei ihm unerklärlicherweise für ein Gute-Laune-Kribbeln unter der Haut. Er legte einen Schritt zu. Jetzt konnte er es kaum erwarten, das zu erledigen, was er mit einem Anflug von schlechtem Gewissen innerlich zur »Angelegenheit Brancato« erklärt hatte.
Er bog auf die Salita Raffadali ab, ging bis zur Chiesa del Gesù hinunter und weiter auf der Via del Ponticello. Die Frangipani reckten in voller Blüte und nach Licht dürstend ihre schlängelnden Zweige von den Balkonen zur Straßenmitte hin. Spotorno erhaschte eine fallende Blüte und sog ihren noch immer kräftigen Duft ein. Nur wenige Personen waren unterwegs, vorwiegend Männer, die allermeisten Schwarze.
Vor allem deswegen bemerkte er die Frau. Sie stach ins Auge wie die weiße Flagge der Kapitulation vor dem niedergebrannten Hintergrund der gefallenen Festung. Spotorno kam der Anfang eines alten Gedichts über die Lippen:

Hoch lebe Venedig, grausam und stolz …

Er strengte seine grauen Zellen an, konnte aber nur noch weitere zwei Zeilen aus der Versenkung holen:

… die Pest wütet, es mangelt an Brot,
auf der Brücke, da weht die weiße Flagge.

Bianca – weiß – war die Vokabel, die in einem freien Assoziationsspiel im Geiste derer aufblühen würde, die dieser Frau begegneten. Sie hatte den weißesten Teint, der Spotorno jemals begegnet war. Zu diesem Weiß hatte sich noch eine zusätzliche Blässe gesellt, möglicherweise das Ergebnis einer heftigen Emotion, die die Frau nur mühsam zu beherrschen schien. Ihre Augen waren so gerötet, als hätte sie gerade sämtliche, ihr zur Verfügung stehenden Tränen geweint.

Spotorno hatte das deshalb feststellen können, weil die Frau aus einem der Häuser in der Via del Ponticello heraus direkt auf ihn zu kam und sich ihre Wege kreuzten, bevor sie in einen nachtblauen Lancia Y10 einstieg. Aus der Nähe und dank des pechschwarzen glatten und bis auf die Schulter reichenden Haars und ihrer eher schlichten Kleidung leuchtete das reine Weiß noch mehr. Sie war gewiss keine Schönheit. Ihre Figur war etwas eckig, als wäre sie bereits mehrfache Mutter, und ihre Gesichtszüge hätten bei einem oberflächlichen Blick als nichtssagend gelten können. Amalia wiederum hätte sie ganz sicher als interessant bezeichnet.

Die Frau fuhr los und hinterließ bei Spotorno das Echo einer verhaltenen und doch unbefriedigten Neugier. Er schätzte sie auf etwa fünfunddreißig. Für ihn war es fast wie ein Reflex: Sämtliche Anomalien wurden in seinem Polizistenhirn sofort klassifiziert und archiviert.

Nach der Via Maqueda bog er in die Via Calderai ab, die wie verwaist war – ein völlig ungewohnter Anblick. Die Handwerkerläden waren alle geschlossen, bis auf einen, der Särge verkaufte. Im Vorbeigehen nahm er im Innern etwa ein Dutzend Särge von unterschiedlicher Machart und Größe wahr, die da nebeneinander aufgereiht und übereinander gestapelt standen. Zwei Exemplare waren sogar vor der Ladentür ausgestellt, direkt auf dem Asphalt, der als Resultat einer missverstandenen Modernisierung den alten Straßenbelag überdeckte.

Zu Zeiten des Gymnasiums hatte er sich ausgiebig philosophischen Spekulationen hingegeben und war seither dauerhaft immun gegenüber missbräuchlich eingesetzten allegorischen Konstrukten, für die die Intellektuellen von seiner Insel ein solches Faible zu haben schienen. Also ging er bedenkenlos weiter und beschränkte sich auf ein paar verhaltene Beschwörungen, letzte Reste einer glühenden, jugendlichen Bewunderung für Benedetto Croce. Der Philosoph hatte behauptet, er glaube nicht an den bösen Blick … aber man könne ja nie wissen.

Signora Rosa Brancato Alamia hatte Wohnung und Geschäft in der Via Zara. Es war ein unauffälliges Gebäude aus dem frühen 20. Jahrhundert, mit schönen hohen Räumen. Seit Spotorno die Familie Brancato Alamia kannte, wohnte sie hier, mit Ausnahme der Sommermonate; dann mieteten sie sich ein Haus in den alten Fischerorten an der Ostküste. Vororte, die der Vergangenheit angehörten, vereinnahmt von der Stadt im Expansionsrausch und mit einer Küste, die seit Jahrzehnten nur noch eine riesige plattgewalzte Erdfläche war, die auf bessere Zeiten hoffte.

In einem dieser Ferienmonate hatte Vittorio die Geschwister Rosario und Maddalena sowie ihre Eltern kennengelernt. Als Maddalena später dann erkrankte und der Arzt ihr einen ausgedehnten Aufenthalt in Meeresnähe verordnete, waren die Brancato Alamia für ein paar Jahre in eine kleine Villa an der Küste umgezogen. Und Rosario war Vittorios Banknachbar geworden.

Die Familie Spotorno hatte, abgesehen von der kurzen Unterbrechung in Norditalien, während Vittorios Kindheit immer in einem dieser Vororte gewohnt. Dann waren sie in die Stadt, in das Haus in der Via Venezia umgezogen.

Das Portal des Hauses der Brancato Alamia stand sperrangelweit offen, und Spotorno bemerkte beim Eintreten sofort das mit einem schwarzen Tuch bedeckte Tisch-

chen samt des darauf aufgeschlagenen Kondolenzbuches. Bis zu diesem Moment waren es nicht mehr als zwölf Unterschriften, die von den Trauerbesuchern zum Nachweis einer erfüllten Pflicht sorgfältig gesetzt worden waren. Er steuerte seine Unterschrift bei, wobei er wie immer mit dem Stift auf dem V verweilte und fast das Papier durchbohrt hätte.
Niemand war da, aber es war wohl überflüssig, seinen Besuch per Gegensprechanlage anzukündigen. Er ersparte sich den altersschwachen Fahrstuhl und nahm die Treppe. Auch die Wohnungstür im zweiten Stock war weit geöffnet. Das grelle Licht von draußen hatte sich bereits im Atrium des Hauses in einen feinkörnigen Halbschatten verwandelt. Der Wohnungseingang lag fast im Dunkeln. Eine Trauerwache bei Tag und ohne den Toten, dachte Spotorno. Der Leichnam war noch nicht freigegeben und der Familie überlassen worden, er musste sich in diesem Moment auf dem Marmortisch der Gerichtsmedizin befinden.
Er war unschlüssig, ob er leise anklopfen oder einfach in den kleinen finsteren Vorraum treten sollte. Da spürte er, mehr als dass er hörte, den leichten Schritt einer Person, die sich der Wohnungstür näherte, und so wartete er ab. Im schwachen Licht des Vorzimmers wirkte Maddalena, seit dem letzten Mal, da Spotorno sie gesehen hatte, kaum verändert. Ihre Silhouette war ein wenig breiter geworden, und erst als sie die Wandbeleuchtung anschaltete und ihr Gesicht dem von Spotorno für den Kuss auf beide Wangen näherte, bemerkte er, dass das natürliche Rot ihrer Haare matter geworden war und einen leichten Braunstich bekommen hatte. Das Licht offenbarte außerdem ein kleines Netz feinster Falten um den Mund und die Augen, die geschwollen, aber nicht gerötet waren.
Die Tränen mussten ihr bereits am Vortag ausgegangen sein, dachte Spotorno, doch kaum hatten diese Worte in seinem Kopf Gestalt angenommen, bedachte sie ihn, als

könne sie Gedanken lesen, plötzlich mit einem tränenfeuchten Blick.

Auch Maddalena hatte ihn auf Anhieb wiedererkannt und schien ob seines Kommens nicht überrascht. Spotorno hatte beinahe das Gefühl, erwartet zu werden. Es verwirrte ihn, als sie seine Hand nahm und ihn in den großen Wohnraum führte, in dem sich tagsüber das Leben von Signora Rosa abspielte.

Als sie noch Kinder waren, hatten sie einander noch nicht einmal flüchtig berührt.

Auch das Wohnzimmer lag im Halbschatten, wegen der angelehnten Fensterläden und ihren nur halb geöffneten Lamellen, durch die das Licht gefiltert durch dünne, beigefarbene, ihm wohlbekannte Vorhänge eindrang. Signora Rosa saß auf einem Stuhl mit Sitz aus Wiener Geflecht und gerader Rückenlehne. Sie war wie immer. Spotorno hätte alles im Voraus beschreiben können. Aber es war nicht die wiedergefundene Vertrautheit der Szenerie, die bei ihm ein Schwindelgefühl hervorrief. Vielmehr hatte er beim Betreten des Raumes das Gefühl, einen Fuß in ein Gemälde gesetzt zu haben: Signora Rosa sah im Gegenlicht aus wie die Mutter, die Umberto Boccioni einst portraitiert hatte. Amalia hatte einmal eine Postkarte mit diesem Bild bekommen, und Spotorno hatte sie lange als Lesezeichen benutzt.

Signora Rosas Hände lagen ineinander verflochten in ihrem Schoß, genau wie bei der Dame auf dem Gemälde, und wie diese hatte sie dünnes, fast weißes Haar, das in feinen losen Strähnen ihr Gesicht umrahmte, während ihre Kleidung in einem warmen Braun schimmerte. Auch die Beschaffenheit des Lichts war identisch und hüllte alles in einen matten, zarten Schleier, der ihre Silhouette verdunkelte.

Der flüchtige Eindruck verflog, sobald sich Spotornos Augen an die milchige Helligkeit des Zimmers gewöhnt hatten. Was er eben noch für ein Braun gehalten hatte, ent-

puppte sich nun als das verblichene Schwarz der Trauergewänder. Maddalena ließ seine Hand los und schob ihn mit einem sanften Druck in Richtung der alten Frau.
— Mamà, schau mal, wer gekommen ist, Vittorio. Erinnerst du dich an Vittorio?
Spotorno ging rasch auf sie zu, beugte sich hinab für einen Kuss auf die kalten Wangen, und ein leichter Kampfergeruch stieg ihm in die Nase.
Unruhig ruckelte Signora Rosa einen Moment hin und her und sagte dann mit zittriger, dünner Altfrauenstimme:
— Vittorio, Vittorio, auch du bist hier und hast dich an Sasà erinnert.
Dann fischte sie aus ihrem Gedächtnis den Beruf, den Spotorno ausübte.
— Du hast gesehen, wie sie ihn zugerichtet haben, meinen armen Sasà. Mich haben sie ihn nicht sehen lassen wollen.
Spotorno nickte. Ihm lag auf der Zunge zu sagen, dass Rosario nicht gelitten und diese Welt verlassen hat, ohne zu begreifen, was überhaupt geschah, aber es erschien ihm respektlos gegenüber dem Andenken des Verstorbenen. Rosario hatte es im Übrigen nie gemocht, wenn man ihn Sasà nannte, zumindest als er ein junger Bursche war, und nur seiner Mutter war dies überhaupt erlaubt.
— Setz dich neben mich, Vittorio, und leiste mir ein wenig Gesellschaft.
Eine Frau mittleren Alters erhob sich, um ihm ihren Stuhl zu überlassen, und nahm Platz auf einer Truhe, die gegen die Wand gelehnt stand. Auf der anderen Seite neben Signora Rosa saß eine zweite Frau, die wie ihre Zwillingsschwester aussah, obwohl sie nicht einmal miteinander verwandt waren.
Das waren die Signorine.
Spotorno hatte noch nie gehört, dass sie anders als so und immer im Plural genannt worden wären, auch wenn

er wusste, dass die eine Grazia und die andere Nunzia hieß. Sie arbeiteten schon ewig für Signora Rosa, als junge Mädchen hatten ihre Mütter sie ihr anvertraut, damit sie das Schneiderhandwerk erlernten. Und das taten sie so gut, dass die Signora sie fest eingestellt hatte.
Spotorno begrüßte auch die Signorine mit Wangenkuss. Als er seinen Platz eingenommen hatte, ließ er den Blick durch den Raum schweifen, um seinem Gedächtnis die Exaktheit der Erinnerung zu versichern. Einige Dinge hatten sich verändert, seit er damals in Begleitung seiner Mutter hier gewesen war. Die zwei pedalbetriebenen Singer mit der goldenen Aufschrift auf dem schwarzen Leib waren durch zwei moderne elektrische Nähmaschinen ersetzt worden, von denen Spotorno nicht einmal den Markennamen entziffern konnte. Die üblichen Nähutensilien waren geblieben: Stoffstücke, Restzuschnitte, Knöpfe, Nadeln, Scheren, Fingerhüte, Schneiderkreide.
Vergeblich suchte er nach den hölzernen Fadenspulen, deren rasante Drehung auf dem Spulenzapf der alten Singer ihn als Kind so sehr gefesselt hatte. Der Anblick der losen Schneiderkreiden rief hingegen ein seltsames Gefühl von Unvergänglichkeit hervor: Sie waren flach, in der Farbe von antikem Elfenbein und ähnelten in ihrer Form den kleinen Seifen für den Einmalgebrauch, wie man sie, in Zellophan verpackt, in Hotels vorfindet. Seit er denken konnte, waren sie so. Auch die Wandtapeten mit dem kleinen Rosenmuster auf beigem Untergrund schienen nicht mehr erneuert worden zu sein, unter der Decke hatten sie sich an manchen Stellen vom Putz gelöst, der durch eindringende Feuchtigkeit aufgequollen war. Über einer Stuhllehne hing ein abgegriffenes Maßband, mit einer Einkerbung neben der Achtundsechzig.
Es war dasselbe Maßband wie eh und je, es sei denn, alle Maßbänder von Signora Rosa waren aus irgendeinem geheimnisvollen Grund besonders in der Nähe des Zentimeters achtundsechzig abgewetzt. In der Mitte der Wand

gegenüber den Balkonen hing das Holzkreuz mit den Intarsien in Form kleiner Herzen längs der Vertikalachse und den Elfenbeineinsätzen an den Enden der Kreuzbalken.
Spotorno sammelte Erinnerungen mit derselben Ausdauer, wie gewisse Müßiggänger Hobbys sammeln.
Signora Rosa bemerkte seinen Blick:
— Erinnerst du dich noch, Vittorio, wie du mit deiner Mutter hergekommen bist? Grazia hat für dich immer *Ines al forno** gekauft. Magst du die heute noch? Sie hatte eine glückliche Hand, deine Mutter, und konnte bei Russo Pedone in der Via Sant'Agostino gewisse Stoffreste auftreiben … Bei deinem Vater habe ich nur ein einziges Mal Maß genommen, dann hat man ihn hier nicht mehr gesehen. Trotzdem gelangen die Hemden für ihn immer auf Anhieb, nie gab es einen Fehler oder etwas nachzubessern. Mit Ersatzstutzen und Austauschkragen. Größe Vierzig. Die hielten ein Leben. Inzwischen gibt es unter uns nur noch wenige, die solche Hemden schneidern. Heute kaufen die Leute die von der Stange, die mit Nylonfaden genäht sind. Und auch gewisse Maßhemdenschneider verwenden jetzt Nylon. Weißt du, wie viel Baumwollfaden man braucht, um ein Hemd zu nähen?
Spotorno wusste es nicht.
— Angefangen beim Reihen über Probe und Gegenprobe braucht es gut und gerne eine Fadenrolle, also neunzig Meter Garn. Allein für die Knöpfe gehen fünf Meter drauf. Aber ich verwende keine Neunzig-Meter-Rollen mehr, ich

* Die *Ines* – sowohl in der Version aus dem Ofen als auch die in Öl ausgebackene – ist eine typisch Palermitanische Süßspeise: Sie hat die Form einer kleinen Kuppel, ist gefüllt mit Ricotta, Schokoladenstückchen und kandiertem Kürbis. Der Name stammt aus der Zeit der Darbietung des Melodrams »Iris« von Mascagni im Teatro Massimo in Palermo. Da die Vorstellung lange dauerte, hatten einige Damen den Konditor des Café del Teatro gebeten, doch etwas Leichtes, aber Nahrhaftes zuzubereiten, das sie in den Pausen zu sich nehmen könnten. Es war das Jahr 1901. Er erfand also die Süßspeise, der er den Namen *Iris* gab, aus der im Volksmund *Ines* wurde.

nehme die großen, die sind viel praktischer. Weißt du, was mich da eine Rolle kostet?
Spotorno räumte ein, dass er über die aktuellen Preise des Baumwollgarns nicht auf dem Laufenden war.
— Ich zahle viertausend Lire dafür, und das ist nicht einmal der Großhandelspreis. Marke Tre Cerchi Oro der Firma Cucirini e Cantoni, das ist das beste. Um die Wahrheit zu sagen, anstelle von Cantoni steht da jetzt ein ausländischer Name, aber ich bin einfach noch an den alten Firmennamen gewöhnt.
Spotorno sah im Geiste den goldenen, in einem Sonnenstrahl tanzenden Staub im Esszimmer der Via Venezia vor sich, während im Radio eine Männerstimme – eine schöne, ernste Stimme, von der man sich keine banalen Nachrichten erwartete – die Börsennotierungen der Mailänder Börse vorlas:
… Magneti Marelli … Edison … Cucirini e Cantoni ging es ihm ungeordnet durch den Sinn.
Einen ganzen Sommer lang fiel das Verlesen der Börsennotierungen mit dem Eintreffen des Sonnenstrahls und dem goldenen, unfassbaren, tanzenden Staub zusammen. Es war die Zeit des Wirtschaftswunders.
Signora Rosa fuhr in ihrem Quasi-Monolog fort:
— Auf eine Garnrolle wickeln sie tausend Yard, das ist eine englische Maßeinheit, die neunzig Zentimetern gleichkommt. Auf einer solchen Rolle steckt also fast ein Kilometer Garn. Eine Garnrolle reicht für zehn Hemden. Rechne es dir aus: Für ein nach allen Regeln der Kunst genähtes Hemd gehen mehr oder weniger vierhundert Lire an Baumwollgarn drauf. Der Nylonfaden wird etwas weniger kosten. Also, ich frage mich: Was soll das? Um hundert, zweihundert Lire zu sparen, geht einer her und näht die Hemden mit Nylonfaden, der sich dann beim ersten Bügeln kräuselt, hart wird, ins Fleisch sticht und am Hals rote Pusteln hinterlässt? Und was sind schon hundert Lire Ersparnis, wenn einer dreißig-, vierzig- und

sogar bis zu sechzigtausend Lire allein fürs Nähen eines Hemdes verlangt? Die Knöpfe noch gar nicht mit eingerechnet. Weißt du, wie viele Knöpfe in einem einzigen Hemd stecken?
Spotorno war ins Schwitzen gekommen. Er fragte sich, ob der Höhepunkt dieser pathologischen Reaktion bereits überschritten wäre. Maddalena war hinter den Stuhl der Mutter getreten und machte ihm ein Zeichen, das er als ermutigende Aufforderung deutete, ihr gegenüber noch ein wenig nachsichtig zu sein, das Spiel mitzuspielen. Den Schmerz einzudämmen, zumindest noch für eine kleine Weile. Die Tragödie aus den Gedanken der alten Dame fernzuhalten. Einen Raum der Rücksichtnahme, ein emotionales Polster zu schaffen. Die Signora ließ mit ihrer Antwort nicht auf sich warten:
— Für ein fachgerecht geschneidertes Hemd braucht es mindestens zehn Knöpfe. Ich verwende nur Perlmuttknöpfe. Die anderen haben jetzt alle mit denen aus Kunststoff angefangen.
Sie griff nach einer Schachtel vor sich auf dem kleinen Tisch und entnahm ihr einen Knopf:
— Siehst du dieses Viereck zwischen den Löchern, durch die der Faden läuft? Das ist die Stelle, an der die Plastikknöpfe brechen, und du hast dann nicht nur den Knopf in der Hand, sondern du musst auch den Faden auftrennen, der schon am Stoff festgenäht ist. Mit den Perlmuttknöpfen kann dir das nicht passieren. Im Höchstfall geht der Knopf ab, weil der Faden reißt. In der Tat, für einen Knopf wie diesen bezahlst du dreihundert Lire, während einer aus Kunststoff nur fünfzig kostet. Das macht eine Differenz von zweitausendfünfhundert Lire pro Hemd. Aber diese Halsabschneider, die Maßhemden mit Kunststoffknöpfen fertigen, die verkaufen dir das Hemd deshalb nicht um zweitausendfünfhundert Lire billiger. Die lassen dich denselben Preis bezahlen, ob mit richtigen Knöpfen oder welchen aus Kunststoff.

Mit einem Schlag schien ihr das Surreale dieser Unterredung bewusst zu werden, und sie sank in sich zusammen. Das kurze Kräfteschöpfen war zu Ende, erneut stand die Tragödie vor der Tür.
Spotorno wusste nicht, was er sagen sollte. Theoretisch gab es viele Fragen, waren viele Ungereimtheiten aufzulösen. Überdies war er Polizeikommissar. Und dank ihrer langjährigen Bekanntschaft hegten diese Personen ihm gegenüber kein Misstrauen. Ein ungewöhnlicher Umstand im Kontext eines Mafiaverbrechens. Und den hätte er ausnutzen sollen.
Signora Rosa weinte jetzt lautlos. Tränen liefen ihr über die Wangen, ohne dass sich ihr Gesichtsausdruck gegenüber dem konstanten Grundton des Schmerzes, den sie nur während ihrer Ausführungen über die Hemden aufgegeben hatte, sehr viel verändert hätte. So war es auch das letzte Mal gewesen, als Spotorno noch zu Gymnasialzeiten hier war, weil die Signora bei seiner Mutter angerufen und gebeten hatte, doch mal Vittorio bei ihr vorbeizuschicken, um über Sasà zu sprechen – der ihr nichts als Kummer bereitete. Und alles, was er damals getan hatte, war, das abgegriffene Maßband zu betrachten, das beim Zentimeter achtundsechzig eine Einkerbung hatte.
Er wurde unruhig auf seinem Stuhl. Dann hörte man Schritte, und ein Mann um die Vierzig betrat den Raum. Er trug einen blauen Leinenanzug, ein weißes Hemd mit offenstehendem Kragen, und selbst sein graumelierter Schnurrbart sah so aus, als hätte er ihn passend zum Outfit angelegt. In der Tasche seines Jacketts steckte eine Ausgabe der *Sicilia*, so gefaltet, dass die Seite mit den Todesanzeigen zu sehen war. Spotorno hatte bereits im Büro einen Blick drauf geworfen: Es gab nur einen einzigen Nachruf für Rosario, den seiner Familie.
Maddalena stellte ihm den Mann vor:
— Das ist Manlio, mein Ehemann. Und dann: Vittorio Spotorno, ein Jugendfreund von Rosario.

— Beltramini, angenehm, sagte der andere mit einem feuchten, auf die Fingerspitzen beschränkten Händedruck.
Spotorno inspizierte reflexartig die Knöpfe und Nähte von Beltraminis Hemd. Perlmuttknöpfe und Baumwollgarn, wie zu erwarten. Auf den Zusatz »Kommissar« hatte Maddalena wohl absichtlich verzichtet, um keine Missdeutungen aufkommen zu lassen.
Spotorno war unsicher, ob er sich erneut setzen oder von der Ankunft des Mannes profitieren sollte, um sich zu verabschieden. Maddalena nahm ihm die Entscheidung ab:
— Komm, Vittorio, ich begleite dich hinaus. Heute ist Sonntag, und um die Zeit wirst du gewiss zu Hause erwartet. Deine Kinder sind noch klein, nicht wahr?
Sie begleitete ihn nicht nur bis zur Wohnungstür, sie ging auch vor ihm die Treppe hinunter bis zum Gehsteig auf der Via Zara.
— Ich muss einfach mal frische Luft schnappen, sagte sie, aber lange kann ich nicht wegbleiben.
Bei diesen Worten sah sie nach oben, zu den Balkons im zweiten Stock, wo inzwischen jemand (ein graumelierter Reflex?) die beigen Vorhänge im Wohnzimmer beiseite gezogen und die Fensterläden geöffnet hatte. Spotorno hatte den Eindruck, dass sie ihm etwas zu sagen hatte, aber Scheu hatte, sich einem beinahe Fremden so offenherzig anzuvertrauen. Vielleicht lief es zwischen Schwiegermutter und Schwiegersohn nicht so besonders, und sie wollte die beiden nicht so lange nur mit den Signorine alleine lassen. Beim Eintreffen von Maddalenas Ehemann hatte Spotorno eine leichte Erstarrung in Signora Rosas Mimik wahrgenommen. Sie hatte sogar mit Weinen aufgehört.
Entgegen ihrer bekundeten Absicht schien Maddalena keineswegs entschlossen, sich rasch von ihm zu verabschieden. Stattdessen hatte sie seine Hände ergriffen

und hielt sie bereits seit einigen Sekunden fest, während ihr Blick über seine Schultern hinweg starr auf einen Punkt gerichtet war. Das helle Tageslicht schuf nun bezüglich ihres wahren Alters auf der typischen Haut einer Rothaarigen nackte Fakten; sie spannte sich über das knochige Schlüsselbein, das aus dem türkisfarbenen T-Shirt mit Rundhalsausschnitt hervorstach.
Maddalena war noch nie eine Schönheit gewesen, aber sie hatte sich eine anmutige Frische bewahrt und es machte Freude, sie anzusehen. Vielleicht würde Spotorno in dieser Nacht von ihr träumen.
— Weißt du, sagte sie plötzlich, als die Sache mit Rosario passiert ist, waren wir, Mama und ich, ganz alleine. Manlio war beruflich in Kalabrien. Er ist heute Nacht erst spät mit dem Auto zurückgekommen. Wir haben ein kleines Reisebüro. Er muss öfters weg, die Kontakte mit den Reiseveranstaltern halten, die Ferienanlagen inspizieren, in die wir die Kunden schicken. Weißt du, welche Frage sie uns heutzutage am häufigsten stellen? Ob es dort eine Möglichkeit gibt, um den Nachwuchs zu *parken*, damit Papi und Mami sich schön in der Sonne räkeln können, ohne dass ihnen dabei jemand auf die Nerven geht. Von Zeit zu Zeit helfe ich halbtags im Büro aus, jetzt, wo die Jungs größer und ein klein wenig selbständiger geworden sind. Sie hingen sehr an Rosario.
Eine lange Pause trat ein. Spotorno hätte sie fragen wollen, ob auch Manlio an seinem dahingeschiedenen Schwager gehangen habe. Maddalena hatte seine Hände losgelassen, verharrte aber noch einen Moment mit nach oben gekehrten Handflächen, die sich dann voller Bitterkeit schlossen und in die Tiefe glitten.
— Weißt du, hob sie wieder an, die Geschäfte laufen nicht besonders gut. Nein, um Himmels willen, ich will nicht behaupten, dass es uns schlecht ginge, Gott sei Dank haben wir ja unsere eigenen vier Wände und schaffen es auch, für die Kinder etwas beiseitezulegen. Aber es gibt

einfach zu viele Schwankungen, und der Markt hat noch immer nicht richtig angezogen. Andernfalls hätte ich mich mit allen Kräften für eine Anstellung Rosarios starkgemacht.
Es klang nach dem Beginn einer Rechtfertigung. Spotorno wartete ab, ob noch mehr käme, und spürte, wie plötzlich, sein Ermittlerinstinkt wieder aufflammte. Gerade wollte er sie auf den Kopf zu etwas fragen, da kam sie ihm zuvor und flüsterte ihm etwas zu, was er bislang nur in Fernsehserien gehört hatte:
— Du musst sie kriegen, Vittorio. Ich will denen, die Rosario so zugerichtet haben, in die Augen sehen.
Dann küsste sie ihn auf die Wange, drehte sich um und verschwand in der Haustür. Spotorno stand da, befremdet, aufgewühlt, frustriert.
Es stimmte, dachte er, dass seine Mitbürger mehr mit Gesten als mit Worten sprachen, besonders, wenn sie die Gesten in ein Schweigen ausgleiten ließen.
Er aber hätte reden sollen. Trauer hin oder her, Maddalenas letzter Satz wäre ein sehr guter Anknüpfungspunkt für die Frage gewesen: Welche Beziehung bestand zwischen Mancuso und Rosario? Irgendetwas musste sie doch darüber wissen. Und genau genommen war es ja auch kein simpler Trauerbesuch, den Spotorno am Abend zuvor auf sein Tagesprogramm gesetzt hatte.
Er nahm sich vor, das Versäumte baldmöglichst nachzuholen.
Zu Hause empfing ihn der Duft eines Fischauflaufs, den Amalia soeben aus dem Ofen geholt hatte: Degenfischfilet und Garnelen mit Mandeln und Kräutern. Das Aroma war so intensiv, dass es den Duft nach Jasmin auslöschte, der ihm seit Maddalenas Verabschiedung in der Nase geblieben war.
Wiewohl er wusste, dass es gar keinen Jasminduft gegeben hatte. Und in dieser Nacht hatte er keine Träume, die das morgendliche Erwachen überlebten.

Die Seismographen der Mordkommission

Manch einer bei der Mordkommission atmete auf. Dic offiziellen Seismographen registrierten keinerlei Ausschläge, kein Beben, nicht einmal ein Zittern. Selbst der sensibelste Seismograph, der betagte Kommissar Schirosa, steckte schließlich seinen Stift ins Etui zurück. Normalerweise spürte er dem nach, was so in der Luft lag, und schloss daraufhin Wetten ab. Der Einsatz war immer der gleiche: einige Tassen Kaffee, deren Anzahl sich nach der Intensität der Signale richtete, die dem Beben vorausgingen. Einmal hatte er es gewagt, um vierundzwanzig Tassen zu wetten, die er dann alle innerhalb der zwei auf das Wettergebnis folgenden Tage im Stundentakt geleert hatte. Und man konnte nicht sagen, dass er sich diese nicht bis auf den letzten Tropfen verdient gehabt hätte. Er hatte verkündet: Bald wird etwas Schlimmes passieren.

Am Tag darauf wurden drei *picciotti* in drei verschiedenen Attentaten, an drei unterschiedlichen Stellen der Stadt mit denselben Waffen niedergestreckt.

Wobei nicht alle bei der Mordkommission das den speziellen seismographischen Fähigkeiten von Kommissar Schirosa zuschrieben, sondern eher argwöhnten, dass hier eigene Informanten im Spiel waren; schließlich gehörte der Kommissar noch zur alten Garde und hatte eine Vorliebe für traditionelle Systeme. Bei unerheblichen Vorkommnissen und kleineren Vergehen von Rück-

falltätern, ein Auge, bisweilen auch zwei zuzudrücken, führte zu ganz netten Ergebnissen in Gestalt von Informationen über sehr viel gravierendere Fälle.
In gewissen Situationen hätte Schirosa gerne auch mehr als zwei Augen zugedrückt, hätte Mutter Natur sich nicht so maßvoll bei der Verteilung der Talente erwiesen. Wie das eine Mal, als er dank eines Geheimtipps den Urhebern eines Raubüberfalls auf das städtische Postamt, eines ziemlichen großen Coups in der Art eines Postkutschenüberfalls, auf die Schliche kam.
Für manche war es ein Rätsel, weshalb es Schirosa, der inzwischen kurz vor der Pensionierung stand, nicht weiter als bis zum Kommissar gebracht hatte. Einige böse Zungen behaupteten, es wäre genau wegen dieser seiner Talente gewesen, dass nicht einmal der Schatten einer Beförderung am Karrierehorizont aufgetaucht war. Für die dort oben war Schirosa so etwas wie ein peinliches Residuum, ein schräger Verwandter, den man in den Garten hinterm Haus schickt, wenn hoher Besuch erwartet wurde. Trotzdem war Schirosa, soweit die altgedienten Semester zurückdenken konnten, der beste Seismograph, der je im Dienst der Mordkommission gestanden hatte. Und als Schirosa nun verkündete, dass nach den Toten bei der Zisa für den Moment keine größeren Sachen zu erwarten wären, hatten viele von ihnen erleichtert aufgeatmet. Keine Massaker aus Rache, kein Wiederaufleben alter Kriege und nicht einmal das Entfachen neuer. Und vor allem keine Lösung des Falls. Gewiss, die Ermittlungen würden weiterlaufen, aber mit immer geringerem Zeit- und Personalaufwand, bis schließlich alles in der Versenkung verschwunden wäre – zum Teil in Papierform, zum Teil elektronischer Machart –, aus der es nur dank eines unwahrscheinlichen Ereignisses in unbekannter Zukunft wiederauftauchen würde.
Selbst die Tageszeitung *L'Ora*, die in den guten alten Zeiten ihre Schnüffelnasen auf jede nur denkbare Fährte

losgeschickt – besonders auf die falschen, behauptete Schirosa – und einen Doppelmord mindestens eine Woche lang ausgeschlachtet hätte, selbst die verbannte die beiden Toten in immer spärlicheren Kleinstnotizen in den Lokalteil. Und das obwohl ihr für die Titelseite nur sommerliche Meldungen über Wassermangel und chaotische Verkehrsverhältnisse in den Badevororten zur Verfügung standen, garniert mit Oben-ohne-Fotos der aktuell angesagten Superschlanken. Es war eine Frage des guten Geschmacks. Die Leute waren in Urlaubsstimmung, und wenn die Halbnackten in die Innenseiten verbannt worden wären, hätte das zu herben Enttäuschungen geführt.

Andererseits, nicht alle bei der Mordkommission vertraten im aktuellen Fall ein und dieselbe Meinung. Die Hardliner des soziologischen Flügels wurden nicht müde zu betonen, dass das Ausbleiben von Ereignissen ganz und gar kein gutes Zeichen sei. Und sie hätten es auch gar nicht laut zu sagen brauchen, denn selbst die Straßenlaternen auf der Piazza della Vittoria hatten mittlerweile gelernt, dass eine solch langanhaltende Ruhe nichts anderes war als ein getarntes Machtgebaren.

Zum Glück wagte keiner mehr, auch nicht die Extremnostalgiker, das übliche »Sollen sie sich doch ruhig gegenseitig umbringen« verlauten zu lassen, was über Jahrzehnte die Hintergrundmelodie bei Mafiamorden gewesen war, auf deren Aufklärung nach einem wohlbemessenen Zeitraum stillschweigend verzichtet wurde.

Es gab jedoch noch eine zweite Art von Seismographen bei der Mordkommission: Diejenigen, die ihre Sensoren nicht nach außen, ins Milieu, richteten, sondern ins Innere des eigenen Hauses: sehr darauf bedacht, auch die unauffälligsten, kaum wahrnehmbaren unterirdischen Verwerfungen, Undulationen oder Stöße zu registrieren, um so, angefangen bei den grünschnäbeligen Polizeianwärtern bis hinauf zu den Schreibtischen der Führungs-

ebene des Polizeipräsidiums, alles mitzubekommen, was Veränderungen im Status Quo des Apparats ankündigte. Schreie und Flüstern.
Spotorno hatte sich längst an Schirosa gewöhnt. Er schätzte ihn. Seine ganz persönlichen Sensoren jedoch hatten noch nicht zu sirren aufgehört, und die seinigen waren sehr selektiv.
Da gab es beispielsweise jenes merkwürdige Detail zum Motorrad, das für den Überfall benutzt worden war.
Der Fahrzeughalter – ein gewisser Salvatore Scannariato – war sofort zu ermitteln gewesen, aber es gab nicht den geringsten Hinweis darauf, dass er den Diebstahl angezeigt hätte. Also nahmen sie ihn ins Visier: Telefonüberwachung, vierundzwanzigstündige Beschattung, Fotos.
Aber auch nach ein, zwei Tagen machte Scannariato keine Anstalten, Anzeige zu erstatten, stattdessen hatte er am Montagvormittag in einer Reiseagentur ein Flugticket für denselben Tag nach Mailand-Linate abgeholt.
Eine Stunde später stellten ihn die Kollegen in der Bar unten im Erdgeschoss, im Villaggio Santa Rosalia, in der Linken eine *ravazzata* mit Fleisch, in der Rechten ein kleines Bier, den Koffer zwischen den Beinen. Sie hatten ihn mit Sack und Pack und den Resten des Imbisses in der Hand ins Präsidium gebracht.
Scannariatos Reaktion auf ihre Mitteilung, dass seine Kawasaki bei Sant'Erasmus abgefackelt worden war, hatte sie ziemlich aus dem Konzept gebracht: In seinem Gesicht stand eine so glühende Empörung, wie er sie nicht einmal im Moment der Festnahme, beim Zuschnappen der Handschellen gezeigt hatte – was ein derart feindseliges Geräusch ist, das für gewöhnlich auch auf das Gewissen gänzlich Unbescholtener eine starke Wirkung hat.
Als er sich von dem Tiefschlag wegen der Vernichtung seines Motorrads erholt hatte, wartete er mit einer Geschichte auf, die absolut plausibel klang, auch wenn die

Ermittler noch ein paar Tage brauchten, sich davon zu überzeugen und jedes einzelne Detail zu prüfen.
Am Freitag vor dem Attentat hatte Scannariato, Angestellter im öffentlichen Dienst an der Universität, Besoldungsstufe sechs, seinen Arbeitsplatz, am Institut im Viale delle Scienze, verlassen und das Motorrad in der Tiefgarage der Fakultät an einer Eisenstange festgekettet. Es war sein letzter Tag vor den Ferien, und er hatte beschlossen, es dort zu lassen, denn am Montag darauf wollte er seinen Bruder in Brescia besuchen.
Die Garage hatte kein Tor und war nicht überwacht, doch Scannariato verfügte einfach über keinen besseren Platz. Außerdem war es nicht das erste Mal, dass er sein Motorrad mehrere Tage am Stück dort parkte; bis dato war in dieser Garage noch nie etwas vorgekommen, nicht einmal ein Autoradio war geklaut worden.
Wer hätte ihm denn mitteilen sollen, verehrter Dottore, dass man ihm in der Zwischenzeit seine Kawasaki gestohlen hatte, die zwar gebraucht gekauft war, aber immer noch wie eine Rakete loszischte und ansonsten nicht einmal versichert war? Wer bezahlte ihm jetzt den Schaden?
Und so hatte sich eine der Spuren, die vielen, nicht aber Spotorno, als viel versprechend erschienen war, in Luft aufgelöst. Seine allzu selektiven Sensoren hatten sich auf eine andere, ganz anormale Wellenlänge eingepegelt, die voller Störfrequenzen war. So wie als Jugendlicher, wenn er versucht hatte, das alte Röhrenradio vom Modell Allocchio Bacchini auf Kurzwelle einzustellen, um die Nachrichten zu empfangen, die die Schiffe von irgendeinem Punkt des südlichen Tyrrhenischen Meeres aus sendeten; im entscheidenden Moment war stets das Hintergrundgeräusch lauter geworden, bis schließlich die elektrischen Entladungen alles noch wirrer und total unverständlich machten.
Während Spotorno Scannariato musterte, dem gerade nicht nur sein Motorrad, sondern auch das Geld für

sein Flugticket flöten gegangen war, und wer weiß, vielleicht sogar die gesamten Ferien, wurde das Hintergrundrauschen jedenfalls immer stärker. Und je mehr das Rauschen anschwoll, desto deutlicher spürte Spotorno ein Vibrieren seiner Sensoren.

Die Spur war falsch, einverstanden. Aber bis zu welchem Punkt war sie das? Sein Gegenüber war viel zu simpel gestrickt, um ein doppeltes Spiel bis zum Ende zu spielen. Man musste ihn sich nur anschauen, wozu Spotorno ausreichend Gelegenheit hatte in den knapp zwei Tagen, die notwendig waren, um Scannariatos Aussagen zu überprüfen. Er hatte dessen Gesicht frontal studiert, im Dreiviertelprofil, im Vollprofil. Aus den Akten ging nichts hervor. Keine Vorstrafe, nicht einmal ein Strafzettel wegen überhöhter Geschwindigkeit. Eine unbescholtene Familie, zu der lediglich ein älterer Bruder gehörte, ein Turnlehrer in einer Schule im Hinterland von Brescia, verheiratet mit einem anständigen Mägdelein aus der Poebene. Auch aus seiner Berufswelt nur positive Rückmeldungen: Der junge Mann war in Ordnung, vertrauenswürdig, lediglich ein klein wenig träge, was sich aber noch im Rahmen des Üblichen hielt.

Spotorno hatte noch mehr getan. Ganz diskret hatte er Puleo in die Spur geschickt, um alle Personen aus dem Umfeld des Mannes abzuklappern. Puleo war ein Meister im Kontakteknüpfen mit Menschen jeglicher Herkunft, Geschlecht, Rasse und Religion. Das war einerseits seinem neapolitanischen Akzent geschuldet, andererseits musste es damit zu tun haben, dass er nicht wie ein Bulle wirkte, auch wenn sein Gegenüber wusste, wer er war.

Puleo stellte niemals direkte Fragen. Stets blieb er im Allgemeinen, schweifte ab, lenkte die Rede leichthändig in gewisse Richtungen. Und erhielt im Gegenzug den gleichen Typ *Ware*. Irgendwo inmitten ausschweifender Erwiderungen gab es manchmal ein knappes Zeichen mit dem Kopf von oben nach unten oder umgekehrt. Ein

Verziehen des Mundes. Oder nach oben gedrehte Handflächen.
Puleo registrierte, verarbeitete und machte Mitteilung darüber.
Auch in diesem Fall war der junge Beamte mit unerwarteten Neuigkeiten zurückgekehrt, über die Spotorno jedoch nicht vollends verwundert war.
Der Diebstahl des Motorrads war etwas, das sozusagen nicht dem regulären Prozedere gefolgt war. Niemand hatte dazu bei den richtigen Personen die Genehmigung eingeholt. Und kcine dieser richtigen Personen hatte auch nur im Traum daran gedacht, die Sache zu autorisieren. Und da das Motorrad nicht für das Klauen von ein paar Lutschern dienen sollte, wäre eine solche Genehmigung eigentlich unabdingbar gewesen.
Diese Information, das war die Habenseite, galt als gesichert. Andernfalls hätte es auf die bohrenden, nicht ausgesprochenen Fragen von Puleo ganz einfach keine Antworten gegeben. Es ließ sich daraus ableiten, dass der Urheber des Diebstahls ein Einzelgänger war. Oder dass er die Befehle von Gegnern des Clans befolgte, der in diesem Bezirk das Sagen hatte.
Spotorno hatte sich höchstpersönlich an den Schauplatz des Geschehens begeben. In der Tiefgarage standen nur wenige Autos, denn das Personal des Instituts und die Studenten fanden es viel praktischer, auf der großen Freifläche darüber zu parken, bis diese randvoll war. Und nur wer oben keinen Platz mehr fand, drehte die große Runde, um in die Tiefgarage zu gelangen.
Wer immer die Kawasaki gestohlen hatte, konnte das in dem Zeitintervall zwischen Freitag vierzehn Uhr – also nachdem Scannariato hinuntergegangen war, um sie noch ein letztes Mal zu hätscheln und sich dann zu Fuß auf den Heimweg zu machen – und Samstag halb zwölf, eine halbe Stunde vor dem Attentat, getan haben.
Die Tiefgarage war ein einsamer, auch mitten am Tag

fast dunkler Ort, denn es gab dort nicht die Spur von elektrischer Beleuchtung. Die Wahrscheinlichkeit, dass irgendwer darauf achten würde, ob sich da jemand an einem Motorrad zu schaffen machte, schien tatsächlich kaum gegeben. Und dass die Operation des Nachts stattgefunden haben sollte, war ebenfalls unwahrscheinlich. Viale delle Scienze war keine Durchfahrtsstraße, und am Abend wurden die Zugänge zum Universitätscampus ständig von Wachpersonal kontrolliert. Bei Tag hingegen wäre jemand, der auf einem Motorrad das Gelände verlässt, nicht groß aufgefallen. Selbst am Samstagvormittag herrschte hier immer ein reges Kommen und Gehen von Studenten, Angestellten und Professoren, vor allem jetzt, wo ein Großteil der Examen und Doktorandenprüfungen des Sommerhalbjahrs stattfanden und obendrein Scharen von Verwandten mit in Zellophan gehüllten Gladiolensträußen vor dem Universitätsgebäude warteten.

Wäre ich eine Comicfigur, dachte Spotorno, nachdem er sämtliche Örtlichkeiten, die externen Zufahrtswege und das gesamte Gelände von allen Seiten genauestens in Augenschein genommen hatte, dann würde jetzt über meinem Kopf ein Licht aufleuchten. Vielleicht keine Hundert-Watt-Birne, vielleicht nur ein Glühfaden, aber doch eine Erleuchtung.

Und dieses Licht teilte er mit Puleo, als der seinen mündlichen – und sehr vertraulichen – Bericht über seine Kontaktpersonen beendet hatte:

— Es gibt einen Helfershelfer, sagte Spotorno.

— Wobei?, fragte Puleo.

— Beim Diebstahl der Kawasaki. Die sind nicht per Zufall in der Garage gelandet. Hier kommt man nicht einfach so vorbei. Die sind ganz gezielt hinuntergegangen, weil sie wussten, dass hier das Motorrad stand. Und sie wussten ebenfalls, dass keiner so schnell das Verschwinden bemerken würde, weil sie auch über Scannariatos Abreise in die Ferien informiert waren.

— Denken Sie an jemandem aus seinem beruflichen Umfeld?
— Das ist eine Möglichkeit. Oder es ist jemand aus seinem Freundeskreis. Wir brauchen ein Verzeichnis sämtlicher Personen aus den einzelnen Fakultäten, nicht nur die Dozenten, sondern alle, die hier um die Garage herumschwirren. Einschließlich der Doktoranden. Und dann brauchen wir eine Liste mit all den Leuten, die Scannariato außerhalb seines Arbeitsfelds frequentiert: Verwandte, Freunde, Vereine, Gemeinde, Frauen … Ach ja, und auch seinen Mechaniker. Du kannst Gift drauf nehmen, dass er einen Mechaniker seines Vertrauens hat, so wie ihm sein Motorrad am Herzen lag.
— Das ist eine Sisyphusaufgabe, Dottore.
— Ich weiß, aber du bist doch tüchtig. Es ist eine Chance. Minimal, aber immerhin sollten wir es versuchen. Falls wir einen Zusammenhang, ein Verbindungsglied finden …
Puleo stieß einen Seufzer aus.
— Es wird eine Weile dauern, bis wir alle diese Namen zusammenhaben. Die Universität ist nicht das Problem, dort gibt es sicher Verzeichnisse mit sämtlichen Personendaten der Beschäftigten. Aber die erfassen nicht die Namen der Studenten, die im Internat leben, die ehrenamtlichen Assistenten, die nicht immer in den Unterlagen auftauchen …
— Wir müssen auch an das Reinigungspersonal denken. In einigen Instituten nehmen sie dafür externe Firmen, also sind die Namen der Reinigungskräfte nicht in den Personalakten zu finden. Auch die müssen überprüft werden, denn oft unterhalten gerade sie gute Beziehungen zum Hilfspersonal.
— Der nervigste Teil wird der außerhalb seines Arbeitsfelds sein. Dort gibt es keine Verzeichnisse, da ist echte Ermittlungsarbeit angesagt …
— Na und, Save', wir sind doch echte Bullen oder etwa

nicht? Je schneller du dich in Bewegung setzt, desto früher sind wir fertig. Am besten fängst du mit den einfachen Dingen an. Besorg dir diese Verzeichnisse, dann schauen wir uns die als Erstes an. Für die anderen Namen müssen wir diesen Idioten Scannariato ausquetschen. Wir setzen ihn weiterhin unter Druck, ohne durchblicken zu lassen, dass wir ihm seine Version abkaufen; er soll uns die Namen sämtlicher Personen, mit denen er zu tun hat, einschließlich Anschrift und so weiter aufschreiben. Vielleicht gibt's einen Paukenschlag, und wir stehen vor der Lösung.
Puleo rechnete nicht damit. Und alles in allem, das verriet ihm sein Gespür, glaubte auch sein Chef nicht daran. Doch wie der Dottore gesagt hatte, es gehörte einfach zu den Dingen, die getan werden mussten. Wenn es tatsächlich irgendwo einen kleinen Riss gab, dann musste für den, der seinen Fuß darauf setzte, ein reißender Schlund daraus werden.

Obwohl sich alle auf die Geschichte mit dem Motorrad und auf Scannariato konzentrierten, war im Verlauf dieser beiden Tage noch etwas anderes ans Licht gekommen.
Es stand nun fest, dass Mancuso Gaspare, genannt Asparino, jeden Samstag gegen Mittag, bei Wind und Wetter, Fisch für die ganze Familie in der Fischhandlung Rotella kaufte. Vorausgesetzt natürlich – das hatten die Schwestern des Toten hinzugefügt – das Meer am Vortag war so, dass die Boote überhaupt aus der Bucht ausfahren konnten. Denn wie sonst hätte der Fisch frisch sein können?
— Asparino hatte eine feine Nase, was Fisch anging, Dottore. Er kontrollierte die Augen und die Kiemen, kratzte mit dem Fingernagel daran und erkannte zu hundert Prozent, ob der Fisch für uns taugte oder nicht. Was Fisch anbetraf, da vertraute er keinem, nicht einmal unserer Mutter. Aus dem Grund wollte er den Fisch immer selbst

kaufen. Er nahm ihn auch eigenhändig aus, machte mit Holz und Kohle ein Feuerchen und grillte ihn besser, als sie es in jedem Restaurant können … Er tunkte ein Oregano-Büschel in Olivenöl und Zitrone und bestrich den Fisch damit, wieder und wieder, würzte ihn mit Knoblauch, Lorbeer und *peperoncini* … so lecker, Dottore, mit nichts zu vergleichen. Saftiger als jedes Stück Fleisch.
Die Schwestern Mancuso hatten keinerlei Bedenken gezeigt, der Polizei derartige Einzelheiten preiszugeben, durchwirkt von lebendigen Details über die wahre Persönlichkeit des Verstorbenen – der ach so gutmütig war, und alle hatten ihn ins Herz geschlossen.
Nun, beinahe alle, hatten diejenigen, die die Befragungen durchführten, im Stillen kommentiert. Puleo kamen die Beteuerungen von Rotella in den Sinn, der geleugnet hatte, Asparino überhaupt zu kennen, und er hätte gute Lust gehabt, zu dem Fischhändler in der Via Damasco zurückzugehen und ihm den Eimer mit Fischinnereien über dem Schädel auszuleeren.
Über Rosario hatten Mancusos Familienangehörige kaum etwas zu sagen gewusst. Er war kein wirklich enger Freund von Asparino, und die beiden kannten sich auch nicht besonders lange. Rosario begleitete ihn einfach von Zeit zu Zeit, nicht nur um Fisch zu kaufen, sondern auch um ein paar Angelegenheiten für ihn zu erledigen.
— Und was waren das für Angelegenheiten?, hatten die Ermittler nachgehakt.
— Nichts Besonderes, er besorgte Nachschub für die väterliche Feinkosthandlung. Oder hätte er etwa die Laibe Canestrato-Käse zu Fuß beim Großhändler auf dem Lattarini-Markt abholen sollen, nur weil irgendein Mistkerl das Maul nicht hatte halten können und man ihrem geliebten Anverwandten deshalb den Führerschein entzogen hatte?
— Und sonst?
— Und sonst nichts. Die eine oder andere Tour in eige-

ner Sache. Hätten sie etwa von ihrem Bruder Rechenschaft verlangen sollen darüber, was er tat und was er nicht tat?! Er war ein erwachsener Mann, und was für ein Kerl! Mannsbilder von dem Schlag bringen die Mütter von heute nicht mehr zustande.

Die Schwestern Mancuso hatten sich am Ende als der redselige Teil der Familie erwiesen. Aus dem Mund des Vaters war nicht eine Silbe gekommen. Die gleiche Chose bei der Mutter, abgesehen von ihrer Jammertirade, die sie gebetsmühlenartig wieder und wieder anstimmte. Die Ehefrau, im sechsten Monat schwanger, war von den Schwägerinnen mit Nachdruck ins Bett bugsiert worden, und niemand war gewillt, die Verantwortung zu übernehmen und sie einem, wenn auch harmlosen, Verhör zu unterziehen, es wäre ohnehin nichts dabei herausgekommen: Die Dame gehörte zu der häufig anzutreffenden Kategorie von Ehefrauen, Müttern oder Schwestern, die sich über die Herkunft des opulenten Wohlstands der Familie keinerlei Gedanken machten.

Die Mancusos lebten im Stadtteil La Noce, in einem zweistöckigen Haus aus dem frühen 20. Jahrhundert, ein sehr schlichter Vorstadtbau, an dem der Verputz abblätterte und seit der Fertigstellung des Gebäudes nie mehr ein Handschlag gemacht worden war. Das Innere hingegen war aufwendig renoviert und verschönert worden und hatte am Ende Ähnlichkeit mit der Verzierung auf einer *cassata siciliana*, die der überschäumenden Phantasie eines Konditors entsprungen war. Asparinos Familie bewohnte das obere Stockwerk, Vater, Mutter und Schwestern lebten in der Etage darunter und im Erdgeschoss befand sich der Feinkostladen: groß, modern, mit breitgefächertem Sortiment und einem geräumigen Lagerraum.

Asparinos Schwestern gaben Rosario die Schuld am Tod ihres Bruders, der keine Feinde gehabt hatte und dem folglich nur seine zufällige Anwesenheit im Auto zum

Verhängnis geworden war. Alamia, ja der, der musste ein echter Schwerverbrecher sein, und folglich war jene *Bleiinfusion*, die nun auch ihren Unschuldsengel vergiftet hatte, für ihn bestimmt gewesen.
Spotorno hatte die Mundwinkel zu einem bitteren Lächeln verzogen, denn er erinnerte sich an eine Episode, die Amalia ihm erzählt hatte, nachdem in der Stadt die Nachricht von einem Mordanschlag mit vier Opfern die Runde gemacht hatte, zu denen außer der berüchtigten Zielperson auch der Portier eines Wohnhauses zählte.
Mit eigenen Ohren hatte Amalia in einem der Gebäude in unmittelbarer Nachbarschaft zu ihrer Schule eine Portiersfrau mit inbrünstiger Überzeugung sagen gehört:
— Die wollen sämtliche Pförtner umbringen.
Ja, das war sie, die wahrheitsliebende und lebhafte Darbietung der echten Seele dieser Stadt. Vorausgesetzt, diese Stadt besitzt überhaupt eine Seele, hatte Amalie mit einem Seufzer hinzugefügt.

Spotornos Beruf

Spotorno ließ sich regelmäßig auf den Beisetzungen blicken, bei denen der Tote ein Mordopfer war, aber nur, wenn die Täter noch unentdeckt waren. Die jeweiligen Trauerfeiern boten eine einmalige Gelegenheit, Verwandte und Bekannte der Opfer an einem Ort vereint zu sehen. Wenn es Spotorno nur irgend möglich war, ging er in die Kirche und verfolgte die Trauerzeremonie von einem unauffälligen Platz ganz hinten in einem der Seitenschiffe aus und versuchte, die jeweilige Körpersprache der Anwesenden zu deuten.

Noch besser taugten die Friedhöfe als Beobachtungsposten, denn dort konnte er auch die Gesichter studieren. Nicht, dass er sich eingebildet hätte, auf diesem Wege den Täter zu entdecken. Es diente ihm nur dazu, sich ein genaueres Bild von den familiären und außerfamiliären Dynamiken im Umfeld des Verstorbenen zu machen. Die auf Dominanz und Abhängigkeit basierenden Beziehungen zu erspüren, Vermutungen über die Gleichgewichtungen anzustellen, so etwas war sehr hilfreich, um die Verhörstrategien entsprechend auszurichten. Die Ermittlungen auf Hinz statt auf Kunz zu lenken. Die Bestätigung oder zumindest die Bekräftigung einer Wahrnehmung, eines Verdachts, eines Indizes, einer Hypothese zu bekommen.

Die Trauerfeier von Asparino wurde in der Kirche Maria

Santissima Assunta in der Via Perpignano abgehalten. In der Mordkommission wurden entsprechende Anordnungen gegeben, um dort einen Überwachungsposten zu organisieren und Foto- und Filmaufnahmen zu machen.
Spotorno entschied sich für Rosarios Beisetzung. Vor sich selbst hatte er diese Wahl als ausschließlich beruflich begründet. Aber in Wirklichkeit folgte er damit weniger einem ausgereiften Entschluss als einer Art mentalem Automatismus, der viel eher zum Kreis der unumstößlichen Tatsachen gehörte. Eine wirklich professionelle Entscheidung wäre die für die andere Beisetzung gewesen.
Es waren nicht viele Personen in der Kirche San Matteo auf dem Corso Vittorio Emanuele. Wie üblich traf Spotorno ein, als die Zeremonie bereits begonnen hatte, und nahm seinen Beobachterposten auf einer der hinteren Bänke ein.
Maddalena saß an der Seite ihres Ehegatten in der ersten Reihe. Zwei Bürschchen mit roten Haaren, als Messdiener gekleidet und einander auffallend ähnlich, standen dem zelebrierenden Priester zur Seite. In beiden Gesichtern spiegelte sich die Anspannung. Zweifelsohne handelte es sich um die Söhne von Maddalena und diesem Manlio Beltramini. In der zweiten Reihe saß eines der beiden Fräulein. Spotorno vermeinte, Nunzia zu erkennen. Sie hatte immer eine besondere Schwäche für Rosario gehabt, und Rosa Brancato Alamia hatte sie oft deswegen aufgezogen, sie Rosarios Verlobte genannt. Grazia, das andere Fräulein, musste in der Via Zara geblieben sein, um Signora Rosa Gesellschaft zu leisten, denn Spotorno hatte vergeblich nach ihr Ausschau gehalten.
Maddalena hatte die Mutter vermutlich überredet, zu Hause zu bleiben, aus Besorgnis, dass sie der Aufregung nicht würde standhalten können.
Er ließ seinen Blick über die wenigen anderen Anwesenden gleiten. Darunter vielleicht ein paar Bewohner des

Hauses in der Via Zara, Kollegen oder Angestellte der Reiseagentur Beltramini. Einige sehr betagte Damen saßen in einem Grüppchen auf den seitlichen Bänken, längs der kurzen Arme des Querschiffs, und ließen die Perlen des Rosenkranzes zwischen den Fingern hindurchgleiten. Spotorno fiel auf, dass ihre Rosenkränze alle ganz schwarz waren. Vielleicht gehörten die Frauen einer Kongregation oder irgendeinem Gebetskreis an, dessen Mitglied Signora Rosa war.

Jemand räusperte sich, und Spotorno kam die Erklärung von Rosarios Mutter von vor vielen Jahren wieder in den Sinn, weshalb die Kirche im Volksmund *San Matteo dei catarrosi* hieß, »Heiliger Matthäus der vom Katarrh Geplagten«. In dieser Kirche wurde die früheste Morgenmesse der ganzen Stadt abgehalten, zu der nur alte Leute kamen, und es war alles ein Räuspern und Hüsteln, angefangen beim Zelebranten.

Spotorno war damals ein wenig angeekelt gewesen und hatte dieses eine Mal höflich die von Signorina Grazia angebotene *Iris al forno* abgelehnt. Dann hatte er seine Mutter gebeten, diese Kirche aus der Runde der sieben Grabkirchen auszuschließen, deren Besuch in der Vorosterwoche obligatorisch war.

Für einen langen Moment glaubte er, den schweren, süßlichen und sinnlichen Geruch der Osterkirchen in der Nase zu haben: diese unverkennbare Mischung aus Lilienduft, geschmolzenem Kerzenwachs und verbranntem Weihrauch. Seine Mitbürger von der Insel brachten es fertig, selbst einen Feiertag, der für den Rest der Christenheit ein Grund zur Freude war, zu einer finsteren Angelegenheit zu machen.

Umgehend hüllte er seine Erinnerung wieder in nüchterne Farben und lenkte seine volle Aufmerksamkeit auf die Blumenkissen rings um den Sarg von Rosario, die brennenden Kerzen an den Seiten und den Weihrauch, der aus den Weihrauchfässern quoll.

Beltramini saß stocksteif und angespannt mit auf der Brust verschränkten Armen da. Spotorno fiel auf, dass jeder seiner Bewegungen ein kurzes Zögern vorausging. Ganz offenbar hatte er keine Ahnung von den Liturgiesequenzen und schien sich auf das Prinzip der Imitation zu verlassen und einfach die Gebärden der anderen nachzuahmen. Als der Zelebrant die Anwesenden zum Austausch der Friedensgeste aufforderte und Maddalena ihm die rechte Hand entgegenstreckte, kam er für einen Moment aus dem Takt, stockte und drückte sie dann mit demonstrativem Nachdruck.

Spotorno fragte sich, ob Beltraminis unübersehbare Nichtreligiosität nicht einer der Gründe dafür war, weswegen Signora Rosa ihrem Schwiegersohn keine überschwänglichen Gefühle entgegenbrachte. Maddalena drehte sich um und gab auch Nunzia und den anderen Anwesenden in der zweiten Reihe die Hand. Dann ließ sie den Blick zum Ende des Kirchenschiffs schweifen und entdeckte ihn.

Zumindest wollte er es so verstanden haben, denn für einen langen Moment hatte er gesehen, wie sich ihre Gesichtszüge entspannten, und das versetzte ihm vor lauter Befriedigung einen regelrechten Stich. Was ihm sofort unpassend erschien.

Er hatte niemanden neben sich, mit dem er den Friedensgruß hätte austauschen können. Außerdem war er nur der Form halber hier und nicht, weil er selbst besonders gläubig war. Besser gesagt, er war es gar nicht. Seine persönlichen Beziehungen zum Göttlichen waren mit dem Eintritt ins Erwachsenenalter sehr dürftig geworden, und Beisetzungen, Hochzeiten, Taufen oder Erstkommunionen waren, wenn er wirklich nicht darum herumkam, die einzigen Gelegenheiten, bei denen er seinen Fuß in die Kirche setzte.

Im Grunde – das hatte er einmal Amalia gegenüber zugegeben – verließ er sich lieber auf seine ganz persönlichen Vorstellungen davon, was wir sind, woher wir kommen und wohin wir gehen. Gleichwohl missfiel es ihm nicht, sich im Innern einer schönen Kirche der Betrachtung zu überlassen, wenn sich dies ergab. Und was die Würdenträger des heiligen Amtes anging, so kannte er einige Priester, die er schätzte und mit denen er sich gerne austauschte, wie beispielsweise Don Pino in Brancaccio. Doch damit hatte es sich auch schon.

Nachdem der Zelebrant den Sarg mit Weihwasser bespritzt hatte, verließ Spotorno die Kirche noch vor den Schlusssegnungen. Er wollte genügend Zeit haben, um sein Auto zu holen und sich hinter dem Leichenwagen in das Ende der Fahrzeugkolonne einzureihen, die vermutlich überschaubar sein würde.

Er hatte den Fiat 131 in der Piazzetta delle Vergini gelassen, gleich hinter der Schokoladenfabrik an der Salita Castellana, die Fahrzeugschnauze berührte fast den öffentlichen und ausgetrockneten Brunnen. Nur mit Mühe entkam er dem Gewirr der Einbahnstraßen, bis er schließlich auf dem Corso Vittorio Emanuele herauskam, wo er sich dann hinter dem Leichenwagen und den wenigen anderen Fahrzeugen befand, die alle mit zwei Rädern auf dem Gehsteig geparkt hatten.

Gleich darauf trat Maddalena aus der Kirche, und bevor sie die Straße überquerte und in einen weißen Fiat Regata einstieg, schien sie einen Augenblick innezuhalten und nach jemandem Ausschau zu halten.

Spotorno verspürte erneut jene schuldbewusste Freude, wie sie ihn schon hinterrücks in der Kirche überfallen hatte.

Der Fiat Regata mit Beltramini am Steuer fuhr hinter dem Leichenwagen. Die Luft war schwer und feucht geworden, die Hemden klebten auf der Haut, und der Fahrer des Leichenwagens hatte es sichtbar eilig, an einen kühleren Ort zu gelangen. Spotorno beschleunigte, um nicht den Anschluss zu verlieren.

Am Rotoli-Friedhof fuhren die wenigen Autos allesamt hinter dem Leichenwagen durch das Portal.
Spotorno vertraute seinen Wagen dem jungen Afrikaner an, der als Subunternehmer hier die Erlaubnis zum Betreiben eines illegalen Parkplatzes hatte, und ging zu Fuß auf den Friedhof. Er fragte einen der Wächter nach den Koordinaten für das Grab der Familie Alamia und fand nach einigen Schwierigkeiten die Stelle in dem Teil des Friedhofs, der den Ausläufern des Monte Pellegrino am nächsten lag.
Er hielt sich auch hier am Rande des Grüppchens aus Männern und Frauen, die um die Grablegung herumstanden. Nur Beltramini bemerkte ihn und warf ihm einen kurzen, neugierigen Blick zu. Maddalena blickte unentwegt auf den Sarg, bis das Grab durch die schwere Marmorplatte verschlossen war. Sie übernahm es, die Blumen darauf zu arrangieren. Dann näherten sich alle und küssten schön der Reihe nach Maddalena, die beiden Buben und Beltramini. Auch Spotorno kam näher und unterzog sich dem Ritual. Maddalena drückte ihm fest beide Hände und sagte leise seinen Namen: Vittorio. Sie trug eine sehr dunkle Sonnenbrille, die viel zu groß war für ihr schmales Gesicht.
— Wir müssen reden, Maddalena, sagte Spotorno. Zu seinem Bedauern rutschten ihm diese Worte in einem viel zu harschen Ton heraus. Maddalena reagierte, als hätte sie mit nichts anderem gerechnet, und wandte sich zu ihrem Gatten um:
— Manlio, nimm du die Jungs mit. Mich begleitet Kommissar Spotorno, nicht wahr Vittorio? Der Kommissar ist ein Jugendfreund von mir und Rosario. Wir treffen uns dann bei Mama. Kinder, ihr leistet der Oma Gesellschaft, bis ich komme.
Trotz des neuerlichen Verweises auf die alten Freundschaftsbande bewirkte das Bekanntgeben von Spotornos Beruf, dass die Mitfahrt in seinem Wagen nicht mehr

den Charakter des Freundschaftlichen, sondern des Halboffiziellen bekam. Beltramini schien nicht verwundert, aber auch nicht glücklich darüber. Er bugsierte die Buben in seinen Regata und fuhr los, ohne seiner Gemahlin und Spotorno eine Mitfahrt bis zum Wagen des Kommissars angeboten zu haben.

Auf dem Weg zum Friedhofsausgang sagte keiner von beiden ein Wort. Spotorno befreite sein Auto aus einem Labyrinth doppelter Parkreihen, und erst als er den *Bug* in Richtung Addaura lenkte, schien Maddalena zu erwachen:

— Was wolltest du mich fragen?

Spotorno ließ sich Zeit, um den richtigen Ton zu finden:

— Erinnerst du dich, was du mir neulich erzählt hast? Dass das Geschäft deines Mannes nicht sonderlich läuft. Andernfalls hättest du dich für Rosarios Anstellung starkgemacht. Was wolltest du damit sagen?

— Fragt mich das der Freund oder der Polizeikommissar?

— Was ändert das?

Maddalena seufzte. Auch sie schien sich Zeit zu lassen.

— Nichts, sagte sie schließlich, das ändert nichts. Noch ein Seufzer. Rosario ist kein einfacher Mensch. Du hast ihn zwar nur gekannt, als wir noch jung waren, aber du hast viel Zeit mit ihm verbracht. Folglich weißt du auch, wie er war. Er hat immer so getan, als hätte es die ganze Welt auf ihn abgesehen. Solche Dinge verlieren sich manchmal mit dem Älterwerden. Bei Rosario war das nicht so. Im Gegenteil, es wurde immer schlimmer. Einem Kind sieht man gewisse Sachen noch nach, aber bei einem Erwachsenen, da gibt es keine Schutzheiligen, die man anrufen könnte. Die Hauptschuld trägt unsere Mutter, die ihn immer und zu hundert Prozent in Schutz genommen und sich aufs Jammern beschränkt hat. Auch vor dir, ich weiß. Natürlich habe auch ich meinen Bruder beschützt, wenn Papa ihn vermöbeln wollte. Papa hat

sich zu Hause nur um seine Angelegenheiten gekümmert und erst eingegriffen, als mit Rosario ohnehin alles verloren war und seiner Meinung nach nur noch eine Tracht Prügel half.
Sie machte eine Pause, vielleicht weil sie gemerkt hatte, dass ihre Stimme brüchig wurde. Dann sprach sie weiter:
— Ich will hier keine Küchenpsychologie betreiben, aber Tatsache ist, dass Rosario sich mehr und mehr abkapselte, unausstehlich wurde, immer aggressiver, finsterer. Im Grunde aber hat er sich sein gutes Herz bewahrt. Großzügig und auf seine Weise loyal, ja. Du weißt ja, bei ihm muss man nur die richtige Taste drücken, darin ist er sich treugeblieben. Er ist der Typ, der für seine Freunde das letzte Hemd hergibt. Und Freunde hat er jede Menge. Das waren alles einseitige Beziehungen. Wie viele von denen waren auf seiner Beerdigung? Keiner. Du warst da, ich hab dich hinten in der Kirche gesehen. Aber die anderen?
Schlagartig verstummte sie. Spotorno ging vom Gas, denn sie hatten bereits die ersten Häuser von Mondello erreicht, und er wollte nicht zu früh am Ziel sein. Maddalena fuhr fort:
— Siehst du, automatisch rede ich über Rosario, als wäre er noch am Leben, als käme ich nicht gerade von seiner Beerdigung. Der Schmerz, der schneidende, der wird erst später kommen; heute Nacht, morgen Nacht. Du bist Einzelkind, solche Dinge kannst du vielleicht nicht verstehen.
Spotorno verstand sehr wohl und mehr als das, aber er beließ es dabei.
— Rosarios Freunde haben ihn reingelegt. Je härter und unzugänglicher sein Charakter wurde, umso bereitwilliger und hingebungsvoller verhielt er sich genau gegenüber den Personen, mit denen er gerade noch heftigen Zoff gehabt hatte. Alles die falschen Leute. Einmal habe ich in einem Buch eine sehr passende Formulierung ge-

funden: das Leben nur auf der dunklen Seite leben. Das schien wie für Rosario gemacht. Die Wahrheit ist, dass so etwas einfach passieren musste: Rosario hatte sich unwissentlich auf eine Bahn begeben, die unausweichlich in den Tod führte. Nie hat er es geschafft, länger als ein, zwei Monate bei einer Arbeitsstelle zu bleiben: als Diskjockey, Animateur in Ferienclubs, Handelsvertreter, Moderator beim freien Radio. Er hat sich sogar mit einem Freund zusammengetan, um eine Pizzeria zu betreiben; unsere Mutter hat ihm heimlich, ohne Vaters Wissen, Geld gegeben. Du kannst dir vorstellen, wie es endete. Auch Nunzia, die sich, wie du weißt, für Rosario vom Monte Pellegrino gestürzt hätte, muss ihm von Zeit zu Zeit etwas zugesteckt haben. Vielleicht hat sie das bis zum Schluss getan. Aber wer will sie schon dazu befragen? Und welche Bedeutung sollte das jetzt noch haben?

— Und was hat die Agentur deines Ehemanns mit Rosario zu tun?

— Die Agentur ist praktisch dieselbe, in der Papa bis zu seiner Verrentung gearbeitet hat. Er war dort Buchhalter. Papa hatte zwar keine großartige Ausbildung, aber er war extrem pingelig und vor allem streng. Er schien wie gemacht für diese Arbeit. Eine mittelgroße Agentur auf dem Corso Olivuzza. Heute heißt sie Beltramini-Travel. Dort haben Manlio und ich uns kennengelernt, als Papa kurz vor der Rente stand, und ich ihn, wenn es regnete, mit dem Auto abholte, denn er fuhr ja nicht selbst. Manlio stammt aus einem kleinen Ort im Hinterland von Mailand, aber seinen Militärdienst hat er hier absolviert, und Palermo hat ihm zugesagt. In der ersten Zeit hat er immer behauptet, diese Stadt würde jemandem, der tatsächlich etwas auf die Beine stellen will, große Chancen bieten. Inzwischen hat er seine Meinung vielleicht geändert, aber nun, wo die Jungs auf der Welt sind, ist es ohnehin zu spät, und auch ich wäre gegen einen Umzug.

Jedenfalls hat sich Manlio damals auf die Stellenanzeige beworben, die der alte Besitzer des Reisebüros in einer Fachzeitung geschaltet hatte, und nach einer Probezeit haben sie ihn übernommen. Er verfügte schon über Berufserfahrung auf dem Gebiet, auch im Ausland. Außerdem spricht er gut Englisch. Und schließlich half ihm eine glückliche Fügung. Der alte Eigentümer hatte keine Nachkommen und mochte ihn.

Sie zögerte ein wenig, bevor sie fortfuhr:

— Er kann was, wenn er will.

— Aber das, was er dann will, geht dir oft gegen den Strich, sagte Spotorno.

Der Schlag war blind ausgeführt, und er bereute ihn unmittelbar, denn Maddalena hatte doch alle Schranken fallengelassen. Das hätte gerade noch gefehlt, dass er diese Frau, der das Leben keine großartigen Geschenke gemacht hat, zum Weinen brachte.

— Ist das so offensichtlich?, fragte sie. Ihrer beherrschten Stimme nach war sie den Tränen nahe.

— Aber du darfst jetzt nicht schlecht von Manlio denken: Er ist ein guter Mann. Liebevoll, fürsorglich, ein perfekter Vater. Und ein Arbeitstier. Nur, dass er eben diese Mentalität hat. Aber das hat nichts damit zu tun, dass er aus dem Norden stammt, bei uns hier geschehen schlimmere Dinge.

Spotorno wusste das nur zu gut. Er brachte ihre Unterhaltung zurück zu dem Punkt, an dem sie einige Meter zuvor gewesen waren:

— Also hat der alte Inhaber das Geschäft an deinen Ehemann weitergegeben.

— Ja, und das zu sehr günstigen Konditionen. Er selbst war den Anforderungen nicht mehr gewachsen.

— Und was hat Rosario mit all dem zu tun?

— Denkst du, dass ich nicht alles versucht hätte, um meinen Bruder, der ziel- und planlos in den Tag hinein lebte, auf irgendeine Weise in diesem Reisebüro unterzubringen? Und wenn er nur als Laufbursche dort geblieben wäre. Aber du kannst dir sicher denken, wie das gelaufen ist. Wie all die anderen Male auch. Ich hatte alle Hände voll zu tun, um Manlio zurückzuhalten, der Rosario schon nach einer Woche am liebsten *gehängt und gevierteilt* hätte. Feste Zusagen nicht eingehalten, Kunden behandelt wie Spuckbecher, Verabredungen platzenlassen … Aber gut, es bringt nichts, hier alle Details auszuwalzen. Wenn wenigstens die Geschäfte gut gelaufen wären, in der Agentur. Aber nein, diese verdammte Krise, die einfach kein Ende nimmt, und zum Abschluss des Geschäftsjahrs wissen wir nie, ob es jetzt den großen Knall tut oder ob wir uns noch auf den Beinen halten können. Dann landen wir im neuen Jahr, müssen die Ärmel hochkrempeln, und das Gestrampel geht von vorne los. Ich weiß um diese Dinge von Manlio und sehe sie für den Moment ziemlich von außen, ich bin nicht über die eigentliche Geschäftsführung im Bilde. Ich bin nur ab und zu mal in der Agentur und erledige, was gerade so ansteht. Weißt du, die Jungs kann man noch nicht allzu lange sich selbst überlassen … Jedenfalls, wären die Dinge besser gelaufen, hätte ich Manlio schon überzeugen können, Rosario ein Gehalt zu zahlen, selbst wenn es nur fürs Nichtstun gewesen wäre. Oder für das, was er eben leisten konnte. Aber mit zwei kleinen Kindern … Das war es, was ich dir neulich sagen wollte.

— Verstehe. Was ich nicht verstehe, ist, was Rosario mit diesem Verbrecher zu tun hatte. Wir wissen, dass er ihn zum Fischhändler begleitet hat, und das nicht zum ersten Mal. Offenbar hat sich der Kerl immer mal wieder von Rosario durch die Gegend kutschieren lassen, weil er selbst seinen Führerschein eingebüßt hatte. Aber die Frage ist doch: Woher ist dieser Mancuso plötzlich aufgetaucht? Kanntest du ihn? Hat Rosario mit dir, mit deiner Mutter, mit irgendjemandem über ihn gesprochen?

— Glaubst du etwa, Rosario wäre einer, der sich seiner Mutter oder seiner Schwester anvertraut? Du scheinst wirklich vergessen zu haben, aus welchem Holz er geschnitzt war. Vielleicht hat er sich Nunzia anvertraut, aber nicht uns. Nur dass Nunzia dir keine Silbe verraten wird. Weißt du, als Rosario in die Pubertät kam, da habe ich eine Zeitlang geglaubt, dass Nunzia mit ihm … Aber was sage ich da, sie ist ja genauso arm dran. Allein wie ein streunender Hund, sie hat niemanden. Für sie war Rosario beinahe wie ein Sohn. Und jetzt, da er nicht mehr ist …

Sie holte tief Luft, was fast wie ein langgezogenes Schluchzen klang; die Einleitung zu einem schwierigen Thema:

— Die Wahrheit ist, dass Rosario mir die Ehe mit Manlio nie verziehen hat. Die beiden sind wie der Teufel und das Weihwasser. Von ihrem Charakter her, der Mentalität, einfach allem. Aber in die Jungs war Rosario auf seine Art ziemlich vernarrt, ohne dass er das je zugegeben hätte. Er sagte immer, sie seien nach mir geraten. Und ohne es Manlio an Respekt fehlen zu lassen, was er nicht verdient hätte, vielleicht hatte er damit Recht.

Spotorno war aufgewühlt. Hätte er es hier und jetzt nicht mit Maddalena, sondern mit einer x-beliebigen Person, einer Unbekannten zu tun gehabt, hätte er längst Inhalt und Form – vor allem die Form – dieses nicht offiziellen Verhörs geändert. Aber auch diesmal entschied er sich für einen Kompromiss.

— Weißt du noch, was du letzten Sonntag beim Abschied in der Via Zara zu mir gesagt hast? Du hast mich inständig gebeten, diejenigen zu schnappen, die auf Rosario geschossen haben. Du weißt besser als ich, dass es in dieser Stadt nicht leicht ist, die Killer und die Auftraggeber eines Mafiaverbrechens namentlich zu machen. Und noch schwieriger ist es, sie zu kriegen: Beim geringsten Anzeichen von Gefahr verschwinden sie, oder schlimmer noch, man lässt sie verschwinden. In unseren Amtsstuben gibt es überall undichte Stellen. Ganz zu schweigen von denen im Gerichtsgebäude. Bestimmte vertrauliche Notizen könnte man genauso gut in den amtlichen Bekanntmachungen abdrucken lassen. Wäre dein Bruder das eigentliche Ziel des Mordanschlags gewesen, dann säßen wir jetzt nicht hier: Du, dein Ehemann, und vielleicht auch deine Mutter, ihr wärt jetzt alle auf dem Kommissariat, umringt von Polizisten, die euch nicht einen Atemzug tun lassen würden, ohne zuvor jede nur denkbare Information aus euch herausgeholt zu haben. Und ich könnte nichts dagegen tun. Genau so ist es Mancusos Familie ergangen. Trotzdem wissen wir nicht einmal, ob die Beseitigung von Mancuso eine chirurgische Operation in den eigenen Reihen war, ob wir es mit dem Beginn eines neuen Mafiakriegs zu tun haben oder ob es sich um eine anormale Episode handelt, die mit irgendeiner zweitrangigen Sache zusammenhängt. Das heißt also, alles, was wir über die Beziehungen zwischen Mancuso und Rosario in Erfahrung bringen können, darüber, wie sie sich kennengelernt haben, ob sie gemeinsame Bekannte hatten, worauf ihre Beziehung basierte, und so weiter und so fort – all diese Informationen liefern uns Anhaltspunkte, um zu begreifen, *warum* Mancuso beseitigt wurde. Was der erste Schritt ist, um zu begreifen, *wer* dafür verantwortlich ist: Wer sind die Auftraggeber, wer die Vollstrecker? Deshalb bitte ich dich jetzt, gib dir einen Ruck und antworte mit Ja oder Nein: Hast du diesen Mancuso je gesehen? Wusstest du, dass Rosario regelmäßig mit ihm zu tun hatte? Und wenn ja, warum?

— Nein. Ich habe sein Gesicht zum ersten Mal in der Zeitung gesehen, auf dem Foto mit Rosario. Und ich wusste auch nicht, dass die beiden sich kannten und erst recht nicht, warum …

— Aber?, drängte Spotorno, der das vage Gefühl hatte, zu dem sofort abgewürgten Thema könnte es noch eine

Fortsetzung geben. In Maddalenas Innerem tobte ein Kampf zwischen der Fraktion der Blutsbande und der der »Wahlverwandtschaften«. Es gewann die des Bluts:
— Wenn hier an deiner Stelle irgendeiner deiner Kollegen säße, hätte ich nichts weiter hinzufügen. Aber glaub bloß nicht, dass das, was ich dir jetzt sage, ein großes Geheimnis ist: Es ist nur ein Eindruck. Und das sage ich meinem Freund Vittorio, nicht dem Kommissar Spotorno.
Das klang eher nach einer Bitte als nach einer Behauptung. Der Kommissar Spotorno hätte weiterbohren können, aber der Freund Vittorio hielt es für klüger, den Mund zu halten.
Die Worte kosteten Maddalena Mühe:
— Die Sache ist vielleicht ohne Bedeutung, aber sie hat mich ziemlich beschäftigt. Nach all dem, was mit Rosario passiert war, wusste ich den ganzen Tag über nicht, wo mir der Kopf steht. Abgesehen von allem anderen, musste ich mich um meine Mutter kümmern, die Herzprobleme bekam. Von den Kindern ganz zu schweigen. Ich konnte also nicht ununterbrochen am Telefon kleben, um Manlio zu erreichen, der zu der Zeit in Kalabrien war. Eine Angestellte der Agentur hat sich darum gekümmert, doch als sie ihn endlich am Telefon hatte, fehlte ihr der Mut, ihm reinen Wein einzuschenken; also hat sie ihm lediglich gesagt, dass Rosario nach einem Unfall schwerverletzt sei und er besser daran täte, sofort zurückzukommen. Erst als er zu Hause war, habe ich ihm erzählt, was wirklich geschehen ist, und als er hörte, dass sie Rosario erschossen haben, glaub mir, da war er völlig außer sich. Auch wenn die beiden wie Hund und Katz waren, Manlio mochte ihn auf seine Weise. Wie gesagt, Manlio ist ein guter Kerl. Und er war auch meinetwegen besorgt, er wusste, wie sehr ich an meinem Bruder hing. Von meiner Familie ist mir jetzt nur noch meine Mutter geblieben. Möge sie hundert Jahre alt werden, aber ich glaube nicht, dass sie den Schlag mit Rosario verkraften wird.

Was mich jedoch sehr nachdenklich gestimmt hat, trotz der vielen Gedanken, die mir so durch den Kopf wirbelten, war der Moment, als Manlio erfuhr, wer das andere Opfer war – da verwandelte sich sein Bedauern regelrecht in Entsetzen. Er hat nichts gesagt, nein, das nicht, aber ich habe es ihm angesehen. Wenn eine Frau nach so vielen Jahren Ehe und Vertrautheit nicht weiß, was dem eigenen Ehemann durch den Kopf geht, also ich weiß nicht … Jedenfalls war Manlio zu Tode erschrocken. Dabei kannte er diesen Mancuso doch gar nicht. Jedenfalls glaubte ich das bis dahin, aber darin lag ich wohl offenkundig falsch. Jetzt entschuldige mich bitte, ich muss nach oben, sonst …
Sie hatten schon vor einigen Minuten die Via Zara erreicht und an der Piazza Cassa di Risparmio gehalten. Die letzten Sätze waren bei abgeschaltetem Motor gesprochen worden.
Spotorno lagen noch ziemlich viele Fragen auf dem Herzen. Doch er musste erst einmal das verdauen, was Maddalena gerade gesagt hatte. Sie nahm die Sonnenbrille ab, und Spotorno sah, dass sie in der Nacht kein Auge zugetan hatte. Er ließ die leisen Gewissensbisse gewähren und an den Rand seines Bewusstseins vordringen. Dann stieg er aus, um ihr den Wagenschlag zu öffnen, und sie schien verwundert über diese altmodische Geste. Sie gaben einander die Hand.
—Willst du mit hinaufkommen und meine Mutter begrüßen?
Spotorno lehnte mit einem Kopfschütteln ab.
—Wenn es nötig ist, können wir unser Gespräch demnächst fortsetzen. Auch wenn es nicht nötig ist, ruf mich an. Die Nummer steht im Telefonbuch unter Beltramini Manlio, es gibt nur den einen. Wir wohnen in der Via Serradifalco. Ich würde mich freuen, deine Frau und deine Kinder kennenzulernen. Das sind bestimmt Prachtkerle, so wie du als Junge.

Sie machte Anstalten sich umzudrehen und zu gehen, hielt dann aber inne.

— Aus welchem Grund hast du diesen Beruf gewählt, Vittorio?

Dann ging sie in Richtung Haustür, ohne die Antwort abzuwarten, die ohnehin nicht gekommen wäre.

Die Dama Bianca vom Ponticello

Schon wieder ist ein Jahr dahingeflogen, dachte Spotorno. Seit seiner Kindheit wurde sein persönlicher biologischer Jahreswechsel durch den Tag markiert, an dem die Angestellten der Gemeindeverwaltung begannen, die Festbeleuchtung für das *festino** anzubringen. Ein zeitlich variierendes Ereignis, das ihn immer wieder unvorbereitet traf, denn es war an keinen bestimmten Wochentag gebunden, und Jahr für Jahr dauerten die Festivitäten mal kürzer, mal länger, was wohl mehr den Schwankungen der städtischen Haushaltsbilanzen geschuldet war als den flatterhaften Gemütslagen der Bevölkerung.

Was feststand, war einzig und allein, dass Hunderttausende seiner Mitbürger in der Nacht des 14. Juli ihre Nasen hoch in die Luft strecken würden, um gemäß des Rituals die Heiligen Feuerwerke zu erleben, wobei ihnen der Wassermelonensaft das Kinn hinunterlief und die Schichten aus Knoblauch und Petersilie der *babbaluci*, der klassischen Festmahlschnecken, davonspülte; und die hatten sich unterdes an den Magenpforten angehäuft, welche auf einen solchen Ansturm nicht gefasst waren.

Das zumindest war Spotornos Vorstellung, dem die Schnecken immer böse im Magen lagen, mit einem Wort,

* Großes Volksfest zu Ehren von Santa Rosalia, der Stadtheiligen von Palermo.

sie schadeten ihm, wie sein Freund und Trauzeuge La Marca anderen gegenüber gern verlauten ließ, vorausgesetzt, Spotorno war in in der Nähe, damit sein Höhlenmenschenhumor auch ja nicht ungehört verpuffte.
Spotorno ging langsamer, um sich anzusehen, für welche Dekoration sie sich dieses Jahr auf dem Corso Vittorio Emanuele entschieden hatten: Einfache Lichterbögen, so wie sie ihm gefielen, und ganz dicht hintereinander angebracht, so dass sie einen langen funkelnden Tunnel bildeten, der bei Porta Nuova begann und einen Kilometer talwärts im Mündungsgebiet von Porta Felice mit Glanz und Gloria endete. Er nahm sich vor, am nächsten Abend Amalia und die Jungs auszuführen, damit sie das Lichtermeer des *festino* bewundern konnten – die »Illumination«, wie seine Mitbürger zu sagen pflegten. Noch eines von Spotornos alteingeschworenen Ritualen, die er mehr einer Art Aberglauben wegen pflegte.
In diesem Jahr musste er außerdem ein Versprechen einlösen, das ihm seine Kinder abgerungen hatten: Nämlich das Feuerwerk vom Meer aus, ein Stück weit außerhalb der Marina, sehen zu dürfen. Er hatte dieses Versprechen seinerzeit viel zu leichtfertig gegeben und schon zu oft nicht erfüllt, weshalb es in diesem Jahr nicht mehr länger aufzuschieben war – wollte er noch ein Mindestmaß an Glaubwürdigkeit als Oberhaupt der Familie bewahren.

Puleo, der einen Bootsführerschein besaß, hatte sich angeboten, ihn und die ganze Bande zu begleiten; er hatte sogar eine kleine Barkasse mit Außenbordmotor gemietet, ein Fischerboot, das im Hafen von Acquasanta vor Anker lag. Von dort aus würden sie mit genügend Vorlauf zum Foro Italico aufbrechen, um sich eine gute Position inmitten der Heerscharen von Booten zu sichern, die jedes Jahr in der Nacht vom 14. auf den 15. Juli diesen Meeresabschnitt bevölkerten.
Puleo konnte alles Mögliche organisieren, weil er es ver-

stand, die richtigen Kontakte zu pflegen. Am Arbeitsplatz wie außerhalb.
Sobald Spotorno den ersten Kaffee intus hatte – den ersten Bürokaffee wohlgemerkt, denn würde man ihm die halbe Mokkakanne zu Hause streitig machen, wäre er wohl kaum in der Lage, auf eigenen Beinen das Haus zu verlassen – jedenfalls als er den Plastikbecher entsorgt hatte, reichte Puleo ihm die Hüllen mit den Fotos von Mancusos Beerdigung. Dann überließ er sich wieder der minutiösen Überprüfung der Personallisten des Fachbereichs, in dem Salvatore Scannariato, der ehemals glückliche Motorradfahrer, arbeitete; akribisch suchte er nach Namen, die einen Reflex, eine Erinnerung, eine Gedankenverbindung auslösen könnten. Sie hatten die Namen auf verschiedene Listen aufgeteilt, so dass sie von mehreren Personen gleichzeitig geprüft werden konnten, aber bislang waren sie auf nichts von Interesse gestoßen.
Bei Mancusos Trauerfeier war die Kirche gut gefüllt gewesen, das halbe Stadtviertel schien versammelt. Spotorno überflog rasch die Aufnahmen, ohne ins Detail zu gehen, da er nach denen Ausschau hielt, die auf dem Friedhof gemacht worden waren. Das waren für gewöhnlich die interessanteren, denn im Freien formierten sich Grüppchen, die Leute sahen sich um, waren in Bewegung und hatten ihre Mimik weniger unter Kontrolle.
Auch die Grabstätte der Familie Mancuso befand sich auf dem Rotoli-Friedhof, allerdings ein gutes Stück von der der Familie Alamia entfernt. Sie musste vor Kurzem erst restauriert worden sein: Die Marmorblöcke glänzten wie neu, mit üppigen Gold- und Stuckverzierungen, und die ebenfalls marmornen Blumenvasen fügten sich harmonisch in die Gesamtstruktur. Das Ganze erinnerte an das Wohnungsinnere der Mancusos im Stadtteil La Noce, so als hätten sie eine Sammelbestellung für die Lebenden wie für die Toten gemacht und den Zierrat dann gerecht

zwischen den Innenräumen der Lebenden und dem äußeren Umfeld der Toten verteilt.
Man konnte behaupten, dass die Familie Mancuso an ihrer ewigen Unterkunft endlich das zur Schau stellen wollte, was sie sich, um ja nicht ins Auge zu fallen, für das von außen Sichtbare ihrer irdischen Existenz versagt hatte.
Spotorno hatte keine große Lust, sich sofort mit den Fotos zu befassen. Planlos breitete er sie auf dem Schreibtisch aus, schob sie wieder zusammen, formte einen Stapel und nahm sie aufgefächert zur Hand, als wollte er *scopone* spielen.
So entdeckte er in einem Bildausschnitt, der zwischen den aufgefächerten Fotos entstanden war, das Gesicht.
Behutsam zog er das Foto mit Daumen und Zeigefinger hervor, betrachtete es aufmerksam und spürte den sich anbahnenden Schauder in der Nierengegend.
Die Aufnahme des Gesichts war nicht scharf, denn der Fotograf hatte den Fokus auf eine andere Person mehr im Vordergrund gerichtet, die Spotorno völlig nichtssagend schien.
Er suchte auch auf den anderen Fotos nach diesem Gesicht, bis er es auf einer schärferen Aufnahme entdeckte.
Der Schauder verließ nun seine Deckung, versuchte sich in einem Ausfall und verwandelte sich in pure Erregung.
Doch Spotorno war sich noch immer nicht hundertprozentig sicher.
Er schob die Hand in die Masse der Fotos und klaubte die zusammen, die am Ausgang der Kirche gemacht und von besserer Qualität waren als die vom Friedhof. Er hatte Glück und fand sofort eine Nahaufnahme. Nach eingehender Betrachtung rief er Puleo und hielt ihm das Foto unter die Nase:
— Wer ist das?
Puleo prüfte die Ordnungsnummer auf dem Foto, dann suchte er in einer Mappe, die er mitgebracht hatte, ent-

nahm ihr einige Blätter und ließ den Zeigefinger von oben nach unten wandern:
— Da haben wir sie ja: Caminiti, Aurora, vierunddreißig Jahre alt …
— Warum war sie auf der Beerdigung?
— … Cousine des Toten, mütterlicherseits …
Puleo las weiter aus seinen Aufzeichnungen vor, aber Spotorno hatte bereits auf Autopilot geschaltet und hörte nicht mehr zu. Ein wenig aus Prinzip, ein wenig aus Berufskrankheit glaubte er nicht an Zufälle, aber in diesem speziellen Fall sah er nicht, wie sich das Ereignis anders definieren ließe. Wenn er nicht auf die Idee gekommen wäre, an dem Sonntag nach dem Attentat zu Fuß zum Haus der Familie Alamia zu gehen, hätte dieses Gesicht keine andere Wirkung auf ihn gehabt als die übrigen Fotos auch.
Die »Dama Bianca vom Ponticello«, so hatte er sie insgeheim getauft, und als diese würde sie auf immer in seiner mentalen Datenbank gespeichert sein.
Sie musste in der Via del Ponticello wohnen. Oder dort einen engen Verwandten haben, eine Freundin, einen Liebhaber, so jemanden. Und sie musste sehr an ihrem verstorbenen Cousin gehangen haben, angesichts der tiefen Betrübnis, die von ihrer ganzen Person ausging und die auf Spotorno einen so nachhaltigen Eindruck gemacht hatte, als sich ihre Wege auf dem alten Pflaster der schmalen Straße gekreuzt hatten.
— Wo wohnt sie?, fragte er Puleo.
— In der Via Nave. Keine Ahnung, wo das ist, doch ich suche es gleich mal auf dem Stadtplan.
Spotorno winkte ab. Er wusste, wo diese Straße war. Ziemlich weit entfernt vom Ponticello. Zum Glück hatte er sich das Haustor gemerkt, aus dem die Dame gekommen war, und es dürfte nicht allzu schwer sein, in dem Gebäude die richtige Wohnung ausfindig zu machen.
Seine anfängliche Lustlosigkeit war verflogen. Er nahm Witterung auf wie ein Löwe in der Savanne. War das der

Geruch einer Gazelle, der da die feinen Nüstern des Kommissars umwehte?
— Unter all den Namen, die du vor dir hast, gibt es da jemanden, der in der Via del Ponticello wohnt?, fragte er.
Puleo sah ihn ein wenig verdutzt an, stellte aber keine Gegenfrage, sondern suchte akribisch seine Listen ab.
— Nein, niemand.
Der Zustand der Euphorie, der vom Anblick der Fotos ausgelöst worden war, setzte in seinem Innern eine Kettenreaktion in Gang, eine Art Wiederbelebung des Gedächtnisses. Er versuchte, sich an die Details aus der Litanei zu erinnern, die Puleo auf seine Frage hin heruntergebetet hatte, und stieß auf einzelne Bruchstücke, die seine Muskeln in noch fiebrigere Anspannung versetzten.
— Wiederhol noch mal, was du nach Caminiti, Aurora, vierunddreißig Jahre alt …
— … Cousine des Toten, von Seiten der …
— Das hab ich gehört. Was hast du danach gesagt?
— Nichts, nur den Namen des Ehemanns: Diego Sala, Sohn von Melchiorre Sala und Anna Maria Cirrincione, geboren …
Wieder kappte Spotorno die Verbindung und nahm die Fotos zur Hand. Jetzt sah er sie sich gründlich und in Ruhe an.

Seine lange Berufserfahrung hatte aus ihm, trotz schlechter Grundvoraussetzungen, einen Physiognomiker gemacht. Diesmal aber wäre es ihm ohne das Stichwort von Puleo nie gelungen, in diesen massigen, schlaffen Gesichtszügen, mit der hervorstechenden Nase und dem immer quadratischer gewordenen Kinn, seinen alten Freund Diego zu erkennen. Doch was jeden in die Irre geführt hätte, waren die Haare. Von der blonden, fast weißblonden Mähne des jungen Diego Sala war nur ein mickriger, raspelkurzer, gräulicher Flaum übrig geblieben, der sogar die eigene Mutter auf den Holzweg geführt

hätte, wenn sie die Verwandlungen ihres Sohns im Laufe der Jahre nicht hätte mitverfolgen können.
Diego also war der Ehemann der Dama Bianca vom Ponticello. Der heutige Tag war offenbar einer der schicksalhaften Verkettungen. Spotorno sortierte alle Fotos aus, auf denen entweder Diego oder seine Frau zu sehen waren. Auf einigen Schnappschüssen vom Friedhof standen beide Seite an Seite: Diegos Gesicht war undurchdringlich, das der Dama Bianca so angespannt, als hätte sie gerade ein besonders schmerzhaftes Lifting hinter sich, das nicht die erhofften Ergebnisse gebracht hatte. Gleichzeitig sprach aus ihrem Gesicht eine quälende Sehnsucht, die Spotorno beinahe anrührte. Ebenso wie eine hoffnungslose Einsamkeit.
Vielleicht liege ich in allem falsch, dachte Spotorno. Wie kann man allein anhand eines Fotos solche Schlüsse ziehen? Dann dachte er an die Begegnung am Ponticello zurück. Hätte er damals den Gemütszustand der Frau beschreiben wollen, dann mit genau denselben Worten: quälende Sehnsucht und Einsamkeit. Nein, nicht Einsamkeit, Isolation.
— Was haben wir zu diesem Sala?
— Nichts, erwiderte Puleo, der die Akten gründlich geprüft hatte, er ist sauber.
Spotorno wunderte das nicht. Er hatte nur der Vollständigkeit halber nachgefragt. Hätte Diego ein Vorstrafenregister gehabt, dann wäre ihm das nicht entgangen. Selbst wenn sie sich, mehr oder weniger zur selben Zeit wie mit Rosario, aus den Augen verloren hatten, hätte er wohl kaum den Namen eines alten Freundes in einem Polizeibericht oder auch nur in den Lokalnachrichten der Zeitung überlesen, deren Wichtigkeit er nicht unterschätzte. Diegos Familie war in dem Stadtviertel an der Nordostküste geblieben, aus dem die Familie Spotorno weggezogen war, als Vittorio noch in die Mittelschule ging. Aber im Unterschied zu Rosarios Werdegang, den er indirekt

und sporadisch mitverfolgt hatte, war Diegos Leben für ihn seither eine unbekannte Größe.

Im Grunde hatten Diego und er nie ein besonders enges Verhältnis gehabt. Damals war er viel zu anmaßend. Obwohl der Altersunterschied zwischen ihnen nur ein paar Jahre betrug, wirkte Diego wesentlich älter. Rosario und er standen abwechselnd unter Diegos Einfluss, doch soweit Spotorno sich erinnerte, pflegte auch Rosario keinen wirklich vertrauten Umgang mit ihm.

Wenn er ohne jede romantische Verklärung auf die schönen alten Zeiten zurückblickte und auf die glücklichen Stationen der Kindheit, wie Amalia sie sarkastisch nannte, dann musste Spotorno sich eingestehen, dass der wahre Nährboden ihrer Freundschaft die Einsamkeit war.

Als sie jung waren, also vor der urbanen Explosion, die in den darauffolgenden Jahren die Küstenorte zerstörte und die Küste verschwinden ließ, wohnten ihre Familien in einsam gelegenen Häusern inmitten der Felder; ihre Altersgenossen hingegen, die geballt im anderen Teil des Ortes lebten, blieben unter sich. Abgesehen davon, mussten viele von ihnen in ihrer Freizeit, und manchmal auch während der Schulstunden, ihren Vätern zur Hand gehen, die meist Landarbeiter oder Fischer waren.

Hin und wieder grub Spotorno, gepackt von pädagogischem Ehrgeiz, für seine Söhne eine alte Geschichte aus der Grundschule aus, als Ruisi, einer seiner Mitschüler, im Unterricht mit dem Kopf auf den Armen eingeschlafen war: Er war um vier Uhr früh aufgestanden, um zusammen mit seinem Vater und den Brüdern die Netze einzuholen. Und die ansonsten sehr strenge Signorina Lo Giudice hatte zum größten Erstaunen aller so getan, als wäre alles ganz normal. Dabei war ihnen allen klar, dass ihr das nicht entgangen war, denn sie hatte extra leiser gesprochen, um Ruisi nicht zu wecken.

Vittorio, Rosario und Diego galten als privilegiert, weil

ihre Väter eine feste Anstellung hatten und sie die Einzigen waren, die aufgrund der familiären Einkommensverhältnisse kein Anrecht auf Schulspeisung hatten.
Das waren noch Zeiten, dachte Spotorno und war sich bewusst, dass das keine besonders tiefschürfende Erkenntnis war. Die Dinge änderten sich eben. Viele Jahre später, er hatte gerade bei der Polizei angefangen, war er Ruisi wiederbegegnet. Er war längst verheiratet, hatte Kinder und war Besitzer einer Bäckerei.
— Mein akademischer Titel, das ist die Bäckerei, hatte Ruisi gesagt, der nach der mittleren Reife gerne weiter zur Schule und danach auf die Uni gegangen wäre. Dann erzählte er ihm von der Sanierung und Verschönerung seines Hauses, und Spotorno ertappte sich bei der einigermaßen unsinnigen Kalkulation, wie viele Brote und Brötchen Ruisi in den Backofen geschoben haben musste, um die fünfzig Millionen zusammenzubringen, die es angeblich gekostet hatte, die Fußböden mit kostbarem Marmor und Perserteppichen zu bedecken.
Er merkte, dass er dabei war, den Faden zu verlieren, und ein potenzieller Ermittlungsansatz aus seinem Blickfeld geriet. So war er immer schon, er musste sich selbst im Auge behalten. Niemand hätte vermutet, dass in seinem Charakter eine Seite angelegt war, die ihn von einer angeblichen Innenschau nicht selten an die Schwelle der Melancholie brachte. Niemand außer Amalia, klar. Obwohl er das vage Gefühl hatte, dass Puleo, so manches Mal …
Er schreckte aus seinen Gedanken auf.
— Was wissen wir sonst noch über diesen Sala?, fragte er Puleo. Beruf? Freunde? Netzwerk?
— Nichts, Dottore. Wir haben nichts weiter. Aber wir sind dran. Dieser Mancuso hatte eine weitverzweigte Verwandtschaft: Onkel, Tanten, Cousins, Cousinen in allen Himmelsrichtungen. Das braucht Zeit. Sollen wir diesen Herrn bevorzugt behandeln?

— Ja, wir brauchen alles, was wir über ihn in Erfahrung bringen können.
Eine weitere Aufgabe aus purer Gewissenhaftigkeit. Die Ehefrau, die Dama Bianca vom Ponticello, erschien deutlich viel versprechender. Wobei er sich auch dieses Mal nichts vormachte: Das seine war kein rein professionelles Interesse. Es faszinierte ihn einfach immer wieder, die Persönlichkeit einer Frau, die seine Aufmerksamkeit geweckt hatte, unter die Lupe zu nehmen. Was nicht selten vorkam. Warum sollte er ausgerechnet bei ihr eine Ausnahme machen … wie hieß sie noch mal? Ach ja, Aurora Caminiti, vierunddreißig Jahre alt und obendrein mit seinem ehemaligen Schulfreund verheiratet.
Nicht einmal auf den Fotos war das übermäßige Weiß ihres Teints abgemildert, vielmehr trat es im Kontrast zu all jenen dunklen Gesichtern und der Trauerkleidung noch schärfer hervor. Womöglich hatten sich Diego und sie seinerzeit zur Abschwächung ihres jeweiligen Weiß zusammengetan?
Zum wiederholten Male an diesem Tag tadelte er sich für einen solch albernen Gedanken.
Und dann traf er eine spontane Entscheidung: Der Dama Bianca würde er sich allein annehmen. Als Erstes musste er herausfinden, was das für ein Haus war, aus dem sie an jenem Sonntagvormittag, weniger als vierundzwanzig Stunden nach dem Doppelmord bei der Zisa, gekommen war und wen sie dort aufgesucht hatte.
Er wäre am liebsten gleich Richtung Ponticello aufgebrochen, aber ihm standen eine Reihe nervtötender Besprechungen mit den Kollegen und dem Chef der Mordkommission bevor. In den oberen Etagen wollten sie Ergebnisse sehen. Sie mussten Gas geben. Ein bisschen auf die Pauke hauen. Die Muskeln spielen lassen. Zumindest mussten sie die üblichen Verdächtigen verhören. Die Kommunisten bei Laune halten, andernfalls würden die dort in Rom …

Die Zusammenkünfte zogen sich länger als vorgesehen hin, weil sich jetzt auch der Polizeipräsident eingemischt hatte, der kam und ging. Folglich musste man abwarten, bis er entschied, wann die Sitzung als beendet gelten durfte.
Es war bereits nach vierzehn Uhr, als Spotorno zu Hause anrief, um zu hören, wie die Dinge so liefen.
Amalia war gerade erst nach Hause gekommen und übel gelaunt. Auch sie hatte eine jener zermürbenden Versammlungen mit den großen Entscheidern für die Unterrichtsplanung hinter sich, bei denen es lediglich um eine Art ideologischer Bürgschaft ging, um die Unabänderbarkeit des nationalen Erziehungssystems zu garantieren – ganz im Stil des *Gattopardo*. Das zumindest behauptete Amalia.
Spotorno ließ sie wissen, dass er auch heute mit einem Happen an seiner Dienststelle vorliebnehmen würde. Als wäre eine solche Erklärung überhaupt nötig gewesen. Die Male, die er beschloss, zum Mittagessen nach Hause zu gehen, waren derart selten, dass Amalia stets aus allen Wolken fiel. Der *Signor Commissario*, wie sie ihn manchmal nannte, wenn sie ihre polemische Ader hatte, musste sich dann mit einer Büchse Thunfisch und einem Tomatensalat begnügen, wenn's hochkam mit einer Handvoll Kapern und einer Prise Oregano verfeinert, oder wenn es richtig gut lief, mit zwei Spiegeleiern.
— Gehen wir, sagte er zu Puleo. Hin und wieder nahm er ihn mit zum Essen, ohne sich die Frage zu stellen, ob das seinem jungen Untergebenen eigentlich recht war.
In der Tat wäre Puleo lieber zum Mittag nach Hause gegangen, wo ihn die üppigen Reste des Essens vom Vorabend erwarteten: *bucatini* mit roten Anchovis, frisch gewonnenem Tomatenmark nach Raguser Art, Rosinen, Pinienkernen, gerösteten Semmelbröseln. Ein Gericht, das ihn, als er es in dieser, nicht seiner Stadt zum ersten Mal kostete, voll und ganz für sich eingenommen hatte.

Sogar den einheimischen Dialekt für die Benennung seiner Zutaten hatte er sich zu eigen gemacht! Noch um ein Vielfaches besser schmeckt die *pasta all'anchiova*, wenn sie mit einem Schuss Olivenöl aufgewärmt wird, besonders wenn man die *bucatini* geduldig bis an den richtigen Punkt kross werden lässt, bis sie fast knusprig, aber noch immer von der cremigen Sauce ummantelt sind, was durch die fachgerechte Vermengung mit dem Bratenwender vom Boden der Pfanne her erreicht wird, und schließlich erweckt man sie mit einer Fingerspitze frischer, gehackter *peperoncini* zu neuem Leben. Daran hatte er schon den halben Vormittag gedacht, während ihm das Wasser im Mund zusammenlief.

Gleichwie, er wollte seinem Chef nicht widersprechen. Und alles in allem missfiel es ihm auch nicht, die Routine mal zu durchbrechen. Er ließ sich also zu Fuß zu der neuen Trattoria führen, die junge Leute aus der Gegend, unter der Leitung eines energischen Priesters, im Erdgeschoss eines alten Palazzos im Albergheria-Viertel eröffnet hatten, beinahe hinter den Büros der Mordkommission.

Spotorno bestellte sich einen Teller *pasta margherita* mit roter Anchovis und wunderte sich, dass Puleo ihn mit einem halb gereizten, halb betrübten Blick bedachte.

Er, der Polizeiobermeister, stellte für sich eine große Platte gedünstetes Gemüse zusammen, das er mit reichlich Olivenöl und Zitronensaft beträufelte.

Spotorno zeigte sich während der ganzen Mahlzeit ungewohnt gesprächig. Er grub alte Episoden aus seiner Kindheit aus und landete, im Thema bleibend, bei den eigenen Kindern.

Wieder im Büro musste er noch weitere Zusammenkünfte mit den hohen Tieren über sich ergehen lassen und entkam ihnen erst am späten Nachmittag.

Er verließ das Büro und lenkte seine Schritte die Via Biscottari hinunter, Richtung Ponticello. Dieses Mal ging er entschlossen und ohne um sich zu schauen, also in seinem Verfolgungsjagd-Standardschritt. Völlig verschwitzt erreichte er das Haustor, aus dem er die Dama Bianca hatte kommen sehen.

Ein Tor aus Holz mit zwei schmalen Flügeln, fest verschlossen und uneinnehmbar. Nirgendwo war eine Gegensprechanlage zu sehen, nicht einmal eine simple Klingel, auch kein Türklopfer. Zwei Elektrokabel, deren Enden mit einem Isolierband umwickelt waren, ragten aus einem Loch, das rechter Hand unter einem abmontierten Namensschild in die Wand gehauen worden war: Das war alles, was von einem Klingelknopf und dem Namen des Eigentümers übrig war. Vermutlich Anzeichen von Baumaßnahmen.

Es gab keine sonstigen Namens- oder Hinweisschilder, nicht einmal eine irgendwo angeklebte Visitenkarte.

Spotorno trat ein paar Schritte zurück und nahm das Gebäude in Augenschein. Das Haustor mit seinen hölzernen, in Schmuckrahmen gefassten Quadraten war in einer Art Portal eingelassen, das sich deutlich vom ärmlichen Aussehen des übrigen Gebäudes abhob.

Er bemerkte, dass eines der Quadrate aus einem Metallgitter bestand, das im Innern von einem hölzernen Türchen verschlossen war. Über dem Eingang wölbte sich ein Bogen, und darunter ragte eine Volutenverzierung hervor, in deren Mitte eine Raute eingraviert war, umrahmt von zwei seitlichen Rauten. Über dem Bogen befanden sich ein Fenster mit geschlossenen Holzlamellenläden und noch weiter oben ein Balkon und eine kleine Terrasse mit ein paar Töpfen halbvertrockneter Geranien.

Linker Hand, verteilt über drei Stockwerke, weitere Balkons, einer davon mit einem einzelnen Paar Herrenstrümpfe und zwei kleinen Handtüchern auf der Wäscheleine. Auf der rechten Seite gab es nur zwei Stockwerke und einen Copyshop mit heruntergelassenem Rollgitter

im Erdgeschoss. Auch alle anderen Läden ringsum waren geschlossen.
Er sah sich um. Nirgends ein Mensch. Weder an den Fenstern noch auf einem der Balkone des Gebäudes oder der angrenzenden Häuser. Nur einige eilig dahinstrebende Passanten verschiedener Ethnien. Die etwas fragen zu wollen, wäre zwecklos gewesen. Und überhaupt, was fragen? Es war lediglich eines der zahlreichen Wohnhäuser, die mit ihrer heterogenen Vornehmheit das Straßenbild am Ponticello beherrschten.
In den Quattro Mandamenti gab es viele ähnliche Straßen und Wohnhäuser, in denen ebenso verarmte Fürsten wie Aufsteiger aus dem gemeinen Volk leben konnten.
Er wartete eine Weile, nur für den Fall, dass vielleicht doch noch jemand vor der Haustür eintreffen oder herauskommen würde, und ließ dabei noch einmal den Blick über das Gebäude und die wegen der Hitze geschlossenen Fensterläden wandern, in der Hoffnung, eine Bewegung, ein Zucken, den Reflex des Glases eines offenstehenden Fensterflügels zu erhaschen. Aber nichts.
Er kehrte zurück zur Mordkommission. Hier war echte Polizeiarbeit gefragt.

Aber das erübrigte sich. Amalia unterzog ihn zu Hause einem gestrengen Verhör, was sie sehr selten tat. Hin und wieder jedoch überkam sie der launische Einfall, sich von ihrem Gatten von A bis Z erzählen zu lassen, was er den Tag über so alles gemacht hatte. Als Spotorno ihr von seinem ergebnislosen Ausflug in die Via del Ponticello erzählte, ließ sie sich den genauen Standort des Wohnhauses beschreiben. Dann sah sie ihn beinahe ungläubig an:
— Vitto', dort fehlen die Namensschilder, weil gerade Umbauarbeiten im Gang sind, und womöglich sanieren sie auch die elektrische Anlage: In dem Gebäude befindet sich die Cappella delle Dame, wo alle jungen Damen

aus gutem Hause heiraten. Oder zumindest es gerne täten. Wieso weißt du das nicht?

— Bin ich etwa eine junge Dame aus gutem Hause?, erwiderte Spotorno sauer.

Tja, wieso wusste er das eigentlich nicht?

Signora Spotornos Tropenträume

— Psst, psst, der Herr, Sie da.

Spotorno drehte sich um. Das gezischelte Rufen kam hinter einem Holzlamellenladen mit abgeblättertem Lack hervor, aus dem Erdgeschoss eines Hauses, wenige Meter weiter. In dem schmalen Spalt zwischen den halbgeschlossenen Läden erkannte er eine Hakennase und ein spitzes Kinn, die auf einen idealen Punkt genau vor dem wie eine Falle aufgesperrten Mund zuliefen. Eine *Architektur,* die dringend danach verlangte, gute Zaubersprüche zu flüstern.

Spotorno tippte sich mit dem Zeigefinger auf die Brust.

— Ja Sie, Sie da. Wen suchen Sie? Ich hab Sie gestern Abend schon hier gesehen, wie Sie stehen geblieben sind, um zu gucken.

Ein Mütterchen um die Siebzig. Aufdringlich. Allein. Gelangweilt. Vielleicht boshaft.

— Aber Sie, zu wem gehören Sie denn? Sind Sie etwa von auswärts? Kommen Sie gar aus Messina oder Catania? Mein Ehemann, Gott hab ihn selig, war aus Motta Sant'Anastasia.

Spotorno entschied sich für eine unverbindliche, wenig aufrichtige und vieldeutige Geste der Zustimmung. Sie verbrachte sicherlich die meiste Zeit hinter den angelehnten Fensterläden, um die Passanten und das Leben auf diesem Straßenabschnitt auszuspionieren. Er war bemüht, jede Spur eines lokalen Akzents aus seiner Stimme zu verbannen, als er fragte:

— Ich habe gehört, dass es hier eine alte Kirche gibt, können Sie mir dazu etwas sagen?
Die Alte schien auf nichts anderes gewartet zu haben. Ein Ereignis wie dieses, eine fremde Person, mit der man ein paar Worte wechseln konnte, das war ihr sicher nicht oft vergönnt.
— Sie müssen wissen, das hier ist eine hochwichtige Sache! Eine Geschichte von Adligen ist das! In dieser Kirche hat nämlich vor langer, langer Zeit die Prinzessin von Tinchité Hochzeit gehalten. Damals war sie viel, viel bedeutender als die Königin.
Wer um Himmelswillen war die Prinzessin von Tinchité? Spotorno ließ rasch seine Kenntnisse auf diesem Gebiet Revue passieren. Da war wenig, so gut wie nichts. Die einzigen Adelshäuser, die ihm in den Sinn kamen, waren die Namen von Palästen in unterschiedlichen Stadien des Verfalls, keiner von denen hätte zu der noblen Dame passen können, um die es hier ging.
Verschlagen musterte die Alte ihn von unten bis oben. Klar doch, beschied Spotorno, das hat sie nur erfunden. Das Eingangstor des Gebäudes in der Via del Ponticello war verriegelt wie am Vortag. Kein Lebenszeichen in seinem Innern.
— Ist das Tor denn immer verschlossen? Was muss man tun, um die Kirche zu besuchen? Einen offiziellen Antrag beim Kardinal stellen?
— Aber Sie, was sind Sie, etwa ein Baron? Einer, der heiraten will? Sie kommen mir nicht vor wie ein junger Spund? Und Sie tragen ja einen Ehering, also verheiratet sind Sie auch schon. Was haben Sie, etwa eine Tochter, die heiraten muss? Inzwischen heiratet ja niemand mehr so jung. Die Bräute, die hier auftauchen, die sind alle schon *halb verschrumpelt*. Meine Großmutter, Gott hab sie selig, sagte immer: Bist du vierzehn, dann heißt es: *o la mariti o la scanni.** Ich war fünfzehn, und mein Bräutigam,

* Wörtlich: Entweder du heiratest sie oder du schneidest ihr die Kehle durch. Die Redewendung soll bedeuten, dass die Hormone mit vierzehn,

Gott hab ihn selig, war achtzehn. Er hat als Handlanger angefangen und es bis zum Kleinunternehmer gebracht. Aber er starb, zermalmt unter einem Betonmischer, den sie gerade von einem Fiat 642 abluden. Dabei war er noch jung, er hätte noch …

Spotorno wandte sich zum Gehen.

— Sonntags halten sie manchmal Messe, sagte die Alte im allerletzten Moment, als er fast schon außer Hörweite war.

Spotorno stoppte.

— Um wie viel Uhr?

— Wann es beliebt. Manche Male um elf, andere zur Mittagsstunde, wieder andere Male am Nachmittag. Den vornehmen Herrschaften behagt es ja nicht besonders, zeitig aufzustehen. Nach der Messe dann verriegeln und verrammeln sie wieder alles.

Spotorno nickte und setzte seinen Weg fort. Dann besann er sich. Er hatte das Kuvert mit dem Foto der Dama Bianca und dem von Diego bei sich. Er hatte sie mitgenommen für den Fall, dass die Kapelle offen gewesen wäre und er jemanden für eine diskrete Befragung angetroffen hätte. Also kehrte er zu der Alten zurück und zog die Fotos heraus:

— Diese Dame, haben Sie die jemals hier gesehen?

— Uuuuh, wie bleich, wie kalkgeweißelt sieht die aus. Wer ist das, irgendeine Prinzessin?

— Ja, das ist die Nichte der Prinzessin von Tinchité.

— Und wie steht sie zu Ihnen? Ist sie gar Ihre Signora, rein zufällig?

— Das ist meine Schwester, flutschte es Spotorno heraus, bevor er seinen Ärger zügeln konnte.

— Das kann nicht sein: Die da ist ganz weiß, Sie dagegen sind schön *abgedunkelt*.

fünfzehn so unkontrollierbar sind, dass es für die Eltern eines Mädchens in diesem Alter keine Alternativen zur Ehe gibt – will man »Komplikationen« vermeiden. Dies ist ganz offensichtlich ein uralter Spruch, der auf ein primitives Sizilien zurückreicht, als die Frauen noch keinerlei Rechte hatten. Hier drückt er ein Paradox aus und ist nicht wörtlich zu verstehen.

Ich sperr sie weg, dachte Spotorno. Dann wird ihr das schon vergehen …
Aber auch die Alte war der Spielchen müde geworden:
— Die kommt jeden Sonntag, wenn sie Messe halten. Und auch, wenn es Hochzeiten gibt. Von den Hochzeiten lässt sie sich keine entgehen. Das macht sie schon seit ein paar Monaten so. Ungefähr seit Ostern.
— Und den Herrn hier, haben Sie den schon mal gesehen?
Die Alte studierte eingehend das Foto von Diego.
— Der da, ja, der ist vermutlich der Bruder, nicht Sie. Beide mit dieser Kalkfarbe.
Spotorno musste an sich halten, um sie nicht am Hals zu packen und zu schütteln.
— Aber haben Sie ihn je hier am Ponticello gesehen?
— *Nnzz,* die Alte warf den Kopf ruckartig nach hinten. Eine Verneinung wie aus dem Handbuch der Ethno-Anthropologie.
Entschlossenen Schritts entfernte sich Spotorno.
Die Alte hatte das letzte Wort:
— Bulle sind Sie. Wen wollen Sie hier für dumm verkaufen?

Die Kinder waren in Punta Raisi bei den Großeltern. Amalia war gerade erst von der nachmittäglichen Klassenkonferenz nach Hause gekommen, die sich wie üblich bis weit in die Abendstunden hingezogen hatte. Sie hatte die Schuhe abgestreift und sich auf dem Sofa langgestreckt, den Kopf auf der Lehne, die Füße auf einem Stapel Kissen, die Augen geschlossen.
— Ich bin wie zerschlagen, sagte sie. Ich brauche einen einsamen Tropenstrand mit weißem, ganz feinem Sand, möglichst auf Kuba. Dort liege ich den ganzen Tag unter Palmen und lese noch einmal von Teresa Batista und von Dona Flor*. Dann brauch ich noch jemanden, der mir

* Gemeint sind die beiden Romane von Jorge Amado: *Viva Teresa* und *Dona Flor und ihre zwei Ehemänner.*

alle zwanzig Minuten einen Daiquiri ohne Zucker bringt, so wie Hemingway ihn trank. Und Mangos und Papaya und Kokosmilch. Ich will ein Meer in sämtlichen Blau- und Grüntönen wie aus dem Urlaubsprospekt. Und außerdem eine vierstündige Massage, ganz behutsam, fast zaudernd, ausgeführt nach allen Regeln der Kunst und unter Verwendung kostbarer Ölessenzen. Ravel und Debussy im Hintergrund, gespielt von Arturo Benedetti Michelangeli in Fleisch und Blut, und du brauchst mir jetzt nicht damit zu kommen, dass er tot ist. Um Mitternacht am Strand gibt es die kleinen Thunfische zu essen, geröstet über einem Holzfeuer, um das sich jemand anderes kümmern sollte, wenn's nicht anders geht, auch du, du hast ja Erfahrung darin. Und die ganze Zeit über muss der Mond eine Sichel sein und den Stern auf der Spitze tragen. Aus basiskommunistischen Gründen bin ich bereit, auf die Sklaven zu verzichten, die mir mit Straußenfedern Luft zufächeln, aber nur auf die. Und all das über Wochen, bis ich genug davon hätte. Hast du vielleicht gute Beziehungen zu Fidel Castro?
Spotorno schmunzelte beim Gedanken an Amalias herbeiphantasierten Kommunismus. Ihm kam ihr erster ernsthafter Streit in den Sinn, nämlich als er ihr ein Buch schenken wollte, dessen Annahme sie verweigerte. Er erinnerte sich noch an den Titel: *Meine lieben Kinder, die Möchtegern-Marxisten.*
Amalia war beleidigt. Er selbst war nie bei den Kommunisten gewesen und hatte dennoch nie aufhören können, einer zu sein. Das war ein Zustand, der ihm manchmal schwer zu schaffen machte, als litte er unter einer bestimmten Mangelernährung. Aber ein Bulle durfte nicht Kommunist sein, das war ihm sehr wohl klar. Nicht einmal im bolschewistischen Russland.
Wie auch immer, Amalia war kein oberflächlicher, naiver Charakter. Am Ende des Schuljahres stand sie immer kurz vor einer Nervenkrise, und sie wusste sehr wohl,

dass vor Spotornos Pensionierung kein tropischer Strand auf sie wartete, außer vielleicht als Poster an der Wand im Zimmer ihrer Söhne. Und wenn es so weit war, hätte sie vermutlich längst das Interesse verloren oder es gäbe dann sowieso keine Tropenstrände mehr. Spotorno würde sie jedenfalls nicht vermissen. Und Amalia hätte sich am Ende, darauf würde er wetten, sowieso für eine Bildungsreise in die Hauptstädte des alten Europas entschieden.
Spotorno sah sie nachdenklich an:
— In Erwartung der Tropen, gehst du nächsten Sonntag mit mir zur Messe?
Amalia riss die Augen auf und starrte ihn völlig konsterniert an.
Er erklärte ihr die Einzelheiten.

Das erste Mal, als Spotorno in Amalias Blickfeld geraten war, hatte er bei ihr eine leidenschaftliche Antipathie entfacht.
Es war auf dem ersten und einzigen großen Pop-Jazz-Festival gewesen, das die Stadt bis dato erlebt hatte, und das hieß: eine ganze Woche lang, Tag für Tag zwölf Stunden Musik im Fußballstadion.
Sie waren einander am letzten Abend über den Weg gelaufen, beim Konzert von Duke Ellington. Besser gesagt, in der letzten Nacht, denn es war bereits nach elf, als sich das große Orchester auf der Bühne versammelt hatte, und zwar genau vor dem Berg und dem hoch oben von Scheinwerfern angestrahlten Castello.
Dann hatte der Duke die Bühne betreten und mit einem Stück losgelegt, bei dem Amalia ein Schauder über den Rücken lief. Da sie nichts von Jazz verstand, hätte sie keinen Grund dafür benennen können, es sei denn im Nachhinein, als Lorenzo erklärte, das sei eine Interpretation von *Sophisticated Lady* gewesen, von der noch die kommenden Generationen reden würden. Und dann hatte der geniale Ellington für eine echte Sternstunde

gesorgt: Er war Richtung Kulisse gegangen und mit einem schwarzen Kornettisten am Arm zurückgekehrt, der so alt war, dass er sich nicht mehr alleine auf den Beinen halten konnte, und der Alte hatte die letzten Seelenreste in das Instrument gehaucht, bis die Beifallsstürme beinahe den ganzen Berg zum Einsturz gebracht hätten.
Die Verkettung dieser beiden Ereignisse, der erste Blick auf Spotorno und der schwarze Kornettist, war für Amalia im Laufe der Zeit zum Auslöser einer unausweichlichen mentalen Assoziationskette geworden, die bei ihr einen schwankenden Gemütszustand hervorrief, zwischen Heiterkeit und einem leisen Bedauern, dem sie lieber nicht nachspüren wollte.
Es war La Marca gewesen, der Vittorio mit ins Stadion geschleppt hatte.
Vittorio hörte damals nur klassische Musik und hatte während seiner Gymnasialzeit ein Abonnement bei den Amici della Musica. Jahr für Jahr hatte er kein einziges Rubinstein-Konzert verpasst, weil alle sagten, der Pianist sei viel zu alt und das diesjährige Konzert sei bestimmt sein letztes. Aber Rubinstein war weniger gebrechlich, als er aussah, und Spotorno wusste schon kaum mehr, wie viele *letzte* Konzerte er mit ihm gehört hatte. Fünf? Sechs? Sieben hintereinander, vielleicht. Dem Jazz hingegen konnte er nach wie vor wenig abgewinnen.
Amalia sah ihn noch deutlich vor sich: steif und reserviert, in diesem unmöglichen dunklen Schüleranzug mit einfarbiger Krawatte. Von Alter und Hautfarbe mal abgesehen hätte man ihn auch für einen von Dukes Musikern halten können, aber für einen, der wesentlich weniger sympathisch war. Für Amalias Empfinden sprach aus Spotorno eine unerträgliche Hochnäsigkeit mit seinen ironisch verzogenen Mundwinkeln und dem krampfhaften Auf-Abstand-Gehen von der Gruppe, zu der sie gehörte: Sie räkelte sich halb längsgestreckt auf einem Plaid im Gras und rauchte Gras ganz anderer Art. Und Spotorno

wirkte so, als fragte er sich nur, was zum Teufel diese Art schräge Silbergabel, eingeschlossen in einem Kreis, zu bedeuten hätte, die Amalia da um den Hals trug und die ihren Pseudozigeunerlook mit dem knöchellangen, buntbedruckten Baumwollrock komplett machte.
Lorenzo hatte sie einander vorgestellt, und sie hatten nur einen langen Blick gewechselt, mehr nicht.
In der Pizzeria, nach dem Konzert, hatten sie um drei Uhr morgens an gegenüberliegenden Tischenden Platz genommen und ein Höchstmaß an linear verlaufender Kühle zwischen sich gelegt.
Amalia hatte mit allen munter geplaudert, Vittorio hatte keine Silbe hervorgebracht.
Sie hatte ihn sofort aus ihrem Kopf verbannt. Zumindest war sie davon überzeugt, bis zu dem Moment ihrer zweiten Begegnung ein paar Jahre später.
Sie war auf dem Capo-Markt einkaufen gewesen und hatte vergessen, wo sie ihren Wagen geparkt hatte. Also musste sie die ganze Gegend abklappern und landete schließlich auf der Piazza Sant'Onofrio. Und dort, mitten auf dem Platz, auf einem winzigen Freiraum, den die Marktstände und die Autos übriggelassen hatten, stand er plötzlich vor ihr: reglos, mit halbgeschlossenen Lidern

und ein wenig entrückt.
— Was machst du denn hier?, rutschte es ihr heraus, noch bevor ihr bewusst wurde, dass diese Worte ihrer geistigen Kontrolle entwischt waren. Vor allem aber war sie basserstaunt, dass sie ihn so treffsicher erkannt hatte und ihrerseits erkannt worden war.
Spotorno blieb noch einige Augenblicke reglos stehen, dann löste er die Arme leicht vom Körper und drehte die Handflächen nach oben, wie um sich für eine Fehlleistung zu rechtfertigen, um die nur er wusste, und murmelte dann diesen absurden Satz:
— Ich atme die Stadt.
Nur diese vier Worte, aber er sprach sie so aus, als wären

sie die letzten vier Vokabeln einer im Aussterben begriffenen Sprache.
Dann schien er sich der Situation wohl bewusst zu werden, und lief feuerrot an bis unter die Haarwurzeln. Amalia stand die ganze Zeit vor ihm, ein Büschel wilden Fenchel unterm Arm, am anderen ein Beutel mit frischen Sardinen samt einiger Tütchen Safran, und spürte, wie sich in ihrem Innern alles auflöste, bis ins Mark hinein, auch weil sie sah, dass er sich an die Tür eines weißen, etwas klapprigen Autos lehnte: ihr Cinquecento! Verloren und wiedergefunden.
Sie bot ihm an, ihn mitzunehmen, er sagte sofort freudig zu, auch wenn er im Grunde schon fast zu Hause war und gar nicht wusste, wohin die Fahrt gehen sollte. Das hieß für ihn dann, einen gewaltigen Fußmarsch, vom Stadtviertel Matteotti bis zur Via Venezia zurückzulegen: ein Marsch, von dem ihm nichts Konkretes in Erinnerung geblieben war, eine Art Schweben, in dem alles andere zum Stillstand kam und ein kleines emotionales Erdbeben in seinem Inneren tobte, dessen Epizentrum sich in seiner Geldbörse befand: ein Kassenzettel, auf den Amalia ihre Telefonnummer gekritzelt und den sie ihm mit der schwungvollen Frage »Was machst du heute Abend?« zugesteckt hatte. Und diese Frage begleitete ihn auf dem ganzen Weg. Hin und wieder setzte Spotorno von diesem Moment seines Lebens in ungeordneter Reihenfolge einzelne Filmschnipsel zusammen, von denen er einen großen und vor allem stillen Vorrat besaß. Er brauchte nie einen Keil dazwischenzuschieben, um eine Erinnerung zu blockieren.

Die Archive von Lorenzo La Marca schienen im Wesentlichen mündlicher Natur zu sein und zumindest für einen neutralen Beobachter ganz sicher überreichlich.
An jenem Abend schienen sie noch überreichlicher als gewöhnlich, vielleicht wegen der jungen Amerikanerin, die

er im Schlepptau hatte, eine gewisse Darline. Spotorno war ihr bereits im Laufe der Ermittlungen im Fall des Gehängten in den Giardini Botanici Comunali begegnet.
Die Anwesenheit des Freundes in Spotornos Haus war ein eher seltenes Ereignis, denn Lorenzo hatte nichts übrig für die schöne große Familientafel – mit Ehemännern, Ehefrauen und dem dazugehörigen menschlichen und hündischen Nachwuchs. Allerdings kehrte er diese Abneigung allzu ostentativ heraus, was zwangsläufig Argwohn erweckte. Das sei nichts für echte Männer, behauptete er. Alles nur Gehabe, laut Amalia. Sie glaubte, dass ihn solche Zusammenkünfte in Wahrheit in eine melancholische Stimmung versetzten, schließlich war sein Junggesellenstand eher unfreiwilliger Art. Dabei mangelte es ihm keineswegs an Gelegenheiten. Das nicht. Er musste in der Vergangenheit eine sehr schmerzliche Erfahrung gemacht haben und spielte jetzt den fröhlichen, beziehungsimmunen Single. Aber klar doch!
Auch in Begleitung der Amerikanerin wartete er mit einem ganzen Feuerwerk an spöttischen Bemerkungen, Witzchen, Filmzitaten und Frotzeleien gegen seinen Freund auf, dessen Trauzeuge er einst gewesen war, und der ein vorbildlicher Familienvater und Ehemann war, ein Bulle wie aus dem Bilderbuch, unbestechlich und unfehlbar auf allen Gebieten, vor allem dem der ehelichen Treue.
Spotorno schmunzelte innerlich. Wenn Lorenzo wüsste! Oder auch nur ahnte. Wenn er geargwöhnt hätte, dass der untadlige Herr Kommissar, der liebevolle Vater, getreue und vorbildliche Ehemann einmal fast … es fehlte nur so viel und … um ein Haar hätte er eine Geliebte gehabt.
Oder hätte es etwa verruchter geklungen, die Sache als *verpasste Gelegenheit zur Anbahnung einer außerehelichen Beziehung* zu bezeichnen?
Angeregt von einigen Gläschen Sliwowitz, die er sich ge-

gönnt hatte, und den Klängen eines Boccherini-Stücks im Hintergrund, sah er wie auf der großen Leinwand im Zeitlupentempo die Szenen jenes Abends wieder. Es war einige Jahre her. Vier? Fünf, vielleicht?
Es war in New York geschehen, wohin sie ihn für eine Fortbildung zum Thema »Neue Ermittlungsmethoden zu innovativen Marktstrategien der Narco-Mafien« geschickt hatten. Die erste in seiner Karriere, in den Staaten, ein Treffen von Cops aus der halben Welt.
Am Ende der ersten Woche, nach Abschluss der Freitagnachmittags-Sitzungen, war er im Aufzug nach unten gefahren, schwermütig und bedrückt, gepackt von Heimweh, das in Beklemmung umzuschlagen drohte.
All das spiegelte sich offenbar deutlich in seinem Gesicht wider, denn eine attraktive italienisch-amerikanische Kollegin sprach ihn an. Sie bewegte sich so, als würde sie ihren Busen auf Erkundungsgang schicken (und der wagte sich in dieser Mission weit nach vorn, in ein Territorium hinein, das sich ihm niemals als ein feindliches erweisen würde). Jedenfalls richtete sie in einer Mischung aus ausgezeichnetem Englisch und einem vermeintlichen Italienisch gespickt mit archaischen, nie gehörten Vokabeln das Wort an ihn.
Sie hieß Cathy Messana, legte aber großen Wert darauf, dass man sie Caterina nannte, nach ihrer Großmutter mütterlicherseits, die aus Joppolo Giancaxio stammte. Spotorno brauchte eine Weile, bis er aus der komplexen Aussprache mit den vielen Sprachkreuzungen den Namen des Ortes entschlüsseln konnte, in der Nähe von *Girgenti** (wie sie sich ausgedrückt hatte), Auswandererland eben. Ob ihre Oma womöglich an Bord der Saturnia gewesen war?, fragte sich Spotorno in einem seiner aus der Erinnerung generierten Gedankenblitze, wie sie ihn öfters heimsuchten.

* Alter Name für Agrigent

Und so, ohne recht zu begreifen, wie ihm eigentlich geschah, saß er auch schon mit ihr in einem jener berühmten Hollywood-gelben New Yorker Taxis, auf dem Weg zu einem kleinen Restaurant in Little Italy, das sie als Einheimische und geborene New Yorkerin ausgewählt hatte.

Spotorno bestellte eine Flasche Corvo rosso, und sie sagte mit gespielter Entrüstung einen Satz, der für ihn keinerlei Sinn ergab:

— Aber ich muss morgen sehr früh aufstehen.

Spotorno begriff nicht, was verflixt und zugenäht sie damit sagen wollte, zumal sie zuvor zu einer Flasche kalifornischen Chianti geraten, er aber auf dem Corvo bestanden hatte. Sollte das heißen, der andere Wein wäre in seiner Wirkung weniger schädlich gewesen?

Jedenfalls war sie nach diesem obskuren Satz immer mehr dahingeschmolzen. Sie bohrte die riesigen schwarzen Augen einer Kalabrierin in die von Spotorno, während er über seine Kinder, über Amalia, seine Arbeit, seine Stadt plauderte.

Im Taxi vor ihrem Haus hatte Caterina ihr Gesicht dem seinen genähert, so dass auch er zwangsläufig den Gezeitenstrom spürte, der die Kraft zu haben schien, jede Art von Schwermut und Fernweh, die zwischen der Skyline und den verführerischen Lippen dieser Frau vorhanden war, mit sich fortzureißen.

Eine halbe Ewigkeit lang hatten sie in dieser Position verharrt, in einer scheinbaren Unbeweglichkeit, denn ihm drehte sich der Kopf, und das nicht wegen des Weins. Er sah eine fremde Version seiner Selbst, einen Doppelgänger des tapferen Polizeikommissars, in einem Kampf zwischen ungleichen Gegnern unterliegen und seine Lippen mehr und mehr denen der Frau nähern.

Doch nichts dergleichen durfte wohl geschehen sein, denn am Ende hatte Caterina mit einem Seufzen deutlich die Position ihrer Lippen verändert und ihm einen feuchten, nicht allzu keuschen Kuss mitten auf die Stirn gedrückt und war ausgestiegen. An den folgenden Kurstagen hatte Spotorno öfter gespürt, wie Caterina ihn ansah, mit Blicken voller warmherziger und mitleidiger Ironie. Auf dem Flug nach Hause wurde ihm dann die durchschlagende Erkenntnis zuteil. Auf dem Tablett mit dem Mittagessen, das man ihm servierte, stand auch eine halbe Flasche Corvo, und der Mailänder Kollege, der neben ihm saß, kommentierte beiläufig:

— Wusstest du, dass in New York, wenn du da mit einer Frau abends essen gehst und eine Flasche Corvo bestellst, das bedeutet, dass du sie ins Bett kriegen willst? Es ist eine Art Geheimcode. Um zu sehen, wie weit du gehen kannst.

Für den Rest des Flugs ließ ihn der Gedanke nicht mehr los, dass Caterina allen von ihrem Date mit diesem tugendsamen italienischen Kollegen erzählt haben könnte, diesem Ehemann-wie-eine-Festung und obendrein säumigen Liebhaber.

Er war versucht, Darline zu fragen, ob diese Sache mit dem Corvo als New Yorker Verführungskodex stimmte. Aber er wusste, dass Amalia seine Gedanken hätte lesen können, wenn es da auch wenig zu lesen gab.

Darline erinnerte ihn an Cathy Messana. Sie mussten ungefähr gleich alt sein, so vierundzwanzig, fünfundzwanzig. Er ertappte sich dabei, wie er sie und Lorenzo voller Wohlwollen betrachtete, und bemerkte auch bei Amalia einen ähnlichen Blick. Sollte es das Schicksal mit seinem Freund La Marca endlich mal gutmeinen?

Nein, besser, man machte sich keine Illusionen. Und vor allem besser, Lorenzo machte sich keine. Die Geschichte mit Darline hatte sicher nicht lange Bestand. Denn in jeder Faser, in jeder Zelle, in jedem Zwischenraum ihres trügerisch mageren Körpers trug sie das hundertprozentige Amerika mit sich, und früher oder später würde der Ruf des Dschungels ertönen. Ob der nun aus Bäumen

oder aus Wolkenkratzern bestand. Es gab einfach keine Frau oder irgendetwas, das imstande wäre, La Marca jemals von dieser Stadt loszueisen, die er liebte und hasste, und von ihren Einwohnern, die den Herrn Kommissar so oft zur Verzweiflung brachten.
Er hoffte nur, dass zu gegebener Zeit der Schlag für Lorenzo nicht allzu heftig ausfiele.

— Ist dir klar, dass übermorgen Feiertag ist?, fragte Amalia. Der letzte Tag des *festino*.
— Ja, und?
— Ja, und … Das heißt, dass sie in der Cappella delle Dame dann vielleicht eine Messe zelebrieren und man nicht bis Sonntag zu warten braucht, wenn du wirklich willst, dass ich dich begleite.
La Marca war soeben mit seiner Amerikanerin aufgebrochen, und Spotorno und Amalia deckten den Tisch ab. Er spürte ein Kratzen im Hals, vielleicht hatte er es mit dem Sliwowitz übertrieben, und dieses Mal auch mit dem Geplauder? Er hatte geschwitzt und nicht gemerkt, dass er den ganzen Abend direkt in der Einfallschneise eines scharfen Zugwinds aus feuchter und tückischer Luft gesessen hatte. Das hätte ihm gerade noch gefehlt, eine Grippe oder Rheumaschmerzen mitten im Juli. Er, der nie krank war!
Schlagartig fiel ihm seine Verabredung mit Amalia und den Kindern ein, die er von Puleos Boot aus das Feuerwerk sehen lassen wollte. Das war sein Gnadenstoß.

Aber es kam noch schlimmer. Amalia machte einen Rückzieher. Sie sei zu müde und könne es kaum erwarten, sich ins Bett zu legen. Sie verschob sogar die Zubereitung der *pasta coi tenerumi** auf den kommenden Tag. Obendrein war der Küstenabschnitt vor der Marine der-

* Pasta mit jungen Frühlingskräutern und Gemüse

art überfüllt, dass Puleo ständig Slalom fahren musste, um ja keine anderen Boote zu rammen oder selbst gerammt zu werden, so dass sie schließlich vom Feuerwerk nur die Explosionen und den Widerschein im Wasser mitbekamen. Und wegen dieser verdammten Seeluft stellten sich bei Spotorno Schmerzen an sämtlichen Gelenken und angrenzenden Körperzonen ein.
Um den Abend rund zu machen, kam mit einem Mal wie aus dem Nichts eine große weiße Yacht vorbeigerauscht, auf deren Bug in goldenen Lettern der Name Laurent prangte. Sie war so nah gewesen, dass die Wellen ihre kleine Nussschale zum Tanzen brachten und Emanuele, sein Jüngster, sich sehr geräuschvoll über die Reling erbrach. Es fehlte nicht viel, und Spotorno hätte sich ihm angeschlossen. Er verfluchte die Laurent und alle die an Bord waren. Er verfluchte auch das *festino* und nahm voller Erleichterung das Bollern der Abschlusssalve des Feuerwerks zur Kenntnis.
Zu Hause fiel er sofort in einen komatösen Schlaf.

De Chirico und Dalí in der Via Siccheria Quattro Camere

Er klammerte sich an eine Vision in Schwarz-Weiß fest. Etwas Instabiles (und Undefinierbares?) war es, dem er da nachsetzte, um es beim Erwachen in den Bericht für den Polizeipräsidenten einzufügen. Gerade drohte dieses Etwas, seinen Fingern zu entgleiten, und sobald er losließ, würde er auf der wenig elastischen Matratze des Ehebettes landen.
Es war vielleicht die Fortsetzung eines Traums, von dem er wusste, ihn schon andere Male geträumt zu haben, vielleicht eine surreale Seifenoper (oder ein Strudel?), wobei am Ende – das wusste er sogar im Traum – sein erster Kaffee des Tages auf ihn wartete. Schwarz in weißer Tasse. Deutlich hörte er das Blubbern der Espressokanne. Folglich war er wach. Nein, dieses Geräusch war noch nie durch die Schlafzimmertür gedrungen. Dann war es das Telefon. Dieses neue mit Tastenblock und dem fließenden, zweifarbigen Klingelton. Weiß und schwarz. Wie zum Teufel konnte ein Klingelton zweifarbig sein? Und wo war Amalia abgeblieben?
Er schlug die Augen auf und versuchte, die grünen Ziffern auf dem mickrigen Brustkorb des Radioweckers zu erkennen. Die Zahlen hüpften vor seinen Augen, dann verschmolzen sie zu einem großen, flüssigen, schmetterlingshaften Kristall. Nichtentzifferbare Ziffern (ist das ein Oxymoron?, fragte er sich).

Da hatte er des Rätsels Lösung! Jemand hatte ihm LSD in die Zahnpasta gemischt. War das eine brillante Schlussfolgerung eines genialen Ermittlers, oder nicht?
Amalia erschien auf der Bildfläche. Spotorno nahm es zur Kenntnis. Er nahm auch das neuerliche, widerspenstige Schweigen des Telefons zur Kenntnis. Standen die beiden Ereignisse etwa in Verbindung? Amalia sagte:
— Es ist für dich, eine Frau, eine gewisse Beltramini. Sie behauptet, es sei dringend.
— Aber wie viel Uhr ist es denn?
— Neun Uhr. Heute Nacht hast du gefiebert. Du hast im Schlaf wild phantasiert. Ich hab den Radiowecker abgestellt, heute ist ohnehin Feiertag.
Wer zum Teufel war eine gewisse Beltramini? Spotorno hätte schwören können, dass es sich um einen männlichen Nachnamen handelte. Mühsam streckte er den Arm aus und ergriff das Telefon.
— Spotorno.
— Vittorio? Stör ich dich etwa?
Eine besorgte Stimme, die Spotorno trotz des schrilleren Tons wiedererkannte. Er war schlagartig wach, wie durch eine Adrenalininjektion, so wie zu Zeiten der ersten nächtlichen Observierungen auf der Jagd nach untergetauchten Mafiosi.
— Du störst nicht, Maddalena. Was ist passiert?
— Ich bin ziemlich in Sorge und hab sicherlich einen unhöflichen Eindruck auf deine Frau gemacht. Das war sie doch, oder? Ich habe mich nicht einmal anständig vorgestellt, sie muss wer weiß was gedacht haben. Bitte entschuldige dich in meinem Namen bei ihr. Aber, weißt du, es ist etwas passiert … vielmehr nein, vielleicht ist nichts passiert. Nur dass … nur dass wir jetzt schon seit zwei Tagen kein einziges Lebenszeichen von Nunzia haben.
Nunzia. Die eine Hälfte der untrennbaren Einheit, für Spotorno beinahe ein Begriff wie im Kreuzworträtsel, achtundsechzig horizontal: Nunzia und Grazia. Die Sig-

norine. Die Gehilfinnen von Maddalenas Mutter. Und die von Rosario.

— Zwei Tage? Das ist nicht viel. Weshalb bist du so besorgt?

— Das passt einfach nicht zu ihr. Sie ist immer sehr korrekt. Sie hat die Schneiderwerkstatt am Donnerstag um ein Uhr mittags verlassen. Seitdem das mit Rosario geschehen ist, hat hier niemand mehr einen Finger gerührt, musst du wissen. Grazia und Nunzia sind trotzdem gekommen, die eine am Vormittag und die andere am Nachmittag, jeden Tag. Sie stehen meiner Mutter einfach zu nahe, und sie braucht Gesellschaft. Je mehr Personen sich im Haus aufhalten, desto besser ist es. Manlio, mein Mann, kann die Agentur nicht sich selbst überlassen, ich muss mich um die Jungs kümmern, die noch ziemlich mitgenommen sind. Die Ärmsten, sie lieben ihre Großmutter, aber in der Via Zara riecht es zu sehr nach Trauer, und ich will nicht, dass sie zu viel davon einatmen.

— Daran tust du gut. Auch für sie muss das Leben weitergehen.

Spotorno hätte diese Worte gern zurückgenommen. Warum kamen ihm in solchen Situationen bloß derartige Banalitäten über die Lippen? Aber Maddalena ging gar nicht darauf ein:

— Nunzia hätte gestern Vormittag hier sein sollen, aber sie hat sich nicht blicken lassen. Meine Mutter, du weißt ja, sie gehört zu der Sorte Mensch, die Johannes den Täufer anrufen, noch bevor der Blitz zu sehen ist, und als klar wurde, dass Nunzia nicht kommt, hat sie sie schon unter den Rädern eines Autobusses liegen sehen. Aber sie geht auch nicht ans Telefon …

— Wann habt ihr sie angerufen?

— Gestern haben wir es den ganzen Tag über versucht. Und auch heute Morgen, so lange, bis die Verbindung unterbrochen wurde. Meine Mutter hat die fixe Idee, dass Nunzia etwas zugestoßen ist. Dass sie ein Malheur gehabt hat und jetzt dahinsiecht. Dass sie sich vielleicht ein Bein gebrochen hat und es nicht mehr bis zum Telefonapparat schafft … Die schlimmsten Vorstellungen. Nunzia lebt allein. Und inzwischen hat mich diese Unruhe angesteckt. Ich habe Angst, dass … Weißt du noch, was ich dir nach dem Begräbnis gesagt habe? Sie hat Rosario so sehr angehimmelt, dass sie mich manchmal sogar auf hässliche Gedanken gebracht hat. Und jetzt hoffe ich bloß, dass sie keine Dummheiten gemacht hat … Ich habe heute Morgen Manlio zu ihr geschickt. Er hat geklopft, geklingelt, nach ihr gerufen. Nichts. Keine Antwort. Dann musste er wegen eines Termins wieder gehen, obwohl heute Feiertag ist.

— Wo wohnt Nunzia?

— In der Via Siccheria, in einem alten zweistöckigen Haus, es ist winzig und ziemlich baufällig. Sie hat die Wohnung im Erdgeschoss. Im ersten Stock wohnt eine alte Frau, sie hat Arteriosklerose und ist halb taub. Ihre Tochter kommt sie jeden Tag besuchen und kauft auch für sie ein. Ohne Schlüssel käme sie nicht in die Wohnung, denn die Mutter macht keinem die Tür auf, nicht einmal ihr.

— Und Nunzia hat niemanden?

— Sie hat Verwandtschaft in Norditalien, Cousins und Cousinen zweiten, dritten Grads, aber mit denen hat sie kaum Kontakt. Wir sind so was wie ihre Familie.

— Könnte es sein, dass sie diese Cousins besuchen wollte?

— Ohne uns etwas zu sagen? Nein, das ist nicht Nunzias Art. Andererseits weiß ich nicht mal, wie sie heißen und wo sie wohnen. Vielleicht weiß Grazia das. Aber was mache ich dann? Dort anrufen und fragen: Hört mal, ist Nunzia zufällig bei euch? Ich weiß nicht mehr, was ich tun soll, Vittorio, meine Mutter ist ein Nervenbündel, und ich bin völlig durcheinander …

Maddalena musste nicht deutlicher werden. Ihr Zögern

genügte, um die Leerstellen zu füllen. Spotorno hatte keine Wahl. Er hätte sich darauf beschränken können, einen Streifenwagen hinzuschicken, aber er wusste, dass das nicht die richtige Entscheidung war. Nicht nur, um Maddalena nicht zu enttäuschen. Seine Sensoren hatten sich von dem nächtlichen Fieberanfall erholt und funktionierten wieder. Und seit einigen Minuten verzeichneten sie heftige Ausschläge.

— Gut, Maddalena, du erklärst mir jetzt noch mal genau, wo Nunzia wohnt, dann fahre ich hin und sehe dort mal nach dem Rechten.

— Es ist besser, wenn ich mitkomme. Die Hausnummer weiß ich nicht, und man kann sich dort leicht vertun. In der Via Siccheria sind sich die Häuser zum Verwechseln ähnlich. Kannst du mich abholen? Deine Frau wird mir hoffentlich nicht böse sein? Immerhin ist heute Feiertag, und ihr hattet sicher andere Pläne, und die werfe ich gerade über den Haufen …

—Hier wirfst du gar nichts über den Haufen, keine Sorge. Wir fahren jetzt dort vorbei und hoffen, alles in bester Ordnung vorzufinden, so dass wir schnell wieder daheim sind. Gib mir eine Dreiviertelstunde, dann bin ich bei dir. Wo wohnst du genau?

Er ließ es sich erklären und legte auf.

— Du solltest auf keinen Fall aus dem Haus gehen, du hast noch Fieber!, sagte Amalia.

— Es geht mir besser. Wenn es keine Probleme gibt, bin ich in einer Stunde zurück.

— Und wenn es doch welche gibt? Denn es gibt sie, stimmt's, Vitto'? Ich seh's dir an. Kannst du nicht jemanden von der Zentrale dorthin schicken? Vielleicht ein Mal, ohne den armen Teufel Puleo mithineinzuziehen, heute am Feiertag?

Spotorno rasierte sich mit mehreren Ausrutschern, die blutig endeten. Alle Muskeln schmerzten, doch nach einer schnellen heißen Dusche – und der üblichen halben

Mokkakanne – schwarz, in weißer Tasse – fühlte er sich halbwegs passabel. Zur Sicherheit aß er noch ein Stück altbackenes Brot, als Unterlage für die Aspirin in Brauseform.
Amalia stand an der Tür und wartete mit ihm auf den Fahrstuhl. Spotorno hob ihr Kinn mit dem Zeigefinger in die Höhe:
— Hab ich heute Nacht wirres Zeugs geredet? Was hab ich gesagt?
Amalia antwortete mit einem unergründlichen Lächeln. Zum Glück kam so etwas selten vor, dachte Spotorno, als er im Fahrstuhl verschwand. Unergründliche Dinge mochte er von Berufs wegen nicht.

Maddalena wartete auf dem Gehsteig, vor einem der neuen Wohnensemble in der Via Serradifalco. Sie war blass und nervös und hatte dunkle Ringe unter den Augen. Trotzdem hatte Spotorno den Eindruck, als hätte sie die Katastrophe wegen Rosarios Tod ein Stück weit verarbeitet. Sie wirkte weniger mitgenommen.
Sobald sie im Wagen saß, knetete sie ihre Hände und entschuldigte sich erneut für die Umstände, die sie ihm machte. Für den Rest der Fahrt blieb sie völlig in sich gekehrt.
Auf der Piazza Principe di Camporeale waren die Vorgärten noch immer aufgerissen, die Grabungsarbeiten für das neue Abwassersystem ruhten seit Ewigkeiten. Spotorno fuhr weiter über die Via Guglielmo il Buono und warf einen Blick auf die Zisa, eingerüstet wegen Restaurierungsarbeiten. Von Amalia hatte er gehört, dass man ein Museum für islamische Kunst daraus machen wollte.
Auf dem Parkplatz vor dem Gebäude, auf dem es zur Zeit der Normannenkönige einen arabischen Garten mit Wasserspielen gegeben hatte, war kürzlich ein Palmenhain angelegt worden. Erst in dem Moment wurde ihm klar, dass mehrere Schauplätze der Ermittlungen in diesem

Teil der Stadt versammelt waren: Die Via degli Emiri war nur wenige hundert Meter entfernt. Ebenso wie die Wohnung der Familie Mancuso. Und jetzt auch noch das Haus von Nunzia.
Von der Piazza Ingastone aus bog er in die Via dei Cipressi ein, was eine der wenigen Straßen war, die dem Anschein nach ein historisches Bewusstsein bewahrt hatte, und das in einer Stadt, die Übung in den raffiniertesten Techniken der Verdrängung hat.
Verdrängung von allem und jedem, dachte Spotorno, mit Ausnahme der Fahrzeuge, die Behindertenrampen und städtische Gehwege zuparkten.
Ich werde langsam defätistisch, dachte er. Daran wird das nächtliche Fieber schuld sein.
Hinter den Mauern des Klostergartens lieferte eine Reihe hundertjähriger Zypressen den Wohlgefälligen unter den Menschen eine naheliegende Rechtfertigung für den Straßennamen.
Wobei viel wahrscheinlicher war, dass die Kapuziner die Zypressen erst gepflanzt hatten, als die Straße bereits diesen Namen trug, mutmaßte Spotorno.
Die perfekte Straße für Attentate. Auf halber Höhe der langen und hohen Mauer befand sich der Gedenkstein für den nie aufgeklärten Mord an einem Oberstaatsanwalt. Nie aufgeklärt, aber schnell verdaut. Und ein Wendepunkt in den Strategien der Mafia, wie die lokalen Gerichtsreporter den auswärtigen Kollegen erklärten, die herbeigeeilt waren und begierig waren zu *verstehen*.
Der Weg führte ihn am Eingang zur Kapuzinergruft vorbei und durch die Via Siccheria Quattro Camere.
Er kannte die Gegend gut. In der Via Siccheria hatte er unter Aufsicht einer älteren Cousine das Autofahren gelernt. Seit damals hatte sich die Straße ganz schön verändert. Die Gärten mit ihren Bewässerungsgräben hatten ersten Hochhäusern Platz gemacht, die ganz so aussahen, als wären sie nur die Vorboten für weitere *Geschwister*.

Hie und da taten sich kleine illegale Müllhalden auf. In einer von ihnen hatte Spotorno einige Monate zuvor zwischen alten aufgeschlitzten Matratzen, Skeletten von Waschmaschinen und Kühlschränken ein totes Pferd entdeckt.
Am Ende der Straße standen noch einzelne Gebäude mit hohen Fabrikschloten, vielleicht von einer alten Ziegelei aus dem späten achtzehnten Jahrhundert, verschmolzen mit Hallen im Industriedesign, die irgendwann einmal als futuristisch gegolten haben mochten. Überlagerungen eines neuen postmodernen Trojas, das vermutlich zum Gegenstand zukünftiger Ausgrabungen von Industriearchäologen werden würde.
Direkt neben den Hochhäusern erhob sich die wahre Attraktion der Gegend: ein Erdbuckel am Rande einer Brachfläche, ein künstliches Hügelchen in Form eines schlafenden Dinosauriers, auf dessen Rücken ein Spaßvogel, praktisch als Zackenkamm, eine Reihe prächtiger Pinien gepflanzt hatte. Die Bewohner der Palazzi hatten ihn als Sichtschutz errichtet, um den Blick auf die Grabsteine des Friedhofs zu verdecken.
Man müsse höher als in das dreizehnte Stockwerk steigen, um den Gottesacker noch zu sehen, hatte ihm ein älterer Bewohner der Gegend mit einem gewissen Stolz erklärt.
Am Fuße des Hügels vertrocknete Grasflächen, abgefackelte Müllcontainer, Bauschutt und Autowracks. Zwischen der Straße und dem Dinosaurier verlief ein Mauerstück, das nicht hierher passte und keinerlei Funktion zu haben schien. Daneben standen so genannte *Case minime*[*] mit ein oder zwei Stockwerken, eine würdige Stadtrandarchitektur, die zum Aussterben verurteilt war. Auf den Balkons hing Wäsche zum Trocknen, gediehen Petersilie,

[*] In vielen Städten Italiens: einfache Häuser, einst innerhalb von Modellvierteln für die arbeitende, nicht wohlhabende Bevölkerung errichtet, meist rasch heruntergekommen.

Pfefferminze, Basilikum in alten Tomaten- oder Sardinendosen. Und, nahezu obligatorisch, blühende Frangipani – das botanische Markenzeichen der Stadt.
Eine Straße am Rand der Schizophrenie. Eine Prise de Chirico und viel Dalí. Metaphysik und Surrealismus. War es denn ein Zufall, dass weitblickende Männer vor fast einem Jahrhundert beschlossen hatten, wenige Schritte von der Via Siccheria entfernt, also an der Grenze zur Irrealität, einen Gebäudekomplex für ein Irrenhaus zu errichten?
Maddalena zeigte Spotorno Nunzias Haus, und er parkte einige Meter weiter auf einer freien Fläche, denn an dieser Stelle war die Straße wenig mehr als eine enge, kurvenreiche Gasse. Das Gebäude war noch in vergleichsweise gutem Zustand. Es war nicht wirklich halbverfallen, wie Maddalena gesagt hatte, aber an zahlreichen Stellen war Regenwasser eingedrungen, und das ursprüngliche Ocker der Fassade war kaum noch erkennbar.
Die Haustür lag einen knappen Meter über dem Straßenniveau; zu ihr führten drei oder vier Stufen aus abgebröckeltem Zement hinauf, von denen die letzte zu einem einfachen Podest erweitert war. Die beiden seitlichen Fenster waren von Fensterläden mit braunen Lackresten verriegelt.

Spotorno probierte es mit der Tür. Verschlossen und verrammelt. Maddalena erklärte ihm, dass es im Innern ein winziges Atrium gab, das sich bis zur Rückseite des Gebäudes erstreckte, wo die Eingangstür zu Nunzias Wohnung und die Treppen zum ersten Stockwerk lagen.
Es gab nur eine, zumal namenlose Türklingel im Erdgeschoss, wo er Maddalena zufolge läuten sollte. Spotorno drückte wiederholt auf den Klingelknopf, nichts, kein Ton. Er klopfte kräftig. Maddalena rief laut nach Nunzia. Nichts. Nicht einmal die Alte im oberen Stockwerk gab ein Lebenszeichen von sich. Die Fensterläden mit Lamellenöffnung an den Balkonfenstern dort schienen mit zu-

sätzlichen Blenden verdunkelt zu sein. Genau wie im Erdgeschoss.
Spotorno sah sich ein wenig um. Eine hohe Mauer ging von beiden Seiten des Hauses ab und folgte dem Straßenverlauf. Ein Stück weiter hinten entdeckte er einen Durchlass, der breit genug für eine Person war. Auf der anderen Seite fanden sich noch immer üppig gedeihende Gärten. Hochgebundene Tomatenstöcke, Zucchini, Auberginen, Paprika, Salatpflanzen.
Ungeachtet der Umstände atmete Spotorno begierig den Duft der Tomaten ein. Ein Geruch – das hatte er in seiner Jugend entdeckt – den die gesamte Pflanze verströmte, der jedoch in der Nähe der Stängel besonders intensiv wurde.
— Es ist besser, wenn du im Wagen wartest, sagte er zu Maddalena, die ihm gefolgt war. Sein Ton war übertrieben freundlich. Sie nickte.
Er schlüpfte durch den schmalen Spalt und stellte fest, dass weder Mauerwerk noch Zäune den Weg zum Haus versperrten. Auch auf der Rückseite gab es zwei symmetrisch angeordnete Fenster, identisch mit denen auf der Vorderseite. Einer der Fensterläden war nur angelehnt und gab dem Druck mit der Hand sofort nach. Bevor er über das Fensterbrett kletterte, versuchte er es aus Höflichkeit mit einem letzten Rufen:
— Ist jemand zu Hause?
Nichts. Zwecklos, noch mehr Zeit zu vergeuden.
Er hatte bereits eine Vorstellung von dem, was er vorfinden würde. Zumindest hinsichtlich des medizinischen Befunds. Er ahnte es aufgrund des Geruchs. Es war nicht zum ersten Mal, dass er eine solche Entdeckung machte. Trotzdem war es ihm nie gelungen, sich ein ausreichend dickes Fell zuzulegen.
Nunzia im weißen Nachthemd lag mit eingeschlagenem Schädel bäuchlings im Korridor vor der Schlafzimmertür, ihre Füße zeigten zum Zimmer hin.

Ein Bein war auf Kniehöhe abgewinkelt, und das Nachthemd nur wenig hochgerutscht, so als hätte sie es noch im Todeskampf in einem letzten Aufbegehren von Scham zurechtgezogen.
Der Geruch des Blutes war schon vom Fenster aus wahrnehmbar gewesen.
Das Telefon, ein schwarzer Apparat mit Wählscheibe, stand im Schlafzimmer. Von dort aus rief er im Kommissariat an, wobei er achtgab, eventuell vorhandene Fingerabdrücke nicht unbrauchbar zu machen.

Der schlimmste Part war der, zum Wagen zurückzukehren, um Maddalena Bescheid zu geben.
Sie reagierte wie viele Empfänger dramatischer Nachrichten, die Spotorno schon oft erlebt hatte. Sie verbannen das Hauptproblem in einen Winkel ihres Gehirns und ersetzen es mit vollkommen Irrelevantem. Er erinnerte sich noch an den Kommentar einer Frau bei der Nachricht vom Tod ihres Mannes:
— Aber ich bin doch eben erst mit dem Bügeln seiner Hemden fertig geworden.
Dann war sie in Ohnmacht gefallen.
Maddalena reagierte pragmatisch, sie sagte:
— Wer überbringt jetzt meiner Mutter die Nachricht?
Dann schlug sie die Hände vors Gesicht.
Die Streifenwagen waren innerhalb weniger Minuten vor Ort. Kurz darauf trafen die Spurensicherung und der Staatsanwalt ein.
Ganz zum Schluss tauchte der Gerichtsmediziner auf, noch ziemlich jung, aber Haar und Schnäuzer waren vorzeitig ergraut, was wohl dem Beruf anzulasten war. Spotorno und er duzten sich.
Zum Glück war er gekommen und nicht die Laurent. Nicht, dass Spotorno sie nicht schätzen würde, ganz im Gegenteil. Er hatte eine hohe Meinung von ihr, trotz seiner Vorbehalte gegenüber Frauen mit einer solchen Be-

rufswahl. Nein, es war, weil sie es dieses Mal mit einem weiblichen Opfer zu tun hatten und Spotorno eine unbestimmte Scheu verspürte, mit einer Frau gewisse heikle Details zu besprechen. Besonders mit einer so tollen Frau wie der Laurent.

Außerdem – warum sollte er sich etwas vormachen? – gab es da diese alten Gerüchte über die Beziehungen zwischen ihr und La Marca, und auch deswegen war er auf der Hut. Längst vergangene Geschichten, abrupt und auf mysteriöse Weise beendet. Aber als die beiden sich kürzlich im Beisein von Spotorno wiedergesehen hatten, bei dem Fall mit dem Erhängten in den Giardini Botanici Comunali, war die Spannung zwischen beiden mit dem Messer zu schneiden gewesen.

Sollte Darline eines Tages endgültig in die Staaten zurückkehren, bestand das Risiko – das war zumindest Spotornos Überlegung –, dass diese heimische Front wieder aufbrach. Was aber sollte seinem Freund und Trauzeugen ein Verhältnis mit einer verheirateten Frau denn Gutes bringen? Zumal sie mit einer großen Nummer aus dem Olymp der Medizin verheiratet war. Ehebruch war für Spotorno keine Option. Und seine Freunde, besonders wenn sie seine Trauzeugen waren, sollten doch bitteschön so viel Geschmack besitzen, so etwas ebenfalls nicht zu den ihrigen zu zählen.

Und in dem Moment wurde ihm bewusst, dass es auch ihm passiert war: Er war in sinnfreie Gedankengänge abgedriftet, anstatt sich auf das Hauptproblem zu konzentrieren, das vor ihm auf dem Fußboden lag.

Er sah sich nach dem Staatsanwalt um, wechselte mit ihm ein paar Worte und schilderte dann, wie er bis zu der Leiche vorgedrungen war. Der Staatsanwalt, ein junger Kerl und noch grün hinter den Ohren, der es kaum erwarten konnte, in sein Heimatdorf zurückzukehren, hatte wenig Ahnung von den Ermittlungsprozeduren bei Mordfällen. So war er hocherfreut, Spotorno freie Hand

zu lassen. Er wagte nur eine zaghafte Frage, die Spotorno schmunzeln ließ:
— Zigeuner?
Spotorno ließ die Frage unkommentiert im Raum stehen, und sein Gegenüber errötete bis zu den Zehenspitzen.
Spotorno musste keine Anweisungen geben, um die Standardprozeduren bei einem Mordfall in die Wege zu leiten. Alle hatten bereits die eigenen Mechanismen in Gang gesetzt. Der Rest war Routine. Von dem Moment an wurde aus Nunzia, Ingrassia Nunzia, Tochter von Nicolò und … Spotorno wusste gar nicht, wie ihre Mutter hieß. Er erinnerte sich, als er jung war, aus ihrem Mund den Namen des Vaters gehört zu haben, vermutlich weil der gestorben war, als Nunzia noch klein war, aber von ihrer Mutter hatte sie nie gesprochen.
Er bemühte sich, alles zu analysieren und dabei den nötigen Abstand zu wahren. Er versuchte das Kommen und Gehen rings um Nunzias Leiche zu ignorieren. Sie war noch immer eine attraktive Frau, fiel ihm zum ersten Mal und mit einer gewissen Verwunderung auf, obwohl ihre Hautfarbe die der Klausur war. Und des Todes.
Ein wohlgeformter Köper, mit festem Fleisch trotz seiner sechsundfünfzig Jahre. Was den maliziösen Phantasien Maddalenas, Nunzia könnte eine *Lehrmeisterin* für den heranwachsenden Rosario gewesen sein, durchaus Vorschub leistete.
Angesichts dieser Vorstellung verspürte er Gewissensbisse gegenüber Rosario und Nunzia. Bis dato hatte er in den Signorine nie etwas anderes gesehen als die getreuen Mitarbeiterinnen von Signora Rosa, Figuren aus seiner Kindheit und frühen Adoleszenz. Auch nicht am Tag des Kondolenzbesuchs in der Via Zara. Er war sich nicht einmal sicher, ob er die beiden jemals mit ihrem richtigen Namen angesprochen hatte. Andererseits waren sie beide in schwarze, schlecht geschnittene Kleider gezwängt, die ganz sicher von Trauerfällen aus fernerer

Zeit stammten. Er suchte nach einer Impression aus der Vergangenheit. Vielleicht war auch Grazia eine noch immer anziehende Frau? Überflüssige Gedanken, vor allem für einen Bullen.

Er inspizierte das Innere von Nunzias Wohnung. Noch bevor er die Leiche gefunden hatte, war ihm das besondere Chaos aufgefallen: offenstehende, durchwühlte Schubladen, einige sogar ganz herausgezogen und auf dem Fußboden ausgekippt – eine Unordnung, die Spotorno viel zu überlegt vorkam und als Epizentrum das Schlafzimmer hatte. Sogar unter der Matratze hatten sie gesucht, die dann zwischen Bettrost und Fußboden auf der Kippe liegengeblieben war.

Wer immer hier alles auf den Kopf gestellt hatte, war nach Nunzias Tod am Werk gewesen und hatte jede Berührung mit ihrem Blut sorgfältig vermieden. Typen mit starken Nerven. Profis. Von wegen Zigeuner!

Er hatte Maddalena einige wenige Fragen gestellt, bevor er sie einer Polizeistreife anvertraute, die sie in die Via Zara bringen sollte oder wo auch immer sie hinwollte. Ihr zufolge hatte Nunzia immer etwas Bargeld für die alltäglichen Einkäufe im Hause sowie ein Inhabersparbuch mit bescheidenen Einlagen. Beides war weg, Geld und Sparbuch. Genauso wie die Ohrringe aus Flussperlen und Brillanten, die Signora Rosa ihr zum vierzigsten Geburtstag geschenkt hatte. Wertvolles besaß sie ansonsten nicht, hatte Maddalena gesagt. Nur etwas Modeschmuck, meist Geschenke der Familie Brancato Alamia.

Irgendetwas (womöglich Morbides?) zog ihn ins Schlafzimmer zurück. Seine Wahrnehmung hatte zuvor eine Unstimmigkeit registriert und doch gleich wieder verdrängt. Etwas, das ihm jetzt unlogisch und an der Grenze zur Unschicklichkeit erschien.

Alle Möbel des Hauses sahen aus wie Überreste aus dem Trödelladen. Eine wacklige Kommode mit losen Griffen aus Metall. Ein Wandschrank mit einer Spiegeltür, die so

stumpf und voller Stockflecken war, dass sie kaum etwas widerspiegelte. Stühle mit verschlissenem Strohgeflecht. Ein Toilettentisch mit einer Marmorplatte voller Kratzer und Kerben.
Mobiliar, das Nunzias Eltern ganz sicher zum Zeitpunkt ihrer Hochzeit angeschafft und dann an die Tochter vererbt hatten. Mit Ausnahme einer pedalbetriebenen Singer, bei der es sich vermutlich um eine der beiden alten Nähmaschinen handelte, die Signora Rosa gegen modernere ausgetauscht hatte.
Und mit Ausnahme des Bettes.
Es war zweifelsohne neu: ein seriengefertigtes Ehebett, standardmäßig mit zwei Kopfkissen und Schaumstoffmatratze. Und mit einem schmiedeeisernen Kopfteil. In der Mitte der relativ modernen, kreisförmig geschwungenen Verzierungen prangten zwei ineinander verflochtene Herzen.
Ein Element, das völlig fehl am Platz war. Und die beiden schiefen Nachtschränkchen, die zu dem alten Ehebett gehört hatten, ließen es umso skurriler wirken.
Wie ließ sich dieses Bett hier erklären? Mal abgesehen von Kitsch oder nicht Kitsch: Selbst wenn sie die Notwendigkeit gesehen haben sollte, das alte Bett zu ersetzen, wäre es da für eine alleinstehende Frau, auf die ein gediegener Altjungfernstand wartete, nicht naheliegender gewesen, sich ein Einzelbett zuzulegen? Andererseits wer konnte wissen, ob Nunzia tatsächlich immer alleine gewesen war? Darüber müsste er mit Maddalena noch mal reden. Und vielleicht auch mit Grazia. Die Signorine kannten sich immerhin seit einer Ewigkeit.

Der Gerichtsmediziner hatte die äußere Leichenbeschau beendet und trat zu Spotorno:
— Sie wurde mindestens zwei Mal, und zwar von hinten, mit einem metallischen Gegenstand getroffen, wahrscheinlich mit einer Eisenstange oder einem Rohr. Über-

aus brutale Schläge, einer allein hätte genügt, um sie zu töten. Außerdem haben wir Überreste von weißlichem, grobkörnigem Pulver in ihrem Haar gefunden. Es könnte sich dabei um getrockneten Kalk oder Verputz handeln. Spuren davon waren auch auf dem Fußboden, rings um die Leiche.

Spotorno erinnerte sich, einen Haufen halbverrosteter Innocenti-Rohre voller Kalkverkrustungen in einer der Mülldeponien längs der Via Siccheria gesehen zu haben. Das sagte er dem Arzt.

— Ja, gut möglich, dass sie eines dieser Rohre benutzt haben. Wenn du mir eines bringst, ist es nicht schwierig, das festzustellen.

— Um wie viel Uhr ist es deiner Meinung nach passiert?

— Äh, wie du weißt, kann ich vor der Autopsie nichts Genaueres sagen. Abcr aufgrund der vorhandenen Anhaltspunkte würde ich sagen, sie ist in der Nacht von Donnerstag auf Freitag getötet worden.

Spotorno nickte. Die Frage musste sein, aber eigentlich war sie überflüssig. Inzwischen hatte er Nunzias letzte Lebensstunden ziemlich schlüssig rekonstruieren können.

Wer auch immer Nunzia umgebracht hatte, der oder die waren ins Haus eingedrungen, als sie sicher sein konnten, dass sie bereits schlief. Sie hatten ein Fenster auf der Rückseite des Hauses aufgebrochen und waren im Badezimmer gelandet, von dem aus man über einen kleinen Korridor ins Schlafzimmer gelangte.

Eine Operation ohne Risiko, denn Nunzias Haus war durch einen großzügigen Gürtel aus Gemüsegärten von den anderen in der Via Siccheria getrennt. Vielleicht hatten sie schon einen Teil der Wohnung durchsucht, oder Nunzia hatte sie sofort gehört. Sie war aufgestanden, und kaum hatte sie den Kopf zur Schlafzimmertür hinausgestreckt, war sie von einem, der neben der Tür lauerte, am Nacken getroffen worden. Ein Mal, zwei Mal

oder mehrere Male. Dann hatten die Täter ihren Job zu Ende gebracht und auch das Schlafzimmer gründlich durchsucht.
Nicht auszuschließen, dass sie auch andere Gegenstände von gewissem Wert gestohlen hatten, aber die Örtlichkeiten und Nunzias bescheidener Lebensstil sprachen eher dagegen. Auf alle Fälle wollte er von Maddalena auch darüber etwas erfahren.
Jetzt ging es darum herauszufinden, ob sie es hier mit einem Raubüberfall, der aus dem Ruder gelaufen war, oder mit einem vorsätzlichen, als Überfall getarnten Mord zu tun hatten. In letzterem Fall wäre es nahezu ausgeschlossen, die Sache nicht mit dem Doppelmord bei der Zisa in Verbindung zu bringen. Es sei denn, Nunzia hätte ein recht unwahrscheinliches Doppelleben geführt.
Auch die von der Spurensicherung waren mit ihrer Arbeit fertig. Freie Bahn also für die Totenträger. Die Tatwaffe war nicht aufgetaucht, aber die Männer durchsuchten noch immer die Umgebung des Hauses und erweiterten Stück für Stück ihren Radius.
Mittlerweile war die Tochter der Alten aus dem ersten Stock eingetroffen. Spotorno hatte noch einmal mithilfe einer jungen Polizistin und deren jungmädchenhafter Stimme versucht, zu der Alten durchzudringen. Aber die hatte alles ignoriert, wie Maddalena schon vorausgesagt hatte. Andererseits konnten sie natürlich nicht wissen, ob nicht auch die Alte getötet worden war.
Zum Glück war es ihnen gelungen, die Tochter ausfindig zu machen, die als Krankenschwester im Pisani-Krankenhaus arbeitete. Eine Frau um die Vierzig, kräftig gebaut, energisches Auftreten, strohgelb gefärbtes Haar und mit der Aura einer Lageraufseherin. Kaum hatte sie den Schlüssel ins Schloss der Wohnung im ersten Stock gesteckt, ertönte eine Jammerstimme:
— *Cu è?*
— Ich bin’s, Mamà.

Spotorno glaubte, ein Gewächshaus für Hydrokulturen betreten zu haben. Die Fensterläden der Wohnung schienen seit dem Bau des Hauses nicht mehr geöffnet worden zu sein. Trotz der feuchten Wärme war die winzige, unbewegliche und zahnlose Alte in einen dicken Morgenrock gewickelt, eines dieser schrecklichen pinkfarbenen Modelle, die man bei Krankenhausaufenthalten gerne trägt und die in den Katalogen der Versandhäuser mit hundert Prozent Polyester ausgewiesen waren. Die Tochter riss zum Lüften die Fensterläden auf, und Spotorno fühlte sich, als würde er soeben zum Luftholen aus dem Wasser auftauchen.
Er versuchte, der Alten einige Antworten abzutrotzen, aber die schenkte ihm nur ein sanftes und tumbes Lächeln. Zu anderem war sie selbst durch die Tochter nicht zu bewegen.

In der Zentrale traf er vor dem Kaffeeautomaten auf Schirosa. Der altgediente Kommissar wies das volle Festtagssyndrom auf. Die Vorstellung, einen ganzen Tag inmitten überschäumender Liebesbezeugungen von Familienangehörigen zu verbringen, stürzte ihn regelmäßig in eine Krise, und so verbrachte er mehr Sonntagvormittage in den Räumen der Mordkommission als bei seiner Familie, ob er nun Dienst hatte oder nicht. Keiner konnte sich erinnern, dass er jemals Urlaub genommen hatte, außer man wertete zehn Tage Krankenhausaufenthalt wegen einer Gallenblasenoperation als Urlaub.
Jetzt versuchte er, dem Kollegen sämtliche Details über das Geschehen in der Via Siccheria zu entlocken. Spotorno tat ihm den Gefallen. Doch aus ihm selbst unerklärlichen Gründen vermied er jede Andeutung über Nunzias Bettstatt und seine diesbezüglichen Überlegungen.
Den anderen Widerspruch, den entdeckte Schirosa:
— Überlegen wir doch mal gut, Vitto', wenn hier wirklich Profis am Werk waren, wie du sagst, weshalb haben

die dann auch das Sparbuch mitgehen lassen? Selbst wenn es ein Inhabersparbuch war, niemand, der einigermaßen bei Verstand ist, würde sich auch nur im Traum einfallen lassen, damit zur Bank zu gehen, um das Geld einzukassieren.

— Eben. Das war ein Versuch, die Sache wie einen Dilettantenjob aussehen zu lassen, eine Tat von kleinen Ladendieben. Aber wären deiner Meinung nach ein paar Vorortbanditen so abgebrüht gewesen, mit einer Toten oder im Todeskampf Liegenden zwischen den Füßen die ganze Wohnung auf den Kopf zu stellen?

— Und wenn es Profis waren, wonach haben die gesucht? Deinen Worten zufolge war von der Wohnung der Toten ja nicht viel zu erwarten. Und wenn sie nicht auf Geld und Wertsachen aus waren, bleiben nur zwei Hypothesen: Entweder sie haben etwas ganz Bestimmtes gesucht, das vielleicht kompromittierend war, oder sie hatten eindeutig einen Mord im Sinn. Aber in diesem Fall, warum haben sie die Arme dann nicht einfach erwürgt? Das wäre viel eher als fehlgeschlagener Raubüberfall durchgegangen: Die Alte hört Geräusche, wacht auf, die Einbrecher geraten in Panik, haben Angst, wiedererkannt zu werden, und erwürgen sie. Aber warum ein Stück Rohr mit sich rumschleppen? Das ist so, als hätten sie von Anfang an klar machen wollen, dass sie gekommen sind, um sie aus dem Weg zu schaffen.

— Im Gegenteil. Dieses Stück Rohr sollte ihren Intentionen zufolge die Zufälligkeit der Sache betonen: Sie sind in ein Haus eingedrungen, um zu klauen, und in letzter Minute bückt sich einer, schnappt sich ein Rohr und nimmt es als eine Art persönliche Sicherheitsgarantie mit. Aber die Dinge liegen nicht so eindeutig auf der Hand. Hast du die Gegend um die Via Siccheria vor Augen? Wer immer da auch nur ein Mal vorbeigegangen ist, weiß, dass er auf jedem der Müllplätze nur die Qual der Wahl hat. Diese Innocenti-Rohre liegen dort schon seit

Monaten herum. Und ganz sicher werden sie vor der Tat die Gegend ausgekundschaftet haben.
— Vitto', wenn du Recht hast, weißt du selbst, was das bedeutet, oder? Wenn die Täter in das Haus eingedrungen sind, um sie aus dem Weg zu räumen, dann muss sie auf irgendeine Weise in die beiden Morde in der Via degli Emiri verwickelt sein.
Spotorno hatte das längst begriffen. Aus dem Grund hatte er auch angeordnet, die Fingerabdrücke, die im Haus in der Via Siccheria sichergestellt wurden, mit denen von Rosario und Gaspare Mancuso abzugleichen. Wenn die beiden in diesem Haus ein- und ausgegangen waren, konnten sie das nachweisen.
Unterdessen stieg bei ihm das Fieber wieder.

Es gibt Verbrechen, weil es Polizisten gibt

— Dottore, sagte Puleo, heute früh hat Spicuzza von der Spurensicherung nach Ihnen gefragt. Sie haben siebenunddreißig Punkte Übereinstimmung zwischen einem Fingerabdruck aus dem Haus von Nunzia Ingrassia und dem rechten Zeigefinger von Rosario Alamia gefunden.
Spotorno war erst spät im Kommissariat erschienen. Am Vorabend war er, kaum zu Hause angekommen, sofort und ohne Abendessen ins Bett geschlüpft. Amalia hatte darauf bestanden und ihm das Fieberthermometer unter die Achsel geschoben; zehn Minuten später und mit dem Ergebnis neununddreißig Grad hatte sie erneut seinen Radiowecker abgestellt. Heute Morgen hatte es ihn einige Anstrengungen gekostet, sie davon zu überzeugen, dass er kein Todgeweihter war und ohne weiteres das Haus verlassen konnte.
Siebenunddreißig Übereinstimmungspunkte bedeuteten eine sichere Identifizierung und Spotornos morgendliche siebenunddreißig Grad Celsius eine läppische erhöhte Temperatur. *Zentrifugale** Grade, angesichts dessen, dass Amalia ihm deswegen Haftverschonung gewährt hatte, dachte er in einem seiner stillen Anfälle von Selbstironie.
— Wo befand sich dieser Fingerabdruck?
— Von Alamia haben sie nur einen einzigen gefunden,

* In Anspielung auf die Zentigrade, dem Vorläufer der Temperaturmessskala von Celsius, aber auch auf die Bedeutung des Wortteils *-fuga*, Flucht.

einen ziemlich deutlichen, und zwar am Rand des Badezimmerspiegels.
— Weitere Fingerabdrücke?
— Nur von der Ingrassia selbst, und die in der ganzen Wohnung verteilt. Frische Abdrücke. Spicuzza meint, sie müsse erst kürzlich einen Großputz veranstaltet haben. Am Kopfteil des Bettes gab es Spuren eines Reinigungsmittels, vielleicht so etwas wie Sidol. Dort gab es auch von ihr keine Fingerabdrücke, ohnehin ist das Material mit seiner porösen Oberfläche nicht besonders geeignet. Und Frauen tragen bei der Verwendung solcher Edelmetall-Putzmittel meistens Gummihandschuhe; ohne die würde meine Verlobte nicht einmal den Schraubverschluss der Flasche aufdrehen.
Den detaillierten, von Spotorno nicht explizit verlangten Ausführungen nach zu urteilen, musste auch Puleo aufgefallen sein, dass dieses Bett sich völlig vom Rest der Wohnung abhob.
— Und auf dem Telefon?
— Nichts Brauchbares, nur mehrere sich überlagernde, undeutliche Spuren. Auch die Fenster und Spiegel muss sie geputzt haben, weil es dort nur diesen einzigen Fingerabdruck von Rosario Alamia gab, in der rechten unteren Ecke am Spiegel. Eine Stelle, die sie beim Saubermachen wohl vernachlässigt hat; genau darunter befand sich eine Seifenschale, und nichts einfacher also, wenn man nach der Seife langte, versehentlich mit dem Finger den Spiegel zu berühren.

Das passte. Spotorno hatte die Aufteilung der Wohnung und die darin vorhandenen Gegenstände noch gut vor Augen; zudem waren ihm in der Via Siccheria mehrere Lysoformhaltige Produkte aufgefallen. Und über dem Wasserhahn in der Küche hingen ein Paar rosa Gummihandschuhe. Sie musste sehr penibel und ordentlich gewesen sein, eine echte Sauberkeitsfanatikerin. Hatte nicht auch Maddalena gesagt, dass Nunzia ein äußerst präziser Mensch war?

Das Fehlen weiterer Fingerabdrücke, mit Ausnahme derer von Nunzia und dem Fragment von Rosarios Zeigefinger, bestätigte aber noch etwas anderes: Sie hatten es mit echten Profis zu tun, die sich gezielt als Tölpel aufgeführt hatten. Auch sie mussten Handschuhe getragen haben.
Er hielt sich noch bis Mittag zurück, bevor er den Gerichtsmediziner anrief, der soeben mit der Obduktion von Nunzias Leiche fertig war.
— Und, was kannst du mir sagen?
Zwei brutale Schläge, ausgeführt von oben nach unten. Scheitelbeinbruch mit Austreten von …
— Erspar mir die Einzelheiten. Todeszeitpunkt?
— Etwa zwei Uhr in der Früh. Sie war fast sofort tot.
— Und die Tatwaffe?
— Ich würde sagen, die These mit dem Innocenti-Rohr ist ziemlich plausibel. Wir brauchen nur noch die Vergleichsanalysen zwischen den Substanzen, die wir in der Nähe der Wunde gefunden haben, und den Proben aus dem Alteisenhaufen. Dann haben wir vermutlich eine klare Bestätigung.
— Gibt es sonst noch etwas Interessantes?
— Nichts. Bis auf die Tatsache, dass dein Fräulein ganz sicher kein Fräulein mehr war. Du verstehst, was ich meine? Andererseits was hat ein derartiges Detail heute schon zu bedeuten? Nebenbei bemerkt, war sie trotz ihres Alters nicht übel. Ihr biologisches Alter lag um zehn Jahre unter ihrem biographischen. Ihr Haar war noch bis in die Wurzeln schwarz, ihr Busen fest, ihre Beine …
— Kann man eigentlich auch ohne nekrophile Neigungen Gerichtsmediziner werden?
— Das bringt der Beruf so mit sich, Vitto'. Wenn du sie nicht schon mitbringst, überkommen sie dich im Laufe deines Arbeitslebens, oder du hältst dem Job nicht stand. Hegt ihr Schergen aus Berufung denn nicht auch eine heimliche Bewunderung für die großen Verbrecher, die

manchmal sogar in echten Neid ausartet? Es ist das gleiche Prinzip.
Spotorno kam der Satz in den Sinn, den er während der Militärzeit in einem Buch gelesen hatte: *Es gibt Verbrechen, weil es Polizisten gibt* … Oder so ähnlich.
Der Autor war ein Schweizer mit einem Nachnamen, der erfunden klang. Er hatte zu Amalias frühreifen literarischen Leidenschaften gehört. Ihm war der Satz wie ein Entwurf auf dem Reißbrett vorgekommen, der im Gehirn der Leute zu einem Kurzschluss führt.
Was war eher da: das Huhn oder das Ei? Was ist das Geräusch von nur einer Hand, wenn du die eine gegen die andere schlägst? Wie befreit man eine Gans aus einer Flasche, ohne die Gans zu töten und die Flasche kaputtzumachen?
Dumme Zen-Spielchen. Seine erste Reaktion von damals hatte er nicht vergessen: Was wissen die Schweizer denn schon von Verbrechen? Existierten in der Eidgenossenschaft etwa Mörder außerhalb von Kriminalromanen?
Er verabschiedete sich von dem Arzt und legte auf.

Puleo hatte ihm einen Stapel Blätter neben den Computer gelegt. Es waren die Ausdrucke mit den Namen der möglichen Kontakte von Salvatore Scannariato, dem einstigen Motorradfahrer. Zum Schluss hatte er die Namen in Kategorien unterteilt und in einer einzigen alphabetisch geordneten Liste der Nachnamen zusammengeführt und dann auf Endlospapier ausgedruckt. Die Kategorie der Universitätsangestellten war am umfangreichsten: Dozenten, Nichtdozenten und verschiedenes Hilfspersonal, knapp vierhundert Personen schätzte Spotorno auf den ersten Blick. Zu den meisten der Namen waren Anrede oder Funktion vermerkt. Recht viele Zeilen enthielten nur Vor- und Nachnamen, aber neben einigen hatte Puleo mit Bleistift noch andere Angaben hinzugefügt, die er nach und nach zusammengetragen hatte: Student im Internat, ehrenamtlicher Assistent, Praktikant …

Spotorno nahm sich vor, die Auflistung baldmöglichst durchzugehen. Bevor er die Blätter zurücklegte, sah er, dass Puleo mit Bleistift einen der Namen unterstrichen und daneben ein Fragezeichen gesetzt hatte. Basile Manfredi, technischer Assistent, Besoldungsstufe sechs.

Vom Halsansatz stieg erneut Hitze in ihm auf. Ich krieg wieder Fieber, dachte er. Aber nein. Sein Blick haftete weiterhin an diesem Namen. Auch er hätte ihn unterstrichen. Aber warum bloß, fragte er sich. Und wo war eigentlich Puleo abgeblieben?

Beinahe als Antwort auf die stumme Frage erschien der junge Beamte im Raum, er hielt einen kleinen Plastikbecher mit glühend heißem Kaffee zwischen Daumen und Zeigefinger und reichte ihn seinem Chef. Spotorno trank den Kaffee, warf den Becher in den Papierkorb und tippte mit fragender Miene auf den unterstrichenen Namen. Puleo räusperte sich:

— Erinnern sie sich an die Fahrzeugpapiere des Fiat 127 von Alamia, Dottore?

Einen Augenblick, bevor Puleo fortfuhr, sah Spotorno vor seinem geistigen Auge die Seite des Dokuments mit der Eintragung und nickte zustimmend:

— Richtig, Saverio. Die erste Eigentümerin hieß Anna Manfredi, wohnhaft in Monreale in der Via …

— Piazzale dei Martiri delle Resistenza 12.

— Der hier heißt allerdings Manfredi mit Vornamen, nicht mit Nachnamen: Manfredi Basile …

— Ja, dem Trugschluss wäre ich anfangs auch fast aufgesessen, Dottore. Wenn ich nicht in den Fachbereich, in dem Scannariato arbeitet, gegangen wäre, als wir die ersten Informationen über ihn eingeholt haben, wäre die Sache so durchgerutscht.

— Wieso, was ist im Fachbereich passiert?

— Dort habe ich zufällig mitbekommen, wie ein Professor sich mit einem Mann unterhielt und ihn Basilio nannte. Basilio, nicht Basile. Dieser Basilio war einer um

die Dreißig, im blauen Kittel, was bei denen so eine Art Uniform für die Techniker ist. Also ist er jemand, der im Fachbereich arbeitet und kein zufälliger Besucher. Wenn Sie jetzt die Ausdrucke mit den Namen des Universitätspersonals zur Hand nehmen, werden Sie dort keinen einzigen Basilio finden, dafür aber einen Basile …
— Und also?, drängte Spotorno.
— Dahinter steckt tatsächlich eine Verwechslung. Ich habe mich gerade im Sekretariat vergewissert, natürlich unter einem Vorwand und ohne zu sagen, dass ich von der Polizei bin, um keine schlafenden Hunde zu wecken. Mit dem Ergebnis: es gibt keinen Manfredi Basile, wohl aber einen Basilio Manfredi.
— Technischer Assistent, Besoldungsstufe sechs.
— Genau der.
Ein Flüchtigkeitsfehler, dachte Spotorno. Ein verdammter Fehler beim Abschreiben der Listen. Irgendjemand hat Vor- und Nachnamen vertauscht und dabei noch zurechtgestutzt, weil der Name Basilio hierzulande zu ungewöhnlich schien. Und wegen dieses neunmalklugen Grünschnabels haben wir Zeit verplempert, mindestens eine Woche! Zwecklos nach dem Verantwortlichen zu fahnden, dachte er; auch hier im Kommissariat galt es als Nationalsport, sich die Schuld gegenseitig in die Schuhe zu schieben. Man müsste sie alle aus dem Corps rauswerfen. Und so der *corpus* von der Seele bewohnt ist, auch aus derselben!
Er wunderte sich über diesen stummen Wutanfall, der ihn da überkam. Und ehrlicherweise musste er sich eingestehen, dass er sich über sich selbst ärgerte: Wäre er denn anstelle von Puleo in der Lage gewesen, diesen Zusammenhang zu erkennen? Er, der großartige Ermittler der Staatspolizei? Mich müssten sie aus dem Corps werfen, dachte er. Und zum Teufel mit der Seele. Für einen Polizisten hatte er eine Todsünde begangen: Er war in einer höchst brisanten Ermittlung persönlich und emo-

tional zu sehr involviert. Die Wahrheit ist, dass dieser Beruf mich schneller als notwendig verschleißt, schlussfolgerte er.
Er schreckte auf. Puleo, der manche Dinge im Handumdrehen begriff, hatte verlegen seinen Blick abgewendet, denn der Seelenstriptease seines Chefs war ihm peinlich. Zumal dieser lediglich auf Indizien beruhte.
— Also gut, Save', damit haben wir eine Spur. Die Person, die Rosario, also dem Alamia, das Auto verkauft hat, trägt denselben Nachnamen wie ein Typ, der im gleichen Fachbereich arbeitet wie der Fahrzeughalter des Motorrads, das für den Überfall benutzt wurde. Vielleicht handelt es sich um einen Zufall, vielleicht gibt es gar keine Verbindung.
— Dottore, wissen Sie, wie viele Manfredis im Telefonbuch stehen? Nicht mehr als ein Dutzend. Das ist kein sehr verbreiteter Nachname, weder in der Stadt noch im Umland. Für einen Zufall wäre das in meinen Augen zu viel des Guten.
— Umso besser. Wenn sich herausstellt, dass zwischen unseren beiden Manfredis eine Verbindung besteht, dass sie miteinander verwandt sind, könnte das schon von Bedeutung sein. Die Spur ist vage, sehr vage, aber wenn es da einen Zusammenhang gibt, müssen wir die beiden gründlich durchleuchten. Verwandte, Freunde, das Übliche. Genau wie bei Scannariato. Wir müssen uns an ihre Fersen heften, ohne sie auch nur eine Sekunde aus den Augen zu verlieren, aber diskret. Ohne Hektik.
Er wusste selbst nicht, warum er das gesagt hatte. Aus einem Bedürfnis heraus, den Erfolg seines jungen Untergebenen zu schmälern?
Puleo schaffte es dieses Mal nicht mehr rechtzeitig, seinen Blick abzuwenden, in dem sich ein kleiner Schuss Besorgnis und ein großer Schuss Verwunderung mischten, wie in dem berühmten Aperitif, der ihm zuwider war.

Spotorno war immer ein Anhänger der Drei-Tage-Regel gewesen: drei Tage Dauer für einen echten Schirokko, drei Tage hoher Wellengang bei Westwind, drei Tage zur Bekämpfung eines heftigen Fiebers, drei Tage höchstens, um einen Mordfall aufzuklären.
Er sagte immer, bei einer Ermittlung sei die Zeit der Feind Nummer Eins, und seit Puleo ihn kannte, hatte sich Spotorno in jede Mordermittlung mit einer wilden Entschlossenheit gestürzt, die schon fast etwas Raubtierhaftes hatte.
— Ich weiß, was dir durch den Kopf geht, Save': Du denkst, dass ich verblödet bin.
Mit einer Handbewegung stoppte er Puleos Aufbegehren:
— Vielleicht hast du damit sogar recht. Aber hör mir gut zu: Vergiss nur ein einziges Mal, was sie dir in der Ausbildung beigebracht haben und auch, was du vielleicht aus meinem Mund gehört hast. Es gibt Mordfälle, die du entweder innerhalb von drei Tagen löst, andernfalls gelingt es dir ein ganzes Leben lang nicht. Fälle wie Fast Food. Was wir jetzt vor uns haben, hat die Dimension von einem Ausflug ins Grüne, in den Favorita-Park, an Ferragosto, wenn sogar die verkalkte Omi die Geduld hat abzuwarten, bis sie an der Reihe ist für die *pasta al forno*, und dabei auf einem Stuhl auf der Ladefläche einer Ape sitzt, mit einer Melone im Arm. Das sind Fälle, wenn du dich da voller Schwung hineinstürzt, ist es wie ein Kopfsprung in ein leeres Schwimmbecken. Und womit wir es jetzt zu tun haben, ist eine dieser langsamen Ermittlungen. Da kannst du Gift drauf nehmen. In genau diesem Moment gibt es Personen, die versuchen, unsere Schritte vorherzusehen. Wie bei einer Schachpartie. Und sie wissen, dass wir hier drinnen nicht unbedingt alle Idioten sind. Der Mord an Nunzia Ingrassia muss für sie von absoluter Notwendigkeit gewesen sein, denn sie wussten, dass sie damit ihr Risikopotenzial sehr hoch schrauben würden. Also dürfen wir keinen falschen Schritt machen.

Du hast ja auch ein Gespür dafür, denn du hast dich schön bedeckt gehalten und der Telefonistin an Scannariatos Fachbereich nicht zu verstehen gegeben, dass da jemand an Basilio Manfredi Interesse haben könnte. Und das war richtig. So weit, so gut, aber jetzt müssen wir realistisch sein. Was haben wir konkret in der Hand?
— In der Hand haben wir genau das, wonach wir gesucht haben: eine Verbindung zwischen einem Arbeitskollegen von Scannariato und einer Frau, die unserem Mordopfer ein Auto verkauft hat und damit womöglich zu seinem Umfeld gehört. Eine Verbindung, die es noch zu überprüfen gilt, klar. Aber bei allem Respekt, Dottore, ist das etwa nichts?
Puleo hatte sich die Tirade also angehört, ohne sich davon aus der Ruhe bringen zu lassen, stellte Spotorno zufrieden fest. Er war sich bewusst, dass er seinem jungen Kollegen ein kleines Wechselbad zugemutet hatte. Ein dünnes Lächeln trat auf sein Gesicht, doch er war bemüht, es nicht hämisch wirken zu lassen:
— Und wer behauptet, dass das wenig ist, Save'? Das Problem ist, wenn überhaupt, ein anderes: Nämlich, dass wir nach jemandem gesucht haben, den wir mit Mancuso in Verbindung bringen können. Stattdessen haben wir jemanden gefunden, der nicht mit dem Hauptmordopfer in Verbindung steht, sondern mit dem, sagen wir, Zufallsopfer. Anna Manfredi hat den Fiat 127 an Rosario, nicht an Mancuso verkauft. Aber darüber zu diskutieren, bringt uns im Moment nicht weiter. Bevor wir auf der Basis reiner Vermutungen weitere anstellen, sollten wir besser herausfinden, wie die Dinge tatsächlich stehen. Frage Nummer eins: Sind Manfredi Anna und Manfredi Basilio miteinander verwandt? Über den Rest denken wir später nach.
Puleo nickte und machte Anstalten, zu gehen. Spotorno wartete, bis er bereits über der Schwelle war, bevor er ihn aufhielt:

— Save', er näherte sich seinem Kollegen und klopfte ihm auf die Schulter.
— Bravo, Save'. Wirklich, Hut ab.
Puleo errötete. Spotorno fühlte sich erschöpft.

Nach den Maßstäben seines Polizisten-Über-Ichs war er viel zu früh zu Hause.
Das Tageslicht war noch sehr hell. Amalia saß auf dem Südbalkon und blätterte träge in einer Frauenzeitschrift. Sie hörte bei gedämpfter Lautstärke Guccini, ihre jugendliche Passion, der sie immer treu geblieben war, und trällerte einige Strophen eines Lieds mit, an dessen Titel sich selbst Spotorno erinnern konnte: *Ophelia*.
In augenscheinlichem Widerspruch zu den Gesetzen der klassischen Physik schienen nun die letzten Sonnenstrahlen, die gerade Linie zu verlassen und die Hügel von San Lorenzo zu umkreisen, auf denen sie im Vorüberstreifen ein rosafarbenes Leuchten hinterließen. Aus dem Gesicht von Amalia schienen sie vor allem die Zeit fortzuwischen. Überrascht, dass Spotorno seinen Blick so ungewöhnlich lange auf ihr ruhen ließ, hob sie den Kopf, um ihn ihrerseits fragend anzusehen.

— Wo sind die Jungs?, fragte Spotorno.
— Auf ihrem Zimmer. Emanuele war den ganzen Tag über kaum zu bremsen.
Stefano, der Ältere, lag bäuchlings auf einer Kokosfasermatte, versunken in ein Asterix-Heft auf Englisch, das er der Sammlung seiner Mutter entwendet haben musste. Amalia benutzte diese Comics – mit geringem Erfolg, wie sie sagte – um die resistenten Gehirne ihrer Schüler für den Spracherwerb zu begeistern.
Emanuele stand an seinem Schreibtisch aus Kunststofflaminat und zupfte behutsam einen kleinen Strauß Blumen, die zwar vertrocknet waren und doch ihr intensives Blau beibehalten hatten. Blütenblatt um Blütenblatt riss er aus und legte es zum Einweichen in eine Schüssel Wasser.

— Was machst du da?
— Ich lasse die Blütenblätter eine Woche lang im Wasser, dann gieße ich damit Mamas weiße Rosenstöcke. Sie hat mir erlaubt, die Blumen zu nehmen. Sie waren sowieso hinüber.
— Aber wozu tust du das?
— Na ja, wenn die Rosen dann Samen bilden, sammle ich die ein und stecke sie in die Erde. Dann wachsen daraus blaue Rosen.
— Wer sagt denn so was?
— Lorenzo.
— Und du glaubst ihm das?
— Nein, er erzählt ja immer einen Haufen Mist. Aber man kann nie wissen, ich versuch's einfach. Dir ist schon klar, dass es keine blauen Rosen gibt, oder? Wer sie erfindet, wird zum reichsten Mann der Welt.
— Und das ist dir wichtig?
Der Junge blickte ihn überrascht an. Im Hause Spotorno wurde nie über Geld gesprochen. Nie vor den Kindern jedenfalls.
— Und wie wär's, wenn wir auf eine Pizza gingen?, warf Spotorno vor allem aus Eigeninteresse in die Runde.

Es wurde ein schweigsames Abendessen, trotz des von den Jungs verursachten Lärmpegels. Amalia war in Gedanken versunken und reagierte nur ganz mechanisch auf die Heiterkeit ihrer Kinder. Sie durchlebte eine der für sie seltenen Phasen, in der ihre ansonsten angespannte und reaktive Nabelschnur Ruhe gab. Normalerweise spürte sie, wie diese Nabelschnur unaufhörlich an ihr zog, vor allem wenn die Jungs außerhalb ihrer Sicht- und Hörweite waren. Aber auch in ihrer Gegenwart meldete sich diese Schnur oft mit der ihr eigenen unelastischen Dringlichkeit.
Spotorno saß ihr gegenüber, an einem Tisch für acht in einer halbleeren Pizzeria im Stadtteil Resuttana, und

war unschlüssig, ob er die restlichen Zentiliter seines inzwischen lauwarm gewordenen Bieres leeren sollte. In Gedanken ging er dabei die letzten Entwicklungen in ihrem Fall durch, die Puleo ihm am Nachmittag nicht ohne Befriedigung unter die Nase gehalten hatte, kurz bevor der Herr Kommissar beschloss, den Arbeitstag zu beenden.
Anna Manfredi war eine Schwester von Basilio Manfredis Vater. Die beiden waren Tante und Neffe, auch wenn es zwischen ihnen kaum einen Altersunterschied gab.
Spotorno hatte Puleo nahegelegt, den Suchradius auszudehnen, die beiden Manfredis als Elemente zweier konzentrischer Kreise zu betrachten, die es Punkt für Punkt zu rekonstruieren galt: Ehefrauen, Ehemänner, Eltern, weitere Verwandtschaft, Freunde …
Die gleichen Dinge, die er ihm am Vormittag schon gesagt hatte.
Er aber, der immer so tüchtig war, den anderen zu erklären, wie sie ihre Arbeit zu machen hatten, war noch keinen Schritt weiter in Richtung des einzigen Ziels, das er sich selbst in dieser Ermittlung gesteckt hatte: das Eindringen in die Cappella delle Dame. Und dabei spielte das Fieber nur bis zu einem gewissen Punkt eine Rolle. Ebenso der Mord an Nunzia.
Er spürte, wie eine wehleidige Stimmung nach und nach Besitz von ihm ergriff, die er seit seiner Gymnasialzeit nicht mehr erlebt hatte. Habe ich einen Hormonschub?, fragte er sich mit leichter Besorgnis. Vielleicht der Beginn der Andropause? Das wäre früh, überlegte er, dafür bin ich noch zu jung. Angeblich sollte dieses Ereignis ja mit Haarausfall einhergehen. Wobei diese Aussage von Lorenzo La Marca stammte, und der war, wie Emanuele gerade erst festgestellt hatte, nicht gerade ein Ausbund an Glaubwürdigkeit. Auf jeden Fall trug Spotorno die Haare kurzgeschnitten, aber sie waren noch schwarz und schön dicht. So wie die von Nunzia, laut Aussage des Gerichtsmediziners.

Spotornos Rezepte

Die Beziehung zwischen Kommissar Spotorno und der Kochkunst gründete – davon war Amalia überzeugt – ganz auf dem Ursache-Wirkungs-Prinzip: Seine Anfälle von Unruhe am Samstagabend trieben ihn manchmal bis an den Kochherd. Um bei der Wahrheit zu bleiben, nach den vielen Jahren des täglichen ehelichen Miteinanders hätte sie die richtige Reihenfolge nicht bestimmen können. Vielmehr fragte sie sich hin und wieder in einem Anflug von Resignation, ob ihren Gatten tatsächlich die Unruhe in die Küche zog, oder ob es nicht das oft frustrierende Ergebnis seines gastronomischen Experimentierens war, das ihn in Unruhe versetzte.

Jetzt, während sie Seite an Seite auf den alten Pflastersteinen der Via del Ponticello in einer Geschwindigkeit von ein paar Knoten so gemütlich wie ein Ausflugsdampfer dahinspazierten, prüfte der Kommissar im Geiste noch einmal jede Etappe auf der Suche nach dem richtigen Indiz – oder besser gesagt, nach dem falschen Zusammenspiel, das sein leichtes nächtliches Sodbrennen ausgelöst haben mochte: ein viertel Grad auf der gastrischen Mercalli-Skala, so über den Daumen gepeilt.

Vielleicht habe ich zu viele Pinienkerne hineingegeben und die Rosinen nicht lang genug eingeweicht, grübelte er.

Zum Glück hatte das Schwertfischfrikassee trotz der gewagten Zugabe von Kumin zusammen mit wildem Fenchel bei Tisch bestanden. Zumindest der leergeputzten Servierplatte nach zu urteilen. Vielleicht aber steckte nur Hunger dahinter. Die Jungs schlangen alles hinunter wie Rüsseltiere. Sie jedoch schienen die Nacht problemlos überstanden zu haben. Und Amalia ebenfalls.

Doch er … erst das Fieber, dann das Sodbrennen. Er, der noch nie einen einzigen Tag wegen Krankheit in der Schule oder bei der Arbeit gefehlt hatte.

Schuld daran ist diese verdammte Ermittlung, sagte er sich.

Trotz der schwülheißen Luft waren, verglichen mit seinem Besuch am Sonntag, sehr viel mehr Leute unterwegs. Die Nasen in die Luft gestreckt, tummelten sich Scharen von Touristen zwischen Kathedrale und den Quattro Canti, und kleine Gruppen Afrikaner debattierten rings um Santa Chiara in einer streckenweise spröden Sprache oder gönnten sich ein eiskaltes Bier auf der Piazza Bologni vor der Osteria Carlo V.

Dort hatte Spotorno einmal mit dem alten Schirosa während eines denkwürdigen Sciroccos zu Mittag gegessen und war angenehm überrascht gewesen ob der erfreulich kühlen Temperatur im Innern des Lokals, die in keinem Sciroccozimmer hätte besser sein können. Es war ein frugales Mahl, in Begleitung eines säuerlichen Weins, Sprössling eines naturbelassenen Jahrgangs: ideal also für durstige Gäste, vor allem für solche, die es nach Arbeit dürstete.

Inzwischen waren sie in Sichtweite zur Kapelle angelangt. Das Portal war geöffnet, wenn auch nur halb, und Spotorno stellte mit einem gewissen Unbehagen fest, dass er beinahe enttäuscht war. Ein Alibi weniger. Was versuchte er denn, nicht zu wissen?

Reflexartig hielt er nach der Alten im Erdgeschoss Ausschau, aber die Fensterläden zu ihrer Wohnung waren vollkommen geschlossen. Der Zugang zur Kapelle wurde bewacht von einem jungen Mann in grauen Hosen, dunkelblauem Jackett, silberfarbener Krawatte und gewienerten Schuhen. Auf den ersten Blick erkannte Spotorno in ihm einen der klassischen Vertreter der menschlichen Spezies, die ihn nervös machten. Er verspürte einen leichten Krampf, ein Wiederaufzucken des nächtlichen Sodbrennens wie eine Impfauffrischung. Der junge Mann musterte sie mit einem Anflug von Zensur und gebärdete sich für Spotornos Geschmack allzu selbstsicher:

— Haben die Herrschaften eine Einladung?, fragte er in einem übertrieben höflichen Ton, aus dem Spotorno eine Spur von Überheblichkeit heraushörte.

Er bemerkte das kleine Stoffabzeichen auf der Brusttasche des Jungspunds. Eine Standarduniform, dachte er, absolut typisch für Verkäufer in einer Luxusboutique für Herrenbekleidung. Mit seinen Farben und den mit goldenem Faden aufgestickten Baum erinnerte ihn das Abzeichen an das Emblem eines Fußballclubs. Das von Lecce, vielleicht? In Lecce hatte er seine Rekrutenausbildungszeit absolviert, und einmal hatten sie ihn zu einem Match zwischen Soldaten mit ins Stadion geschleppt.

Erst in dem Moment sah er das Heck einer vermutlich langen schwarzen Limousine bedrohlich glänzend hinter der Ecke zur Piazza Ponticello herausragen. Weitere Luxuskarossen waren rings um die Kirche Nostra Signora di Lourdes geparkt.

— Offensichtlich gibt es heute eine Hochzeit, sagte er.

— Sind Sie eingeladen?, bohrte der junge Mann weiter.

— Wir sind hier, um die Kapelle zu besichtigen, erklärte Spotorno.

Je länger er den Typen ansah, umso schwerer verdaulich wurde sein Anblick für ihn. Ein potenzieller Erreger von Sodbrennen. Der junge Mann seinerseits entspannte sich:

— Aha, verstehe, meinte er nach einem knappen Blick auf die Kleidung des Ehepaars Spotorno, die nicht gerade hochzeitstauglich aussah.

Der Kommissar hatte sich für einen Kompromiss zwischen Berufsoutfit und informeller Freizeitbekleidung entschieden: Er trug ein schwarzes Polohemd unter senffarbenem Jackett. Amalia in Jeansrock und Leinenbluse wirkte nicht so, als fühlte sie sich fehl am Platze. Sie musterte ihrerseits den jungen Mann mit einem freundlich neutralen Ausdruck wie eine Mutter, deren Blick auf den Kindern ruht, die zum Glück nicht die ihrigen sind.
— Sie müssen warten, bis die Zeremonie beendet ist, sagte der junge Mann gravitätisch. Es dauert noch eine halbe Stunde. Dann können Sie die Kirche besichtigen. Aber nur für wenige Minuten. Es ist eine Privatkapelle, und für Besichtigungen braucht es eine Erlaubnis …
Spotorno holte tief Luft und setzte zu einer Erwiderung an, die er später vielleicht bereuen würde.
Amalia legte ihm eine Hand auf den Arm:
— Ich hätte Lust auf einen Kaffee, sagte sie.
Spotorno bedachte den Burschen mit einem Danke-Gott-dass-es-für-dich-noch-mal-gut-ausgegangen-ist-Blick.

Was ihn am meisten ärgerte, war das Bewusstsein, im Unrecht zu sein. Der Kerl tat ja nur seine Pflicht! Nur, dass er darin etwas zu perfekt war.
Spotorno führte Amalia in eine seiner Lieblingsbars auf dem Corso Vittorio. Ab und an kam er hierher, wenn er keine Lust hatte, den üblichen Gesichtern in der Bar della Centrale zu begegnen; oder wenn er jemanden treffen musste, dem er aus Rücksichtnahme oder, weil er sich davon einen bestimmten Vorteil versprach, die hautnahe Berührung mit den doch einschüchternden Räumlichkeiten der Mordkommission ersparen wollte. Und manchmal handelte es sich dabei um Typen, die gravierender Verbrechen verdächtigt wurden, aber dieser Verdacht eher atypischer Natur und deshalb sehr diskret unter die Lupe zu nehmen war. Aus zwingend gebotenen Gründen der Diskretion traf er sich hier auch schon mal mit ganz schweren Jungs, die ihm als Informanten dienten. Män-

ner, die selten Gutes im Sinn hatten, über die zu richten sich Spotorno jedoch streng enthielt.
Die Bar hatte einen meist ungenutzten Nebenraum, wo man in relativer Abgeschiedenheit reden konnte. Der Argwohn, dass sie in dem Lokal auch eine Wanze platzieren könnten, um seine Geheimnisse auszuspionieren, streifte ihn nur als reine Arbeitshypothese. Zu sehr vertraute er dem eigenen Gespür, um eine solche Möglichkeit ernsthaft in Betracht zu ziehen. Der Betreiber war ein gutmütiger Kerl, der immer über das ganze Gesicht strahlte, so dass ein Blick in eben dieses Gesicht genügt hätte, um gewarnt zu sein, falls etwas nicht stimmte. Ein Blick und eine Prise des üblichen Misstrauens.
Andererseits waren die Informanten oft auch der Gegenseite bekannt. Und wurden von dort nicht selten toleriert. Ja, wenn nicht sogar dazu eingesetzt, um auf zwielichtige Weise Botschaften an den Mann zu bringen, die für denjenigen, der sie entschlüsseln konnte, unmissverständlich waren. Ein ausgewogenes Geben und Nehmen. Das gehörte zum Spiel, zu der nicht offiziellen Seite des Spiels, zu der nicht offenzulegenden Seite der Spielregeln. Man musste nur wissen, wann es hieß innezuhalten. Auf beiden Seiten der altbekannten, sehr schmalen roten Linie.
Der Kaffee hatte eine beruhigende Wirkung auf ihn.
Sie hatten ziemlich viel Zeit vertrödelt und beschleunigten auf dem Rückweg zur Via del Ponticello ihre gemütliche Gangart um einen halben Knoten. Die geladenen Gäste verließen gerade nach und nach die Kapelle. Die schwarze Limousine war jetzt in voller Länge aus der kleinen Piazza herausgeglitten und wartete mit schnurrendem Motor neben dem Eingangsportal auf das Brautpaar, und am Steuer saß der junge Schnösel.
Der bemerkte sie sofort und bedeutete ihnen mit feierlicher Geste, dass der Zutritt nun möglich wäre. Amalia wollte lieber abwarten, bis die Braut herauskam, um sie

kritisch in Augenschein zu nehmen, ein Blick von Frau zu Frau in vollem Licht.
Da erschien die Frischgetraute. Eine Zwanzigjährige, die aussah wie alle Bräute eben, deren Schönheit sich ganz dem Brautweiß verdankte. Viel zu tiefer Ausschnitt, dachte Amalia, während Spotornos Blick viel zu lange an dem üppigen Dekolleté hängenblieb. Gleichzeitig überblendete eine spottlustige Synapse die Anatomie der alten Klatschbase von der Via del Ponticello mit einer Vision der nichtexistenten, in Krinolinen versunkenen Prinzessin von Tinchité.
Jemand warf Reiskörner, aber mit Zurückhaltung, wie es solchen Orten angemessen war.
Hinter dem Portal erwartete sie eine Überraschung. Da war keine Kapelle, wie Spotorno es sich vorgestellt hatte, sondern nur ein kurzer Korridor, der in einen winzigen Laubengang mündete. Zur Rechten eine erste, verschlossene Tür und kurz darauf eine zweite Tür, die in einen Saal führte, an den sich zwei weitere große Räume anschlossen, ausgestattet mit spärlichem Mobiliar von höchst nobler Gebrechlichkeit. Drei oder vier Asiaten – Inder oder Pakistaner – waren emsig am Aufräumen: Sie trugen die Blumenbuketts und zahlreiche mit anilinrotem Brokat überzogene Stühle davon, alles gemäß den Anweisungen einer älteren Frau von kontrastreichem Erscheinungsbild: strenges Kostüm und mütterliche Warmherzigkeit. Eine jüngere, hochgewachsene, elegante Dame wiederum überwachte ihr Tun, aber sehr zurückhaltend. Selbst ihre Absatzverstärker, so schien es Amalia, hatten etwas Aristokratisches.
Linker Hand des Laubengangs tat sich eine kleine Privatoase auf, winzig und unvorstellbar für jedweden Passanten, der sich darauf beschränkte, die Fassaden der Häuser in der Via del Ponticello zu betrachten: ein Großblättriger Feigenbaum von etwas zerzaustem Aussehen, ringsum Schildblumen, Zwergpalmen, Rosensträucher, blühende

Zitruspflanzen, Falscher Jasmin, Efeutute, Philodendron, Papyrus, Palmfarn, Drachenbaum, ein junger Blauregen und sogar ein Mandelbaum mit vertrockneten Blättern und noch wenigen Mandeln an den Zweigen.

— Aha, deshalb ist hier immer alles abgesperrt, sagte Spotorno, die behalten all das schön unter Verschluss und nur für sich selbst. Wie sollte man ihnen auch Unrecht geben. Ich würde sogar Stacheldraht spannen, wenn es meins wäre.

— Du wusstest also gar nichts davon?, sagte Amalia. Umgangssprachlich heißt sie La Cappella delle Dame, aber der offizielle Name lautet Congregazione delle Dame del Giardinello al Ponticello. Und was wir da vor uns haben, ist eben dieses Gärtchen. Schöner Platz, nicht wahr?

Sie gingen durch den Garten, schritten über einen Fußboden aus Majolika-Keramik mit einem antiken Arabeskenmuster und traten in die Kapelle ein.

Amalia entdeckte unmittelbar die kleine Grabtafel mit der Inschrift: *Viderunt eam filiae Sion*.

Spotornos Blick fiel auf die stehende Frau.

Es gab keine Bänke in der Kapelle, abgesehen von den kostbar wirkenden Chorstühlen längs der Wände, geschützt von langen Kordeln, die den Zutritt untersagten. Die Frau hatte die Ecke gewählt, die am weitesten vom Eingang entfernt und am meisten im Schatten lag. Ein Versuch der Mimesis, eine Absonderung vom vermutlich fröhlichen Kontext einer Hochzeitszeremonie. Eine Entscheidung, die das Gegenteil bewirkte, sie nämlich noch deutlicher ins Blickfeld rückte. Besonders wegen ihrer Körperhaltung, dem in den Händen vergrabenen Gesicht, dem krampfhaften Versuch, das eigene Verlorensein zu verbergen, was so nur noch offenkundiger war und einfach herzzerreißend wirkte.

Spotorno war ungewollt in der Haltung eines Jagdhundes erstarrt, und je länger er sie betrachtete, desto mehr glaubte er ein Beben, fast ein Zucken zu erkennen, das

ihre Schultern und den schwarzen Schleier, den sie auf dem Kopf trug, erfasste. Als bemühte sich die Frau mit aller Kraft, ein Weinen zu unterdrücken.
Amalia löste ihren Blick der Bewunderung von den Deckenfresken und kreuzte den von Spotorno. Ein schwaches, fragendes Deuten in Richtung der Frau genügte. Spotorno nickte.
Wie als Erwiderung auf diesen stummen Dialog schien die Dama Bianca zurückzukehren in die Welt der Sinneswahrnehmung, und löste nach einem letzten Zucken schweren Herzens die Hände vom Gesicht. Es sah aus, als würde sie nichts um sich herum erkennen, als wäre sie in einer Blase eingeschlossen, die keinen Blick nach außen erlaubte, nur Licht hineinließ.
Sie ging zu einer Tür, die möglicherweise in einen der Säle führte, doch kurz vor der Schwelle kam mit kleinen nervösen Schritten ein Priester aus der Tür auf der gegenüberliegenden Seite und wäre beinahe mit ihr zusammengestoßen.

Obwohl der Mann ein Priestergewand und nicht den gewöhnlichen Talar der Jesuiten trug, konnte Amalia ihn sofort einordnen. Die Jesuiten sah man selten in den alten, mit schwarzem Gurt zusammengehaltenen Kutten ohne Knöpfe. Dafür waren sie viel zu emanzipiert. Und das seit viel zu langer Zeit. Aber die *Stigmata* des Ordens sprachen aus ihren Augen und ihrer Körpersprache. Amalia konnte die einzelnen Kriterien nie in objektive Begriffe fassen, aber für sie bestand keinerlei Zweifel.
So erging es ihr auch bei nicht geouteten Schwulen, sogar bei denen, die dies noch nicht einmal sich selbst eingestanden haben mochten. Amalia wusste noch vor ihnen Bescheid.
Spotorno hatte gelernt, die Diagnosen seiner Gattin nicht zu unterschätzen, nachdem er einmal selbst zur ahnungslosen Zielscheibe diskreter, dann nie mehr wiederholter Avancen seitens eines harmlos wirkenden, stell-

vertretenden Polizeichefs geworden war. Amalia hingegen hatte ihn schon nach einer einzigen, zufälligen Begegnung vor der Kasse eines Freilichtkinos richtig eingeordnet.

— Der Typ ist ziemlich *geschmeidig*, kommentierte sie, was dem beinharten Auftreten des Mannes gänzlich widersprach.

Das war ihre gewohnte Umschreibung, ihr persönliches Understatement, um männliche Homosexuelle zu benennen. Die Lesben hingegen *pflegten einen sehr freundschaftlichen Umgang mit den Damen*. Echos einer alten vererbten Spießigkeit, die sie in selbstironischer Lesart ausgrub.

Die Dama Bianca sprach mit dem Priester. Ein knappes, unverständliches Gemurmel. Der Priester tat einen Schritt nach hinten, so als wollte er das Gesicht der Frau besser in Augenschein nehmen. Dann deutete er einen Protest an, aber noch währenddessen änderte er seine Idee und unterbrach sie mitten in ihrer Rede mit einer Geste, ihm doch zu folgen. Beide verschwanden über die Schwelle in den angrenzenden Saal.

Amalia näherte sich Spotorno:

— Sie ist noch weißer, als du sie beschrieben hast. Sie kommt mir vor, als brauche sie Hilfe.

Für einen langen Moment wusste Spotorno nicht, was tun. Dann kam er auf einen alten Bullentrick.

— Lass uns gehen, sagte er. Er setzte sich Richtung Ausgang in Bewegung, ohne sich darum zu scheren, ob Amalia ihm tatsächlich folgte.

— Ganz der arabische Macho mit seiner schlecht verhohlenen Selbstsicherheit, zischelte sie leise. Doch das war keine autobiographische Bemerkung, zumindest nicht, was das schlecht Verhohlen anbelangte.

Bevor sie ihm folgte, bückte sie sich, um etwas von den Chorstühlen aufzusammeln. Ein Doppelfaltblatt aus cremefarbenem Papier mit einer farbigen Abbildung auf der Vorderseite. Es war die Reproduktion des Tuchs, das über dem einzigen Altar in der Kapelle hing: eine Madonna im Kreise engelsgleicher Putten, über der eine bärtige Figur aufragte. Das Bild steckte in einem gekünstelten Rokoko-Rahmen aus vielen Kringeln und Akanthusblättern. Die Innenseiten des Faltblatts waren dicht bedruckt.

Das Licht in der Kapelle war schwach, und Amalia hatte ihre Lesebrille vergessen, die sie schon seit Ewigkeiten brauchte. Dahinter steckte eher ein Spleen als ein echtes Vergessen, denn sie war in dieser Hinsicht sehr eitel. Sie steckte das Faltblatt in die Handtasche, um es gelegentlich einmal zu lesen.

Draußen wurden sie für einige Augenblicke vom grellen Sonnenlicht geblendet. Spotorno schaute prüfend in beide Richtungen der kleinen Straße und ging schließlich einige Dutzend Meter hinauf, vorbei an der Chiesa del Gesù, die hier alle als Casa Professa kannten, bis er fand, wonach er suchte: einen nachtblauen Lancia Y10, der vor einem heruntergelassenen Rollgitter geparkt war.

Er kehrte zu Amalia zurück. Auf dem Weg zu ihrem Wagen bemerkte er, dass ihnen die alte Schwatzbase durch die schmalen Schlitze ihres Fensterladens nachspähte. Er war versucht, ihr mit der Hand ein Zeichen zu geben, doch eigentlich war er nicht für Späßchen aufgelegt.

Sie hatten ihren Fiat 131 in der kleinen Verbindungsstraße zwischen der Via dell'Università und der Piazza Casa Professa geparkt, direkt an der Einmündung in die Via del Ponticello.

Der alte Name der Straße, der auf den Marmorschildern eingemeißelt war, lautete Via Rimpetto Casa Professa. In jüngerer Zeit hatten sie das Schild in bordeauxroter Lackfarbe mit dem neuen Namen Via Nino Basile überpinselt, der jedoch auch wieder abgeblättert war, so dass nun beide Namen unleserlich waren.

Ein sehr gelungener Versuch, das Gedächtnis in die Irre zu führen. Amalia kannte den Namen der Straße, weil

sie vor ein paar Jahren einen der Bewohner danach gefragt hatte.
Sie stiegen in den Wagen. Spotorno wendete und fuhr verkehrt herum durch die Einbahnstraße bis fast zur Piazza Casa Professa und schaltete dort erneut den Motor ab.
— Worauf warten wir?, fragte Amalia.
— Auf die Frau aus der Kapelle.
— Hat die auch einen Namen?
— Aurora Caminiti, 34 Jahre alt.
Einer übertriebenen Zurückhaltung wegen, die an Schamhaftigkeit grenzte, behielt Spotorno die Bezeichnung Dama Bianca lieber für sich.
— Und weshalb warten wir auf sie?, wollte Amalia nach kurzem Nachdenken wissen.
— Sie hat ihren Wagen weiter oben stehengelassen, Richtung Ballarò. Und da das eine Einbahnstraße ist, muss sie zwangsläufig hier vorbeikommen.
— Und dann?
— Dann folgen wir ihr. Sie fährt einen nachtblauen Y10.
— Aber hältst du das etwa für professionell? Die Ehefrau zu einer Beschattung mitzunehmen? Obendrein am Sonntag. Kommissar Maigret hätte sich nie und nimmer einfallen lassen, seine Gattin in eine Ermittlung hineinzuziehen. Und um diese Uhrzeit sollte ich mich zu Hause entspannteren Beschäftigungen widmen!
Das war nur ein Scheinprotest. Es war noch nie vorgekommen, dass einer von Spotornos lästigen Fällen so tief in den gemeinsamen Teil ihrer beider Leben vorgedrungen war, ihre Routine unterbrochen hätte. Und überdies war er nicht gewillt, die Sache mit dem Auflauern und den Beschattungen allzu ernst zu nehmen, das roch zu sehr nach Krimis mit dilettantischem und begriffsstutzigem Detektiv. Was erwartete sich der Herr Kommissar also von einer solch engmaschigen Überwachung?
Just in dem Moment eilte mit flinkem, federndem Schritt der Priester aus der Kapelle und direkt an ihnen vorbei.

Eine hagere Gestalt, um die Siebzig. Amalia registrierte mit einer Spur von Befriedigung, dass er auf die Rettoria zusteuerte, die städtische Hauptunterkunft der Jesuiten linker Hand der Chiesa del Gesù. Eines der zwei grünlackierten Tore stand weit offen, und der Priester schlüpfte hinein.

Ein Jesuit also. Hatte das je zur Diskussion gestanden? Spotorno notierte der zukünftigen Erinnerung zuliebe die Details, falls es im Zusammenhang mit der Dama Bianca zu gründlicheren Ermittlungen kommen sollte. Aber die Jesuiten, das wusste er nur allzu gut, waren auf klerikalem Gebiet die härtesten Brocken von allen. Echte Gummiwände. Die Tarotkarte der Verzweiflung.

Die Dama Bianca tauchte wenige Minuten später auf. Sie hatte den Schleier abgenommen, und noch einmal war Spotorno geblendet von dem Schwarz-Weiß wie bei einer Momentaufnahme mit zu scharfem Kontrast: ein überbelichtetes Fotogramm, ausgedruckt auf Agfa Brovira-Fotopapier Nr. 6. Als Gymnasiast hatte er Spaß daran gehabt, in einer Dunkelkammer im Bad eigene Abzüge zu machen.

Dieses Mal trug die Frau das pechschwarze Haar streng nach hinten im Nacken zusammengefasst, wodurch der Mittelscheitel – ein schmaler weißer Canyon – die Funktion eines Banners bekam, und das war angesichts des krampfhaften Bemühens um ein unauffälliges Äußeres mit Sicherheit nicht gewollt. Zumindest war das Spotornos Eindruck. Die akkurate Frisur enthüllte ein schmales Gesicht mit hohen Wangenknochen, ein Profil wie auf einer frühhelladischen Tonscherbe, die unbeschadet die Zeit durchreist hatte.

So musste Penelope ausgesehen haben, als sie das bei Tag Gewobene Nacht für Nacht wieder auftrennte.

Auch die Dama Bianca kam ganz dicht an der Motorhaube des 131 vorbei, und es war, als würde man der Darbietung eines Schmerzensmysteriums à la Caravaggio beiwohnen.

Sie trug klobige schwarze Schuhe, die Männerschuhe hätten sein können, und ein biederes Kleid aus Baumwollstrick in einem matten Blau. Mechanisch in langsamen, weitausholenden Schritten bewegte sie sich voran, ohne von einer unsichtbaren, geraden Linie abzuweichen, was den entgegenkommenden Personen kleine Kursänderungen abverlangte.
Amalia spürte, wie sie unwillkürlich den Atem anhielt, und auch Spotorno schien es, als hätte sich sein Herzschlag verlangsamt.
Die Frau verschwand aus ihrem Blickfeld und tauchte ein paar Minuten später am Steuer des nachtblauen Y10 wieder auf. Spotorno wartete ab, bis der Wagen in langsamem Tempo vorbeigefahren war, und ließ dann den Motor an. Er folgte ihr in einem Abstand von rund zwanzig Metern. Es bestand keine Gefahr, dass sie, so in sich versunken, ihre Verfolger bemerken würde. Und selbst wenn, da war sich Spotorno sicher, hätte sie das nicht weiter gestört.

Erneut kamen sie an der Kapelle vorbei, die nunmehr dank des geschlossenen Portals wieder aussah wie gewohnt. Der Y10 nahm die Via Maqueda und hielt zur Rechten auf die Via Calderai zu. Die Touristen waren verschwunden, in die Flucht geschlagen von der Sonne im Zenit, angelockt von den Restaurants mit Klimaanlage oder den schattigen Tischen im Freien der Trattorie im Zentrum.
Die Stadt setzte dem Licht einen rein formalen Widerstand entgegen, einfach so, aus Prinzip, und dann ergab sie sich, und zwar bedingungslos.
Die Dama Bianca bog nach links in die Via Roma, dann nochmals nach links und weiter auf dem Cassaro.
Sie fuhr langsam und achtete dem Anschein nach wenig auf die anderen Fahrzeuge und die Ampeln. An der Kreuzung Quattro Canti fürchtete Spotorno, sie würde das Rot ignorieren, aber ein auf der Via Maqueda fahren-

der Bus zwang sie, zu bremsen. Er ließ zu, dass sich einige Autos zwischen dem Y10 und dem 131 einfädelten. Amalia beschloss, das Allerbeste aus diesem Vormittag zu machen und die Spazierfahrt über den Cassaro zu genießen. Es kam nicht häufig vor, dass sie und der Herr Kommissar am helllichten Tag gemeinsam in den Quattro Mandamenti unterwegs waren und sie dabei nicht auf das Steuer zu achten hatte.
Hinter der Kathedrale bogen sie in die Via Bonello ab, am Mercato delle Pulci vorbei, auf dem nicht viel los war. Nur einige wenige Passionierte stöberten inmitten des staubigen Klimbims herum. Amalia erkannte einen von ihnen, einen berühmten Schriftsteller, Liebhaber von Radierungen. Trotz der schwülen Hitze trug er einen Anzug in einer aus der Mode gekommenen helleren Farbe und eine unifarbige Krawatte. Er wirkte etwas wehleidend und bewegte sich, gestützt auf einen alten Gehstock mit Knauf, vorsichtig voran.

Von der Piazza Indipendenza aus bog der Y10 in den Corso Calatafimi ab. Seit einer Weile schon kannte Spotorno das Ziel, das die Frau ansteuerte.
Amalia machte zum ersten Mal seit Beginn dieser absurden Beschattung den Mund auf:
— Nie schenkst du mir Blumen, sagte sie.
Spotorno zuckte zusammen. Dann sah er im Augenwinkel hinter sich auf dem Gehsteig das kleine Schwarzmarktangebot an Pflanzen, die Amalia noch vor ihm gesichtet hatte. Tja, wann war er das letzte Mal mit einem Strauß Blumen heimgekommen?
Inzwischen hatten sie die Via Pitrè überquert und fädelten sich in den Verkehr der Ringstraße ein, der sich so verdichtete, dass Spotorno den Abstand zu dem Y10 verkürzen musste. Vielleicht bildete er sich das auch nur ein, aber ihm war, als würde jene schneeweiße Linie, die von Zeit zu Zeit vor ihm auftauchte und das Haar der Dama Bianca in zwei Hälften teilte, auch ihren Seelenzu-

stand durchscheinend machen. Selbst ihr Wagen wirkte traurig, mit seiner Nachtfarbe, die auch das Sonnenlicht nicht aufzuhellen vermochte.
Nach einigen hundert Metern bog der Y10 in die Via Nave ab.
— Aber wohin fährt sie?, fragte Amalia, nachdem der 131 ebenfalls abgebogen war.
Ein allzu jähes Abbiegemanöver, und für Amelia völlig unerwartet. So oft schon war sie an der Einmündung zu dieser Straße vorübergefahren, ohne zu ahnen, dass sie dabei die Grenze zwischen zwei Welten streifte. Eine Grenze, gekennzeichnet von hoch aufragenden Zypressen, einer kurzen Reihe, die abrupt wieder endete. Ein beinahe ländliches Eden, umzüngelt vom Inferno überquellender Müllcontainer, ersetzte schlagartig das aggressive, urbane Chaos der neuen Stadtviertel, die unterhalb der Umgehungsstraße entstanden waren. Die schmale und holprige Straße schlängelte sich mitten hindurch, eingerahmt von alten, mit Efeu bewachsenen Mauern, hinter denen Mispelbäume, Feigenkakteen, Zitronen- und Ölbäume gediehen, zusammen mit ein paar vereinzelten, üppigen Großblättrigen Feigen.
Spotorno vergrößerte den Abstand zwischen den beiden Autos, sie waren die Einzigen auf der Straße. Die Fahrt führte vorbei an einer kleinen Fabrikanlage und weiter an einer hohen und schlecht erhaltenen Mauer entlang, jenseits derer man die Wipfel weiterer Mispelbäume und in einiger Entfernung, dank eines offenstehenden Torgatters, ein großes, womöglich unbewohntes Landhaus erspähte. Auf der gegenüberliegenden Seite der Straße war die alte Mauer aus hellem Sandstein – einst die Grenze des Grundstücks, von der noch, wie bei antiken Ruinen, einige Reste zu erkennen waren – durch neue gemauerte und mit Glasscherben bedeckte Barrieren ersetzt worden.
Hin und wieder war die Mauer unterbrochen von wuchtigen, finster wirkenden Eisengattern, die den unruhigen

Schlaf der Bewohner einiger flacher Neubauten beschützen sollten: Reihenhäuser von einem gewissen Schick, wie das aufsteigende neureiche Bürgertum ihn pflegte, mit schmalen, noch kahlen Gärtchen und allesamt blass-ziegelrot getüncht. Amalia hätte sich nicht gewundert, wenn dort zwischen Tarntüchern und Friesenpferden auch Maschinengewehrstellungen zu sehen gewesen wären.
Jenseits der Reihenhäuser zeichnete sich, wie ein unübersehbares Memo, die bedrohliche Kulisse der Hochhäuser ab, die sich früher oder später längs der Linie des geringeren ästhetischen und urbanistischen Widerstands ausbreiten würden.
Der Y10 hielt unvermittelt auf eines dieser Gatter zu. Die Frau musste den automatischen Türöffner per Fernbedienung getätigt haben, denn das Tor begann sich langsam zu öffnen und gab den Blick auf eine Zementfläche frei, auf der nur wenige Autos parkten. Sobald die Öffnung geradeso ausreichte, fuhr die Frau hinein. Stoisch setzte das Tor seine Rotationsbewegung bis zur Maximalöffnung fort. Dann schien es einige Sekunden zu überlegen, bevor es schließlich die Rotation um die eigene Achse umkehrte. Es dauerte eine Ewigkeit, bis es sich wieder schloss, so dass sie beobachten konnten, wie der Y10 vor einem der Häuser einparkte: an einer niedrigen Mauer, über die ein erdfarben lackiertes Eisengeländer verlief.
Die Fahrerin stieg nicht sofort aus dem Wagen. Sie schien keine große Eile zu haben, das Haus zu betreten. Auch als das Tor mit einem definitiven Klack zufiel und so den Außenstehenden den Blick auf das Auto endgültig verwehrte, hatte sie sich noch immer nicht gerührt. Erst danach war das gedämpfte Geräusch einer kraftlos zugeschlagenen Autotür zu hören.
— Was sagt uns das jetzt?, fragte Amalia. Wer der Mörder ist?
Sie wusste, dass sie ungerecht war. Sie ahnte es längst: Spotornos Beschattung hatte strenggenommen gar kein

klar umrissenes Ziel. Der Kommissar war ein bunt zusammengesetztes Tier, gewissen mythologischen Wesen vergleichbar. Auf der einen Seite der rationale Polizist, der gewissenhaft, hartnäckig und überlegt vorging und sich vorurteilslos die Ressourcen der Technologie zunutze machte. Auf der anderen Seite der Bulle, ganz Instinkt, immer auf der Jagd nach Atmosphärischem, ein Analytiker von Charakteren, Menschenkenner und Stratege menschlicher Triebe. Wenn es im Bereich des Möglichen gewesen wäre, hätte er in seinen schwierigsten Fällen das Leben der Verdächtigen gelebt, das der Zeugen, der ganz sicher Schuldigen, deren Schuld aber eben noch nicht bewiesen war. Er hätte den gleichen Kaffee getrunken, die gleichen Gerichte verspeist, den gleichen Frauen nachgeschaut. Darüber führte der Weg zu wahrem Wissen.

Amalia strich ihm sachte übers Knie, eine Geste, die sie vielleicht seit den Anfangszeiten ihrer Ehe nicht mehr gemacht hatte. Sie war ihm dankbar für dieses so anormale Stück Leben. Sie genoss sie geradezu, diese Fragmente fast unberührter freier Natur.

Als hinter dem Tor nichts mehr zu sehen oder zu hören war, wendete Spotorno den Wagen nicht, sondern fuhr einfach die schmale Straße weiter bis zur nächsten Gabelung. Dort entschied er sich für die Abzweigung nach links, bog dann nach rechts ab, bis sie sich inmitten eines Felds wiederfanden, das nur zum Teil bestellt war und daher halbverwildert aussah, mit den Samenbüscheln des Schilfrohrs am Rand des Wassergrabens und als Kontrast die wenigen Palmen und Zypressen, die doch von einer irgendwie gearteten Zähmung der Natur rings um die wenigen landwirtschaftlichen Gebäude zeugte, die längst nur noch als Lagerhäuser dienten.

Amalia entdeckte eine Tafel mit dem Namen der Straße: Strada Riserva Reale. Sie verlor sich augenscheinlich einige hundert Meter weiter am Fuß des Poggio Ridente,

dem Luxusghetto, dessen Villen über den Resten der Conca d'Oro thronten. Oder war es angebrachter, von Reliquien zu sprechen?, fragte Amalia sich insgeheim.
Spotorno fuhr immer weiter, bis zu der Stelle, wo der Asphalt dünn und brüchig wurde und schließlich in eine zerfurchte Sandstraße überging; das Sträßchen wurde noch schmaler und war bald nur noch eine Trift. Er nutzte die kleine Freifläche vor einem Landhaus, um den Wagen zu wenden. Drei oder vier sehr gemischtrassige Hunde, die im Schatten des verrosteten, räderlosen Wracks eines Kleinlasters Marke Fiat 1100 dösten, bewegten ihren Schwanz in der Hoffnung auf irgendeine Form von Nahrungssolidarität, wobei ihnen anzusehen war, dass sie nicht wirklich damit rechneten.
Spotorno sollte für Amalia noch weitere Überraschungen bereithalten. Auf dem Rückweg stoppte er den Wagen vor der langen gelben Sandsteinmauer, hinter der sie das große Landhaus gesehen hatten.

Und da stieg, begleitet vom staunenden Blick seiner Gattin, der liebevolle Vater ihrer Kinder, der zärtliche Ehemann, der tadellose Beamte der Polizia di Stato, der reizbare Kommissar aus dem Wagen, zog das Jackett aus, warf es auf den Rücksitz und näherte sich der Mauer. Er ließ seinen Blick hin und her wandern, als suchte er nach etwas Bestimmtem. Und fand es sofort: einen großen, vom Gebrauch glatt geschliffenen Stein, auf den er seinen Fuß setzte, sich dann hochzog, bis sein Brustkorb über die Mauer ragte.
Lange schaute er, ohne sich zu regen, als wollte er die Landschaft auf seiner Netzhaut verewigen und fürchtete eine Unschärfe des Fotogramms. Oder vielleicht, dachte Amalia, handelte es sich um ein Wiederauffrischen des Gedächtnisses. Eine nostalgische Operation.
Nach einer gefühlten Ewigkeit kletterte Spotorno von der Mauer herunter und näherte sich dem Wagen. Sein Blick war lebhaft, und auf seinem verknitterten Polo waren

Schmutzspuren von Sandstein, Amalia sah sofort weg. Sie stellte keine Fragen und blieb in Erwartung einer Erklärung, die – das ahnte sie – demnächst kommen würde. Spotorno ließ sich Zeit, bis sie erneut auf der Umgehungsstraße waren. Er erzählte ihr von dem riesigen Nussbaum, den er gleich hinter dem verlassenen Haus wiederentdeckt hatte. Er erzählte ihr von den DC3, den legendären zweimotorigen Flugzeugen Dakota, die er, festgeklammert an diese Mauer, einmal am Tag, kurz vor Sonnenuntergang auf der Landebahn des alten Flughafens von Boccadifalco, gleich hinter der Via Pitrè hatte landen sehen. Er beschrieb ihr das riesige Feld mit den roten Mohnblumen zwischen gelben Stoppeln, die jedes Stückchen Boden bedeckten, das nicht Landebahn war, so dass es manchmal aussah, als würden die Flugzeuge inmitten von Blut zu Boden zu gehen, wenn die Sonne in genau dem Winkel stand, der die Blütenblätter erglühen ließ, wie damals seine Kinderhand, wenn er den Lichtstrahl der Taschenlampe gegen die Finger gepresst hielt. Und das Donnern der beiden Motoren, wenn das Flugzeug in wenigen Höhenmetern genau über seinem Kopf hinwegflog, ein schreckliches und zugleich erregendes Geräusch, das eine seltsame Energie in seiner Brust freisetzte.

In seiner Kindheit hatten sie ihn einmal zur »Sommerfrische«, wie es damals hieß, in eines jener heute zerfallenen Häuser gebracht. Dort war er an Keuchhusten erkrankt, sodass der Arzt Meeresluft für kontraindiziert hielt und befand, dass das Kind »dünne Luft« bräuchte. Und dann war er nie mehr in diese Straße zurückgekehrt. Für die Heimfahrt wählte er die Strecke durchs Zentrum, weil ihm die Umgehungsstraße von Herzen zuwider war. In der Via Leopardi kaufte er einen Strauß gelber Blumen. Amalia schnupperte lange an ihnen, obwohl sie nicht dufteten.

— Das arme Mädchen, sage sie.

Der amerikanische Football, Rugby und die Strapazen einer Prinzessin

Streng genommen wäre die Abfahrt Casteldaccia die richtige gewesen.
Er aber zog es immer vor, bei Bagheria abzufahren, und durchquerte dann duldsam, in kleinen Abschnitten die Stadt bis zur Staatsstraße 113.
Die Sonne stand niedrig, und der Straßenabschnitt östlich von Santa Flavia war bei diesem Licht eine einzige Pracht: Oleanderbüsche, Palmen, Hibiskus, Trompetenbäume und Bougainvillea auf dem Höhepunkt farbenfroher Sinnesreizung. Die Bewohner der Häuser, die sich hier wie Perlen eines Rosenkranzes von zweifelhaftem Geschmack aneinanderreihten, hatten sie in einer Art therapeutischer Verbissenheit oder gar als verspätete Sühne zwischen die Staatsstraße und das südliche Tyrrhenische Meer gepflanzt.
Mit dem Bau der kleinen Villen hatte man zu einer Zeit begonnen, als die Fliesen aus Majolika langsam die alten Sandsteinfassaden der ohne Genehmigung errichteten Häuser ersetzten, was eine vielfarbige und überhebliche Modernität einläutete.
Gebannt blickte er dem emsigen Promenieren der Männer und Frauen mit den passenden Strandkombinationen am Leib hinterher, und hätte um ein Haar die richtige Querstraße, eine schmale Verbindungszunge zwischen der Strada Statale und einem der Zufahrtswege zu den kleinen Villen in Meeresnähe verpasst.

Einige überfütterte Müllcontainer standen zusammengeschoben in einer kleinen Ausbuchtung, schön drapiert, wie das sarkastische Willkommen eines Objektkünstlers, der Lust auf Allegorisches verspürt hatte.
Zielsicher steuerte er auf eine der kleinen Villen von weniger schickem Äußerem zu; neben all den anderen war es die schlichteste, umarmt von den Verästelungen eines Jasmins, der den Knalleffekt der Bougainvilleas, die aus den Vorgärten der Nachbarhäuser herausdrängten, besänftigte. Es war ein gewöhnliches Haus, vier Zimmer und ein kleiner Laubengang zur Meeresseite gelegen, dessen Mauern mit Kalkverputz bedeckt waren. Es verströmte im Kontrast zu den umliegenden Häusern ein Höchstmaß an Gelassenheit.
Im nächsten Moment entdeckte er Donna Ersilia im Garten hinter dem Haus. Sie machte sich mit einer Gartenschere an ein paar Rosenbüschen ohne Rosen zu schaffen und trug dabei den üblichen Strohhut, ohne den sie bei Tag niemals ins Freie gegangen wäre. Vielleicht aus dem Grund bewahrte sie sich, die die Siebzig bereits überschritten hatte, ihren Elfenbeinteint, wie man ihn nur noch auf alten Sepia-Fotografien von Anfang des zwanzigsten Jahrhunderts fand.
Er bezweifelte, dass sie überhaupt so etwas wie einen Badeanzug besaß. Die wenigen Male, die er sie im Sommer am Strand gesehen hatte, trug sie leichte Hauskleider ohne Ärmel, als einziges Zugeständnis an das Opferritual des Sonnenbadens.
Er parkte den Fiat 131 neben der niedrigen Einfriedungsmauer. Erst als Donna Ersilia das Geräusch von Schritten hörte, drehte sie sich um und kniff die Augen gegen die Sonne zusammen. Als sie ihn dann erkannte, strahlte sie übers ganze Gesicht:
— Vittorio, was für eine Überraschung! Welch guter Wind bringt dich zu uns?
— Eine Brise aus dem Osten, Donna Ersilia.

In Wirklichkeit kannte sie längst den Grund für Spotornos Besuch.
Der Kommissar trat durch das Torgatter, das immer nur angelehnt war, und eröffnete das förmliche Zeremoniell des Handkusses, was er genau zwei Mal pro Jahr und nur Donna Ersilia angedeihen ließ. Nicht einmal er hätte eine Erklärung dafür gewusst, außer dass Donna Ersilia genau den Typ von Signora verkörperte, den sein Vater mit tadellosem Handkuss zu begrüßen pflegte. Beim ersten Mal war er einer spontanen Regung gefolgt, aus der dann zu seiner eigenen Überraschung ein Ritual geworden war.
Er überreichte ihr ein kleines Päckchen, das er an der Schleife des Geschenkbands in die Höhe hielt. Donna Ersilia fragte nicht einmal, was es war: Es war Sommer, und das hieß, Zeit für *gel di melon*, das mit Jasminblüten und Schokoraspeln dekoriert war. Er hatte es in einer berühmten Konditorei in Bagheria gekauft.
— Ich stelle es kalt. Geh du unterdessen zu ihm. Er angelt gegenüber dem Haus, aber sicher erwartet er dich.

— Wie geht es Ihnen, Donna Ersilia?
— Wie es eben alten Leuten so geht, Vittorio. Wir schlagen uns tapfer, zumindest versuchen wir es. Im Haus gibt's jede Menge zu tun, und in ein paar Tagen kommen die Kinder. Ich muss für sie Caponata in industriellen Mengen zubereiten und in Gläsern konservieren, und sie nehmen sie dann mit nach Norditalien. Man darf ruhig behaupten, sie kommen nur deswegen. Nein, das ist nur ein Scherz! Sie sind uns wirklich innig verbunden. Ich stelle für Amalia ein paar Gläser beiseite, du weißt ja, wie gut ihr meine Caponata schmeckt. Die nimmst du dann das nächste Mal mit.
L'alta Italia. Norditalien. Der Kommissar schmunzelte über diese antiquierte Ausdrucksweise à la pensionierte Grundschullehrerin, was auch exakt dem Status von Donna Ersilia entsprach. »Die Kinder«, das waren der Sohn Umberto mit seiner norditalienischen Ehefrau und den zwei Sprösslingen.

Spotorno senkte die Stimme zu einem Flüstern:
— Und er, Donna Ersilia, was treibt er? Wie geht es ihm?
— Oh, das Übliche. Hoher Blutdruck. Von Zeit zu Zeit jagt er mir einen Schrecken ein … Gestern kriegte er einen Tobsuchtsanfall, weil die Nachbarn während seines Mittagsschläfchens die Musik voll aufgedreht hatten. Ich habe ihm dann noch eine halbe Pille gegeben. Aber jetzt, geh ruhig, geh zu ihm, damit ich in der Zwischenzeit die Amarenakirschen zubereite.
Seitdem Don Tano im Ruhestand und mit seiner Frau in jene kleine Villa gezogen war, die er zum Teil aus der Pensionsabfindung bezahlt hatte, stattete Spotorno ihnen regelmäßig zwei Mal pro Jahr einen Besuch ab: einige Tage vor Weihnachten und zu Don Tanos Geburtstag. Deswegen war jetzt das *gel di melon* angesagt, für das sowohl Donna Ersilia als auch Don Tano eine wahre Alterspassion hegten, und die infolge der Erinnerung an den einstigen Verzicht darauf nur noch brennender war.

An Weihnachten dann waren die *buccellati* an der Reihe, die Spotorno ausnahmslos bei Pizzuto in Casteldaccia kaufte: Die Adresse hatte ihm Donna Ersilia höchstpersönlich genannt.
Er ging um das Haus herum, hielt sich dabei nah an dem Einfriedungsmäuerchen des Gartens.
Die Blumen dort machten nicht den Eindruck, als litten sie unter übermäßiger Trockenheit. Selbst wenn die Wasserleitungen nichts mehr hergeben würden, Donna Ersilia wäre imstande, sie flaschenweise mit Mineralwasser zu gießen. Im geschütztesten Winkel gedieh der ganze Stolz von Don Tano, das, was er sein technologisches Zitrusgewächs nannte. Ein großer Wurzelstock der Bitterorange, den er mit rosa Grapefruit, Zitrone und echter Limette gekreuzt hatte. Das Ergebnis brachte jeden ihrer Besucher unweigerlich aus der Fassung, wenn sie das erste Mal diesen Baum sahen, der zeitgleich dreierlei Früchte trug. Es war einfach nicht genügend Platz für drei verschie-

dene Bäume im Garten, denn Donna Ersilia hatte sich in den Kopf gesetzt, den Zierpflanzen Vorrang zu geben.
Er ging durch das kleine Tor, das zum Kiesstrand mit den wenigen Felsen führte. Das Meer war ruhig, trüb und ein bisschen übelriechend. Wie immer in den Sommermonaten, wenn die Häuser, fast alle Zweitwohnsitze, von ganzen Familienclans bevölkert waren. Ein zweitklassiges Meer, kein Vergleich mit dem an der Küste von Mongerbino oder der Addaura, wo sich bekanntlich die intellektuelle Schickeria traf. Die Häuser hier waren Ausdruck eines bodenständigeren und weniger glamourösen Bürgertums.
Er entdeckte Don Tano auf einem großen Felsblock wenige Zentimeter über dem Wasser. In khakifarbenen knielangen Hosen, vermutlich abgetragene Militärhosen, die vor vielen Jahren schon mit der Schere zurechtgeschnitten worden waren. Ein offenstehendes Hemd, das über dem Hosengürtel hing. Ein Strohhut mit havannabraunem Band. Davon besaß er viele, alle bei Pustorino erworben, was vielleicht der einzige Luxus war, den er sich je gegönnt hatte.
Er angelte mit einer sehr langen, zweiteiligen Bambusrute, die er persönlich mithilfe einer abgesägten Patronenhülse aus einer Very-Pistole zusammengebastelt hatte, um so die beiden Schnursegmente zu verbinden.
— *Baciamo le mani,** Don Tano. Und Glückwünsche zum Geburtstag!
— Aha, du also, Vitto'. Auch dieses Jahr hast du daran gedacht.
— Wie läuft es so?
— Wie soll es schon laufen, Vitto'? Auf drei Rohren laufen wir.**

* Wörtlich: Wir küssen die Hände – veraltete Begrüßung aus Feudalzeiten. Und ganz zeitlos eine klassische Mafia-Boss-Ehrung.
** Redewendung geht zurück auf das Anfang des 20. Jahrhunderts konstruierte Schnellboot *Città di Catania*, das wegen seiner drei großen Schorn-

Er zog die Angelschnur ein und säuberte die Haken von den Köderresten. Er angelte mit Seeringelwürmern. Spotorno kniete sich nieder und schaute in einen Plastikeimer, dessen Boden mit einer Schicht feuchter Algen bedeckt war. Er hob sie ein wenig an und entdeckte einige kleine Fische, in denen noch ein Rest Leben pulsierte.
— Nichts, du brauchst gar nicht nachzusehen. Im Sommer fängt man hier nur gestreifte Schleimfische, Lippfische, Mausfische, Meergrundeln und einige *Felsenhüter.* Die kriegt die Katze dann, und ich kann von Glück sagen, wenn sie die überhaupt frisst. Richtiger Fisch, der zeigt sich hier nicht. Und selbst wenn, wer hätte schon den Mumm, von dem zu essen? Nicht einmal, wenn es Zahnbrasse wäre! Zum Ende des Sommers ist es etwas anderes. Anfang September wird das Wasser wieder sauber, und draußen auf dem offenen Meer kannst du beim Schleppfischen mit dem Federköder sogar Bernsteinmakrelen kriegen. Und auch einige kleine Thunfische. Aber was soll's, gehen wir rein? Ich hab keine Lust mehr, hier wie ein Grabmal auf den Felsen herumzustehen.
Beim Reden hatte er die Angelschnur spiralförmig um die Angel aufgerollt und die Angelhaken in den Schwimmer versenkt.
Obwohl er viel Zeit im Freien verbrachte, überwog in seinem sonnengebräunten Gesicht ein lebhaftes Rot, wie es für Personen mit Schlaganfallrisiko typisch ist. Weiße Haarbüschel drängten hie und da unter seiner Kappe hervor. Er war immer noch von muskulöser Statur, aber infolge diverser Nahrungsexzesse um ein paar Kilo schwerer.

steine großen Eindruck machte und von der Bevölkerung *La tre tubi* (»Die drei Rohre«) getauft wurde; ursprünglich für den Personenverkehr gedacht, wurde es in beiden Weltkriegen als Kriegsschiff eingesetzt und 1943 vor der Küste von Brindisi im Ionischen Meer von einem englischen Unterseeboot gesichtet und innerhalb weniger Minuten versenkt. Also, wenn etwas schiefläuft, wird es mit dem Schicksal dieses Schiffs in Verbindung gebracht.

Er drehte sich um und nahm den Eimer. Spotorno sah ihm zu, wie er von den Felsen kletterte und gerade seinen Fuß auf den wegen der Ebbe trockenen Strandsaum setzen wollte, als eine besondere Faszination seine Stimmbänder blockierte und ihn hinderte, ihm eine Warnung zuzurufen: Der Alte war im Begriff, mitten in einen riesigen Teerklumpen zu treten.

Zum Glück bemerkte er den Teer im allerletzten Moment selbst und setzte mit seinem Fuß ein Stück daneben auf. Er warf Spotorno einen ironischen Blick zu:

— Du hast absichtlich nichts gesagt? Sei's drum, zu Hause habe ich eine schöne Sammlung von Bimssteinen. Hier passiert es einem ja öfter, in einen Teerklumpen zu tappen. Und schließlich hast du es einem Teerflecken zu verdanken, dass du heute das bist, was du bist. Erinnerst du dich noch? Wärst du nicht in den Teer getreten und schließlich auf diesem Felsen hocken geblieben, um deinen Fuß wieder sauber zu kriegen, dann hätte ich dich nicht gesehen, und dir wäre nicht in den Sinn gekommen, Polizist zu werden. Wie alt warst du da noch mal? Acht? Zehn? Ich erinnere mich noch, als wäre es gestern gewesen. Ich will Polizeikommissar werden, hast du zu mir gesagt. Klar und deutlich. Damals warst du noch entschlossener als heute. Kommissar, wie ich seinerzeit, bevor sie mich zum stellvertretenden Polizeipräsidenten gemacht haben.

Hatte er tatsächlich aus diesem Grund beschlossen, ein richtiger Bulle zu werden? Zumindest hatte er Don Tano, um ihn nicht zu enttäuschen, nie die Wahrheit gestanden. Nämlich, dass er schon wenige Tage nach ihrer ersten Begegnung nicht mehr an diese Geschichte, von wegen Polizist werden, gedacht hatte.

Aber was war nun die *eigentliche* Wahrheit? Spotorno hätte ziemliche Schwierigkeiten gehabt, zu erklären, auch vor sich selbst, wie nicht lange, nachdem er sein Jurastudium mit Note Eins plus Auszeichnung abgeschlossen hatte, diese Entscheidung in ihm gereift war. Von einer unwiderstehlichen Berufung konnte nicht wirklich die Rede sein, vielmehr von einem mühsamen Parcours, an dessen Ende sich unverhofft die Gelegenheit einer Stellenausschreibung für den Polizeidienst auftat; diese war ihm gleich wie ein Monolith vorgekommen: viel zu wuchtig, um ausgeschlagen, viel zu hart, um angekratzt, viel zu sperrig, um umgangen zu werden.

Am Ende seines Militärdienstes war ihm diese Ausschreibung per Zufall in die Hände geraten. Auf der Heimfahrt fand er im Zug eine Kopie der Bewerbungsunterlagen, die jemand dort vergessen hatte.

Als er Jahre später darüber nachdachte, kam er zu dem Schluss, dass er mit diesem Schritt etwas in die Waagschale des Schicksals hatte werfen wollen. In der Stadtrandsiedlung, in der er geboren war und seine ersten Lebensjahre verbracht hatte, bestimmte der Zufall darüber, auf welche Seite der Barrikaden es die Jugendlichen auf dem Weg zum Erwachsenwerden verschlagen würde. Die hauchdünne rote Demarkationslinie zwischen Gut und Böse. Ein winziges Detail konnte genügen, und schon geriet einer auf die falsche Seite und wurde zum Verbrecher: ein Vater, der zu früh verstarb; in die falsche Familie hineingeboren zu werden; die Schule abbrechen zu müssen; ein schlechter Umgang.

Der Zufall, ja genau der. Ein Windhauch mischt die Karten neu und verteilt sie blind. Wäre seine Familie nicht in die Stadt gezogen, wäre er vielleicht … Wer konnte das schon sagen?

Spotorno glaubte nicht an die eigenständige Kraft des genetischen Erbes. Und womöglich auch nicht an den freien Willen. Mit seiner Auslegung der Wechselbeziehungen zwischen Gut und Böse positionierte er sich in der polizeilichen Lesart mehr bei einer Art situationsbedingter Abweichung vom Kurs. Darin unterschieden sie sich, er und sein älterer Kollege Schirosa.

Schirosa war in seinem Beruf ein getreuer Anhänger von Cesare Lombroso und seinen Theorien der Physiognomik. Spotorno war das auf politischer Ebene. Es genügte ihm, einem Politiker ins Gesicht zu schauen, um ihn augenblicklich einordnen zu können. Im Beruf hingegen hielt er sich an das Prinzip: Besser, den ersten Eindrücken misstrauen.

Don Tano verkörperte eine beinahe allegorische Demonstration dieses Prinzips.

Zu Zeiten der Scharmützel gegen das EVIS* und die Bande von Salvatore Giuliano erlebte der damals junge Kommissar Gaetano Calabrò am Ende einer Überwachung seine Feuertaufe, zum Glück nur in Form eines Streifschusses, der eine zweite und viel nachhaltigere Taufe aus dem Mund eines stellvertretenden Vizepolizeichefs folgte.

Es geschah am Ausgang der Erste-Hilfe-Station, wo man Calabrò eine lange weiße Binde um den Kopf gewickelt hatte; er hatte seinerseits nicht darauf verzichten wollen, seinen ewigen Strohhut mit dem havannabraunen Band oben drauf zu setzen, und beides zusammen verlieh ihm eine etwas anrüchige Ausstrahlung. Sein Vorgesetzter hatte ihn mit einem sehr langen Blick bedacht, dann einen imaginären Hut gelüpft und in ironischem Tonfall gesagt: »*Baciamo le mani*, Don Tano«. Und damit war es aktenkundig.

Von diesem Moment an war er für alle, abgesehen von einem ebenso farblosen wie hochnäsigen Polizeichef, der jedoch eine sehr vorübergehende Erscheinung war, Don Tano.

Don Tano selbst hatte Spotorno dafür Jahre später die einzig richtige Erklärung geliefert: Der wahre Unterschied zwischen Staatspolizei und Carabinieri, sagte er feierlich, war die frontenübergreifende Ironie. Und da er,

* EVIS – *Esercito Volontario per l'Indipendenza della Sicilia* – Freiwilligenheer für den Kampf um die Unabhängigkeit Siziliens.

nach Maßgabe der kollektiven Phantasie, bereits als junger Mann wie ein Verbrecherschwergewicht ausgesehen hatte, war aus dem Dottore Gaetano Calabrò ein viel glaubhafterer Don Tano geworden.

Ein Cop, dem man den Namen eines Mafioso verpasste – bei den Carabinieri wäre so etwas undenkbar gewesen.

Sie machten sich auf den Weg zurück zum Haus. Spotorno bemächtigte sich des Eimerchens mit den Fischen. Der Alte betrachtete den Sonnenuntergang.

— Was erzählt man sich so in der *Casa madre*, Vitto'? Was sagt Schirosa? Auch ihm fehlt jetzt nicht mehr viel. Und zum Abschied dann eine schöne Goldarmbanduhr, und schon hockt er im trauten Heim und setzt Schimmel an.

In Don Tanos Sprachgebrauch hatte der Sitz der Mordkommission immer schon den Namen *Casa madre*. Und Spotorno war es wie ein Wunder vorgekommen, dass der Alte in der ersten Zeit nach der Pensionierung nicht an Herzschmerz zugrundegegangen war. Denn das ist bekanntlich die schlimmste Zeit.

Er genehmigte sich einige schweigsame Schritte, bevor er antwortete:

— Es ist alles viel komplizierter geworden, Don Tano, und wird es jeden Tag mehr. Die *piccioti* der neuen Mafiageneration sind immer hitziger. Und die alten Bosse haben es zusehends schwerer, sie unter Kontrolle zu halten. Hin und wieder überlassen sie uns einen der Ihren *incapretato** im Kofferraum eines Wagens. Aber es braucht ganz anderer Methoden, um sie ruhig zu halten. Es geht um zu viel Geld, um leicht beschafftes Geld, und wer dessen Geruch auch nur ein einziges Mal in der Nase hatte, der rechnet sich aus, dass es der Mühe wert ist, auf eigene Faust zu arbeiten. Abgesehen davon, dass sich die Jüngeren von

* In diesem Begriff steckt *capra*, die Ziege: Dem Opfer werden bei dieser Fesselung Hände und Beine zusammengebunden und der Strick dann so um den Hals gelegt, dass es sich bei der geringsten Bewegung selbst stranguliert.

ihnen einbilden, sowieso nie erwischt zu werden, und folglich nicht aufpassen, wem sie da auf die Füße treten. Der Alte wartete nicht einmal ab, bis das Echo von Spotornos Worten verflogen war:
— Vitto', das sind gnadenlose Verräter, von wegen Ehrenmänner! Schlimmer als Judas sind die! Wie Unkraut: Je mehr du davon ausreißt, desto mehr sprießt neues aus dem Untergrund. Du kommst nicht dagegen an. Wenn du meinen Rat hören willst, dann hau ab. Nimm deine Frau und deine Kinder und geh woandershin. Lass dich in irgendein kleines Kommissariat in der Provinz, in Umbrien, in den Marken, versetzen. Hier wird bald die Hölle los sein. Du hast noch nichts wirklich Heftiges gesehen. Und die hohen Tiere dort in Rom, die begreifen einen ausgemachten Scheiß. Schlimmer noch, sie tun so, als würden sie einen Scheiß begreifen, besonders, wenn sie von hier sind. Sie sorgen lediglich dafür, dass sich unsere Tragödien in Possen und unsere Possen in Tragödien verwandeln. Erinnerst du dich an diesen Kardinal, der behauptet hat, die Mafia sei eine Erfindung der Kommunisten, und das wahre Problem sei die beschmutzte Ehre der braven, gottesfürchtigen Christen? Und dabei stammte der sogar aus Norditalien. Womöglich hat er das tatsächlich selbst geglaubt, und die Oberbosse konnten am Ende auch ihn überzeugen. Glaub mir, das eigentliche Problem mit all den Holzköpfen in Rom sind die Holzwürmer, die ihnen unablässig Löcher in die Köpfe fressen, so dass dort nichts mehr drin ist, nicht einmal böse Absichten. Vielleicht liegt genau darin die wahre Essenz der so genannten *Sicilitudine*. Ich habe das Wort im Lexikon nachgeschlagen: Es existiert nicht. Es ist ein hohler Begriff. Eine Vokabel, die geprägt wurde, um eine Sache zu definieren, die nicht definierbar ist.
Spotorno wusste, dass das nur Worte waren und der Alte sehr enttäuscht gewesen wäre, wenn er tatsächlich seinen Rat befolgt und das Feld geräumt hätte.

Man sollte nicht meinen, dass Don Tano vom Tag seiner Pensionierung an aufgehört hätte, die Zeitungen zu lesen – mit Ausnahme der Todesannoncen, wie er alle glauben machen wollte.
— Kaum vorstellbar, dass Sie in den Zeitungen nur noch die Traueranzeigen lesen, Don Tano.
— Die Lektüre der Todesanzeigen ist eine passionierte Beschäftigung, vorausgesetzt, man stößt darin auf die richtigen Namen. Etwas, das leider nur selten der Fall ist. Wie auch immer, ich habe noch meine Informanten. Aber du, Vitto', was ist mit dir? Du scheinst mir ein bisschen seltsam heute, viel zu zugeknöpft. Nun gut, du redest ja nie viel, aber heute …
Von dem Moment an, da Spotorno sich hinters Steuer seines Wagens gesetzt hatte, um dem Alten einen Besuch abzustatten, hatte er sich ausgemalt, wie er sich ihm anvertrauen und ihm von dem Fall erzählen würde, der ihm derart zusetzte, wie es ihm bisher noch nie untergekommen war. Nicht, dass er sich von ihm eine konkrete Hilfe erwartete, aber er hoffte, wenn er ihm den Fall von Anfang an schilderte und geradlinig vor ihm aufrollte, dann würde das zumindest dazu beitragen, dass er selbst einen besseren Durchblick bekäme.
Solange Don Tano noch im Dienst war, hatte er ihn über viele Wegstrecken geleitet, Strecken, die selten geradlinig waren.
Spotorno war erst seit wenigen Tagen bei der Mordkommission gewesen, als er eines Morgens auf dem Weg zur Arbeit einen Mann entdeckte, der ihn in seinen Umrissen an den Kommissar aus dem Mordfall Signorina Lo Giudice erinnerte. Er vermeinte, ihn von hinten zu erkennen, dank des berühmten Huts, den Don Tano sogar im Winter trug. Also folgte er ihm bis ans Ende der Via Biscottari, kurz vor dem Bogen, hinter dem die Piazza San Giovanni Decollato lag.
Nach so vielen Jahren hätte er nicht beschwören können,

dass es sich um ein und dieselbe Person handelte, aber jeder Zweifel war verflogen, als er beobachtete, wie der Mann das Tor der Mordkommission passierte, die Wachposten vor ihm salutierten und die Kollegen ihn respektvoll grüßten.

Einige Stunden später stellte er sich ihm schüchtern vor, und sein Gegenüber musterte ihn von oben bis unten mit zustimmendem Nicken: Auch er hatte am Ende in dem jungen Spotorno das Bürschchen mit dem teerverschmierten Fuß wiedererkannt:

— Du musst einer von dem Schlag sein, die ihr Wort halten. Du hast es gesagt, du hast es getan. Den ersten Schritt zumindest. Aber du wirst dir die Zähne ausbeißen müssen, um hier drinnen Karriere zu machen.

Er war ihm sofort sympathisch gewesen, auch wenn er ihn anfangs etwas herumschubste, was seinerzeit alle Dienstälteren mit den viel versprechenden jungen Talenten taten.

Andere Zeiten. Je näher für Don Tano der Tag der Pensionierung kam, umso mehr misstraute er gewissen Polizisten der jüngeren Jahrgänge, die ihre Spezialisierungskurse absolvierten und immer zahlreicher die Polizeipräsidien in ganz Italien überschwemmten. Sie wirkten wie Jungunternehmer und sprachen eine andere Sprache, durchmischt mit allerlei amerikanischem Vokabular. Und sie bildeten sich ein, dass all das neue technologische Teufelszeug ausreichte, um jedes Ding zu begreifen und zu lösen.

Seiner Ansicht nach fehlte es ihnen an Dienstfertigkeit. Für einen Bullen, der etwas auf sich hält, sei das eine Todsünde, sagte er immer. Nie hätten sie sich dazu herabgelassen, sich einen Festgenommenen im Verhör so richtig zur Brust zu nehmen, wie man es früher zu tun pflegte. Und auch nicht zu Spielchen mit Wasser und Salz. Die hatte, um genau zu sein, auch Don Tano nicht toleriert, aber er war darüber im Bilde, dass so manch einer von den alten Garden hin und wieder einen nostalgischen Anfall bekam, und zwar einen der brutaleren Art.

— Wisst ihr, was das Einzige ist, das ein echter Bulle niemals tolerieren wird?, sagte er oft zu den Jungpolizisten am Beginn ihrer Laufbahn. Die Erkenntnis, von einem Schwerverbrecher verarscht zu werden. Das raubt uns die Beherrschung. Wenn ihr feststellt, dass das bei euch nicht der Fall ist, ist es besser, ihr sucht euch einen anderen Beruf.

Sie traten ins Haus. Donna Ersilia hatte eine Karaffe mit eiskaltem Wasser gefüllt, mit dem sie den Kirschsirup verdünnte; und den bereitete sie nach ihrer ganz eigenen Methode zu: Sie verschloss die Amarenakirschen unter Hinzugabe von Zucker in Glasbehältern und ließ sie über Stunden in der heißen Sonne weich werden. Bei dieser langsamen Prozedur entstand dann ein Sirup mit delikatem, doch unverkennbarem Geschmack. Kein Vergleich zu den klebrigen Mixturen industrieller Herstellung.

Spotorno nahm einen Schluck, bevor er zu erzählen begann.

Er berichtete von dem Doppelmord bei der Zisa und von dem an der Uni gestohlenen Motorrad. Eingehend schilderte er, wie er der Dama Bianca begegnet war und welches Ende Nunzia genommen hatte.

Dann sagte er dem Alten, wer Rosario war. Und wer der Ehemann der Dama Bianca.

Don Tano zog eine Augenbraue hoch. Trotz seiner angeblichen Abstinenz in Sachen Zeitungslektüre, war er über die drei Mordopfer auf dem Laufenden. Doch ohne Spotornos Bericht wäre es ihm nicht in den Sinn gekommen, die beiden Fälle miteinander in Verbindung zu bringen. Erst recht nicht mit den Jungs vom Mordfall Lo Giudice. Und genau so wenig hätte er von einer Verwandtschaftsbeziehung zwischen der Dama Bianca und Gaspare Mancuso, genannt Asparino gewusst.

— Sala Diego, Sala Diego … ich erinnere mich an ihn,

sagte er. Dieser Blonde, mit den fast weißen Haaren, nicht wahr? Er spielte gerne den Arrogantling. Alamia hingegen war der Rothaarige. Gewiss, ihr musstet wie eine Handvoll verrückter Kerle gewirkt haben, wenn man euch drei so zusammen sah. Was ist aus diesem Sala geworden? Was für einen Beruf hat er?
Wenige Tage zuvor hatte Spotorno die entsprechenden Informationen im Kommissariat bekommen:
— Er ist diplomierter Landvermesser und hat jetzt eine eigene Firma für Erdbewegungen. Aushub und Abtransport zur Müllhalde. Gegen ihn liegt nichts vor, er ist sauber. Mit den üblichen Einschränkungen bezüglich der Kontakte, die er zwangsläufig unterhalten muss, um in dieser Branche tätig zu sein – also Genehmigungen, Protektionen und Schutzgelder. Das gesamte Paket. Er wohnt mit seiner Frau in einem schmucken Haus oberhalb der Umgehungsstraße, in der Via Nave, zwischen Corso Calatafimi und Via Pitrè. Sie haben keine Kinder. Seine Firma hat ihren Sitz im Umkreis der Via Colonna Rotta. Was bedeutet, an der Grenze zwischen dem Einflussbereich der *Familien* von Porta Nuova und der der Zisa. Ich habe ihn kurz nach dem Mord an der Signorina Lo Giudice aus den Augen verloren.
Dass er der Dama Bianca mit dem Auto gefolgt war, und Amalia da mit hineingezogen hatte, das ließ er unerwähnt. Er schämte sich noch immer ein wenig dafür.
— Sala Diego. Weißt du, dass er es war, der mich beim Mordfall Lo Giudice auf die richtige Fährte gebracht hat? Als ich mit ihm unter vier Augen gesprochen habe, wie ich es dann mit dir und mit Alamia getan habe, hat er mir diese Geschichte vom bösen Blick erzählt.
Die Geschichte der Familie Li Pani. Spotorno kannte sie gut.
Mutter und Sohn wohnten in einer ebenerdigen, fensterlosen Behausung in einem Winkel eines Herrenhauses. Santo Li Pani war damals rund vierzig Jahre alt. Im Viertel

erzählten sie, in seinem Personalausweis stünde der Vermerk: Gefährlich für sich und seine Mitmenschen. Spotorno wusste nicht, ob das stimmte. Auf ihn hatte Santo nie den Eindruck gemacht, als ginge von ihm eine unmittelbare Gefahr aus. Aber von Zeit zu Zeit verschwand er für eine Weile von der Bildfläche. Bis er dann wieder auftauchte und jedes Mal in einem neuen Anzug steckte, eine preiswerte Konfektionsware, wie man sie fertig geschneidert auf den Marktständen findet – überreicht von den Damen des Wohltätigkeitsvereins San Vincenzo anlässlich seiner neuerlichen Entlassung aus der Irrenanstalt in der Via Pindemonte.

Man hatte bei ihm eine latente Schizophrenie diagnostiziert, aber davon erfuhr Spotorno erst viele Jahre später, als er bei der Mordkommission war und die Unterlagen zum Fall Lo Giudice wieder ausgrub, um eine seit langer Zeit schwelende Neugier zu befriedigen.

Hätten die Väter zu jener Zeit, als die Sache geschah, jemals geargwöhnt, dass Santo Li Pani eine Bedrohung für die Sommertage ihrer Jungs darstellte (die er für uns in Wirklichkeit gar nicht war), hätten sie ihre Sprösslinge daran gehindert, auch nur einen Fuß vor die Tür zu setzen, und wenn sie sie dafür an den Bettpfosten hätten anketten müssen.

Santo war jeden Morgen mit weitausholenden Schritten am Strand auf Erkundungsgang gewesen: Er war ein langer Kerl mit einer Krone aus rötlichem Haar rings um eine kahle Schädeldecke, die an die Sacramento-Bucht erinnerte. Er trug immer einen Anzug, auch an Tagen, an denen der Schirokko blies, und sagte nie etwas, höchstens mit Blicken. Seine Augen schienen zuweilen wie entseelt, halbgeschlossen über einem erloschenen Universum. Andere Male funkelten sie wie Katzenaugen in der Dunkelheit, ständig in Bewegung, begierig, so viele Bilder wie nur möglich einzufangen, als wäre ihnen bewusst, dass sie für viel zu lange Zeit wieder darauf verzichten müssten.

Am darauffolgenden Tag war er dann meistens für längere Zeit verschwunden. Bis von einem Ende des Sacramento-Strands her ein neuer Anzug auftauchte und darin Santo Li Pani. Mit Augen in einem trüben Himmelblau, das Jackett sorgfältig zugeknöpft.

Wenn ihm danach war, ließ er sich auf einem Felsen nieder und sah den Jungs beim Angeln zu. Hin und wieder hielt ihm Spotorno die bereits beköderte Angel hin und bedeutete ihm, es doch auch mal zu versuchen. Aber dann erhob sich Santo für gewöhnlich und ging wortlos davon. In seinen Augen blitzte nur ein Funken Interesse auf, wenn einer der Jungs einen Fisch am Haken hatte. Oder ein Anflug von Ekel, wenn sie sich zum Spaß mit Seehasen und Seegurken bewarfen, die sie im seichten Wasser in Ufernähe sammelten.

In manchen Jahren bildeten die Seegurken im Sommer fast einen Teppich auf dem warmen und flachen Meeresboden und spritzten Tinte, wenn man darauf trat. Einmal hatte Spotorno ein einzelnes Exemplar gesehen, das halb im Wasser schwamm, und war verzaubert gewesen von der Eleganz des schwarzen Tieres. Es kam fast einer Metamorphose gleich, so anders wirkte das Tier im Vergleich zu der trägen und abstoßenden Masse in den Felsspalten des Meeresgrunds. Ein Typ, der ein Haus in der Gegend von Sperone besaß und das Meeresgetier studierte, hatte ihm gesagt, dass der lateinische Name der Seegurken *Holothuriidae* sei. Seit damals hatte er nicht eine mehr belästigt. Santo Li Pani jedoch ekelte sich vor den Seegurken. Man konnte es ihm deutlich ansehen.

Die Geschichte mit dem bösen Blick war an dem Tag entstanden, als Santos Mutter die Tür ihrer Behausung geöffnet und an der Türklinke eine mit Stroh ausgestopfte Puppe vorgefunden hatte. Sie war auf primitive Weise aus Sackleinen zusammengebastelt und mit Süßgräsern zusammengeschnürt worden, und sollte einen Mann darstellen. Sein Kopf war mit einer Nadel durchbohrt.

Daraufhin stimmte die törichte Alte ein endloses Wehklagen an, das obsessiv um die Anschuldigung kreiste, Signorina Lo Giudice hätte eine Hexerei gegen ihren Santo angezettelt. Ihrer Meinung nach ging das schon eine ganze Weile so, weil ihr Sohn seither ständig in der Via Pindemonte ein- und ausging.
Sie war Analphabetin und seit Ewigkeiten schon Witwe. Sie und Santo konnten dank einer winzigen Rente gerade so überleben, die aber nur zu Wenigem gereicht hätte, wäre da nicht die Hilfsbereitschaft des ganzen Viertels gewesen. Und in erster Linie die sehr tatkräftige und diskrete seitens der Signorina Lo Giudice, für die die Pfarrei als Vermittlerin auftrat. Die Witwe Li Pani hatte sich in den Kopf gesetzt, dass die Signorina aus Neid und Eifersucht Böses gegen ihren Santo im Schild führte, da sie selbst ihren einzigen Sohn im Krieg verloren hatte; der war mit neunzehn an Typhus gestorben, weil es seinerzeit noch keine wirksamen Medikamente dagegen gab.

Spotorno hatte die herzzerreißende Geschichte immer wieder aus dem Mund der Erwachsenen gehört. Wie alle anderen auch hatte er immer geglaubt, dass die Witwe Li Pani die eigentliche Irre der Familie wäre. Gewiss hatte sie großen Einfluss auf ihren Sohn gehabt, schließlich hatte ihn der Schwall todbringender Worte, die sie ihm wie Gift ins Ohr träufelte, dahin gebracht, die pensionierte Lehrerin im Schlaf mit einem Kissen zu ersticken.
— Es war jedenfalls der Blonde, der mir diese Geschichte mit der Strohpuppe und der Nadel im Kopf erzählt hat, sagte Don Tano. Wir wären natürlich auch ohne die Schilderung des Jungen in der Lage gewesen, den Fall zu lösen. Gewisse Dinge lassen sich einfach nicht lange geheim halten, selbst in einem Umfeld, in dem die *Omertà* ein wesentliches Element der menschlichen Gemeinschaft ist. An Sala erinnere ich mich noch gut, er war ein heller Kopf und hatte schon damals begriffen, wie man bestimmte Dinge innerhalb eines solchen Gefüges am bes-

ten anging. Nie hätte er laut eine direkte Schuldzuweisung ausgesprochen, sondern wählte einen weniger direkten, aber gleichermaßen unmissverständlichen Weg. Er muss einen ziemlichen Groll gegen diesen Psychopathen gehabt haben.

— Diesen Groll hegte er gegen jeden, Don Tano. Er bildete den Bodensatz für sämtliche Beziehungen zu seinen Mitmenschen. In der Schule brütete er Wochen lang über Tadel und Zurechtweisungen der Signorina Lo Giudice und gab einer fortwährend gärenden Wut immer neue Nahrung, ganz im Gegensatz zu Rosario Alamia mit seinen impulsiven Wutausbrüchen. Auch weil die Signorina die Sache oft auf den Punkt brachte: »Vom Lernen will unser Diego nicht mal in verdünnter Form etwas wissen«, hat sie oft gesagt und schien überzeugt davon, Diego sei eine Art schief eingeschlagener Nagel, den sie nur geradebiegen musste. Ich bin mir sicher, dass Diego bei ihrem Tod eine gewisse Befriedigung empfunden hat. Etwas in der Art wie, sie hat es ja so gewollt, obwohl er das natürlich nie offen ausgesprochen hätte. Trotzdem sammelte er Austern für sie. Er zeigte in allem diese Doppelbödigkeit, die er sicher auch als Erwachsener noch mit sich herumschleppte. Gewisse Dinge wird man nie los. Zumindest nicht die wesentlichen. Im Höchstfall lassen sie sich tarnen.

— Wie auch immer, aber nach dem, was er mir erzählt hatte, haben wir den Fall innerhalb von vierundzwanzig Stunden gelöst. Als wir im Haus Li Pani auftauchten und die Alte unsere Uniformen sah, kreischte sie los und schimpfte gegen die Lo Giudice, noch bevor wir überhaupt den Mund aufgemacht hatten. Diese Hure hat mir meinen Sohn genommen, für sich will sie ihn, schrie sie. Der Ärmste ließ sich Handschellen anlegen und folgte uns brav wie ein Lamm. Die Spurensicherung hat überall im Haus der Toten seine Fingerabdrücke sichergestellt. Er kam in Barcellona Pozzo di Gotto in die Forensische

Psychiatrie. Wenn er noch am Leben ist, müsste er, soweit ich weiß, noch dort sein.

Seine Mutter kam ohne größere Schwierigkeiten davon. Sie wurde als geistig unterbelichtet eingestuft, und ihr wurde eine um fünfzig Prozent verminderte Zurechnungsfähigkeit, verstärkt durch das sozio-kulturelle Umfeld, bestätigt. Gegen sie wurde nicht einmal Anklage erhoben. Sie hat danach noch einige Jahre recht und schlecht gelebt und jeden, der in ihre Nähe kam, mit Schmäh und Schimpf überzogen, bis sie eines Nachts im Schlaf starb. Spotorno wusste davon.

Er wusste auch, wer die Puppe mit der Nadel im Kopf gebastelt hatte. Das war Diego Sala gewesen. Spotorno hatte den Stoff wiedererkannt, aus dem die nur vage einem Menschen ähnelnde Figur gemacht war. Diego hatte den Fetzen Stoff von einem Felsen hochgezogen, wo er hängengeblieben war: ein Stück Jute mit genau der gleichen Faserung.

Außerdem hatte er beobachtet, wie Diego lange Stängel von Süßgras pflückte, mit denen der Stoff um das Stroh festgebunden worden war. Er hatte sie mit demselben Messer abgeschnitten, das sie manchmal für das Öffnen der Austern benutzten, hatte sie geknickt und in seine Hosentasche gestopft.

Spotorno hatte nie mit jemandem darüber gesprochen. Mit der Zeit war er überzeugt, dass in Diegos Kopf keine geheimnisvollen Machenschaften nisteten. Gewiss der Bursche hatte nicht vorhersehen können, welchen Mechanismus er mit diesem Streich in Gang setzen würde. Es war ein Streich aus purer Boshaftigkeit, ein Beispiel nachlässiger Grausamkeit, wie sie Jugendliche auf dem Weg zu einer Adoleszenz ohne Zukunft oft an den Tag legten.

Don Tano wirkte erschöpft. Er hatte die Augen halbgeschlossen und sich gegen die Rückenlehne des kleinen Sessels gelehnt. Spotorno vermutete, dass sich dahinter

nicht wirklich eine Müdigkeit verbarg. Diesen alten Fall wieder aufleben zu lassen, hatte in ihm eine wehmütige Sehnsucht nach seinen legendären Zeiten bei der Mordkommission geweckt. In Wahrheit war seine Pensionierung für ihn ein Trauma, das er nie verwunden hatte. Auch aus dem Grund hatte er einen klaren Schlussstrich gezogen und nie mehr wieder einen Fuß in die Büroräume in der Piazza della Vittoria gesetzt.
Donna Ersilia kam mit dem *gel di melon* aus der Küche. Don Tano setzte sich auf.
— Wie läuft's zu Hause, Vitto'?, fragte sie. Wie geht's Amalia? Den Buben?
Spotorno brachte sie kurz auf den neuesten Stand.
— Grüß sie mir bitte ganz herzlich, sagte Donna Ersilia, und bring mir doch die Jungs ab und zu vorbei. Dafür brauchst du nicht bis Weihnachten zu warten. Im September ist das Meer wieder sauber: Sie können hier schön eine Runde schwimmen, bevor die Schule wieder losgeht. Wir sind halt alt, und die Jungen, man weiß …
Spotorno ließ dieses keinesfalls oberflächliche Geplauder zu einem entspannenden Hintergrundgeplätscher werden und sah sich um. Alles wie gehabt, bis auf ein neues Bild an der Wand, über dem Sofa. Es war eine Radierung von Federica Galli, eine stadtnahe Landschaft der Poebene, eine Komposition aus Dächern und einer Reihe kahler Pappeln im Winter.
— Das hat mir Tecla zu Ostern mitgebracht.
Tecla war die Schwiegertochter, die Frau ihres Sohns Umberto.
— Ich habe es an die Stelle von Umberto II. gehängt.
An dem Tag, als sich der Partito Monarchico und das Movimento Sociale Italiano zusammenschlossen, hatte Don Tano das Foto von Umberto II., dem letzten italienischen König, und die Portraits der anderen Mitglieder des Hauses Savoyen von der Wand ihrer Stadtwohnung abgehängt. Als er und seine Frau dann in die kleine Villa umgezogen

waren, hatten sie die Verteilung von Mobiliar und Bildern beibehalten. Die Wand hinter dem Sofa, wo früher die Portraits der Savoyer ihren Platz gehabt hatten, wurde mit anderen Kunstdrucken behängt. Die letzte Leerstelle, eben die von Umberto II., dem letzten König Italiens, war jetzt mit besagter Radierung ausgefüllt worden.
Don Tano hatte mit Spotorno einmal über das Abhängen der Bilder gesprochen. Er hatte dazu die schmerzerfüllten Worte eines alten Kämpfers für die Sache der Monarchie benutzt, die dieser auf dem Parteikongress von sich gegeben hatte, auf dem für den Zusammenschluss abgestimmt worden war:
Vergesst nicht, dass die Faschisten Mafalda von Savoyen auf dem Gewissen haben. Sie haben keinen Finger gerührt, als die SS sie unter einem Vorwand in die deutsche Botschaft in Rom gelockt und von dort aus nach Buchenwald deportiert hat.

Auch Don Tano hatte diese Entscheidung nicht verdaut:
— Abgesehen von dem Fall Mafalda von Savoyen, frag ich dich, wäre es denn nicht ehrenhafter gewesen, sich auf natürlichem Wege aufzulösen, anstatt sich ausgerechnet mit den Nachfahren derer zusammenzutun, denen das Ende des monarchistischen Ideals zu verdanken ist? Wo sind heutzutage die Monarchisten? Wer kennt sie noch? Die Italiener sind längst überzeugt, dass die Monarchie gleichzusetzen ist mit jenen Schwachköpfen, die nur für die mondäne Berichterstattung in den Hochglanzblättern leben. Weißt du, was ich getan habe, als sie für den Zusammenschluss votiert haben? Ich hab den Parteiausweis und das Abzeichen genommen, sie in ein Briefkuvert gesteckt, es versiegelt und an Falcone Lucifero geschickt, den letzten Minister des Königshauses, dem Besten der ganzen Bande. Weiter nichts, nicht einmal zwei Begleitworte habe ich hinzugefügt. Ich war bestimmt nicht der Einzige. Und ganz sicher hat er die Geste verstanden.
Spotorno spürte, den Moment gekommen, sich zu ver-

abschieden. Die Reden von Don Tano, diese Reflexionen von Existenzen in der Abenddämmerung des Lebens hatten das Potenzial, ihn in tiefe Schwermut zu versetzen.
— Seit damals bin ich nicht mehr wählen gegangen, fuhr Don Tano fort. Und dann bekam ich eine Menge Ärger, ich, als Beamter im Dienste der Öffentlichen Sicherheit. Ich habe es überstanden, aber nur weil ich breite Schultern habe und vieles an mir abperlen ließ. Weitere Karrierechancen hatte ich mir allerdings verspielt. Wie auch immer, wem hätte ich meine Stimme denn geben sollen, den Betbrüdern von der Christlichen Union? Nur über meine Leiche. Besser die Kommunisten, die sind seriöser. Togliatti konnte nach dem Krieg ein Inferno entfesseln, aber er war Manns genug, seine Hitzköpfe in der Partei in den Griff zu bekommen. Stell dir vor, mit den Amerikanern im Haus … Erinnerst du dich noch an das Liedchen, das die Christdemokraten vor den Wahlen in Umlauf gebracht hatten, genau zur Zeit des Mordfalls Lo Giudice? Nein, du warst noch zu jung dafür. Aber das Lied von Modugno, das kennst du, Sie haben nur den Text ersetzt.
Don Tano begann mit schöner, voller Stimme zu singen:

Votare, sì, sì
votare per la diccì
lo scudo dipinto di blu
lo devi votare anche tu.
E non badare a Palmiro che dice
ti dono la luna e ancora più su …*

* Das berühmte Lied von Domenico Modugno beginnt mit »*Volare sì sì*«, also »Fliegen, ja, ja«; die Christdemokraten machten stattdessen daraus: »*Votare per la dicci*«, »Wählen für die DC«. Im Text heißt es weiter: »Das blaue Kreuzschild, das musst auch du wählen. Und achte nicht auf Palmiro (Togliatti), der sagt, ich schenke dir den Mond und noch weiter nach oben …« Alles so gereimt wie möglich.

Die Lautsprecher voll aufgedreht, ließen sie ihre Fiat 1100 mit dem Parteiabzeichen, dem Kreuzschild, auf den Wagentüren und dem Dach, durch die Straßen fahren. Togliatti scherte sich nicht darum. Stur und geradlinig wie Expresszüge zogen die Kommunisten ihre Sache durch. Schade nur, dass sie eben Kommunisten waren.
Spotorno erhob sich. Donna Ersilia entzog sich dem Handkuss und verpasste ihm zwei Wangenküsse.
Von den Fenstern aus sah man die Lichter von San Nicola L'Arena. Die Capodecina* der Mafiafamilien an der Nordostküste behaupteten, dass die Ehrenmänner von San Nicola alles Bullen seien. Oder dass sie zumindest bei ihnen Schutz suchten, wenn sie sich in Gefahr sahen. Don Tano hatte sich ein schönes strategisches Plätzchen für seine Pensionsjahre ausgesucht, dachte Spotorno ironisch. Denn Bulle sein ist für die Ewigkeit. Wie die Diamanten.

Der Alte schien in Gedanken verloren, die sich nicht mitteilen ließen, die er aber dann doch in Worte fasste:
— Vitto', weißt du, was der Unterschied zwischen amerikanischem Football und Rugby ist?
Spotorno hielt inne. Don Tano redete nie nur um des Redens willen. Er schüttelte den Kopf. Nein, er wusste es nicht.
— Das hat mir mal jemand von der New Yorker Drogenpolizei erklärt, er stammte aus Bisacquino, ein gerissener Typ. Er war zu Besuch in der *Casa madre* und hatte sich dort für eine Woche eingenistet. Du weißt schon, eine jener bilateralen Aktionen, bei denen alle so tun, als wären die Amerikaner besser als wir. Jedenfalls liegt der Hauptunterschied praktisch darin, dass du beim Rugby nur den Ballträger tacklen darfst, während du beim amerikanischen Football auch präventive Tackles machen kannst. Das heißt, du kannst einen Spieler auch dann

* Die Mafiabosse, die zehn Ehrenmänner unter sich haben.

stoppen, wenn der den Ball noch gar nicht hat, um ihn auszubremsen, bevor er den Ball kriegt und ihn ins Ziel schießt. Der Doppelmord bei der Zisa erscheint mir wie ein taktisches Manöver aus dem amerikanischen Football. Wenn ich das richtig sehe, haben wir hier ein präventives Verbrechen vor uns. Ein Jammer, dass auch dein Freund Alamia daran glauben musste. Aber wenn ich eins und eins zusammenzähle, also das nehme, was ich bereits wusste, und dann das, was du mir jetzt erzählt hast, gibt es noch immer etwas, das nicht aufgeht. Nun gut, ich will dir das nicht unter die Nase reiben, denn du bist derjenige, der im Gefechtsgraben steht; du hast sämtliche Karten auf dem Tisch, und bei mir handelt es sich vielleicht nur um die fixen Ideen eines Pensionärs. Und ganz abgesehen davon, gibt es womöglich noch etwas, das nicht einmal dir stimmig vorkommt. Also, grüß mir Schirosa. Sag ihm, dass ich ihn erwarte, nach seiner Pensionierung. Ich lass ihn dann auch vier Schleimfische angeln. Hat er eigentlich eine Katze?

Die Polizeibeamtin Stella, die weiße Dame und die Schwarze Madonna

Die Polizeibeamtin Stella machte in Uniform eine gute Figur. Gleichwohl bündelten viele bei der Mordkommission, besonders an gewissen, trügerisch schläfrigen Sommernachmittagen all ihre Phantasien, um sie sich frei von selbiger Uniform vorzustellen.

Bella figura machte Stella auch im Fernsehen, immer dann, wenn die Abteilung Öffentlichkeitsarbeit Journalisten und Fernsehteams für die Pressekonferenzen ins Polizeipräsidium einberief, bei denen brillant abgeschlossene Polizeioperationen bejubelt werden sollten. Oder zumindest solche, die auf brillante Weise angepriesen wurden. Manchmal wurde die Anwesenheit der Polizeibeamtin Stella von der Justizverwaltung sogar ausdrücklich angefordert. Das geschah, wenn es sich um eine Operation von besonderem Gewicht handelte; dann glitten, eins nach dem anderen, die Gesichter der Chefs der Staatsanwaltschaft, des Kommandanten der Carabinieri auf Provinzebene, des Polizeidirektors über die abendlichen Nachrichtenbildschirme, und an den äußeren Rändern in absteigender Reihenfolge ihres Telegenseins die der Ermittlungsrichter, der Polizisten, der Carabinieri. In hervorgehobener Position das der Polizeibeamtin Stella.

Jetzt klopfte Stella an die Tür von Kommissar Spotornos Büro. Aufgrund »amtlichen« Gewohnheitsrechts wartete

sie die Aufforderung einzutreten nicht ab und zog die Tür bis auf einen Spaltbreit hinter sich zu.
— Darf ich, Dottore?
— Hereinspaziert, Stelluccia, was gibt's denn?, fragte Spotorno mit sanfter Stimme.
Sobald er Stella sah, packte ihn jedes Mal die gute Laune und ließ ihn nicht mehr los; zumal sich ihre Rundungen, die während der Dienstzeit unter Verschluss gehalten werden mussten, deutlich sichtbar dem harten, aber vorschriftsmäßigen Stoff der kobaltblauen Uniform entgegenstemmten.
Blitzartig schoss eine Vision von Spitzen und Schleiern durch Spotornos Gehirn: An diesem Tag musste sie unter der Uniform hauchdünne schwarze Dessous tragen, zart wie ein Spinnennetz. Er schluckte ein paar Mal. Er hatte es gelernt, solch lüsterne Gedanken, die kurzzeitig seiner Kontrolle entglitten und eine Beziehung, die er als väterlich einstufte, ins Inzestuöse abdrängten, wieder einzufangen.
Der Vorname der Polizeibeamtin Stella war Mara, jedoch das liebevolle *Stelluccia* schien ihr zu gefallen. Der Kommissar sah sie Richtung Schreibtisch schweben. Ihr üppiges schwarzes Haar fiel in Wogen herab, auf halber Höhe ansatzweise von einem Stoffband im selben Blau der Uniform gebändigt. Sinnliche Lippen. Große dunkle Augen, umrahmt von leichten Schatten, die wie ein vergeblicher Versuch wirkten, die Aura des durch und durch anständigen Mädchens zu brechen, die Stella trotz allem umgab.
Mara Stella war nicht nur eine beeindruckende Erscheinung. Ganz im Gegenteil. Sie konnte schießen wie eine Jagdgöttin. Und einmal hatte sie sehr mutig den Lockvogel für einen sehr gefährlichen Triebtäter gespielt, der seinen Opfern das Gesicht mit einem Taschenmesser zerschnitt. Sie persönlich ließ dann die Handschellen zuschnappen, und zwar so einige Augenblicke vor dem Eintreffen der Kollegen, die in der Nähe auf Lauer lagen und

für ihre Sicherheit hätten sorgen sollen. Regelmäßig ließ sie sich zum Tag- wie auch Nachtpatrouillendienst einteilen. Sie besaß Einfühlungsvermögen, war klug, schlagfertig, energisch und zurückhaltend. Allzu zurückhaltend, wie sämtliche heterosexuellen Junggesellen und unglücklich Verheirateten des Kommissariats fanden und ein Großteil der in glücklichen Beziehungen lebenden Kollegen ebenfalls.

Wäre Stella als Mann zur Welt gekommen, so Spotornos Überzeugung, hätte sie längst einen der Posten erobert, auf denen sich jetzt ihre Vorgesetzten breitmachten.

— Was gibt's denn, Stelluccia, wiederholte er, als sie vor seinem Schreibtisch stand.

— Dottore, eine etwas heikle Angelegenheit.

— Dann setz dich doch.

Die Polizistin ließ sich anmutig auf dem Stuhl nieder, richtete den Oberkörper auf und faltete die Hände auf den geschlossenen Knien. Nach einigen Momenten vermeintlicher Meditation räusperte sie sich.

— Ich habe mir die Fotos der Beisetzung von Gaspare Mancuso genauer angesehen.

— Und?

— Also, wenn ich nicht falsch liege, Dottore, haben Sie ein besonderes Interesse für eine der fotografierten Personen, eine der Frauen.

Die Dama Bianca, dachte Spotorno. Wie konnte sie das wissen? Ah, Puleo natürlich. Welcher fesche junge Mann mit einer Verlobten in der Ferne würde nicht versuchen, sich gegenüber den Kollegen einen Vorteil zu verschaffen, in dem insgeheimen Wettlauf, der Polizeibeamtin Stella als Erster die Uniform vom Leib zu schälen? Er musste ihr wohl zu verstehen gegeben haben, dass er mehr wusste als alle anderen. Und den Rest hatte sich Mara Stella dann selbst zusammengereimt.

Er fragte sich, ob es nicht angebracht wäre, mit Polizeiobermeister Saverio Puleo mal ein paar Takte zu reden.

Aber angesichts der herzerfrischenden jungen Untergebenen ihm gegenüber verwarf er den Gedanken gleich wieder und fragte nur:
— Puleo?
Die Polizeibeamtin Stella nickte verhalten und meinte:
— Wieso, war das ein Geheimnis?
— Nein, nein, kein Geheimnis. Fahr fort.
— Aurora. Aurora Caminiti.
— Aurora?
— Ja, ich nenne sie beim Vornamen, wir haben uns näher kennengelernt, das war vor drei Jahren.
Spotorno lehnte sich auf seinem Stuhl zurück, als wäre er ganz entspannt, während sein kriminalistischer Instinkt geweckt war und er innerlich sprungbereit war wie ein Löwe.

— Aha, du kennst sie. Und wie hast du sie kennengelernt und wo?
Die bronzefarbene Haut über ihren Wangenknochen überzog sich mit einem zarten Rosa:
— Wir sind uns in einer Praxis für Gynäkologie begegnet.
Spotornos Anspannung ließ nach, er war fast enttäuscht:
— Beim Frauenarzt. Aber was ist daran so bemerkenswert? Ihr Frauen geht doch alle zum Frauenarzt, oder etwa nicht?
— Es ist keine normale gynäkologische Praxis. Also normal schon, aber … Sehen Sie, Dottore, es ist eines jener großen Behandlungszentren mit mehreren Fachärzten. Meine Frauenärztin arbeitet eigentlich im Krankenhaus, behandelt aber in dieser Praxis auch Privatpatienten, was für mich wegen meiner Dienstzeiten bequemer ist. Aurora aber … sie war aus einem besonderen Grund dort.
— Was heißt das?
— Haben Sie je von assistierter Reproduktion gehört?
— Assistierte Reproduktion? Willst du damit sagen, dass der Gynäkologe assistiert, während Mann und Frau … also, dass er …

Die Hautfarbe auf den Wangenknochen der Polizeibeamtin Stella war jetzt ein konstantes Rot:
— Nein, Dottore, es handelt sich um eine Technik der künstlichen Befruchtung, die zum Einsatz kommt, wenn es Schwierigkeiten bei der, sagen wir, natürlichen Empfängnis gibt. Schwierigkeiten, die sowohl vom Mann als auch von der Frau herrühren können.
— Und die Caminiti …
— Wir haben im Wartezimmer nebeneinandergesessen und sind ins Gespräch gekommen, wie das zwischen Frauen eben manchmal passiert. Sie war allein dort und schien geradezu darauf gewartet zu haben, sich jemandem anvertrauen zu können. Sie war seit fast zehn Jahren verheiratet und kinderlos.
— Und da sie dort alleine war, heißt das, dass es von ihr abhing. Also, dass sie die genannten Schwierigkeiten hatte?
— Nein, Dottore, im Gegenteil. Das Problem liegt ganz bei Auroras Ehemann. Er schießt mit Platzpatronen, wenn ich das mal so formulieren darf. Oder zumindest fast ausschließlich. Das Phänomen heißt Oligospermie: Die Konzentration von Spermien in der Samenflüssigkeit ist zu niedrig, um eine Befruchtung zu garantieren.
— Und das alles hat dir Aurora Caminiti einfach so erzählt? Das muss eine ziemlich lange Warterei gewesen sein.
— Es war nicht nur eine Frage des Zeitvertreibs. Sie machte auf mich den Eindruck, als sei ihr inneres Gleichgewicht sehr schwankend. Und in solchen Situationen braucht es ja nicht viel, um es völlig zu verlieren.
— Stelluccia, kann es sein, dass dein neues Studium …
Die junge Beamtin hatte sich nach ihrem Juradiplom erneut an der Universität immatrikuliert und steuerte jetzt volle Kraft voraus auf einen zweiten Abschluss in Psychologie zu.
— Die Psychologie hat damit nichts zu tun, Dottore.

Aurora hat zwei fehlgeschlagene Behandlungen dieser Art hinter sich. Sie war wegen einer Routinekontrolle alleine dort, um nach der Hormonkur den richtigen Moment für einen dritten Versuch festzulegen. Erst dann sollte sie mit ihrem Ehemann wiederkommen. In der Praxis sieht das so aus, dass im passenden Moment die Spermien in der Samenflüssigkeit konzentriert und mit potenzsteigernden Substanzen angereichert werden, und diese Flüssigkeit wird dann der Frau injiziert.
— Aber wohin führt uns das, Stelluccia?
Was wohl so viel heißen mochte wie: Was soll ich bloß mit dieser Geschichte? Aber tatsächlich wartete Spotorno ungeduldig auf den springenden Punkt. Wenn Stella die Sache für wichtig genug hielt, ihm davon zu erzählen, dann musste noch etwas anderes im Spiel sein.

— Hast du sie danach wiedergesehen?, fragte er deshalb nach.
— Ja. Ein halbes Jahr später. Ich weiß das so genau, weil meine Frauenärztin mir Termine in regelmäßigen Abständen gibt.
— Und die Sache hat nicht funktioniert, denn laut Unterlagen ist die Caminiti kinderlos geblieben.
— Stimmt. Beim zweiten Mal hat sie mich zuerst wiedererkannt, aber nur, weil ich sie nicht gesehen hatte. Sie ist keine, die man so einfach übersieht. Aber nicht, weil sie aufzufallen versucht. Im Gegenteil …
— Ich weiß, ich weiß, Stelluccia, da sind wir einer Meinung.
— Sie war niedergeschlagen. Noch deprimierter als das vorige Mal, und da war das schon deutlich. Sie war *affannuta*, würde man in meinem Dorf sagen. Untergegangen.
Spotorno nickte und unterdrückte ein Schmunzeln, weil Stella selten Dialekt sprach, aber vor allem, weil sie ihm das Wort übersetzte.
— Sie war also wegen eines neuerlichen Versuchs dort?
—Ja, auch der wird dann fehlgeschlagen sein, den Unter-

lagen nach zu schließen, wie Sie sagen. Sie hat mir gestanden, sogar zur Wallfahrtskirche von Tindari gepilgert zu sein, wo die Holzstatue der berühmten Schwarzen Madonna steht. Ich wusste gar nicht, dass diese Statue besonders verehrt wird: nämlich von Frauen, die Schwierigkeiten mit der Empfängnis haben. Aber das ist noch nicht alles. Ich habe Aurora ein drittes Mal wiedergesehen, und zwar am vergangenen Montag.

Das war der Tag nach Spotornos und Amalias Besuch in der Cappella delle Dame und der kleinen anschließenden Verfolgungsfahrt.

— Auch diesmal in besagter Arztpraxis?

— Nein, das ist ja das Seltsame.

Spotorno schwieg und wartete, die Nerven angespannt wie Geigensaiten. Bis er schließlich in einem übertrieben sanften Ton nachhakte:

— Und was ist diese seltsame Sache, Stelluccia?

— Kennen Sie die Klinik *Bocciolo di rosa*? Dort sind wir uns begegnet. Ich hatte den Vormittag frei und habe eine Cousine besucht, die gerade entbunden hat. Aurora kam aus dem Sprechzimmer des Oberarztes.

— Aha, aber was ist so außergewöhnlich daran, dass eine Frau, die nicht schwanger werden kann, nach weiß ich wie vielen erfolglosen Versuchen mit diesem künstlichen Teufelszeug, die Nase voll hat und beschließt, das Pferd zu wechseln? Soll heißen, sich an einen anderen Facharzt zu wenden? Das scheint doch nachvollziehbar, oder?

— Eben, das ist ja der springende Punkt, Dottore: In der Klinik *Bocciolo di rosa* bieten sie weder künstliche Befruchtungen noch Beratungen zum Thema unerfüllter Kinderwunsch an. Die einzigen Patientinnen, die dort ihren Fuß hineinsetzen, sind bereits schwangere Frauen. Es ist eine Art ununterbrochene Gebärstation. Aber nicht nur das: Es ist auch eines der privilegierten Zentren für wohlhabende Damen, die, nun ja, einen *Unfall auf freier Strecke* gehabt haben und sich für eine Abtreibung entscheiden. Wie soll man sagen, die Kehrseite der Medaille. Das ist stadtbekannt.

— Und die Caminiti? Kann es nicht sein, dass es ihr endlich gelungen ist, schwanger zu werden, und sie dort war, um die zukünftige Entbindung zu besprechen? Oder für die regulären Kontrollen während der Schwangerschaft? Du weißt ja, Ultraschall, Blutuntersuchungen, die üblichen Sachen. Ich bin Vater zweier Söhne, an etwas kann ich mich noch erinnern.

— Schon, aber als Aurora aus dem Sprechzimmer des Oberarztes kam, sind wir uns mitten auf dem Korridor quasi in die Arme gelaufen, und sie hat einfach den Kopf abgewendet und ist weitergegangen, als hätte sie mich nicht gesehen. Aber sie hat mich gesehen und wiedererkannt. Sie ist zusammengezuckt und hat sofort den Blick gesenkt. Kommt Ihnen das etwa wie ein normales Verhalten vor, nach dem, was ich Ihnen von den vorigen Begegnungen erzählt habe? Abgesehen davon war sie noch niedergeschlagener als die anderen Male. Das sprang einem geradezu ins Auge. Wäre sie tatsächlich zur Schwangerschaftsbetreuung in der Klinik gewesen, hätte sie doch vor Glück auf einem Bein tanzen müssen. Außerdem hätte sie dann wohl kaum den Oberarzt aufgesucht. Professor de Blasi Bosco hält nur noch selten persönliche Sprechstunden ab, macht sich aber sehr wohl die Mühe, die zur Abtreibung entschlossenen Frauen persönlich zu beraten. Bei diesen vom Gesetz vorgeschriebenen Beratungen sollen die Abtreibungskliniken daran mitwirken, die Ursachen zu beseitigen, die eine Frau zu einem Schwangerschaftsabbruch bewegen könnten. Eine Riesenheuchelei ist das! Es läuft fast immer auf reine Formalitäten hinaus, die nun mal unumgänglich sind. Und auf genau diesen Aufgabenbereich will der Oberarzt des *Bocciolo di rosa* ganz offensichtlich nicht verzichten. Damit er ein reines Gewissen haben kann. Und für dieses reine Gewissen kassiert er die höchsten Honorare der ganzen Stadt, trotzdem stehen die Damen bei ihm Schlange, auch weil de Blasi Bosco ein charmanter Typ ist und bei Frauen gut ankommt. Und falls Sie wissen wollen, woher ich das weiß: Ich weiß es, weil ich eine Frau bin und weil ich Polizistin bin.

Spotorno war nachdenklich geworden. Stellas Beobachtungen klangen recht plausibel, wiewohl sich das Verhalten der Dama Bianca auch auf andere Weise erklären ließe. Trotzdem war er geneigt, sich ihren Schlussfolgerungen anzuschließen.

— Es gibt da noch etwas, ergänzte Stella nach einer Weile. Nachdem sich unsere Wege gekreuzt hatten, ging Aurora nicht in Richtung Ausgang, sondern zu den Räumen für die ambulanten Eingriffe. Sie war in Begleitung einer Krankenschwester. Da packte mich die Neugier. Also bin ich nach dem Besuch bei meiner Cousine auf die Idee gekommen, am Empfang nachzufragen, ob Signora Caminiti bereits gegangen sei. Das wurde verneint, und so habe ich draußen im Wagen gewartet und den Ausgang der Klinik im Auge behalten. Ich wollte nicht länger als eine Viertelstunde bleiben, aber schon nach etwa zehn Minuten tauchte sie in Begleitung derselben Krankenschwester auf. Alles in allem waren etwa anderthalb Stunden vergangen. So ein Eingriff, den wir hier in Betracht ziehen, wird ohne Vollnarkose durchgeführt und dauert nur wenige Minuten. Aber natürlich steht man danach nicht sofort auf und geht nach Hause. Jedenfalls ist dann ein Taxi gekommen, die Krankenschwester hat ihr beim Einsteigen geholfen, und fertig. Aurora konnte sich kaum auf den Beinen halten und war völlig durcheinander. Haben Sie noch Zweifel, Dottore?

Mehr als eventuelle Zweifel verspürte Spotorno, dass sein Unterkiefer etwas herabhing, wie bei den Doofen in den Zeichentrickfilmen.

— Erst, nachdem ich Aurora in der Klinik wiedergesehen und lange darüber nachgedacht habe, habe ich mich entschlossen, Ihnen das zu erzählen. Verstehen Sie das nicht falsch, Dottore, aber ich war im Zwiespalt zwischen zwei Dingen: einer etwas zweifelhaften beruflichen Ambition nachzugeben oder aus weiblicher Solidarität Verschwiegenheit zu wahren. Am Ende hat das Berufliche obsiegt, und damit tue ich Aurora langfristig vielleicht sogar einen Gefallen. Soweit ich verstanden habe, hat Ihr Interesse an Aurora Caminiti mit dem Doppelmord zu tun: Sie war eine Cousine von Gaspare Mancuso. Sagen wir es so, ich mache den Versuch, ein anormales Verhalten einzuordnen. Also, wenn ich mit meiner Deutung der Fakten richtigliege und nicht dem größten Trugschluss meines Lebens aufgesessen bin, ist die eigentliche und nachdenklich stimmende Anomalie folgende: Warum verwendet eine Frau all ihre Energie darauf, um jeden Preis schwanger zu werden, um dann, wenn sie genau das endlich erreicht hat, die Seiten zu wechseln und das mühsam Aufgebaute wieder einzureißen? Warum, Dottore, sollte sie das tun?

Während des Abendessens, das von ungewöhnlich kurzer Dauer war, gab er keine Silbe von sich. Die abendliche, oft nächtliche Mahlzeit, bildete den Moment größtmöglicher Entspannung des Tages. Spotorno hingegen schien wie ein Werbemännchen für ein dringend benötigtes Beruhigungsmittel.

Amalia sah zu, wie er hastig alles in sich hineinstopfte. Er hatte ganz eindeutig keine Augen für das, was da auf seinem Teller lag. Und das war eine Sünde. *Bavette* in Basilikumsauce, kalt serviert, waren nach der Glut des Tages ein wahres Labsal. Und das salzige Törtchen aus Schwertfisch mit schwarzen Oliven und Auberginencreme, ummantelt von Kartoffelscheiben, verziert mit roten Zwiebeln, beträufelt mit Orangensaft, hätte militärische Ehren verdient.

Stattdessen, nichts. Kein Kommentar. Nicht einmal pro

forma. Da hätte sie dem Herrn Kommissar genauso gut einen Teller Pellkartoffeln vorsetzen können. Amalias verhalten-feministische Vergangenheit – oder zumindest die Nebenergebnisse, die in den darauffolgenden Jahren daraus hervorgegangen waren – hatten sie daran gehindert, der Typ von Ehefrau zu werden, der die vermeintlichen ehelichen Pflichten vor die Bedürfnisse der um ihre Würde kämpfenden Frau stellte.

Wenn sie an einigen Sommernachmittagen nach Schuljahresende gewisse häusliche Tugenden wiederaufleben ließ, dann nur, weil sie Spaß daran hatte, alte Familienrezepte aus der Versenkung zu holen, sie zu erforschen und mit ungebremster Kreativität neu zu interpretieren. Dennoch, ein Hauch von Anerkennung ihrer Verdienste hätte ihr wahrlich nicht missfallen. Wehe, man unterschätzt den Wert des sentimentalen Impetus, vorausgesetzt, er kommt zur rechten Zeit.

Wer weiß, was ihrem Herrn Gemahl in diesem Augenblick gerade durch den Kopf ging. Amalia zündete sich die Zigarette zum Tagesabschluss an und bedachte ihn mit einem nachdenklichen Blick. Sicher ging es erneut um dieses blasse Geschöpf, das Mutter- und Beschützerinstinkte wachrief.

Spotorno ging seinerseits Punkt für Punkt das Gespräch mit der Polizeibeamtin Stella durch. Ein wirklich patentes Mädchen. Trotzdem blieb er dabei, dass es noch eine andere Erklärung als einen Schwangerschaftsabbruch für Aurora Caminitis Besuch in der Klinik geben musste. Vielleicht hatte sie sich dort nur eine Zyste entfernen lassen oder etwas in der Art. Ein solcher Eingriff musste, inklusive der Zeit, um anschließend wieder auf die Beine zu kommen, etwa so lange dauern wie Mara Stella für einen Schwangerschaftsabbruch veranschlagt hatte. Das wusste er, weil er Amalia einmal zu einem solchen Eingriff, ausgeführt mit einem Thermokauter, begleitet hatte. Eben, er hatte seine Frau begleitet. Auch wenn es keine

große Sache war, handelte es sich trotz allem nicht um einen Spaziergang, sondern um einen schmerzhaften operativen Eingriff, der Beistand, Trost und eheliche Verbundenheit erforderte. Die Dama Bianca hingegen war Stella zufolge allein dort gewesen.
Angenommen, Diego war wegen irgendeiner dringlichen Angelegenheit nicht abkömmlich, wie konnte es sein, dass sie nicht einmal eine Freundin, eine Verwandte hatte, die sie hätte um Unterstützung bitten können? Und wenn es ein Schwangerschaftsabbruch mit medizinischer Indikation war? Ein Fall von Trisomie 21, zum Beispiel. Nicht alle Paare fühlten sich in der Lage, eine solche Schwangerschaft fortzusetzen. Oder eine von den Situationen, die für das Leben der Mutter eine Gefahr bedeuten? Aber auch dann, warum ganz alleine dorthin gehen und etwas auf sich nehmen, das die Dama Bianca Stellas Beobachtungen zufolge wie eine echte Tragödie erlebt hat?

Eine Bewegung vor seinen Augen holte ihn in die Gegenwart zurück. Amalia hatte die halb gerauchte Zigarette auf den Rand des Aschenbechers gelegt und war abrupt, ohne ein Wort zu sagen, aufgestanden, als hätte sie sich urplötzlich an etwas Verhängnisvolles erinnert. Sie kam zurück mit einer Flasche Moscato di Noto und zwei tulpenförmigen Gläsern, die im Eisfach gestanden hatten, sowie mit einem cremefarbenen, zusammengefalteten Stück Papier, das sie vor ihn hinlegte.
Während Amalia die Gläser füllte, betrachtete Spotorno die Vorderseite des kleinen Faltblattes. Beim Lesen glaubte er plötzlich, das Adrenalin zu spüren, das die Nebennieren in sein Blut ausschütteten. Ein schöner, geballter Ausstoß. Er trank ein Gläschen Moscato auf Ex und fühlte sofort die Wärme in der Magengegend. Schon streckte er unbewusst die Hand nach Amalias Glas aus, bemerkte aber noch rechtzeitig ihren Blick, der halb Staunen und halb Besorgnis verriet.
— Wo hast du das her?, fragte er.

— Das habe ich von einer der Betbänke genommen, als wir in der Cappella delle Dame waren. Ich habe es ungelesen in meine Tasche gesteckt und nicht mehr daran gedacht. Bis heute Abend, bevor du heimgekommen bist. Hast du es gelesen?
Spotorno nickte mit Nachdruck. Vielleicht hatte Stella richtig gesehen. Vielleicht. Dieses Faltblatt konnte die Sache noch verworrener machen. Es ließ die Erklärung für den Besuch der Dama Bianca in der Klinik *Bocciolo di rosa* weniger eindeutig erscheinen.
Wieder betrachtete er eingehend die erste Seite mit der Reproduktion des Bildes der Madonna, die über dem Altar der Kapelle schwebte, und las die Aufschrift darunter: Nobile Congregazione di Maria SS. dell'Aspettazione al Parto, also Ehrwürdige Kongregation der Heiligen Mariä Erwartung. Und kleiner der Untertitel: Signore Dame del Giardinello al Ponticello. Auf der Rückseite war ein Gebet an die Heilige Maria der Erwartung wiedergegeben.
Er klappte das Faltblatt auf und las aufmerksam den Text im Innern. Historische Anmerkungen über die Kongregation, die zurückreicht bis ins Jahr 1595. Geschichte und Beschreibung der Kapelle. Angaben über die neuere Restaurierung. Ziele der Kongregation: in erster Linie die Wohltätigkeit gegenüber den armen Wöchnerinnen aus dem Albergheria-Viertel. Aber auch Gebete für die Niederkommenden und für die verstorbenen Mitschwestern.
Schade nur, dass die Caminiti, soweit er wusste, weder arm war, noch aus der Albergheria stammte. Und adlig war sie mit Sicherheit auch nicht. Zumindest ging das nicht aus ihren Papieren hervor. Wie rechtfertigte sich dann ihre Anwesenheit in den Räumen der Kapelle? Wenn man der alten Klatschbase aus der Via del Ponticello glauben durfte, war sie in der letzten Zeit ja sehr oft dort.
Ihm kam der Jesuit in den Sinn, dem die Dama Bianca in der Kapelle begegnet war. Hatte sie ihn womöglich gebeten, ihr die Beichte abzunehmen? Es war wohl an der

Zeit, mit dem Priester ein paar freundliche Worte zu wechseln. Wie auch immer, es gab viel zu viele Madonnen in diesem Fall. Auch die Dama Bianca hatte im Schummerlicht der Kapelle etwas von einer Madonna gehabt, wie sie die Wände der Feldkirchen in Umbrien und in der Toskana schmücken, in die Amalia ihn zu Beginn ihrer Ehe, noch bevor die Kinder geboren waren, hin und wieder geschleppt hatte. Etwas hagere Madonnen waren das, mit viel zu lieblichem Blick, von dem Spotorno sich bis draußen auf den Kirchplatz verfolgt gefühlt hatte.
Ein plötzlicher Gedanke verursachte einen Kurzschluss in seinem Gehirn: Wieso maß er der mehr oder weniger manipulierten Fruchtbarkeit der Dama Bianca und Diego Sala eine solche Bedeutung bei? Was hatte das mit dem Doppelmord bei der Zisa zu tun? Warum hatte er sich widerstandslos auf Abwege locken lassen, die ihn womöglich in eine Sackgasse führten? Welche Geister hatte diese Frau heraufbeschworen, als sie ahnungslos seinen Weg kreuzte?
Amalia deckte den Tisch alleine ab und zog sich mit einem Buch auf den Balkon zurück.

Er ging erst im Büro vorbei, bevor er dem Rektorat der Jesuiten einen Besuch abstattete. Der Chef der Mordkommission musste heute mit dem falschen Fuß aufgestanden sein, dem Gebrüll nach zu urteilen, das durch seine Bürotür drang. Er malträtierte jemanden per Telefon. Spotorno öffnete die Tür einen Spaltbreit, presste die Fingerspitzen zusammen und formte die Hand zu einer Artischocke, was bedeutete: Was ist los? Mit wem hast du es? Der andere antwortete mit einem Faustgruß. Das war ein alter Scherz zwischen ihnen. Sie waren gute Freunde. Und sie vertrauten einander. Ihre Wertschätzung füreinander, ihre Freundschaft hatte verschiedenen Versuchen widerstanden, sie gegeneinander aufzubringen. Und Spotorno war seinerzeit der Erste gewesen, der ihm, dem

Älteren, ohne Hintergedanken zur Beförderung zum Stellvertretenden Polizeichef gratuliert hatte.
Draußen lauschte er kurz dem Verkehrsfluss auf dem Cassaro hinterher und beschloss, zu Fuß zu gehen. Er umrundete die Ruinen der Kirche Sant'Annunziata dello Scutino, die von Müllcontainern belagert war, und ging die Via Porta di Castro hinunter. Er achtete nicht auf das lebhafte Durcheinander auf dem Ballarò-Markt, dessen Geruchswolken ihm für gewöhnlich das Wasser im Munde zusammenlaufen ließen; im Moment rief die Duftmischung aus ofenwarmem Brot, Kräutern und mit Oregano gewürzten Oliven einen Hunger hervor, den er lieber ignorieren wollte. Er brauchte knapp zehn Minuten, bis er vor dem halb geöffneten Portal stand. Als er nach einer Klingel mit Gegensprechanlage suchte, um seinen Besuch anzukündigen, bemerkte er einen jungen farbigen Priester von beeindruckender Statur und mit wachem Blick, der den Hof durchquerte. Er ging auf ihn zu, stellte sich vor, beschrieb ihm den Jesuiten und fragte, wo er ihn finden konnte.
—Wie soll ich bloß wissen, wer das ist? Hier drinnen sind alle Jesuiten so, wie sie ihn beschrieben haben, sagte der Priester mit einem Lächeln, das ein Gebiss wie aus der Zahnpastawerbung entblößte. Eines Tages werde ich genau so aussehen.
Das hat mir gerade noch gefehlt, ein Jesuit und Witzbold, dachte der Kommissar. Der Geistliche hatte in einem nahezu perfekten Italienisch gesprochen, doch mit einem raffinierten Akzent, wie gemacht für die vatikanische Diplomatie und einen künftigen päpstlichen Legaten in einem schwierigen Land voller Ungläubigen.
—Vergangenen Sonntag hat er eine Trauung in der Kapelle in der Via del Ponticello zelebriert, fügte Spotorno hinzu.
—Ach, die Cappella delle Dame. Dann handelt es sich um Pater Cuttitta. Nur er steht sonntags für Trauungen

zur Verfügung. Aber er ist nicht hier, Sie finden ihn in der Kirche. Wollen Sie ihn etwa verhaften? In dem Fall wäre Diskretion angeraten.
Er deutete mit dem Arm in Richtung der Kirche der Casa Professa:
— Versuchen Sie es dort. Alle kennen ihn.
Spotorno antwortete mit einer Geste des Dankes und entfernte sich.
Die Casa Professa wirkte von außen recht nüchtern. Ihr Inneres aber rief bei Spotorno Alpträume hervor. Er betrat die Kirche nur, wenn er nicht darum herumkam, bei irgendeiner besonderen Gelegenheit, einer Hochzeit beispielsweise, und er musste sich immer beherrschen, nicht instinktiv die Augen zu schließen. Ein aus allen Nähten platzender Barock, überladen, obsessiv, ein Delirium. Kein Quadratzentimeter war von Stuckaturen, Vergoldungen, mehrfarbigem Marmor, Statuen, Fresken, Putten, Friesen oder Intarsien verschont geblieben. Spotorno mochte die nackten Kirchen, mit dem blank liegenden unverputzten Stein. Oder die gestrenge, aber nicht erzwungene Autorität eines Christus als Weltenherrscher, wie im Dom von Monreale.

Beim Betreten des Kircheninneren gelang es ihm nicht, dem eigenen Vorsatz zu folgen und den Blick nicht umherschweifen zu lassen. Stattdessen starrte er wie hypnotisiert auf das Blendwerk. In einer der Seitenkapellen entdeckte er eine kleine Gruppe älterer Frauen, die leise miteinander sprachen. Er fragte sie nach Pater Cuttitta, und die Jüngste in der Gruppe deutete auf die Tür zur Sakristei, am Ende des Kirchenschiffs.
Auf halbem Weg dorthin sah er eine hagere Gestalt in einem Priesteranzug aus der Tür treten. Pater Cuttitta. Er ging ihm entgegen und stellte sich vor:
— Kommissar Spotorno, Mordkommission.
— Ein Kommissar? Muss ich mir jetzt Sorgen machen?, fragte der Priester, mit einem reizenden Lächeln, aus

dem die unumstößlichen Gewissheiten eines altgedienten Jesuiten sprachen.
Spotorno hatte sich auf die Begegnung nicht vorbereitet und überließ alles der Inspiration des Augenblicks. Das war eine unverzeihliche Berufskrankheit, die durch den Schlafmangel noch verstärkt wurde. Am Abend zuvor hatte er noch lange über seine Zweifel bezüglich der Dama Bianca gebrütet und sich bis zum Morgengrauen im Bett gewälzt. Ein Jesuit, das wusste der Kommissar sehr wohl, konnte nicht wie ein Verbrecher oder ein x-beliebiger Bürger angegangen werden. Und das Exemplar, das er da vor sich hatte, schien diesbezüglich keine Ausnahme darzustellen.
Ihm fiel auf, dass er ihm gegenüber dieselben Worte verwendete wie am Vortag die Polizeibeamtin Stella:
— Es ist eine etwas heikle Angelegenheit, Monsignore.
— Ich bin kein Monsignore, Signor Kommissar: Uns ist es nicht gestattet, auf der normalen kirchlichen Karriereleiter emporzuklettern; aber ich danke Ihnen für Ihre Absichtsbekundung dahinter. Ich bin sicher, Sie sind nicht verwundert, wenn ich Ihnen sage, dass wir Jesuiten nicht gegen säkulare Verlockungen gefeit sind. Wie auch immer, ich stehe Ihnen zu Diensten. Aber würde es Ihnen etwas ausmachen, wenn wir uns draußen unterhielten? Diese Kirche sorgt stets für eine schlechte seelische Verfasstheit bei mir. Ich habe es nie fertiggebracht, mich an all diesen Pomp zu gewöhnen, der geradezu rachsüchtige Züge angenommen hat, als die Jesuiten nach ihrem Ausschluss im Jahr 1767 wieder zugelassen worden waren. Eine barocke Demonstration der Macht des Ordens. Nun gut, Schwamm drüber. Jetzt sind unsere Brüder vom Opus Dei am Zug, möge der Herr sie in Herrlichkeit empfangen.
Draußen flanierten sie zwischen Kirche und Kommunalbibliothek hin und her wie im Hof eines Oratoriums, und Spotorno erzählte Pater Cuttitta von den streng ge-

heimen Ermittlungen in einem zweifachen Mafiamord. Dann dehnte er den logischen Zusammenhang aus und knüpfte an die Vetternverwandtschaft zwischen dem prädestinierten Opfer des Mordanschlags und einer gewissen Frau an, die im Laufe der Ermittlungen aufgetaucht war. Ohne dazwischenzureden, hörte der Priester ihm zu.
— Es ist die Dame, die sich letzten Sonntag nach der Trauung in der Cappella delle Dame an Sie gewandt hat. Ich war ihr nicht gefolgt, ich befand mich rein zufällig in Begleitung meiner Gattin dort und habe die Frau von Fotos wiedererkannt, die auf der Beerdigung des Cousins gemacht worden waren, sagte Spotorno.
Das entsprach immerhin zum Teil der Wahrheit.
— Herr Kommissar, wäre ich kein armer Pfaffe mit all den Verpflichtungen, die das Priestergewand so mit sich bringt, dann würde ich mich jetzt geschmeichelt fühlen: Denn längst bin ich etwas über den Reifegrad hinweg und zu alt für gewisse Dinge. Wissen Sie, zu meiner Zeit als Novize war folgender Denkspruch auf Lateinisch schwer in Mode:

> Cave sacerdos a muliere,
> oculus habet enim vocativos,
> manus vero sunt ablativas, quod,
> si tu fies dativus,
> fiat ipsa prius genitiva,
> dein autem accusativa,
> et tu, miser sacerdos,
> tantum manebis porro nominativus.*

Das haben sie uns auswendig lernen lassen, damit wir uns die Deklinationen besser merken. Doch das, was unsere dominikanischen Brüder als die typische Heuchelei

* Priester, hüte dich vor dem Weib, / hat sie doch rufende Augen, / ihre Hände aber tragen dich fort, / weil sie, wenn du dich ihr hingibst, / selbst zuerst eine Gebärende, / dann freilich zur Anklagenden wird, / und du, armer Priester, / wirst in Zukunft der bloße Namensgeber sein.

der Jesuiten bezeichnen würden, wurde für uns Priester in erster Linie eine Warnung vor den Gefahren der Verführung in Gestalt des Weibs.

— Monsignore, ich würde mir nie erlauben, eine solche Anspielung zu machen, noch irgendetwas zu unterstellen. Was ich sagen wollte, war vielmehr, dass es für die Lösung des Falls eine große Hilfe wäre, die Gründe zu kennen, die die Frau bewogen haben, gewisse Entscheidungen zu treffen, gewisse Verhaltensweisen an den Tag zu legen, auf die wir bei unseren Ermittlungen gestoßen sind.

Der Jesuit schwieg lange, dann seufzte er. Spotorno fürchtete, dass er ihn jeden Moment mit *mein Söhnchen* anreden könnte, als eine Art transzendentaler Rache wegen seiner derart indirekten Formulierungen.

— Sind Sie gläubig, Herr Kommissar?, fragte der Priester stattdessen und just in dem Moment, als Spotorno dachte, ein feindliches Schweigen hätte sich zwischen sie geschoben. Er ahnte sofort, worauf sein Gegenüber hinauswollte.

— Sagen wir es so, ich bin kein praktizierender Gläubiger.

— Auch wenn Sie es nicht sind, bin ich mir sicher, dass Sie die eisernen Gebote des Priesteramts kennen. Sie gehören zu der Generation, die sich auf der Oberschule mit Benedetto Croce befasst hat. Ich selbst habe seine Philosophie vielen Ihrer Altersgenossen im Gonzaga-Gymnasium nahegebracht. Sie waren keiner von unseren jungen Leuten, oder? Andernfalls würde ich mich an Ihr Gesicht erinnern. Wissen Sie, was Croce bezüglich der Unmöglichkeit, sich nicht Christen zu nennen, sagte?

Spotorno wusste es.

— Selbst die Nichtgläubigen erkennen sich in einem ethischen Wertekanon wieder, der auf dem Christentum gründet, sagte der Priester. Sie sind in unser Erbgut eingegangen, wenn Sie mir diese ungebührliche Vermengung von Natur und Kultur zugestehen. In diesem besonderen

Fall beziehe ich mich auf die Regularien des Beichtsakraments. Heilige Gebote für uns Priester, selbst wenn jemand eine Waffe auf uns richtet. Aber Sie, lieber Kommissar, wollen sicherlich nicht auf derartige Extreme zurückgreifen.
— Nicht alles ist Beichte, Monsignore, sagte Spotorno. Mit dem Priester spricht man, stellt Fragen, erhält Antworten. Auch außerhalb des Beichtstuhls.
Zum wiederholten Mal überhörte Pater Cuttitta den ihm unrechtmäßig zugesprochenen Titel aus der Kirchenhierarchie, der Spotornos Kontrolle entglitten war:
— Einverstanden, Herr Kommissar. Aber glauben Sie mir, ich habe wirklich Mühe, auch nur die geringste Verbindung zwischen Ihren Ermittlungen in einem Mafiamassaker und den Problemen zu sehen, die diese arme Frau mir unterbreitet haben *könnte*. Und ich betone den Konjunktiv.

Spotorno entdeckte den Riss im verhüllenden Wortgewebe. Er verbarg sich in der Formulierung »diese arme Frau«. Darin lag das Eingeständnis – noch wusste er nicht, bis zu welchem Grad ungewollt –, dass die mehr oder weniger unter den Schutzschirm des Beichtgeheimnisses gehörenden Leiden der Dama Bianca keine gewöhnlichen Probleme waren. Nichts dergleichen wie: Padre, ich habe meiner Schwiegermutter böse Widerrede gegeben. Und nicht einmal von der Art: Ich habe die Pelzstola der Nachbarin begehrt.
— Sie verzeihen, wenn ich insistiere; lassen wir mal die Frage Glauben oder Nichtglauben beiseite, auch ich habe in meiner Schulzeit den Katechismus studiert. Es gibt keinen Grund, Croce zu bemühen, und ich werde mich hüten, Sie zu bitten, irgendetwas zu brechen. Eine Bestätigung oder ein Dementi gewisser Thesen, die ich im Laufe der Ermittlungen entwickelt habe, wären für mich schon ausreichend. Bitten Sie mich Ihrerseits nicht, genauer zu sein: Auch wir Polizisten sind an Berufsgeheim-

nisse gebunden. Und wenn ich das in dem betreffenden Fall verletze, würde ich jemanden in sehr, sehr ernste Schwierigkeiten bringen.
Diesmal hatte Spotorno mit einer nicht unerheblichen Verzerrung der Wahrheit operiert. Der Jesuit schien es bemerkt zu haben.
— Das würde ich mir nie verzeihen, Herr Kommissar, entgegnete er voller Ironie.
— Erlauben Sie mir, dass ich weiter aushole, sagte Spotorno, und Ihnen eine Frage stelle, die nicht mit den Geboten unserer jeweiligen Berufe im Konflikt steht, eine harmlose Frage: Steht die Kapelle allen Personen offen? Kann jeder eintreten und den religiösen Zeremonien beiwohnen oder muss man dafür Mitglied der Kongregation sein?
— Das ist leicht zu beantworten: Es gibt keine festen Regularien. Es herrscht eine gewisse, vom Zufall bestimmte Freizügigkeit, was die Erlaubnis anbelangt, der Messe beizuwohnen, auch ohne Mitglied der Kongregation zu sein. Und im Übrigen, Herr Kommissar, Sie wissen doch, wie die Dinge in diesen Breitengraden funktionieren: Es genügt, jemanden zu kennen, eine Freundin zu haben … Von blauem Blut zu sein, ist also nicht Bedingung. Die betreffende Dame habe ich jedoch zum ersten Mal gesehen. Ich bin nicht der einzige Geistliche, der für die Kapelle zuständig ist. Bei besagter Gelegenheit hatte mich der Bräutigam gebeten, die Trauung zu vollziehen, er war einer meiner Schüler.
— Fakt ist allerdings, dass jene Dame die Kapelle in den vergangenen zwei oder drei Monaten mit einer gewissen Regelmäßigkeit aufgesucht hat. Und in letzter Zeit geschah das aus einem Anlass, der dem Anschein nach sehr schmerzhaft gewesen sein muss. Ich spreche hier von einem persönlichen, inneren, intimen Anlass. Glauben Sie mir, Padre, das war mit bloßem Auge zu erkennen; Sie hätten dies sicher bemerkt, auch ohne, dass die Frau

das Wort an Sie gerichtet hätte. Aber Sie müssen ihre Notlage erkannt haben. Zumindest ihre seelische Not. Andernfalls wären Sie nicht so prompt auf ihren Wunsch, sich mitzuteilen, eingegangen.

— Der Priester ist wie ein Arzt und wie ein Polizist, Herr Kommissar. Wir können uns solchen Dingen nicht entziehen. Für uns gilt dasselbe Berufsethos.

— Und ich werde nicht von Ihnen verlangen, dieses Wertesystem zu verletzen. Aber wenn ich bedenke, dass die Dame – Sie verzeihen das Übermaß an Theatralik – sagen wir vom Zweifel völlig aufgerieben war; nehmen wir weiter an, dass sie sich an Sie gewandt hat, um eine Art Legitimation zu erhalten für ein Vorhaben, das sie aus der Gemeinschaft der Gläubigen ausschließen würde – und ich meine hier eine moralische Legitimation, nicht etwas, das sich durch einen Stempel besiegeln ließe – wenn ich zu diesem Schluss gekommen wäre, Monsignore, würden Sie das für tollkühn halten?

— Weshalb hätte sie mit einer solchen Bitte ausgerechnet zu mir kommen sollen? Die Dame wird doch eine eigene Pfarrgemeinde haben. Wäre es nicht selbstverständlich, dass sie sich in einem solchen Fall an ihren Gemeindepfarrer gewandt hätte oder an eine Kirche in ihrer unmittelbaren Umgebung? Meine Anwesenheit in der Via del Ponticello am vergangenen Sonntag war rein zufällig. Aus diesem Grund kann sie gar nicht eigens gekommen sein, um mich zu treffen.

— Genau das ist der Punkt: Vielleicht war es nicht so sehr wegen eines bestimmten Priesters, nach dem sie suchte. Der Priester war gegenüber dem Ort, und bitte nehmen Sie das nicht persönlich, von zweitrangiger Bedeutung. Und die Bedeutung, sagen wir ruhig, die Besonderheit des Ortes liegt darin, dass die Kapelle der freudigen Erwartung gewidmet ist.

— Verzeihen Sie, Herr Kommissar, wenn ich den Sinn Ihrer äußerst vorsichtigen Aussagen richtig deute, sehe

ich darin einen gewissen Widerspruch. Warum sollte eine Frau mit *dieser* Absicht so *regelmäßig* bei einer Madonna vorsprechen, die für völlig anderes zuständig ist?
— Man bittet Personen um Verzeihung, denen man schweres Unrecht angetan hat. Sofern man gläubig ist, tut man das auch bei Heiligen und Madonnen. Insbesondere, um präventiv Vergebung zu erbitten. Glauben Sie nicht auch, Monsignore? Und dies erst recht, wenn man sich in einem Moment großer emotionaler Verunsicherung befindet, einem Sinneswandel erlegen ist, während man in der Vergangenheit bei der Madonna, wie Sie es ausdrücken, *regelmäßig vorgesprochen* hat, und das mit einem gewöhnlichen, ich wage mal zu behaupten, *institutionellem* Anliegen.
Spotorno war sich bewusst, welchen Eiertanz er da vollführte und hoffte nur, dass am Ende nicht alles zu Bruch ging.
Der Jesuit sah ihn eindringlich und mit zunehmender Wertschätzung an.
— Sind Sie sicher, dass Sie nie einer von uns gewesen sind, Herr Kommissar? Und, dass Ihr Interesse für diese Frau ausschließlich beruflicher Natur ist?
Spotorno überkam eine Hitzewallung.
— Ich war auf einer staatlichen Schule, antwortete er brüsk und setzte dann milder hinzu: Vielleicht verfolge ich ein Trugbild, Monsignore.
Er dachte einen Moment nach und entschloss sich dann, dem Geistlichen von seiner ersten Begegnung mit der Dama Bianca zu erzählen. Zu seiner eigenen Überraschung bemerkte er, dass er dafür veraltete Begriffe ausgrub und verschlungene, ellenlange Sätze bildete, die er glaubte, mit dem Gymnasium abgelegt zu haben. Am Ende dieser Schilderung schwieg der Jesuit lange, so dass Spotorno annahm, er betrachte ihre Unterredung für beendet, zumal er vor dem Kirchenportal stehen geblieben war.

— Sehen Sie, Kommissar, sagte er schließlich und setzte sich wieder in Bewegung. Mit jeder unbewiesenen Hypothese, jeder Überlegung, die wir bezüglich des Todes anstellen, versuchen wir, ein Hindernis zu umgehen, nämlich dass man dem Tod genauso wenig wie der Sonne direkt ins Auge schauen kann. Der Sonne nicht, weil sie zu hell strahlt. Dem Tod nicht, weil er zu finster, also undurchschaubar ist. Was wir über den Tod wissen, basiert auf dem, was wir eigentlich nicht wissen. Wundern Sie sich nicht, wenn ein alter Jesuit Ihnen sagt – das Gleiche gilt auch für das Leben: Im Innern des Lebens gibt es zu viel Licht. Wie in der Sonne. Wir können es nicht genauer in Augenschein nehmen. Wir Geistlichen erteilen Ratschläge zu Fragen des Lebens und des Todes. Manchmal sind diese Ratschläge so nachdrücklich, dass sie zu Verboten werden. Wohin diese letztendlich führen, ignorieren wir in der Regel.

Spotorno nickte wiederholt.

— Danke, Monsignore.

Er hatte die Botschaft erfasst. Typische Jesuitenstrategie, dachte er. Pater Cuttitta hatte jede direkte Bezugnahme auf die Dama Bianca vermieden und damit offiziell weder den Auflagen des Sakraments noch denen des Anstands zuwidergehandelt. Bei aller Vieldeutigkeit war das, was er gesagt hatte, dennoch ziemlich klar gewesen. Vielleicht aber war Spotorno nur noch vieldeutiger gewesen als er. Die Dama Bianca hatte also gegenüber Pater Cuttitta ihre Absicht, abtreiben zu wollen, kundgetan und gehofft, dafür präventiv eine schier unmögliche Absolution zu erhalten. Oder alternativ – und das war die vom Kommissar bevorzugte These – sie hatte gehofft, dass der Jesuit ihr einen zwingenden Grund geben könnte, das Kind zu behalten, und damit den Druck, das Gegenteil zu tun, von ihren Schultern nehmen würde. Ein nicht auszuhaltender Druck, der sie zu einer Art wandelnder Allegorie des Schmerzes gemacht hatte.

Den Beobachtungen der Polizeibeamtin Stella zufolge musste der Priester versagt haben. Aber das konnte dieser nicht wissen. Und Spotorno hatte keine Absicht, es ihm unter die Nase zu reiben. Der Jesuit betrachtete ihn, vielleicht in dem Wissen um den gut geölten These-Antithese-Synthese-Mechanismus, der in diesem Moment in Spotornos Gehirn sein Werk tat.
— Wenn Ihre Ermittlungen abgeschlossen sind, sagte er schließlich, beehren sie mich gern wieder, Herr Kommissar. Es gefällt mir, mich mit Ihnen auszutauschen. Wirklich schade, dass Sie nicht einer der Unsrigen sind.
Spotorno deutete unwillkürlich eine leichte Verbeugung an, was formell und ironisch zugleich wirkte:
— Auch meinerseits war es ein Vergnügen, Monsignore. Und sollte Sie die Lust überkommen, einen Blick in die Inquisitionskammern der Mordkommission werfen zu wollen …
— Ich kann mir nichts Besseres vorstellen, Herr Kommissar.
Lange schüttelten sie sich die Hand. Spotorno war bereits einige Schritte gegangen, als der Jesuit ihm nachrief:
— Herr Kommissar.
Spotorno näherte sich ihm erneut.
— Eine Sache noch: Aber Sie müssen mir versprechen, dass Sie das nicht als Phantasterei eines alten, törichten Pfaffen abtun. Vor einigen Jahren bin ich in Val d'Aosta am Schauplatz einer Tragödie gewesen. Eine Lawine hatte den Ortskern eines Dorfs zerstört und viele Menschenleben gefordert. Wissen Sie, was das Seltsamste an Lawinen ist? Manchmal beim Hinunterrasen ins Tal entstehen an den Rändern der Lawinenmasse schreckliche Turbulenzen. Es ist wie ein ganz heftiger Wind, eine Art Sog, der stark genug ist, Bäume zu entwurzeln, Häuser abzudecken, Menschen wie Streichhölzer umzuknicken. Dieser Sog verursacht oft größeren Schaden als die eigentliche Lawine. Wer sich an den Rändern aufhält, wähnt

sich in Sicherheit, und stattdessen … Wissen Sie, warum ich Ihnen das erzähle? Weil diese Frau, die Dame aus der Kapelle, auf mich den Eindruck gemacht hat, als hätte sie am Rand einer solchen Lawine gestanden. Und dort wurde sie von etwas, das nicht direkt und explizit gegen sie gerichtet war, mitgerissen – oder sie läuft noch immer Gefahr, das dies geschieht. Sie hat mich an gewisse Motive der flämischen Malerei erinnert, an eine Spitzenklöpplerin am Rande einer Figurengruppe. Behalten Sie das im Auge, wenn Sie der Dame berufshalber begegnen sollten. Ach, hier ist noch etwas, was ich Ihnen geben möchte.

Er schob die Hand tief in die Tasche seines Priesteranzugs und zog ein schmales Buch hervor:

— *Der Statthalter von Judäa* von Anatole France. Ich trage immer eine Ausgabe davon bei mir. Pontius Pilatus kommt darin sehr schlecht weg. Aber das ist nicht der Grund, weshalb ich es Ihnen geben will. Es ist eine Novelle, eine Art Fabel über Toleranz, eine Tochter der Skepsis. Theoretisch müsste ich als Mitglied des katholischen Klerus – und als solcher auch Nutznießer absoluter Wahrheiten – dem widersprechen. Aber wissen Sie, unseren Dominikaner-Brüdern zufolge umweht uns Jesuiten oft ein Hauch von Ketzerei. Ich ziehe es vor, die Toleranz als eine Form der Aufrichtigkeit in der Sünde auszulegen.

Attack!

Die *frittola* lag ihm schwer im Magen. Und doch beschloss er, Amalia gegenüber nichts zu erwähnen, weil sie ihm doch immer predigte, im Sommer kein Schweinefleisch anzurühren. In der Vergangenheit war das Angebot von *frittola* auf die kühleren Monate beschränkt, aber seit es Tiefkühltruhen gab, konnte man sie problemlos das ganze Jahr über kaufen.

Er hatte sich nach der Unterhaltung mit dem Jesuiten auf dem Rückweg über den Ballarò-Markt in Versuchung führen lassen. Er konnte sich nicht einmal daran erinnern, wie viele Jahre vergangen waren, seit er das letzte Mal davon gekostet hatte. Schuld waren die Marktgerüche, die um diese Uhrzeit die Magensäfte aller Nichtmagersüchtigen in Aufruhr versetzten. Aber der Mann der *frittola* war es, der den entscheidenden Anstoß gegeben hatte. *Frittola*-Verkäufer waren in Spotornos Augen geborene Psychologen. Sie studierten erst das Gesicht des jeweiligen Kunden und danach entschieden sie, welche Stücke infrage kämen. Sie trafen die Auswahl durch Ertasten, schoben die Hände unter das karierte Tuch, das den Binsenkorb mit den *frittole* bedeckte, und fingerten in der Masse herum, bis sie die richtige gefunden hatten. Die legten sie dann mit gleichmütiger Miene auf das zuvor dem Kunden überreichte Ölpapier. Eine unanfechtbare Entscheidung. Eine Klassifizierung nach Lombrosos

Physiognomik, die einem Geheimcode folgte, der nur der Berufsgilde bekannt war. Jedes Gesicht bekommt die *frittola*, die es verdient. Und umgekehrt. Das schien zumindest das Credo der Frittola-Verkäufer in seiner Jugend gewesen zu sein.

Auch dieses Mal hatte er wie zu Gymnasialzeiten versucht, die Auswahl in Richtung eines mageren Fleischstücks zu lenken, aber der *Frittolaro* hatte ihm, ohne sich beirren zu lassen, das Stück gegeben, das er für richtig befand.

Seufzend zog er das Büchlein, das Pater Cuttitta ihm gegeben hatte, aus der Jacketttasche und legte es auf seinen Schreibtisch. Damit waren es drei Exemplare. Zu Hause hatte er noch zwei davon. Das erste hatte ihm Amalia geschenkt, das zweite hatte ihm sein Trauzeuge Lorenzo La Marca, mit dieser unerträglich würdevollen Miene, die er zuweilen spazieren trägt, überreicht.

Die Erzählung und auch das Nachwort von Leonardo Sciascia, das er fast noch besser fand als den eigentlichen Text, hatte er wieder und wieder gelesen, aber noch immer war ihm schleierhaft, aus welchem Grund zwei ihm so nahestehende Personen und jetzt noch ein Pfaffe, den er gerade erst kennengelernt hatte, ausgerechnet ihn zum Empfänger dieses Buchs auserkoren hatten. Amalia hatte er nie fragen wollen, denn er war sich nicht sicher, ob ihm ihre Antwort gefallen hätte. Und Lorenzo hätte ihn nur bis zum Gehtnichtmehr auf die Schippe genommen. Als Amalia in sein Leben getreten war, hatte es anfangs einen Moment gegeben, in dem er glaubte, dass zwischen ihr und La Marca in der Vergangenheit etwas gewesen wäre. Sein tiefsitzendes Schamgefühl hatte ihn davon abgehalten, der Sache auf den Grund zu gehen. Und letztendlich war er zu dem Schluss gekommen, dass Amalia Lorenzo nun mal mit ihrer allumfassenden Nachsicht und mütterlichen Fürsorge bedachte, wie man sie ansonsten etwas zügellosen Brüdern oder einem unver-

heirateten Onkel, der jugendlichen Lastern frönte, angedeihen lassen würde.
Das Klingeln des Telefons unterbrach seine Abschweifungen, die ihren Ursprung in einem schlechten Gewissen wegen seiner Ernährungsgewohnheiten hatten.
— Vittorio?
— Maddalena, was gibt's denn?
— Entschuldige, Vittorio, wenn ich immer bei dir anrufe, aber, wenn es um solche Dinge geht, da kenne ich eben nur dich.
— Was für Dinge, Maddalena? Was ist passiert?
Ihm ging durch den Kopf, dass Grazia, dem anderen Fräulein, etwas zugestoßen sein könnte. Vielleicht war es ein Fehler von ihm, nach dem schlimmen Ende, das Nunzia genommen hatte, keinen besonderen Schutz für sie angefordert zu haben.

Andererseits hatte sie bei der Zeugenbefragung glaubhaft gemacht, dass sie über die möglichen Motive der Ermordung ihrer Arbeitskollegin nichts wusste. Sie war über den Tod der Freundin ernsthaft betrübt gewesen und wirkte ganz und gar nicht so, als hielte sie mit etwas hinterm Berg oder hätte selbst Angst. Ihrer Meinung nach musste es sich zwangsläufig um einen Einbruch handeln, der in ein Tötungsdelikt ausgeufert war.
Zum Glück war Maddalenas Problem weniger schwerwiegender Natur:
— Gestern Morgen haben wir das Schloss des Rollgitters der Reiseagentur mit Attack-Sekundenkleber versiegelt vorgefunden, sagte Maddalena.
Spotorno blieb stumm, bis er die Information verdaut hatte. Wenn Maddalena ihn wegen dieser nur augenscheinlichen Lappalie anrief, bedeutete das, dass auch ihr der Sinn der Botschaft klar war.
Seit einiger Zeit verzichteten die Handlanger, die im Auftrag der Mafiaclans Schutzgelder erpressten oder eintrieben, auf allzu spektakuläre Aktionen, die nur das Risiko

bargen, die Aufmerksamkeit der Polizei, der Carabinieri und der Staatsanwaltschaft auf sich zu ziehen. Und oft waren es die Eigentümer der Läden, der Handels- oder Handwerksunternehmen, die dieses Scheinwerferlicht der Behörden am meisten fürchteten. Die meisten von ihnen zogen es vor, zu schweigen und zu bezahlen.

Die Schlösser und die Vorhängeschlösser mit Attack-Sekundenkleber, zuzukleistern, hatte die gleiche einschüchternde Wirkung wie eine unter dem Schaufenster explodierende Papierbombe oder ein bisschen Benzin, das über die Schwelle sickert und angezündet wird. Es war eine erste Warnung, und eine unkomplizierte Variante, weniger augenfällig und weniger riskant. Der Geschädigte musste lediglich durch einen Handwerker seines Vertrauens das Schloss auswechseln lassen, und niemand bekäme je etwas davon mit. Und dann die nächste Kontaktaufnahme abwarten, um mit den Emissären der Mafia-Bosse im jeweiligen Gebiet einen vernünftigen Preis auszuhandeln, der ihm hoffentlich nicht das Genick brechen würde.

Für drastischere Maßnahmen war immer noch Zeit, sollte der freundliche Hinweis in Gestalt von ein paar Gramm Sekundenkleber sein Ziel verfehlen.

Maddalena wartete noch immer auf eine Reaktion. Spotorno schüttelte sich:

— Wer ist dafür zuständig, morgens die Agentur aufzuschließen?, fragte er.

— Gestern Morgen waren wir das, Manlio und ich.

— Ist euch diese Sache mit dem Attack zum ersten Mal passiert?

— Um die Wahrheit zu sagen, Vittorio, ich weiß es nicht. Wäre ich gestern nicht dabei gewesen, hätte ich nichts von der Sache erfahren. Aber dahinter steckt keine böse Absicht, glaub mir. Manlio benimmt sich uns gegenüber immer – wie soll ich sagen? – als Beschützer. Erst recht nach dem, was uns passiert ist. Zuerst Rosario, dann

Nunzia. Jetzt habe ich wirklich Angst und denke immerzu nur an unsere Kinder. Ich hatte geglaubt, dass nach der Sache vor vier Jahren nun nichts mehr kommen würde.
— Was ist denn passiert, vor vier Jahren, Maddalena?
— Du weißt das nicht? Das Benzin, der Brand … ein paar Tage vor Weihnachten. Es entstand kein großer Schaden, ein Nachtwächter hat Alarm geschlagen, und die Flammen konnten mit den Handfeuerlöschern schnell gelöscht werden. Nur ein Tisch und ein Packen Prospekte sind verbrannt. Wieso weißt du davon nichts?
Spotorno versuchte, sich zu erinnern. Das für den Bezirk der Zisa zuständige Kommissariat musste vor Ort gewesen sein. Oder die Carabinieri. Deshalb stand davon nichts in seinen Akten, und vermutlich auch nicht in den Zeitungen von damals. Bis vor einigen Jahren waren Vorkommnisse dieser Art so verbreitet, dass sie im Höchstfall als kurze Notiz in den Polizeimeldungen auftauchten.
— Ich telefoniere übrigens gerade heimlich, ohne Manlios Wissen, fuhr Maddalena fort. Wenn er wüsste, dass ich dir davon erzählt habe, würde er mir die Hölle heiß machen.
— Willst du keine Anzeige erstatten?
— Nein. Ich möchte, dass du mit Manlio sprichst. Ich kann so nicht weitermachen. Seitdem diese grauenvollen Dinge passiert sind, gerate ich schon in Panik, wenn er auch nur zehn Minuten zu spät dran ist. Manlio sagt immer, ich soll mir keine Sorgen machen, alles sei in Ordnung. Dabei ist er noch mehr mit den Nerven runter als ich, man muss ihm nur ins Gesicht sehen. Du musst mir glauben, Vittorio, nach der Sache mit Nunzia musste ich abends Rohypnol nehmen, um auch nur ein wenig schlafen zu können. Gestern Abend habe ich darauf verzichtet, weil ich Angst hatte, womöglich nicht wach zu werden, wenn etwas passiert. Ich fühle mich wie zerschlagen.

Spotorno dachte rasch nach. Schon seit Rosarios Begräbnis hatte er die Absicht, mit Maddalenas Ehemann ein paar Wörtchen zu wechseln, und hatte das viel zu sehr auf die lange Bank geschoben. Jetzt beschloss er, es noch weiter aufzuschieben, genau die Zeit, die er brauchte, um etwas zu überprüfen. Ihm war gerade eine Idee gekommen …

— Ist gut, Maddalena, ich spreche mit deinem Mann. Aber für den Moment sagst du ihm nichts davon, dass du mich wegen der Sache mit dem Attack angerufen hast. Machen wir es so: Sobald ich mir die nervige Angelegenheit vom Hals geschafft habe, an der ich gerade dran bin, ruf ich dich an, und wir machen etwas aus. Es wird nicht allzu lange dauern. Höchstens zwei, drei Tage. Du musst entschuldigen, aber gerade jetzt …

Maddalena schluckte diese fadenscheinige Ausrede. Zumindest schien sie keinen Verdacht zu schöpfen, dass Spotorno einfach nur Zeit schinden wollte. Er spürte ihren Unwillen, das Telefonat zu beenden und ihr Bedürfnis, beruhigt zu werden. Sie war sehr allein, registrierte er mit einem Gefühl der Frustration, das ihn hinterrücks überfiel.

— Maddalena, sagte er, es war gut, dass, du mich angerufen hast. Das Signal von heute Morgen ist nicht zu unterschätzen, aber im Moment brauchst du dir keine Sorgen zu machen. In den ersten Tagen wird nichts geschehen. Diejenigen, die das Attack angebracht haben, werden nicht gleich wieder in Aktion treten. Sie werden ein bisschen Zeit verstreichen lassen, damit die Spannung steigt und ihr nervös werdet. Es ist eine Art psychologischer Kriegsführung. Solange ihr keine Anzeige erstattet, können wir nicht viel tun. Aber ich werde die Kollegen in den Streifenwagen bitten, häufiger bei der Agentur vorbeizufahren und die Augen offenzuhalten.

— In Ordnung, Vittorio, lass es uns so machen, wie du vorgeschlagen hast. Melde dich wieder, sobald du soweit bist.

Sie sagte das in einem schicksalsergebenen Ton, der Spotornos Schuldgefühl nur noch verstärkte. Dass Maddalena nicht die geringste Klage vorbrachte, machte ihm zu schaffen. Keine Nachfrage, keine Anschuldigung angesichts ausbleibender Ermittlungsergebnisse in den Mordfällen Rosario und Nunzia. Als würde sie ein unbedingtes und unerschütterliches Vertrauen in ihn setzen.
Spotorno war es ernst, als er das Risiko unmittelbarer Gefahren herunterspielte. Die Technik der Einschüchterung verlief nach einem klaren Schema. Das Attack war eine relativ harmlose Warnung. Gewöhnlich ließen sie die Adressaten danach für einige Tage schmoren, bevor sie anriefen oder einen Laufburschen vorbeischickten, um ihre Forderungen zu stellen. Oft kam die Forderung noch vor der Warnung. Und manchmal wurde sie nicht ernstgenommen. Oder nicht verstanden. Und dann ließen die Bosse ihre Muskeln spielen.

Er rief Puleo zu sich:
— Save', ich brauche die Geschäftsbilanzen der Beltramini Travel aus den letzten zehn Jahren. Das ist die Agentur von Rosario Alamias Schwager. Und auch die Liste sämtlicher Angestellter der Agentur. Und zwar sofort. Aber frag beim Handelsregister nicht nur in Sachen Beltramini an, sondern such dir aus den Gelben Seiten noch weitere fünf oder sechs Reiseagenturen heraus und verlange die Bilanzen von allen. Sag, du brauchst die Sachen für deine Examensarbeit. Wir sollten vermeiden, dass bei jemandem die Alarmglocken schrillen.
Bevor er Manlio Beltramini traf, würde er dessen Finanzen gründlich unter die Lupe nehmen. Während des Telefonats mit Maddalena war ihm die eine oder andere Idee durch den Kopf gegangen …
Er überlegte kurz, ob es nicht angebracht wäre, eine Genehmigung für eine Telefonüberwachung der Agentur und der Privatwohnung der Beltraminis zu beantragen, bezweifelte aber, dass man ihm diese kurzfristig gewäh-

ren würde. Es gab da Prioritäten zu berücksichtigen. Interessantere Telefonteilnehmer. Aber der wahre Grund seines Zögerns war, dass er damit Maddalenas Privatsphäre verletzen würde. Gar schon die vorsorgliche und heimliche Einsichtnahme in die Bilanzen bereitete ihm ein gewisses Unbehagen.
Das sind ja mal hübsche Gewissensbisse für einen echten Bullen, dachte er. Hatte Maddalena mit ihrer Frage beim Abschied nach Rosarios Beisetzung, warum er diesen Beruf gewählt hatte, denn gar so falsch gelegen? Sie kannte ihn.

Puleo legte ihm die Kopien der Bilanzen auf den Tisch. Beltramini Travel GmbH, Manlio Beltramini, alleiniger Geschäftsführer, zwanzig Millionen Lire Geschäftskapital per Einmaleinzahlung, Sitz der Gesellschaft am Corso Camillo Finocchiaro Aprile, den Altpalermitanern besser bekannt als Corso Olivuzza, seinem ursprünglichen Namen.
Er brauchte nicht lange zu suchen. Es genügte ein Blick auf die Umsätze. Die letzte vorliegende Bilanz, also die des vergangenen Jahres, wies ein Umsatzvolumen von fast zwei Milliarden Lire aus. Die vorletzte eineinhalb Milliarden. Und die davor liegende etwas mehr als eine Milliarde. Die restlichen sieben Bilanzen der Vorgängerjahre, verzeichneten sehr viel geringere Umsätze, nämlich zwischen vierhundert und fünfhundertfünfzig Millionen.
Die Gewinne der ersten sieben Bilanzen liefen mehr oder weniger auf das gleiche Ergebnis hinaus: nahe Null. Manchmal sogar darunter. Die letzten drei hingegen zeigten wachsende Erträge: zweihundert, dreihundert, vierhundert Millionen Lire.
Er erinnerte sich an Maddalenas Worte nach dem Besuch in der Via Zara: Die Geschäfte gingen nicht gut; es gab die Krise; ein Auf und Ab. Wieder bestellte er Puleo ein:

— Save' geh mal bei der Handelskammer vorbei und lass dir die Statistiken über den Durchschnittsumsatz von Reiseagenturen geben, unterteilt nach Unternehmensgröße und geographischer Lage, also Norden, Süden, Inseln.
— Schon erledigt, Dottore. Es hat etwas länger gedauert, weil ich die Daten in meinem Notizbuch festgehalten habe. Ich war gerade dabei, sie in den Computer einzugeben.
— Vergiss den Computer und hol dein Notizbuch. Erzähl mir alles, von A bis Z.
Puleo ging hinaus und kehrte sofort zurück.
— Hier haben wir es, Dottore. Ich nehme an, Sie sind in erster Linie an den Daten aus unserer Region interessiert. Das durchschnittliche Umsatzvolumen einer mittelgroßen bis kleinen Agentur, wie die Beltramini Travel es ist, lag im vergangenen Jahr bei sechshundertdreißig Millionen. Für die davorliegenden Jahre müssen Sie wegen der Inflation von immer geringeren Summen ausgehen. Die jüngsten Umsätze wären noch höher, befände sich die Tourismusbranche nicht gerade in einer Phase der Stagnation.

— Und woher weißt du das alles, Save'?
— Ich habe weniger Zeit als erwartet für das Kopieren der Bilanzen gebraucht, Dottore, und war dann so frei, bei einer Angestellten der Handelskammer vorbeizuschauen: Sie ist eine Freundin und hat bis zum vergangenen Jahr im Hotel- und Gaststättensektor gearbeitet. Ich habe sie zu einer kleinen Plauderei beim Aperitif eingeladen. Sie weiß zwar, dass ich Polizist bin, aber auch ihr habe ich erzählt, dass ich diese Daten für meine Examensarbeit brauche. In wenigen Worten, Dottore, momentan steckt die Branche schwer in der Krise. Ich gebe also nur das weiter, was sie mir gesagt hat.
— Kompliment, Save'! Aber wie bist du überhaupt auf diese Idee gekommen?
— Das lag nahe. Als Sie mich um die Bilanzen gebeten

haben, war mir klar, wozu Sie die brauchen. Also habe ich sofort das Umsatzvolumen kontrolliert, Jahr für Jahr. Ich habe kürzlich erst meine Prüfung in Betriebswirtschaft gemacht und Eins und Eins zusammengezählt.
— Was tatsächlich einmal Zwei macht. Bravo! Den Aperitif setzt du aber bitte nicht auf die Spesenrechnung, verstanden?
Er übertrug die Daten der Bilanzen auf ein Stück Papier, so dass er eine Art Übersichtspanorama erhielt. Dann studierte er sie noch einmal. Die letzte Bilanz mit einem Umsatz, der sich mehr oder weniger mit dem Durchschnitt der Agenturen dieser Größenordnung vergleichen ließ, war vier Jahre alt. Das war das Jahr des Brandanschlags gewesen, von dem Maddalena gesprochen hat.

Die Rechnung ging auf. Auch hinsichtlich einiger anderer Dinge, die sie ihm auf der Fahrt zur Via Zara nach Rosarios Beisetzung anvertraut hatte.
Jetzt war er bereit, Manlio Beltramini gegenüberzutreten.

Am frühen Nachmittag des folgenden Tages, als er sicher sein konnte, dass Beltramini nicht zu Hause war, rief er Maddalena an. Sie schien nicht überrascht:
— Vittorio, du bist ein Mann des Worts. Was soll ich Manlio sagen?
— Du sagst ihm, dass Kommissar Spotorno von der Mordkommission mit ihm sprechen will. Und dass ich es der langjährigen Freundschaft mit deiner Familie wegen vorziehe, ihn privat zu treffen, anstatt ihn offiziell ins Präsidium vorzuladen, wozu ich eigentlich verpflichtet wäre. Derzeit wird Hochsaison für die Reiseagenturen sein: Schau, ob es ihm heute Abend nach Geschäftsschluss passt. Um wie viel Uhr schließt ihr? Um halb sieben? Wenn es ihm recht ist, können wir uns um Viertel vor acht treffen.
Er gab ihr die Adresse der Bar in der Nähe der Kathedra-

le, die er hin und wieder als persönliche logistische Basis nutzte. Es war dieselbe, in die er Amalia am Tag ihres Besuchs in der Cappella delle Dame geführt hatte.

— Sag deinem Mann erst mal noch nichts über den Grund unserer Unterredung, nur, dass es um eine heikle Sache geht und ich dir gegenüber nichts durchblicken lassen wollte.

Wenige Minuten später rief Maddalena zurück, um ihm zu bestätigen, dass es ihrem Mann passte. Eine halbe Stunde vor dem Termin zog Spotorno die Bilanzen hervor und ging sie noch einmal durch, bis es Zeit war, sich auf den Weg zu machen.

Er traf etwas zu früh ein, kontrollierte rasch das Lokal und stellte fest, dass sein Gesprächspartner noch nicht da war. Er ging wieder hinaus und spazierte nervös auf und ab, wobei er die Fensterscheiben der Geschäfte als Rückspiegel benutzte.

Nach ein paar Minuten sah er ihn von der Via delle Scuole kommend auf dem Cassaro auftauchen: ein niedergeschlagener Mann mit schleppendem Gang und hängendem Schnurrbart. Er musste seinen Wagen auf der Piazza Sett'Angeli oder in einer der Ausbuchtungen der Gassen rund um die Kirche von Sant'Agata alla Guilla geparkt haben.

Beltramini hatte ihn ziemlich schnell entdeckt. Nur wenige Personen waren unterwegs, die kleinen Seitenstraßen des Cassaro schienen in einen Dämmerschlaf versunken, in Erwartung der Nacht, wenn hier wegen der vielen Pubs ein reges Treiben herrschte. Wie Pilze schossen ständig neue Lokale aus dem Boden, im Erdgeschoss alter Palazzi oder in Räumen, die einst Werkstätten oder längst ausgestorbene Handwerksbetriebe beherbergt hatten.

Auf der Schwelle zum Lokal gaben sie einander die Hand. Spotorno ging voraus zum Nebenzimmer:

— Was darf ich für Sie bestellen?

— Einen Gin Tonic.

Für sich orderte Spotorno ein Mineralwasser und spürte, dass der andere ihn musterte. Beltramini wirkte blass und seltsam angespannt, als hätte er angesichts einer bestimmten Sache, die er hatte kommen sehen, längst die Segel gestrichen.
Sie tauschten einige Floskeln aus. Beltramini hatte sich im Laufe der Jahre einen kuriosen Akzent zugelegt. Zwischen die hiesige leicht gedehnte Aussprache der Vokale schob sich immer wieder das sonore S Norditaliens. Und von Zeit zu Zeit vermischte er Vokabeln aus den beiden Dialekten seines Lebens, dem seiner Herkunft und dem assimilierten.
Spotorno wartete ab, bis die Getränke kamen, bevor er das Thema anging:

— Sie haben sicher eine Ahnung, weshalb ich Ihre Frau gebeten habe, dieses Treffen zu vereinbaren?
Nicht sehr überzeugend schüttelte der andere den Kopf.
— Hören Sie, Beltramini, Sie kommen aus einer Gegend, wo man auf das Wesentliche achtet; und auch ich will nicht lange um den heißen Brei herumreden. Ich bin auf dem Laufenden über die Episode mit dem Türschloss und dem Attack.
— Wie kommen Sie dazu? Hat Maddalena Ihnen das gesagt?
— Nein, log Spotorno. Wir sind von der Polizei, Beltramini: Wir werden dafür bezahlt, solche Dinge zu wissen.
Der Mann war noch bleicher geworden, auf seiner Stirn glänzte der Schweiß. Er rang sich ein schwaches Lächeln ab, wie unter bröckelnder Schminke.
— Ein böser Bubenstreich, Kommissar. Ein Scherz.
— Genau wie der Brandanschlag vor vier Jahren? Erzählen wir uns doch hier keine Märchen, Beltramini. Dafür leben Sie seit viel zu vielen Jahren schon in dieser Stadt. Und vor allem – Sie arbeiten hier.
Er zog das Blatt aus seinem Jackett, auf das er die Zahlen aus den Bilanzen der Agentur notiert hatte, faltete es

auseinander und legte es ihm vor. Beltramini ließ es auf dem Tischchen liegen, als fürchtete er, es könnte sich gegen ihn erheben, doch er reckte den Hals, um es zu lesen.
— Sagen Ihnen diese Zahlen etwas?
Wieder schüttelte der andere den Kopf. Seinen Gin Tonic hatte er noch nicht angerührt.
— Das sind die Umsätze der Beltramini Travel aus den letzten zehn Jahren. Nun müssten Sie mir den einen merkwürdigen Umstand erklären: Wie kommt es, dass die Jahresbilanzen sich zunächst kaum von den Durchschnittsumsätzen der regionalen Reiseagenturen in vergleichbarer Größe unterscheiden, in den letzten drei Jahren aber schwellen sie an und vervierfachen sich beinahe? Wie geht so was, Beltramini? Eine solch bemerkenswerte Gewinnsteigerung?

Manlio Beltramini schluckte. Er sah sich nach etwas um, an dem sein Blick Halt finden würde. Da, das Glas vor ihm. Er griff danach und trank gierig mehr als die Hälfte des Inhalts.
— Die Agentur ist gewachsen, Herr Kommissar. Wir erleben goldene Zeiten.
Das kam nicht als knappe, stolze Antwort, aus dem Mund eines Mannes, der sich seinen Platz an der Sonne erobert hat, sondern als mitleiderregendes und gerade noch verständliches Gestammel. Beltramini hatte Angst. Aber nicht notwendigerweise vor Spotorno. Oder nicht nur vor ihm. Spotorno ließ einige Sekunden verstreichen, bevor er zu einer Erwiderung ansetzte.
— Erzählen wir uns hier doch keinen Scheiß, Beltramini!, zischelte er. Soweit ich weiß, läuft es derzeit in der Branche überhaupt nicht gut. Und ich weiß auch, dass für Ihre Agentur gerade eine echte Dürreperiode angesagt ist. Sie haben nur wenige Kunden. Und die wenigen, die kommen, wollen obendrein nicht viel ausgeben. Aber das ist noch das Geringste. Sie wissen, was ich meine: Sieben Jahre hintereinander liegen Ihre Umsätze auf einer

Linie mit dem Durchschnitt, bei maximal fünfhundert und ein paar zerquetschten Millionen Lire. Das Jahr darauf schlägt da urplötzlich ein Umsatz von mehr als einer Milliarde zu Buche. Und was ist geschehen im Interregnum zwischen Normalumsatz und dem ersten Wunderumsatz? Geschehen ist, dass jemand versucht hat, Feuer in der Beltramini Travel zu legen. Ein Zufall? Los, Beltramini, wir sind doch volljährig und trocken hinter den Ohren – keiner von uns kann ernsthaft glauben, dass es in einer Stadt wie dieser Zufälle gibt. Das wäre wie an die Befana glauben, die auf einem Besen durch die Lüfte reitet.

Beltramini leerte seinen Gin Tonic in einem Zug und schien wieder klarer zu sehen. Spotorno kam es so vor, als nickte er als Antwort auf einen eigenen inneren Dialog, dann sagte er mit fester Stimme:

— Ich will Ihnen eine Episode schildern, Herr Kommissar, deren zufälliger Zeuge ich vor einigen Jahren war. Kurz vor dem kleinen Brand in der Agentur. Ich war zu einer Tagung kleinerer und mittelgroßer Unternehmen eingeladen, ein bilaterales Treffen, an dem auch eine Delegation aus einigen Ländern des Maghreb teilnahm. Es handelte sich um eine jener Promotionsveranstaltungen der Region, die letztendlich nichts *promoten*, außer dass sich die Völker gegenseitig kennenlernen. Ort des Geschehens: Palazzo dei Normanni, Sitz des Sizilianischen Regionalparlaments. Beim Abschlussumtrunk im Gelben Saal trafen wir Einheimischen wieder aufeinander und plauderten mehr oder weniger informell. Nach so vielen Jahren, die ich schon in dieser Stadt arbeite, schließe ich mich vorübergehend in diesen Personenkreis ein, wenn Sie gestatten. Stellen Sie sich das Ganze bildhaft vor: auf der einen Seite wir, auf der anderen die Ausländer, außerdem zahlreiche Abgeordnete des Regionalparlaments vom Mehrheitsflügel und von der Opposition. Sowie andere Funktionäre. Und auch Ihre Kollegen. In Uniform und vermutlich so mancher auch inkognito. An einem bestimmten Punkt landeten wir beim Thema der schwierigen Bedingungen, dem besonderen Kontext, in dem sich jeder wiederfindet, der in dieser Stadt ein kleines oder mittleres Unternehmen führt. Und in diesem Zusammenhang sagte ein mir unbekannter Mann, Inhaber irgendeines Industriebetriebs in Brancaccio, einen Satz, der mir das Blut in den Adern gefrieren ließ: Das wahre Problem, sagte er, sei nicht das Bezahlen als solches, sondern herauszufinden, an *wen* man bezahlen muss. Er bezog sich auf den *pizzo*, das Schutzgeld. Sie wissen besser als ich, es herrschte ein Machtvakuum unter den Clans, es kam zu Verhaftungen, Morden, den berüchtigten *lupara bianca**. Niemand wusste mehr so recht, wer eigentlich das Kommando hatte. Mein gesamtes Wissen über diese Dinge stammte aus der Zeitung. Der Mann erzählte weiter, dass an einem Tag der eine kam und die Hand aufhielt, den Tag darauf ein anderer, dann noch ein Dritter. Und jeder von ihnen pochte darauf, der Richtige zu sein. Am Ende hat er alle drei bezahlt. Wenig nur, aber alle, die bei ihm anklopften, hat er bezahlt. Bis eines Nachts sein Sohn nach Hause kam und erzählte, dass am Ausgang der Diskothek zwei Kerle ihm ein Messer an die Kehle gesetzt und ihn gezwungen hatten, ihnen seine Goldarmbanduhr auszuhändigen. Er streifte sie ab, sie nahmen sie, zerstampften sie unter ihren Absätzen, und weg waren sie. Tags darauf bekam er einen Anruf in der Fabrik, der den Besuch eines Emissärs ankündigte: Der Einzige, der von diesem Moment an befugt sei, für wen auch immer, das Geld einzutreiben. Andernfalls würde man seinem Sohn beim nächsten Mal tatsächlich die Kehle durchschneiden. Und damit war endlich klar, wer das Sagen hatte. Die anderen waren nur so etwas wie Trittbrettfahrer.

* Morde, bei denen man das Opfer verschwinden lässt.

Er machte eine Pause, hob sein Glas zum Mund und merkte erst dann, dass es leer war. Spotorno machte einem Kellner im Hintergrund ein Zeichen, ihm ein neues zu bringen.
Beltramini schien wie verwandelt, plötzlich zeigte er Mumm. Es kam beinahe einer Metamorphose gleich.
— Aber wissen Sie, weshalb mir das Blut in den Adern gefror?, fuhr er fort. Weil der Mann diese Dinge in einem so beiläufigen Ton in aller Öffentlichkeit erzählte, völlig unbekümmert, wen er da um sich hatte, so als würde er sich nur vor seinen Freunden mit einer Eroberung brüsten. Und den Gesichtern nach zu urteilen, war das eine Erfahrung, die viele der Anwesenden mit ihm teilten. Es war sogar ein Abgeordneter zugegen, der noch am Vortag in der Presse dem Verbrechersyndikat mit Feuer und Schwefel gedroht hatte und der jetzt so tat, als hätte er nichts bemerkt, und sich davonschlich. Was denken Sie, wie ich mich gefühlt habe, als sie versucht haben, mir die Agentur abzufackeln?

— Sagen Sie es mir, Beltramini.
— Wie meine Schwiegermutter sich auszudrücken pflegt: Mir lief die Galle über. Ich habe an meine Kinder gedacht, an Maddalena.
— Und was ist nach dem Anschlag passiert?
— Das, was geschehen musste. Eine Woche später, wir hatten gerade alles wiederhergerichtet, die Schäden beseitigt, angefangen, uns langsam zu entspannen. Da kam der Anruf. Immer dieselbe Stimme.
— Dieselbe, inwiefern?
— Es hatte vor dem Anschlag schon einige Anrufe gegeben. Und davor war ein Typ um die Dreißig in der Agentur aufgetaucht. Irgendein Gangster, aber das habe ich erst später kapiert. Er wollte wissen, ob bei uns alles *ordnungsgemäß läuft*. Er argumentierte seltsam, machte Anspielungen, schwafelte herum, ohne auf den Punkt zu kommen. Glauben Sie mir, Herr Kommissar, ich habe in

der Situation absolut nicht begriffen, was zum Teufel er überhaupt wollte. Bis heute habe ich mich nicht an eure Art, zu argumentieren und Probleme anzugehen, gewöhnt. Das scheint mein persönliches Handicap zu sein. Seit dreitausend Jahren betreibt ihr diese Art von Politik. Die saugt ihr schon mit der Muttermilch ein. Ihr sprecht wenig, aber wenn, dann so, dass keine normale Person auch nur das Geringste begreift, und nur der Himmel weiß, was in eurem Kopf vorgeht. Ihr tut nichts anderes, als über Weiber zu reden, aber euer Wahlspruch lautet: Kommandieren ist besser als ficken. So wird's wohl sein, klingt aber für mich mehr nach einem treffsicheren Motto von Impotenten. Wie die Geschichte vom Fuchs und den Trauben. Ohne jemanden zu nahe zu treten, aber meines Erachtens nach laufen die Dinge bei uns besser. Von der Lega mal abgesehen, das ist klar. Bei denen kriege selbst ich das Kotzen, auch ohne empfindlichen Magen. Manchmal frage ich mich, ob ich nicht besser in den Norden zurückkehren soll, damit meinen Kindern mal ein anderer Wind um die Nase weht, aber wenn ich dann an diese Leute dort denke … Es ist nur eine Handvoll, aber Sie werden schon sehen, was die in ein paar Jahren angerichtet haben werden.

— Lassen Sie uns noch mal auf die Anrufe zu sprechen kommen.

— Ja, natürlich, entschuldigen Sie. Der erste kam noch am selben Abend nach dem Besuch dieses Gangsters, diesem Mafioso. Diesmal haben sie Klartext geredet: Sie wollten Geld, eine bestimmte Summe pro Monat, die es mir erlauben würde, unbehelligt meiner Arbeit nachzugehen.

— Und was haben Sie denen gesagt?

— Es war eine harte Zeit, Herr Kommissar. Absolute Flaute. Uns stand das Wasser bis zum Hals. Alles, was wir herausziehen konnten, haben die verdammten Banken für die Zinsen kassiert. Ich hab das dem Typen am Tele-

fon erklärt. Er hat aufgelegt. Dann kamen weitere zwei Anrufe, immer dieselbe Stimme, mit diesem schrecklichen Akzent, der nur dafür gemacht scheint, Leute von auswärts zu erschrecken. Kennen Sie den Film *Der Pate*? Erinnern Sie sich noch an den Killer Luca Brasi? Jedes Mal, wenn ich diese Stimme hörte, hatte ich sofort Luca Brasi vor Augen. Ein Alptraum. Dann kam der Brandanschlag, um mich endgültig zu überzeugen.
— Und waren Sie dann überzeugt?
— Überzeugt? Überzeugt war ich schon vorher. Aber die Agentur stand kurz vor der Pleite, und es gab kaum noch etwas herauszuquetschen.
— Und Sie sind nicht auf die Idee gekommen, Anzeige zu erstatten, sich an die Polizei, die Carabinieri oder die Staatsanwaltschaft zu wenden, wie man es in einem zivilen Land tut?
— Sie bezeichnen dieses Land als zivil? Wissen Sie, was ich nach der Geschichte aus dem Palazzo dei Normanni befürchtet habe? Dass man mich für verrückt erklären und wegsperren würde, anstatt Jagd auf die anderen zu machen, falls ich Anzeige erstattete.
— Es gibt Leute, die haben es getan, es gibt welche, die sich an uns gewandt haben.
— Und was haben die erreicht, diese Leute, Herr Kommissar? Ihr ganzes Leben in Angst und Schrecken hinter gepanzerten Türen zu verbringen? Mit dem Alptraum zu leben, dass man ihnen früher oder später die Schutzmaßnahmen wieder entzieht?
— Und Sie, was haben Sie stattdessen erreicht?, sagte Spotorno und konnte einen leichten Ton der Verachtung nicht unterdrücken.
Es genügte ein Blick auf seine Bilanzen, um zu verstehen, was er erreicht hatte. Auch wenn nicht gesagt war, dass alles Gold war, was …
Beltramini fuhr auf:
— Sparen Sie sich ihre Schelte, Herr Kommissar. Ihr

habt leicht reden mit eurem »erstattet Anzeige«, »erstattet Anzeige«. Aber wir sind diejenigen, die den Kopf hinhalten. Und was tut denn der Staat?
Spotorno überkam das dringende Bedürfnis, ihn an seinem Schnurrbart zu packen. Er dachte an die ermordeten Kollegen. Lohnte es sich überhaupt, sich mit den vielen Beltraminis in aller Welt zu befassen? Er beherrschte sich, Maddalena zuliebe.
— Kommen wir noch einmal auf den Brandanschlag zurück, sagte er. Was geschah nach dem Anruf?
— Jetzt kommt das Beste. Mich hatte die kalte Wut gepackt, ich habe den Anrufer angebrüllt, dass er mir einen Gefallen täte, wenn er mich kaltmachte, und wenn er käme, könnte er sich sehr gern meine Bilanzen ansehen, schwarz auf weiß. Die überzogenen Bankkonten. Die Schulden. Er hat zugehört, ohne mich zu unterbrechen, dann hat er aufgelegt. Am Tag darauf ging ich aus dem Haus, als wäre nichts geschehen, woher ich den Mut dazu nahm, weiß ich nicht. Ich habe erwartet, vor einer zerstörten Agentur zu stehen. Und den ganzen Vormittag habe ich das große Zittern gekriegt, sobald das Telefon klingelte oder eine unbekannte Person hereinkam.
— Und stattdessen?
— Stattdessen kam Rosario.
— Rosario?
— Rosario hat eine Zeitlang für die Agentur gearbeitet, müssen Sie wissen, Herr Kommissar. Doch es gab wenig zu tun, und der Publikumsverkehr war nichts für ihn. Wenn er in Rage geriet, war er imstande, einem Kunden ins Gesicht zu sagen, er solle sich verpissen. Sehen Sie, ich bin ein aufgeschlossener Mensch, mir gelingt es mit jedem, einen gemeinsamen Nenner zu finden, aber ich muss Ihnen gestehen, dass es mir nie gelungen ist, mit Rosario auch nur in einem Punkt übereinzustimmen. Wir sind charakterlich inkompatibel. Insofern war ich ziemlich überrascht, als ich ihn kommen sah. Selbst am Tag

nach dem Brandanschlag war er nicht aufgetaucht. Später hat Maddalena mir erzählt, dass sie ihn gebeten hatte zu kommen. Sie hatte mein Telefonat mit diesem Mafioso mitgekriegt und war zu Tode erschrocken. Über die Dinge, die in der Agentur geschehen, ist sie nicht im Bilde. Sie weiß nur in groben Zügen Bescheid: Ob es gerade gut oder schlecht läuft, solche Sachen. Sie kennt keine Bilanzen. Erst seit Kurzem kommt sie häufiger, hilft hie und da, wenn Not am Mann ist.

— Und Rosario?

— Rosario. Rosario war einmalig. So unzuverlässig er in pragmatischen Fragen war, so großzügig war er in emotionaler Hinsicht, also in puncto Freundschaft, Solidarität und so weiter. Er hat mir Stück für Stück jedes einzelne Detail aus der Nase gezogen. Wobei er dafür, um ehrlich zu sein, nicht viel Überredungskunst gebraucht hat, denn ich war in einer Verfassung … Er hatte keine Ahnung, dass die Agentur vor dem Aus stand. Schlussendlich musste ich ihm gestehen, dass ich innerhalb von achtundvierzig Stunden fünfundzwanzig Millionen Lire auftreiben musste. Andernfalls bliebe mir nichts anderes übrig, als mir in den Kopf zu schießen. Ich meinte das nicht wortwörtlich, denn ich hatte ja keinen Revolver, habe auch heute keinen. Rosario jedenfalls, der schon von Natur aus mit einer Totengräbermiene durch die Welt ging, wurde noch finsterer. Er sagte eine Weile lang gar nichts und meinte dann, dass ich bis zum nächsten Tag nichts unternehmen und seine Nachricht abwarten sollte.

— Und am nächsten Tag?

— Am nächsten Tag hat Rosario mich angerufen und gesagt, ich solle zu einer bestimmten Stelle an der Küstenstraße von Ficarazzi kommen; das ist ein Abschnitt, wo die Straße erst einsinkt, dann wieder am Strand entlang weiterführt. Ich fahre also los, und an der vereinbarten Stelle treffe ich ihn zusammen mit einem Typen um die Dreißig in einem himmelblauen Fiat 127.

— Der Wagen des Mordanschlags.
— Genau. Rosario hatte ihn im Jahr zuvor als Gebrauchtwagen gekauft.
— Von wem?
— Keine Ahnung.
— Und der andere Typ war Gaspare Mancuso, genannt Asparino. Der andere Tote.
— Ja, aber das wusste ich damals noch nicht. Glauben Sie mir, Herr Kommissar, erst nachdem sie die beiden ermordet hatten, habe ich erfahren, wer er ist. Ich habe in dieser Stadt ziemlich schnell gelernt, keine unnötigen Fragen zu stellen. Das Gesicht dieses Typen und sein Gebaren waren wahrlich nicht vertrauenerweckend. Er hatte eine Tasche aus Wachstuch mit fünfundzwanzig Millionen in vorwiegend kleinen, allesamt gebrauchten Scheinen bei sich.
— Genau das, was Sie in dem Moment brauchten. Und das war bestimmt kein Akt der Wohltätigkeit, nehme ich doch mal an.
— Ein Darlehen. Damit ich kurz Luft holen und mich über Wasser halten konnte.
— Und welche Garantien mussten Sie dafür geben?
— Rosarios Ehrenwort hat genügt. Ich brauchte kaum den Mund aufzumachen. Er hat alles geregelt. Und nur um das klarzustellen, Herr Kommissar, ich habe mir nicht eine Sekunde lang eingebildet, er täte das für mich. Er hat es für Maddalena getan und für die Kinder. Die Blutsbande sind hierzulande heilig. Auch das habe ich vom ersten Moment an gelernt. Ich musste mich verpflichten, das Geld innerhalb von zwei Jahren mit einem vernünftigen Zinssatz, nur wenig höher als der der Banken, zurückzuzahlen. Unter den gegebenen Umständen war es das Mindeste.
— Beltramini, bitte nennen Sie mir irgendeinen Grund, weshalb ich an diese absurde Geschichte glauben soll. Sie wollen mir doch nicht weismachen, dass ein kleiner,

aufstrebender Stadtrandmafioso Ihnen fünfundzwanzig Millionen Lira in die Hand drückt und sich dafür mit dem Ehrenwort Ihres Schwagers zufriedengibt, mit dem Sie nie ein gutes Verhältnis hatten? Kommen Sie, Beltramini, für wie blöd halten Sie mich?

— Ich schwöre es, Herr Kommissar. Die Sache ist genauso gelaufen, wie ich Ihnen gesagt habe. Und wer hätte sich damals vorstellen können, dass Mancuso so einer war? Ein Detail gibt es da allerdings noch. Ich bilde mir ein, ein wenig von Psychologie zu verstehen. Ich beobachte die Menschen, wenn sie miteinander sprechen. So begreife ich das jeweilige Machtgefälle. Dieser Mancuso war jünger als Rosario. Aber er hatte Charisma. Das, was Rosario fehlte. Von außen besehen, schien es, als hätte Rosario die Fäden in der Hand; sah man jedoch genauer hin, dann beherrschte die andere Seite das ganze Spiel. Rosario drehte sich nach jedem Satz zu ihm um, versuchte, seine Reaktion zu deuten, ob er dem, was er mir da gerade erzählte, zustimmte oder nicht. Maddalena hat mir gesagt, dass Rosario schon in der Grundschule so gewesen sei.

— So wie?

— Ich habe es Ihnen schon gesagt: naiv, großzügig. Einer, der für seine Freunde das letzte Hemd gab, ohne sich je die Frage zu stellen, *wer* denn eigentlich die Personen waren, mit denen er sich so gerne umgab. Am Ende fiel er immer gewaltig auf die Schnauze. Und er war auch einer, der sich ziemlich weit aus dem Fenster lehnte, immer bereit, seine Freunde zu begünstigen und Versprechungen zu machen. Es handelte sich immer um neue Freunde, denn seine Freundschaften waren nie von längerer Dauer. Mancuso konnte er noch nicht lange gekannt haben.

Allerdings war diese Freundschaft doch von längerer Dauer, sagte sich Spotorno, bedenkt man, dass die beiden vier Jahre später zusammen ermordet wurden.

— Und die fünfundzwanzig Millionen und ihre Geschäftsbilanzen? Wie ging es damit weiter?
— Danach kam die Wende. Ein wahrer Glücksfall. Es war kaum eine Woche später – Anfang Januar, glaube ich – da trudelte die Anfrage eines stellvertretenden Rektors einer Oberschule ein, der mit seinen neunten Klassen eine Studienreise nach London machen wollte. Zweihundertfünfzig Personen einschließlich Begleitpersonen: Vollpension, Fahrt und Ausflüge. Ein großer Deal. Damit begann der Aufschwung. Ich habe die größten Verrenkungen gemacht, um die bestmöglichen Bedingungen herauszuholen. Um jeden Preis musste ich diesen Auftrag an Land ziehen. Zum Glück konnte ich auf ausgezeichnete Kontakte nach London setzen und der Schule ein märchenhaftes Pauschalangebot unterbreiten, inklusive Charterflügen und einigen preiswerten Hotels. Damit war die Sache geritzt.

Spotorno durchzuckte ein Gedanke.
— Wo befindet sich diese Schule?
— Im Stadtteil La Noce.
Das ist Mancusos Viertel, dachte Spotorno. Reiner Zufall? Wohl kaum …
Beltramini sah ihn forschend an. Hatte er nicht gesagt, er würde die Einheimischen nicht verstehen, wenn sie redeten. Aber vielleicht war er imstande, ihren Gedankengängen zu folgen.
Ob er Beltramini womöglich unterschätzte?
— Er hatte nicht die Stimme von Luca Brasi, sagte Beltramini, es war nicht Mancuso, der da anrief.
Ganz offensichtlich konnte er Gedanken lesen.
— Ein einzelner Auftrag für eine Studienreise kann keinen so grundlegenden Wandel herbeigeführt haben, sagte Spotorno.
— Das stimmt. Aber er war ja auch nicht der Einzige. Sehen Sie, Herr Kommissar, es entspricht den Tatsachen, dass bei uns nur wenige Kunden ein- und ausgehen, wie

man Ihnen berichtet hat. Es sind relativ wenige, aber einige von ihnen repräsentieren Hunderte von Personen. Das Hauptgeschäft von Beltramini Travel ist das Zusammenstellen und die Durchführung derartiger Packages. Das hat sich herumgesprochen. Wir haben uns einen Namen gemacht. Hin und wieder organisieren wir auch Zugfahrten nach Lourdes. Oft sind es dieselben jungen Leute, die früher bei unseren Studienreisen dabei waren und die sich dann als freiwillige Reisebegleiter anbieten. Es ist nicht alles Mystizismus hier. Es gibt noch den, wir nennen ihn, den Keimdrüsen-Koeffizienten, also wenn junge Menschen im Sturm der Hormone Gelegenheiten zur »Interaktion« wittern und sich für solche Fahrten melden.

Beltramini übertrieb. Er hatte das Prinzip des Sagens und Doch-nichts-Sagens bestens verinnerlicht. Und das Nichts-Sagen kaschierte er mit Zu-viel-Sagen. Spotorno hatte jetzt auf alle Fälle genug.

Er beschloss, seine Strategie mitten im Lauf zu ändern. Er hätte Beltramini mit der Steuerfahndung drohen können. Eine systematische, detaillierte Prüfung der Bilanzen hätte jeden nur denkbaren Betrug aufgedeckt. Aber ein solcher Antrag musste über den Schreibtisch des stellvertretenden Staatsanwalts De Vecchi gehen. Und Spotorno traute De Vecchi nicht. Er war zu versessen darauf, den Leuten Handschellen anzulegen. Sein Übereifer könnte am Ende alles ruinieren. Er traute auch der Steuerfahndung nicht besonders, die immer etwas fand, auch dort, wo es nichts zu finden gab. Zudem war sie ganz eng mit De Vecchi.

Ein Eingreifen der Steuerfahndung hätte außerdem die Männer des Attack alarmiert – wer auch immer sie sein mochten –, und die sollten ja keinen Verdacht schöpfen, dass der Kommissar ihnen auf den Fersen war.

Besser also, wenn Beltramini überzeugt war, dass er alles geschluckt hätte. Nun, alles vielleicht nicht, das wäre kaum glaubwürdig. Er würde ihm eine dieser verschlungenen Reden angedeihen lassen, die Beltramini so kryptisch fand.

— Ist gut, Beltramini, fürs Erste reicht das. Aber vergessen sie nicht, in der Natur gibt es das absolute Nichts nicht. Das ist ein Gesetz der Physik. Wo sich vorübergehend ein leerer Raum bildet, erscheint sofort etwas, das ihn besetzt. Das gilt auch für die Menschen. Und wenn das passiert, dann handeln Sie diesmal nicht nach ihrem Kopf. Sie wissen, wo Sie mich finden können. Grüßen Sie Maddalena von mir.

Amalias Schuldgefühle – und die von Spotorno

Amalia war bei ihrem Selbstfindungs-Abendessen. Ein paar Mal pro Jahr traf sich ein Grüppchen alter Freundinnen, ehemalige Schulkameradinnen aus den Zeiten des Gymnasiums, die es geschafft hatten, sich im Laufe der Zeit nicht völlig aus den Augen zu verlieren. Ort des Geschehens war ein Restaurant, und Ehemänner waren nicht zugelassen. Tief in der Nacht und mit einem Alkoholpegel deutlich über dem von normalen Tagen kehrten sie zurück in den ehelichen Hafen. Wehe man wollte Einzelheiten von ihnen wissen.

Amalia war bei ihrem Selbstfindungs-Abendessen, und Spotorno saß ganz allein auf der Veranda und verspeiste sein Essen vor laufendem Fernseher, aber ohne Ton. Fade Sommergesichter glitten über die Mattscheibe, und ließen hohle Gedankenwelten und banales Blabla erahnen.

Die Jungs waren bei Maruzza La Marca, der Schwester von Lorenzo, auf dem Land. Ihr Ehemann Armando hatte sie Tags zuvor mit dem Wagen abgeholt. Zusammen mit den drei Söhnen von Maruzza und Armando ergab das eine perfekte *kriminelle Vereinigung*, die in dem alten Landhaus vermutlich keinen Stein mehr auf dem anderen lassen würde.

Nach der Begegnung mit Beltramini war Spotorno lange unschlüssig, ob er direkt nach Hause fahren oder einen

Happen in einer schmuddeligen Tavola Calda essen sollte, um danach mit ein paar Schritten durchs Zentrum schlechtes Essen und Erregung in einem Durchgang zu verdauen.

Die Unterredung hatte bei ihm eine Unruhe hinterlassen, die streckenweise an Euphorie grenzte. Schließlich gab er sich einen Ruck und fuhr nach Hause, was sich als kluge Entscheidung erwies. Amalia hatte für ihn eine ganze Kasserolle Sardinenklößchen in Tomatensauce mit Minze zubereitet, und die genoss er jetzt zusammen mit einem schön kalten Rosé, ein wahrer Seelenbalsam.

Es sah so aus, als hätte sich Amalia wegen ihres exklusiven Treffens ein gewisses Schuldgefühl nicht verkneifen können, und wollte das auf gastronomischem Wege wettmachen: Sardinenklößchen gehörten zu Spotornos Lieblingsgerichten. Und später dann würde sie – der Kommissar wusste das nur allzu gut – in einem Zustand schmachtender Zuneigung ins traute Heim zurückkehren und dieses Wohlwollen vor dem Ins-Bett-Schlüpfen mit einem Hauch Acqua di Parma auf dem ganzen Körper noch betonen. Es war vermutlich kein Zufall, dass sie an diesem Abend den Knoblauch aus den Klößchen weggelassen hatte.

Er ließ die Unterredung mit Beltramini Revue passieren, visuell und akustisch; auch den Satz, den er während seines ersten Praktikums in den USA aus dem Mund eines italo-amerikanischen Fachmanns gehört hatte: Geldwäsche aufdecken oder ihr vorbeugen, ist wie Gelatine an die Wand nageln.

Ohne Maddalenas Anruf hätte er vielleicht nie erfahren, dass die Beltramini Travel eine der unzähligen Unternehmen war, die Gelder aus Drogengeschäften reinwuschen, aus Erpressungen, Zigarettenschmuggel, illegalem Totospiel, Prostitution und wer weiß aus wie vielen anderen Quellen noch: Geld, das offiziell nirgends auftauchen durfte.

Ein kleines Wäschereiunternehmen. Die Amerikaner hatten dafür den Begriff *laundering* geprägt. Aus diesen Prozeduren tauchten jene Gelder so unbefleckt wieder auf wie aus der Almosenkasse einer Lutherischen Kirche. Und die regelmäßig gezahlten Steuerabgaben verliehen ihnen die Stigmata für eine endgültige Heiligsprechung. Ein höchst ehrenwerter Stammbaum. Von dem aus die Gelder erhobenen Hauptes über die Straßen der Welt stolzierten.

Eine Reiseagentur mit tragfähigen Verbindungen ins Ausland bot zusätzliche Vorteile: nämlich die Möglichkeit, anhand aufgeblähter oder gar fingierter Rechnungen Kapital ins Ausland zu schleusen. Würden die Beamten der Steuerfahndung die Unterlagen für die Schul- und Studienreisen überprüfen, darauf ging Spotorno jede Wette ein, würden sie feststellen, dass die an die Reiseveranstalter in London überwiesenen Rechnungsbeträge über dem lagen, was die Reiseteilnehmer insgesamt bezahlt hatten. Der Überschuss war die zu *waschende* Quote.

Um das Risiko niedrig zu halten, musste man die Sache bedachtsam angehen. Ohne zu übertreiben. Relativ bescheidene Schwarzgeldsummen hinter der wenig auffälligen Fassade einer hübschen Anzahl von Geschäften und kleinen Unternehmen weißzuwaschen, erwies sich als wesentlich weniger riskant, als riesige Summen über ein einziges Großunternehmen laufen zu lassen. Im Süden standen die großen Unternehmen viel zu sehr im Rampenlicht, und es gab zu wenige von ihnen, als dass sie auf einen Tarneffekt in der Masse hätten hoffen können.

Bei kleineren Betrieben, die von Zeit zu Zeit ins Visier der Ermittlungen gerieten, hielt sich zudem ein möglicher Schaden in Grenzen. Dann weinte nur das eine Auge. Das Geschäft wurde beschlagnahmt, und manchmal passierte es, dass ein unbedarfter Richter von der Abteilung Präventivmaßnahmen für dessen Überwachung einen Verwalter bestellte, der just zu der Mafiafamilie geheime

Verbindungen unterhielt, der das beschlagnahmte Eigentum gehörte. Eine Lösung im Stile Pirandellos. Und wieder einmal »herrscht Ordnung in Warschau«.

Spotorno war sich bewusst, dass es solche Operationen auch auf ganz anderem Niveau gab, in anderen Kontexten. Machenschaften der Hochfinanz. Illegale Pilgerstätten. Nichts, was in Reichweite eines Typen wie Gaspare Mancuso, genannt Asparino, und seiner Entourage gewesen wäre. Selbst wenn man Beltraminis Einschätzung zum Charisma des Verstorbenen in Betracht zog, blieb Mancuso ein Vorstadtmafioso, ein *picciotto* aus dem Hinterzimmer eines Wursthändlers. Mit Ambitionen, die durch Schüsse aus einer Kaliber achtunddreißig ein allzu frühes Ende gefunden hatten.

Was ihn im Verlauf des Gesprächs am meisten beeindruckt hatte, war die schrittweise Wandlung Beltraminis. Anfangs schien er noch zu zittern, wurde dann aber immer beherzter. Vielleicht hatte er tatsächlich Angst vor Spotorno gehabt, bis ihm klar wurde, dass der Kommissar nur die Zahlen der Bilanzen in der Hand hatte, die er doch so gut begründen konnte. Und dann musste er denselben Fehler begangen haben wie Spotorno: den anderen zu unterschätzen.

Andererseits, wenn er nach dem Brandanschlag gegenüber Mancuso »Einsicht« gezeigt hatte, warum sollte er das nicht auch bei den Männern des Attack tun, die früher oder später vorstellig werden würden, um den durch Mancuso freigewordenen Platz für sich zu reklamieren? Inzwischen kannte er ja die Spielregeln. Und Mancusos Nachfolger hatten sicher kein Interesse daran, einen so gut geölten Mechanismus zum Stillstand zu bringen. Nach der Angst, die er wegen Mancusos und Rosarios Tod verspürte – Angst, die mit der Attack-Geschichte neuen Zündstoff gekriegt hatte –, war das vermutlich genau die Schlussfolgerung, zu der Beltramini im Verlauf der Unterhaltung selbst gekommen war.

Er versuchte, sich vorzustellen, auf welchen Wegen Mancuso stiller Teilhaber – wenn nicht gar der *wahre* Patron – der Beltramini Travel geworden war. Seine Version erschien glaubhaft, aber nur bis zu einem bestimmten Punkt. Und von da an stand sie im Widerspruch zu Spotornos Erfahrungen. Wäre es ein Film gewesen, er hätte das Drehbuch schreiben können, Szene für Szene. Jene zwei Jahre für die Rückzahlung der fünfundzwanzig Millionen in bequemen Raten, die es nicht einmal beim Kauf eines Automobils gäbe, waren weder im Himmel noch auf Erden realistisch. Die Freundschaft zwischen Mancuso und Rosario, was auch immer deren Ursprung war, hätte niemals als Mittel zur Abschreckung getaugt. Mit Mafia-Geld war nicht zu spaßen. So was ging nicht ohne die üblichen Wucherzinsen, mit einer schön *eng* gebundenen Krawatte um den Hals, die sich blitzschnell zuziehen konnte. Fünfundzwanzig Millionen auf die Hand waren nur denkbar mit Auflagen zur Rückzahlung in sehr *engen* Zeitspannen. Zu engen. Und mit untragbaren Zinsen.
So also hatte sich Beltramini in den Händen von Mancuso wiedergefunden. Und wie es manchmal geschieht, hatte er sich nach einer ersten Orientierungslosigkeit der neuen Situation angepasst. Die Agentur stand vor dem Abgrund. Und jetzt bot man ihm einen halben Ausweg.
Spotorno war sich sicher, dass in den so gut wie einseitigen Verhandlungen zwischen Mancuso und Beltramini nie brutale oder schwerverdauliche Vokabeln wie Geldwäsche oder Strohmann gefallen waren.
Ebenso sicher war er sich, dass weder der Rektor noch der stellvertretende Rektor oder die Sekretärin jener ersten Schule, die die Agentur zu neuem Leben erweckt hatte, je den Verdacht geäußert hatten, auf irgendeine Weise zu der Beltramini Travel *geschickt* worden zu sein. Das war viel zu riskant. Höchstwahrscheinlich war es so gelaufen, dass ein Elternvertreter im Schulbeirat spontan diesen Namen hatte einfließen lassen mit der Zusiche-

rung, dass es sich, was Preise und Zuverlässigkeit angeht, um das Nonplusultra handelte. Und die Beltramini, die vorgewarnt war, hatte sich nicht lumpen lassen und einen Kostenvoranschlag präsentiert, zu dem man nicht Nein sagen konnte. Ein Angebot zu Ramschpreisen. Der Rest ergab sich von selbst.

Die Agentur war auf ihre Kosten gekommen. Spotorno war die Ziffer nicht entgangen, die in der letzten Bilanz für den Geschäftsführer als Vergütung vorgesehen war: fünfzig Millionen brutto. Damit ließen sich keine großen Sprünge machen, aber man brauchte auch nicht am Hungertuch zu nagen. Hatte Maddalena nicht gesagt, dass die Dinge zwar nicht besonders gut, aber auch nicht wirklich katastrophal liefen? Sie kannte nur die Spitze des Eisbergs und nicht die eigentliche Masse unter Wasser. Aber auf die hatte auch ihr Ehemann wenig Einfluss. Er bedauerte es, die Bilanzen im Büro gelassen zu haben und war versucht, hinzufahren und sie sich zu holen. Aber es war schon fast elf, er war müde, und die Vorstellung, zwei Mal die ganze Stadt durchqueren zu müssen, brachte ihn zur Vernunft.

Er las ein wenig: die Seiten bei Bulgakow über Pontius Pilatus und seine Migräne, eine seiner Lieblingsstellen. Trotz Müdigkeit fand er nicht in den Schlaf und wälzte sich noch lange im Bett herum.

Die nächtliche Abwesenheit Amalias versetzte ihn wie immer in Unruhe. Merkwürdig wach nahm er durch den Filter des Halbschlafs, in dem sich die Schatten tummelten, ihr Heimkommen wahr. Ihre Ankunft musste ihn entspannt haben, denn als Amalia ins Bett kroch, schlief Spotorno tief und fest. Sie ließ ihn schlafen.

— Dottore …

Puleo stand zögernd mit einem Blatt in der Hand in der Tür, und Spotorno bedeutete ihm, hereinzukommen.

— Ich habe hier die Liste der Personen, die in der Beltramini Travel arbeiten, um die Sie mich gebeten hatten. Also: Beltramini Manlio, einziger Geschäftsführer. Mangano Cristina, Lo Sicco Sabrina und Alfano Filippa für die Kundenberatung. Sanfilippo Sebastiano, angestellt als Faktotum und Laufbursche.

— Save', von diesen vier Mitarbeitern will ich alles, aber restlos alles wissen. Wer sie sind, wo sie wohnen, seit wann sie in der Agentur arbeiten, wer ihre Väter, Mütter, Ehemänner, Ehefrauen, Brüder, Schwestern, Liebhaber sind, welche Schuhgröße sie tragen.

— In Ordnung.

— Und noch was. Ich will wissen, wie die Geschäftsanteile der Beltramini Travel aufgeteilt sind: Gesellschafter und Quoten. Also, wem sie formal gehört. Ja, gib dem Vorrang vor allem anderen. Und bitte, Save', absolute Diskretion. Über den Boden robbend, das Messer zwischen den Zähnen. Mach es wie das letzte Mal, gib vor, an mindestens fünf oder sechs Gesellschaften interessiert zu sein: vollständige Akteneinsicht, keine Beschränkung auf die Teilhaber. Erzähl weiterhin, du brauchst das für deine Diplomarbeit.

— Keine Sorge, Dottore. Aber mittlerweile gibt es ein paar Neuigkeiten.

— Schieß los!

— Spicuzza von der Spurensicherung hat angerufen. Er sagt – aber die Meldung ist noch nicht amtlich – dass die Waffen, mit denen auf Mancuso und Alamia geschossen wurde, noch nie in vorherigen Aktionen benutzt worden sind. Sie tauchen bei diesem Attentat zum ersten Mal auf. Und das machte es nun um einiges schwieriger, Verbindungen zu finden. Andernfalls wäre es ein Weg gewesen, etwas über die Auftraggeber in Erfahrung zu bringen. Die Mafiaclans verfügten über eigene Waffenarsenale, die sie ihren Waffenmeistern anvertrauten.

Spotorno las in Puleos Mimik. Er hatte offenbar noch mehr auf Lager:

— Was noch, Save'?
— Nichts Konkretes, Dottore. Aber ich bin an einige Informationen über Aurora Caminiti aus der Zeit vor ihrer Ehe mit Diego Sala gekommen.
Spotorno horchte auf:
— Ich bin ganz Ohr.
— Also, meinem Informanten zufolge hat sie bis zum Alter von zwanzig Jahren mit ihrer Familie – sie ist ein Einzelkind – im Viertel La Noce gewohnt, in derselben Straße, in der sich das Haus der Mancusos befand und noch immer befindet. Zwei aneinandergrenzende Gebäude waren das, und sie und Gaspare haben viel Zeit miteinander verbracht, standen sich ziemlich nahe. Sie waren auch zusammen in einer Klasse an der Handelsschule Duca degli Abruzzi, aber nur für ein Jahr. Dann hat Mancuso abgebrochen, die Caminiti hat bis zum Diplom weitergemacht. Sie ist Buchhalterin, hat aber nie in ihrem Beruf gearbeitet. Es wurde gemunkelt, dass zwischen Cousin und Cousine etwas lief, was ihre Eltern sicherlich nicht mit wohlwollendem Auge gesehen haben. Der Vater stammt aus einer Familie mit alten sozialistischen Traditionen, aber nicht etwa Sozialisten vom heutigen Schlag, Dottore. Jedenfalls haben sie irgendwann beschlossen, dass ihre Tochter ein anderes Umfeld braucht, und sind ins Acquasanta-Viertel umgezogen. Offiziell hieß es, da der Vater eine Stelle als Zimmermann bei einer Schiffsbaugesellschaft gefunden hatte, wäre von dort aus der Weg zur Arbeit einfacher. Aber das haben sie nur gesagt, um bei den Mancusos nicht in ein Wespennest zu stechen. In Wahrheit hatten sie jede Menge Vorbehalte gegenüber ihrem Neffen. Nicht zu Unrecht, würde ich mal behaupten, mit Verlaub. Das ist alles.
Spotorno kratzte sich nachdenklich am Kinn. Er wusste nicht, welche Bedeutung er den Informationen über Cousin und Cousine beimessen sollte. Aber brachte man Puleos Ausführungen mit Stellas Schlussfolgerungen in

Verbindung, drängte sich eine gewagte Hypothese auf … Allerdings war die Gefahr der Irreführung, recht konkret, weniger hinsichtlich der Ermittlungen als auf psychologischem Gebiet.
Er beschloss, die Informationen in einem nicht allzu abgelegenen Areal seines Gehirns zu deponieren, in Erwartung neuer Fakten.
Bei all dem war ihm bewusst, dass er das Schicksal gerade ein wenig herausforderte. Er hätte den stellvertretenden Staatsanwalt De Vecchi längst minutiös über alles in Kenntnis setzen müssen, doch er hatte sich ihm gegenüber auf ein paar allgemeine Informationen beschränkt. Schon am Telefon hatte De Vecchi ihm mit seiner unangenehmen schrillen Stimme kräftig den Kopf gewaschen und ihn der Inkompetenz bezichtigt. Und Spotorno hatte dem Himmel gedankt, dass er ihn nur angerufen und sich nicht persönlich in die Staatsanwaltschaft begeben hatte, sonst hätte er sich den Vizestaatsanwalt womöglich zur Brust genommen. De Vecchi war arrogant und stümperhaft. Zwei schwere Sünden im Wertekosmos des Herrn Kommissar.

Puleo kam mit den erwarteten neuen Informationen zurück:
— Hier sind sie, Dottore. Die Geschäftsanteile der Beltramini Travel liegen zu hundert Prozent in der Hand der DigiInvest GmbH. Die Gesellschaft existiert seit fünf Jahren, ich habe alle vier verfügbaren Bilanzen mitgebracht.
— Und weiter, Save', ich sehe es dir an, das Beste hast du dir bis zum Schluss aufgehoben.
Puleo errötete vor Zufriedenheit.
— Wissen Sie, wer die DigiInvest kontrolliert? Sebastiano Sanfilippo. Der Laufbursche der Beltramini Travel. Auf seinen Namen ist das gesamte Paket der Geschäftsanteile eingetragen.

Spotorno verschränkte die Hände hinterm Nacken, lehnte sich in seinem Stuhl zurück und streckte die Beine aus. So sieht ein Sieger aus, dachte Puleo jedes Mal, wenn der Kommissar diese Haltung einnahm, die mit einem besonders intensiven Funkeln in den Augen einherging.
Er schwieg, eine ganze Weile aber für jemanden wie Puleo, der üblicherweise die inneren Stimmen des Kommissars hörte, war es ein ohrenbetäubendes Schweigen.
— Den musst du auf Herz und Nieren überprüfen, Save', sagte er schließlich. Doch halten wir uns bedeckt. Offiziell wissen wir ja nicht einmal, dass der Kerl überhaupt existiert.

— Keine Sorge, Dottore.
Nachdem Puleo gegangen war, führte Spotorno sich die letzte Bilanz der DigiInvest zu Gemüte.
Es handelte sich um eine Investmentgesellschaft, die außer der Beltramini Travel auch noch ein Schickeria-Restaurant in der Stadt, einen Supermarkt, eine öffentliche Garage, eine Privatschule und eine Firma für Erdbewegungen in den Klauen hatte.
Die Sala & C.
Wenn Spotorno später an diese Momente zurückdachte, verblüffte ihn immer wieder die eigene Reaktion auf Diegos Auftauchen in den Ermittlungen.
Eigentlich war es das Ausbleiben der Verblüffung, nämlich die Erkenntnis, dass die drei einst frei verlaufenden Linien nun an einer neuen Schnittstelle zusammentrafen. Als wäre er schon von dem Moment an, als sich herausstellte, dass Diego der Ehemann der Dama Bianca ist, überzeugt gewesen, dass auch das dritte Element des alten Trios aus Rosario, Diego und Vittorio unweigerlich Teil der Ermittlungen sein würde.
Folglich flossen auch die Erträge der Firma von Diego Sala in die DigiInvest. Das Faktotum Sebastiano Sanfilippo war ein äußerst wohlhabender Mann. Auf dem Papier zumindest.

Ihn überkam das dringende Bedürfnis, etwas zu tun, etwas Handfestes. Was er dann wirklich tat, hätte jeder Außenstehende für vollkommen infantil gehalten. Er griff nach dem Telefon und wählte die Nummer der Firma Sala & C. Gleich beim ersten Läuten wurde abgenommen:
— *Pronto*?
Eine raue, grobschlächtige, nach Lungenemphysem klingende Stimme mit starkem Palermitanischem Tonfall, fast ein Bellen. Eine Stimme, bestens geeignet, um knappe und sehr unangenehme Befehle zu erteilen.
— Ich würde gerne mit Diego Sala sprechen, legte er sich in letzter Minute zurecht, ich bin Macaluso. Der erste Name, der ihm eingefallen war. Er hörte, wie der andere das Mikrophon bedeckte und »Macaluso« sagte. Weitere Sekunden, und eine andere Stimme erklang anstelle der ersten:
— Ja, bitte.
Nur vier Konsonanten und drei Vokale, aber die genügten völlig.
Eine gut geölte Stimme, strotzend vor Selbstsicherheit: eine kontrollierte, kalte, azurblaue Selbstsicherheit, wie Titanstahl – und die Andeutung eines gewissen Bildungsgrads.
Spotorno sagte nichts, atmete lediglich ganz ruhig und lauschte in den Hörer.
— *Pronto*?, fragte der andere noch einmal. Wer spricht da?
Spotorno blieb stumm. Er spürte, dass Diego vorsichtig geworden war, er fragte nicht erneut nach, legte aber auch nicht auf. Das Telefonat hatte sich in ein akustisches Duell verwandelt, ausgefochten mit der Waffe des Schweigens. Wie ein Blickduell zwischen zwei Unbekannten, bei dem es darum ging, wer zuerst den Blick senkte. Spotorno war im Vorteil, weil er wusste, von wem das Schweigen am anderen Ende der Leitung kam. Diego legte als Erster auf. Ohne einen Seufzer.
Spotorno überlegte einen Moment. Die Stimme, die zu-

erst am Telefon geantwortet hatte, erinnerte ihn an eine Äußerung von Beltramini.

Wieder griff er nach dem Telefon und wählte diesmal die Nummer der Agentur. Eine junge weibliche Stimme antwortete (Cristina, Sabrina oder Filippa?, fragte er sich überflüssigerweise). Er verlangte, mit Beltramini zu sprechen, und der antwortete in einem Ton, der verriet, dass er auf der Hut war.

— Hören Sie, Beltramini, Sie müssen etwas für mich tun. Ich diktiere Ihnen jetzt eine Telefonnummer. Sie rufen sofort dort an, verlangen, irgendjemanden zu sprechen, was weiß ich wen, erfinden Sie einen x-beliebigen Namen, Macaluso mal ausgenommen; dann tun Sie so, als hätten Sie sich verwählt, und legen auf. Gleich danach rufen Sie mich zurück.

— Und dann gewinne ich ein Stofftier? Ist das ein neues Spielchen, Kommissar?

— Tun Sie mir den Gefallen, Beltramini, machen Sie, was ich Ihnen gerade gesagt habe. Moment mal: Haben Sie die Möglichkeit, privat zu telefonieren, ich meine, ohne dass die Angestellten der Agentur es mitbekommen?

— Selbstverständlich! Ich habe doch mein eigenes Büro.

— Also, dann rufen Sie von Ihrem Büro aus an. Es ist wirklich wichtig.

Er diktierte ihm die Nummer der Sala & C. und dann seine Durchwahl.

Nach wenigen Minuten schon rief Beltramini ihn zurück.

— Das war er, Herr Kommissar. Der Mann, der vor vier Jahren zur Zeit des Brandanschlags angerufen und *pizzo* gefordert hat. An die Stimme würde ich mich in tausend Jahren noch erinnern. Ich bin beeindruckt. Wie haben Sie das angestellt? Und wer ist der Typ?

— Lassen Sie es gut sein, Beltramini. Forschen Sie nicht weiter nach. Aber sind Sie sicher, dass sie mir nicht noch etwas anderes zu sagen haben?

— Alles, was es zu wissen gibt, habe ich Ihnen gesagt,

Herr Kommissar. Und wenn es Ihnen nichts ausmacht, würde ich mich jetzt gern verabschieden. Sie haben mich rein zufällig noch erwischt, ich bin im Aufbruch und sollte längst auf dem Weg nach Punta Raisi sein.

Und das brachte Spotorno gleich auf den nächsten Gedanken. Wenn Beltramini unterwegs war, konnte er seine Abwesenheit nutzen und sich die Agentur ansehen; er würde sich als potenziellen Kunden ausgeben und sich dabei diesen Sebastiano Sanfilippo mal aus der Nähe anschauen. Den angeblichen Laufburschen der Beltramini Travel. Oder den angeblichen Chef der DigiInvest.

Oder was sonst noch?

Ein Blick auf die Uhr besagte, dass er vermutlich genau zu Beginn der Mittagspause in der Agentur eintreffen würde. Besser abwarten, bis sie wieder öffnete. Und hoffen, dass er dann Maddalena nicht über den Weg lief.

Er konnte einfach nicht länger stillsitzen. Eine Weile stand er am Fenster, versunken in den Anblick des Parks der Villa Bonanno und der Fassade der Theologischen Fakultät. Die Stunden, in denen die Sonne am höchsten stand, boten nicht gerade das Maximum. Er zog den anderen Extremmoment des Tages vor, wenn die fast horizontalen Sonnenstrahlen dem Laub und dem alten Gestein des Erzbischöflichen Palazzo ein weiches goldgelbes Strahlen verliehen, fast wie einen Heiligenschein.

Aber er gestattete es sich nicht, zu häufig nach draußen zu schauen, denn das Übermaß war dem ästhetischen Genuss abträglich. Und im Büro hatte er ohnehin selten Zeit für solche Dinge.

Er gönnte sich noch einige Momente, um ein Paar zu beobachten, das auf den kleinen Wegen des Parks in einem erbitterten Wortwechsel gefangen war, und er versuchte, vermittels ihrer Mimik etwas davon zu mitzubekommen. Es ging um Liebesdinge, klar, um was sonst. Er musste sich eingestehen, dass ihn ein Anflug von Neid überkam, ein wohlwollender aber viel zu nostalgischer Neid. Zum

Glück war niemand in Reichweite, der versucht hätte, *seine* Mimik zu deuten, die wie einbalsamiert erscheinen musste, reglos wie bei einer schönen Statue.

Er ging hinunter in die Bar, auf einen Toast und einen frisch Gepressten, gefolgt von zwei Kaffees. Hin und wieder grüßte ihn jemand, aber keiner richtete das Wort an ihn. Wenn der Herr Kommissar dieses Gesicht zur Schau trug, respektierten alle die stumme Botschaft. Als würde in Neonschrift ein »Nicht stören« auf seiner Stirn blinken.

Den chaotischen Verkehr in der Gegend des Papireto einkalkulierend fuhr er beizeiten los. Er ließ den Wagen an der Piazza Marmi in den Händen eines illegalen Parkwächters, ein Schwarzafrikaner, ausgestattet mit einer gebieterischen Trillerpfeife. Dann ging er zu Fuß zur Via Olivuzza und folgte ihr, bis das Schild der Beltramini Travel vor ihm auftauchte.

Die Agentur war noch immer geschlossen. Er ging an ihr vorbei und versuchte, durch das Rollgitter hinweg etwas zu erkennen. Eine kleine Agentur, ohne Schnickschnack und unnütze Anbiederung. Er überquerte die Straße und postierte sich auf dem Gehsteig gegenüber. Es durfte nicht mehr viel fehlen, bis die Agentur wieder öffnete. Der Verkehr wurde zunehmend dichter: dank der Scharen von Pendlern, die noch nicht auf das Ritual des häuslichen Mittagessens inklusive Verdauungsschläfchen verzichteten. In ein paar Jahren würde die Revolution des mediterranen Fast Food, dem in den Hinterzimmern der Bars und sogar bei den Tabacchi gehuldigt wurde, auch dieses letzte Bollwerk der Gilde der Angestellten mit echter Mittagspause zu Fall gebracht haben: Ungehemmt würde es sich bis in die äußersten Stadtrandgebiete ausbreiten und damit die globale – da ernährungstechnische – Kontrolle der Frauen über die Männer ihres Haushalts schwächen. Eine Illusion von Freiheit, von Emanzipation vom Matriarchat.

Nervös sah er auf die Uhr und bemerkte im nächsten Moment das schwarze Motorrad. Der Fahrer bremste ab und rollte auf der Höhe der Agentur auf den Gehsteig. Er war ohne Helm unterwegs und hatte dichtes schwarzes Haar. Er zeigte großes Geschick bei der Handhabung des Gefährts, zumindest für Spotornos Dafürhalten. Der Kommissar misstraute Fahrzeugen mit weniger als vier Rädern. Für den Mann war es wahrscheinlich ein ganz alltägliches Manöver. Er hievte das Motorrad auf den Ständer, verankerte es mit einer großgliedrigen Eisenkette am Pfosten eines Straßenschilds und schloss dann das riesige Vorhängeschloss des Rollgitters auf, steckte schließlich einen kleinen Schlüssel in ein seitlich an der Hauswand befestigtes Paneel, so dass das Gitter dank eines Elektromotors nach oben glitt.

Wenn Puleos Informationen richtig waren und es außer Beltramini keine weiteren Männer in der Agentur gab, musste das hier Sebastiano Sanfilippo sein.

Er wartete ab, bis der Mann eingetreten war und die Beleuchtung eingeschaltet hatte, bevor er die Straße überquerte und sich dem Eingang näherte. Es handelte sich um ein schweres Motorrad Marke BMW, nicht nagelneu, aber auf Hochglanz poliert und gut in Schuss. Als Spotorno den Laden betrat, blickte ihm Sanfilippo mit einer gewissen Gereiztheit entgegen. Er wartete ab, dass Spotorno als Erster grüßte und erwiderte das *Buona Sera* des Kommissars in einem leicht überheblichen Ton.

— Ich hätte gerne einige Informationen zu Kreuzfahrten, sagte Spotorno.

— Das ist nicht mein Ressort, sagte der Mann, da müssen Sie warten, bis die Angestellten kommen.

Spotorno schätzte ihn ab, ohne das zu erkennen zu geben. Alter um die fünfunddreißig, gedrungene Figur, muskulös, aber mit schnellen, wachen Bewegungen. Konventionelle, nicht sehr ausgesuchte Kleidung: kurzärmliges Oberhemd und Baumwollhosen. Schwarze Schnürschuhe, keine Sportschuhe. Ein Hang zur Arroganz, die nicht durch eindeutig ersichtliche Tugenden gerechtfertigt war. Ziemlich knallharter Bursche, aber dennoch simpel gestrickt. Ein Strohmann. Ein Subalterner, dachte Spotorno. Aber von wem? Höchstwahrscheinlich nicht von Beltramini. Gerne hätte er die beiden Männer zusammen in diesem Büro in Anwesenheit der weiblichen Angestellten gesehen, um auszuloten, wer wen dominierte beziehungsweise wer sich unterordnete.

— Wie lange dauert das?, fragte Spotorno.

— Nicht lange, meinte der Mann gleichgültig.

Er kam ein wenig von seinem hohen Ross herunter und zögerte mit der Antwort, um Entgegenkommen zu heucheln.

Kurz danach trafen beinahe gleichzeitig die drei Angestellten ein. Eine von ihnen, so um die Vierzig, wirkte lebenserfahren und etwas zynisch, wie eine Mutter, die soeben voller Zufriedenheit ihre pubertierenden Nervensägen jemand anderem überlassen hat. Sie grüßte, ließ aber die Zigarette im Mundwinkel: Guten Abend, Signor Sanfilippo.

Sanfilippo antwortete mit einem knappen Nicken. Die anderen zwei waren sehr viel jünger, um die zwanzig, recht hübsch. Sie schalteten die Computer an, noch bevor sie es sich auf den Drehstühlen hinterm Schreibtisch bequem gemacht hatten. Rasch füllten sich die Bildschirme mit grün phosphoreszierenden Buchstaben.

Sanfilippo machte den Mund nicht mehr auf. Er zündete sich eine Zigarette an und ging zum Rauchen raus auf den Gehsteig. Eine der jungen Damen wandte sich mit einem einladenden Lächeln Spotorno zu. Er wiederholte seine allgemein gehaltene Frage nach Kreuzfahrten, und die junge Frau drückte ihm einen schönen Packen Hochglanzkataloge in die Hand mit der Empfehlung, sich diese doch gründlich und in aller Ruhe anzuschauen; sobald er dann klarere Vorstellungen über die Reiseziele hätte, solle

er doch gerne wiederkommen. Trotz ihres jugendlichen Alters hatte sie bereits gelernt, auf den ersten Blick zu erkennen, mit wem man seine Zeit vergeudete, und auf solche Leute gar nicht erst einzugehen. Dennoch war sie freundlich.
Spotorno verließ die Agentur. Sanfilippo stand noch immer breitbeinig auf dem Gehsteig, ignorierte ihn und rauchte unverdrossen weiter. Der Kommissar warf ihm noch einen raschen Blick zu und entfernte sich in Richtung Piazza Marmi.
Als sein Auto in Sichtweite war, beschloss er, nicht sofort ins Büro zurückzufahren. Er musste die Neuigkeiten des Tages verdauen, und ein schöner Spaziergang, war genau das, was er jetzt brauchte.

Er ging also weiter über die Via Volturno bis zum Teatro Massimo und erinnerte sich an das letzte Mal, dass er seinen Fuß in das Theater gesetzt hatte. Amalia hatte ihn zur Aufführung einer spanischen Flamenco-Gruppe geschleppt … mit diesem berühmten Tänzer, wie hieß er noch mal? Gades? Trotz anfänglicher Abwehr hatte er sich dann doch von der Musik und der Choreographie packen lassen. Es hatte ihm gefallen. Und das war schon viel.
Kurz darauf war das Theater wegen kleinerer Instandsetzungsarbeiten geschlossen worden, die nur ein paar Monate hätten dauern sollen. Ohne erkennbaren Grund jedoch war das Massimo viele Jahre geschlossen geblieben.
Er umrundete das Gebäude rechter Hand und landete auf der Piazza delle Stigmate. Dort ging er geradeaus weiter zum Bazar auf der Via Sant'Agostino, wo sich ein mit Billig-Klamotten voll beladener Marktstand an den anderen drängte. Die Via Maqueda war mit Fahrzeugen verstopft und von der Huperei akustisch verseucht.
Spotorno grübelte nach, wer Sanfilippos Verbindungsmann sein mochte. Diego Sala oder der verstorbene Gaspare Mancuso? Was gleichbedeutend war mit der Ant-

wort auf die Frage: War es Mancuso, der über Diego stand, oder umgekehrt? Der Name der kleinen Holding legte die Vermutung einer gleichrangigen Beziehung nahe: Digi-Invest oder D.G. Invest, aus D wie Diego und G wie Gaspare? Oder war das nur ein Zufall?
Er fand sich an der Einmündung zur Via Venezia wieder. Seine Augen antizipierten das Signal des Gehirns und wanderten automatisch zu der alten Wohnung hinüber. Dort hatte er bis fast zum Ende seines Studiums gewohnt. Jedes Jahr beim ersten Wolkenbruch im Herbst schoss das Regenwasser die Via Candelai hinunter, vereinigte sich mit dem Fluss von der Via Maqueda zu einem Strom, der dann in Kaskaden auf die Via Venezia hinabstürzte; und da zuweilen in den Namen auch Schicksale eingeschrieben sind, verwandelte sich die Straße in einen Kanal, zuerst aufgewühlter, dann friedlicher Natur. Manchmal sprangen die Gullys hoch, und der Strom transportierte Horden wahnsinnig gewordener Mäuse. Der Panelle-Verkäufer hievte mit Seilen seine Zutaten und die Gerätschaften fürs Frittieren ins erste Stockwerk und bediente von dort aus zu den Stoßzeiten, mittels Seilzug und Korb, die Hungrigen, die barfuß oder in Gummistiefeln und mit hochgekrempelten Hosenbeinen vorbeikamen, mit seinen glühend heißen *panelle** zwischen den beiden Hälften der typischen Sesambrötchen, den *mafalde*. Nach einer Weile floss das Wasser langsam wieder ab, und alle kehrten zurück an ihren gewohnten Platz.
Er hatte überhaupt nicht gemerkt, wie weit er abgedriftet und ihm der rote Faden der vorherigen Gedanken abhanden gekommen war. Er kehrte dem Haus den Rücken zu, überquerte die Straße und ging die Via Candelai entlang. Er nahm eine Abkürzung über die schmalen Gassen des Capo-Markts. Die Fischstände waren halb verwaist, und die des Obsts und Gemüses machten einen schlecht

* in Öl ausgebackene Krapfen aus Kichererbsenmehl

sortierten Eindruck. Er kaufte eine große Zedernfrucht für die Jungs.
Die Marktverkäufer waren schon dabei, ihre Stände abzubauen und damit Teile einer allzu schamhaften Stadt freizulegen, die ihre Schönheit hinter Automobilen oder Ruinen verbarg, in der Hoffnung, dass der Staub der Jahrhunderte – oder das Vergessen – sie am Ende völlig begraben würden. Eine Stadt im Schwebezustand zwischen Agonie und überschäumender Vitalität.
Er tauchte durch die Porta Carini in das intensive Licht der Via Volturno ein und verspürte eine Traurigkeit, wie sie ihn hin und wieder überfiel, wenn er das Ende einer besonders hartnäckigen Ermittlung kommen sah. Beinahe zur Kompensation der vielbeschworenen post-koitalen Tristesse, die er persönlich noch nie erfahren hatte.

Puleo hatte die verfügbaren Informationen über die Angestellten von Beltramini zusammengestellt. Seine Augen funkelten:
— Beginnen wir bei den Frauen, Dottore. Alfano Filippa ist die älteste der Angestellten: alters- und dienstaltersmäßig. Sie arbeitete bereits unter dem alten Inhaber der Agentur, noch vor der Ära Beltramini. Eine Mitarbeiterin mit großer Erfahrung, und Beltramini war klug genug, sie zu behalten. Die anderen zwei …
— Save', ich krieg Magenkrämpfe. Kommen wir auf den Punkt. Die angestellten Frauen scheren mich einen Dreck. Du weißt, wer mich interessiert …
— Sebastiano Sanfilippo, Dottore. Dann machen wir mit ihm weiter. Sanfilippo wurde vor vier Jahren eingestellt …
— Zu Jahresbeginn, wette ich.
— Genau. Im Februar.
Der gehörte zum Paket, dachte Spotorno. Er vervollständigte die Übernahme der Beltramini Travel durch … tja, wen eigentlich? Durch Mancuso? Oder durch Diego? Er

drehte sich mit dieser Frage im Kreis. Aber Puleo war noch nicht fertig. Er sah viel zu zufrieden aus.
— Spuck's aus, Save'!
— Nur die Ruhe, Dottore. Wissen Sie, wer die Frau von Sebastiano Sanfilippo ist?
Spotorno spürte seinen Herzschlag langsamer werden.
— Sag es mir, stieß er hervor.
— Anna Manfredi, wohnhaft in Monreale, Piazzale dei Martiri della Resistenza 12. Wissen Sie noch, Dottore? Diejenige, die ...
— ... den Fiat 127 an Alamia Rosario verkauft hat, beendete Spotorno den Satz.

Und so schloss sich der Kreis. Anna Manfredi war, obwohl nur wenige Jahre älter, die Tante von Basilio Manfredi, dem vermeintlichen Helfershelfer beim Diebstahl der Kawasaki, die für den Mordanschlag bei der Zisa verwendet wurde. Und die Ehefrau des formalen Inhabers der Beltramini Travel, kontrolliert durch die DigiInvest. Jemand in dieser Runde musste Mancuso an einen anderen verkauft haben, nach der guten alten Tradition des mafiösen Ehrenkodex. Ein Ehrenkodex, der immer wieder untermauert wurde durch Verrat, Hinterhalte, Kugeln in den Rücken, Vergiftungen, Erdrosselungen, Tauchbäder in Salzsäure, ausgeführt von den engsten Freunden und Vertrauten der Opfer, ihrerseits zukünftige Opfer. Ein Kettenbrief der besonderen Art. Oder vielmehr der einer eigenen Spezies, dachte Spotorno, in einem Anfall schwarzen, tierfeindlichen Humors.
— Was haben wir gegen diesen Sanfilippo in der Hand?
— Nur wenig. Versuchte Erpressung, da war er noch blutjung. Genau wie Gaspare Mancuso. Dann hat er den rechten Weg gewählt, so sah es zumindest aus. Er wohnt mit seiner Frau und zwei kleinen Kindern in Monreale, er fährt zweimal pro Tag mit seinem Motorrad zwischen dort und seiner Arbeitsstätte hin und her.
Die Arbeit. Seine Anstellung in der Agentur – oder bes-

ser gesagt, das Gehalt, das er von dort bezog – musste die Vergütung für seine eigentliche Tätigkeit darstellen: Strohmann der DigiInvest. Und vielleicht hatten sie ihn auch zur Warnung in der Agentur platziert, als permanente, lebendige Mahnung für Beltramini. Um sicherzugehen, dass keiner aus der Reihe tanzte. Er sollte ganz unabhängig von den offiziellen Rollen klarmachen, wer das Sagen hatte und wie die eigentliche Rangordnung aussah.

— Weiter nichts?

— Doch. Er war ein guter Freund von Gaspare Mancuso und besuchte ihn hin und wieder im Lebensmittelladen seiner Familie. In der letzten Zeit hat er aber auch die Nähe von Diego Sala gesucht. Er ging oft in dessen Firma vorbei und hielt sich dort länger auf, um mit ihm zu reden.

Spotorno konnte sich ein anerkennendes Lächeln nicht verkneifen. Puleo hatte ziemlich schnell einiges aus seinen Informanten herausgequetscht. Was ihn irritierte, war die Sache mit Sanfilippo. Der Mann war ihm ein Rätsel. Es sah so aus, als hätte er ohne allzu große Erschütterungen den Tod von Mancuso überwunden. Eigentlich hätte das Geschehene für ihn die Dimension eines Erdbebens haben müssen, und das überdies noch nicht sein ganzes Potenzial zur Entfaltung gebracht hatte. Wenn er mit Mancuso so eng war, wie Puleo behauptet hatte, so hätte er gut und gerne das nächste Opfer eines schießlüsternen Paars auf einem Motorrad sein können. Aber bei seinem Besuch in der Agentur war Sanfilippo sehr gelassen und selbstsicher gewesen. Allzu sehr. Vielleicht war der Mann am Ende eine Art Verbindungsglied – oder gar Gewährsmann – zwischen Mancuso und Diego geworden?

Er fasste einen Entschluss:

— In Ordnung, Save', der Moment ist gekommen, die Hunde von der Leine zu lassen. Wir überwachen die Telefonanschlüsse der Beltramini Travel, der Sala Diego & C.

und die Privatnummern von Sanfilippo und von Sala. Bei der DigiInvest macht das keinen Sinn, die hat nur einen nichtoperativen Unternehmenssitz in einer Notariatskanzlei. Was nicht automatisch bedeutet, dass der Notar mit drinhängt. Falls doch, heben wir ihn uns für später auf. Und wir hören sie samt ihrer Fahrzeuge ab. De Vecchi muss überzeugt werden, dass die Genehmigung höchste Dringlichkeit hat. Darum kümmere ich mich. Und ich will jemanden haben, der an Sala und Sanfilippo dranbleibt, rund um die Uhr. Wohin gehen sie? Mit wem treffen sie sich? Was machen sie? Das komplette Programm. Es würde einige Tage dauern, bis die Überwachungen in Gang kämen. Vorausgesetzt, der Herr Stellvertretende Staatsanwalt würde ihnen nicht mit den üblichen Strategien kommen und ihnen auf den Sack gehen, was das Einzige war, das er wirklich gut konnte.

Der heikelste Punkt war der Ermittlungsbericht, der so abgefasst sein musste, dass er überzeugende Gründe für den Antrag auf Überwachung lieferte, aber dennoch nicht zu viel verriet. Eine Gleichgewichtsübung der Art, wie sie im Lokaljargon als *trasi e nesci* bezeichnet wird: Sagen, Andeuten, nicht Sagen. Er machte sich sofort an die Arbeit.

Die erforderlichen Genehmigungen für die Abhöraktionen lagen zeitnah, das heißt innerhalb von drei Tagen, auf dem Tisch. Verlorene Zeit und müßige Streitereien mit De Vecchi. Jetzt waren sie nicht mehr nötig.

Der Himmel draußen war blauviolett. Spotorno marschierte wütend in seinem Büro auf und ab. Auf der Treppe war er Schirosa begegnet und hatte ihn zu sich gebeten. Nachdem Schirosa es sich auf dem Drehstuhl hinter dem Schreibtisch bequem gemacht hatte, teilte Spotorno ihm sofort die Neuigkeit mit.

— Wie, was heißt verschwunden?, fragte Schirosa.

— In Luft aufgelöst, sagte Spotorno.

— Aber wann denn? Und wie?

— Vor zwei Tagen, alle beide. Sanfilippo ist wie üblich nach der Mittagspause mit dem Motorrad von Monreale zur Agentur gefahren, dort aber nie angekommen. Ach, der Chef ist nicht da? Was soll's! Die Angestellten hatten kein Aufheben gemacht, es war ja nicht das erste Mal, dass er wegblieb, ohne Bescheid zu geben. Sie haben nicht einmal bei ihm zu Hause angerufen, um sich zu erkundigen. Seine Frau war dann diejenige, die gestern Morgen Alarm geschlagen hat. Das Motorrad wurde vor Kurzem an der Piazza Indipendenza gefunden, in der Nähe der Bar Santoro. Unnötig zu betonen, dass natürlich niemand irgendetwas gesehen hat.
— Und der andere?
— Diego Sala hat kurz vor Feierabend einen Anruf in der Firma erhalten und ist unmittelbar danach zu Fuß weggegangen und ward nicht mehr gesehen. Sein Wagen steht noch immer auf der eingezäunten Fläche, die sie auch für einige Firmenlastwagen nutzen. Der Angestellte des Unternehmens, der die Anrufe entgegennimmt, sagt, er habe keine Ahnung, wer angerufen hat: Jemand, der seinen Namen nicht genannt hat, und behauptete, im Auftrag von Sanfilippo anzurufen. Sala hat nicht länger als eine halbe Minute mit ihm gesprochen, dann hat er sein Sakko genommen und ist ohne irgendeine Erklärung gegangen. Sieht nach einer typischen *lupara bianca* aus.
— Was hältst du davon?
— Ich würde sagen, dass wir sie nicht mehr wiedersehen. Zumindest nicht als Lebende.
Im Seitenkoffer von Sanfilippos Motorrad hatten sie eine halbleere Tube Attack gefunden, was er Schirosa gegenüber nicht erwähnte. Er hatte bisher niemandem von dem Sekundenkleber im Schloss der Beltramini Travel erzählt, und so hatte es auch keinen Sinn, jetzt damit zu kommen. Inzwischen war es unwichtig. Inzwischen hatte er begriffen, dass das nur ein Täuschungsmanöver gewesen war. Aber es war nicht an ihn adressiert gewesen.

Der anonyme Anruf ging noch am selben Abend in der Telefonzentrale des Polizeipräsidiums ein. Der Streifenwagen, an den die Meldung weitergeleitet wurde, bestätigte das Auffinden eines Fahrzeugs, von dem der Anrufer gesprochen hatte. Die Besatzung des Streifenwagens beschränkte sich darauf, den Wagen zu bewachen, bis Spotorno und seine Mannschaft vor Ort waren.

Die beiden Leichen konnten anhand der Ausweispapiere, die sie bei sich trugen, sofort identifiziert werden. Sie waren mit Schlägen traktiert, erwürgt und dann mit der Schlinge um den Hals gefesselt worden, um ihre Leichen einfacher in den Kofferraum zu kriegen. Sie waren so übel zugerichtet, dass es selbst ihren nächsten Verwandten kaum möglich gewesen wäre, ihre Identität zu bestätigen. Diego sah am schlimmsten aus. Spotorno hätte ihn nie wiedererkannt, wenn er nicht im Voraus gewusst hätte, um wen es sich handelte.

Der Wagen mit den Leichen parkte am Bordstein in der Via Damasco, kurz vor der Ecke Via degli Emiri. Es war exakt die Stelle, an der das Attentat auf Mancuso und Rosario stattgefunden hatte. Und das war ein starkes und unmissverständliches Zeichen gerichtet an das Milieu, das Herzstück der lokalen Mafiagruppierung, in dessen Umfeld die Hinrichtung Diegos und Sanfilippos herangereift war.

Es handelte sich um einen weißen Fiat 131. Das gleiche Auto, das Spotorno fuhr. Das wiederum war ein dubioses Zeichen an die Adresse des Kommissars. Eine Einschüchterung. Oder ein böser Scherz. Oder beides.

Zumindest war das Spotornos stille Schlussfolgerung.

Der Gedanke, dass er der unfreiwillige Katalysator für den Doppelmord gewesen sein könnte, ließ ihn nicht mehr los. Vielleicht war er zu unbedacht vorgegangen? Die Tatsache, dass es zwei Mafiosi waren, die auf eine solche Weise beseitigt wurden, machte seine Schuldgefühle keineswegs erträglicher.

Der August hatte mit einem unangenehmen Abend seinen Einstand gegeben. Heiß, feucht, klebrig. Mit dem Ächzen und Scheppern der Müllwagen als Hintergrundmelodie. Eine Zeit für Metaphern. Spotorno misstraute den Metaphern. Besonders, wenn er sich mitten in ihnen wiederfand. In einer Nacht wie dieser würde er von schneebedeckten Gipfeln träumen. Oder womöglich sogar von Amalias Tropenstränden. Aber nur der Teufel wusste, ob die Zeit der Träume jemals zurückkehren würde.

Blaue Blumen zu Allerseelen

Amalias Traum war es, ein sonniges Fleckchen Erde zu haben, auf dem sie ihre schlichten weißen und duftenden Banks-Rosen züchten und deren Ranken so lenken konnte, dass sie Vordächer und Sichtsteinmauern bis hinauf zu den Balkongittern bedeckten. Ein lehmiger tiefer Erdboden mit schönen blaugrauen Steinen aus den antiken Steinbrüchen bei Selinunt.

Sie hatte eine Passion für alte, Duft verströmende Rosensorten, die nur schwer zu kriegen und längst von den großen, völlig geruchlosen Rosen in künstlichen Farben, die sich wie Blumenkohl öffneten, verdrängt worden waren. Vorerst begnügte sie sich mit Kletterrosen der Sorte Paul's Scarlet, die sie per Katalogversand erworben hatte. Den ganzen Herbst über hatte der Rosenstock auf ihrem Balkon Hunderte von kleinen resistenten Rosen getragen, die sich an den Leitungen festklammerten, als fürchteten sie, für immer und ewig zwischen den Seiten eines alten russischen Romans zu enden.

Es war ein Bilderbuchherbst gewesen: sanft, andauernd. Die Art von Herbst, den die Alten heraufbeschworen, ein Gespinst der Erinnerung, anhand verfälschter Details aus dem Gedächtnis neu zusammengereimt: Ah, zu meiner Zeit .... heute hingegen ...

Das Licht, besonders das der späten Stunden, ging von Gelbtönen langsam in ein Gold über, je kürzer die Tage

wurden und die Platanen des Parks der Villa Bonanno sich in ein Gemälde von Michele Catti verwandelten. Daran dachte Spotorno, als er sich zu Allerseelen diszipliniert an Amalias Seite in den Besucherstrom auf den Wegen des Rotoli-Friedhofs einreihte.
Amalia hielt kleine Blumensträuße in den Händen. Weiße, gelbe, lila Blüten, deren Namen Spotorno nicht kannte, klein und duftend, aus der Mode gekommen und wie geschaffen für einen Pariser Friedhof, für die Gräber von Personen, die bereits mit zwanzig Jahren und zu heroischeren Zeiten verstorben waren.

Amalias Blumen waren für die Gräber ihrer Familie bestimmt und für verfrüht aus dem Leben gerissene Freunde; da war wenig Romantik im Spiel. Ihre gemeinsamen Ausflüge auf den Friedhof waren rar, sie widmeten sich dem Trauerkult nicht mit besonderem Eifer, auch wenn sie die Tradition des Allerseelenfestes am 2. November in Ehren hielten: Da gab es für die Kinder am Morgen Spielsachen, Zuckerpuppen und *frutta di martorana**. Diese Gaben hatten die Toten über Nacht für die einzelnen Familienmitglieder dargebracht: *hingelegt*, in der Kindersprache.
Spotorno holte einen alten Kinderreim aus der Versenkung:

Talìa chi mi misiru i Morti
u pupu cull'anchi torti
a atta c'abballava
e u surci ca sunava.**

Er war so sehr in seine Erinnerungen abgetaucht, dass es Amalia war, die die Frau als Erste bemerkte: Ein Gesicht,

* Bunte Marzipanfrüchte, auch *pasta reale* genannt. Die Tradition geht zurück auf die Nonnen des Klosters La Martorana in Palermo, die im Jahr 1308, anlässlich eines Festessens für Papst Clemens V., Bäume mit Marzipanfrüchten behängten, die täuschend echt wirkten.
** Schau nur, was die Toten mir hingelegt haben / eine Puppe mit schiefen Hüften / eine Katze, die tanzt / und eine Maus spielt dazu Musik.

das sich inmitten Dutzender anderer Gesichter hin und wieder zeigte, mit dem gewohnten Alabasterweiß, das dank des übermäßig strahlenden Himmels noch heller wirkte.

Jetzt sahen sie beide, wie sie abbog und sich auf einem Friedhofsweg entfernte, auf dem sich noch mehr Menschen drängten. Erhobenen Hauptes schritt sie dahin und trug ihren Blumenstrauß zum Schutz vor den Menschenmassen mit beiden Händen in der Höhe, weshalb Spotorno aus der Ferne ihn überhaupt sehen konnte; er hielt ihn für blaue Rosen.

Sie schauten ihr nach, bis sie in dem Gewimmel außer Sichtweite war.

Seit sie Diegos Leiche gefunden hatten, war Spotorno ihr nicht mehr begegnet.

Damals war sie wie betäubt gewesen, und keiner hatte etwas aus ihr herausbringen können, das für die Ermittlungen hilfreich gewesen wäre. Sie hatte sich sogar geweigert, die Leiche zu identifizieren; das hatte dann ein jüngerer Bruder von Diego übernommen, der noch in der Nacht aus Catania angereist war, wo er bei einer Bank eine Anstellung gefunden hatte.

Zu entdecken, dass es im Leben seines Bruders eine dunkle, verborgene Seite gab, war für ihn ein Schock gewesen. Auch er war wegen seiner Arbeit bei einer Bank feinmaschig überprüft worden. Aber der Mann schien sauber, sie hatten keinerlei Verdachtsmomente gefunden.

Spotorno konnte sich nur vage an ein Bürschchen von zwei oder drei Jahren erinnern, das die gleiche Haarfarbe hatte wie sein älterer Bruder; er war um Vieles jünger als Diego, Rosario und Vittorio, weshalb sie ihn auch nicht in ihr Trio aufgenommen hatten.

Jetzt standen sie vor dem Grabmal von Amalias Familie. Amalia verteilte die mitgebrachten Blumen in den Vasen und klaubte ein wenig welkes Laub auf.

Danach setzten sie ihre Runde noch eine halbe Stunde lang fort und steuerten schließlich auf den Ausgang zu. Spotorno hatte später nie erklären können, aus welchem Impuls heraus er nicht auf dem regulären und kürzesten Weg zum Ausgang ging, sondern unter Missachtung der schwachen Proteste Amalias, die keine Lust hatte, weiter durch die Gegend zu laufen, auf Seitenwege abbog. Vielleicht war das Wiederauftauchen der Dama Bianca daran schuld, die vor ihnen auf den Ausgang zulief. Zumindest glaubte er das, denn die Frau war fast vollständig von der Menge verdeckt, und was sie aus der Entfernung sahen, war einzig ihr Nacken. Dieser Nacken aber erschien ihm unverwechselbar.

Sie musste ihre blauen Blumen ja irgendwo gelassen haben.

Der Kommissar hatte sich die Fotos und das Video von Diegos Beisetzung auf dem Rotoli-Friedhof gründlich angesehen und hatte deshalb eine ziemlich klare Vorstellung davon, wo sich die Grabstätte der Familie Sala befand. Amalia folgte ihm schweren Herzens.

Er brauchte nicht lange, um den Ort zu finden. Eine große Grabplatte aus schlichtem Marmor, darauf eingraviert in goldenen Lettern: *Famiglia Sala*. Darüber erhob sich eine kleine Stele mit den Namen der Verstorbenen. Diego war der Letzte. Niemand war in der Nähe der Grabstätte. Einige vertrocknete Blumen, die vielleicht noch vom Tag der Beisetzung Diegos stammten, steckten in den Mauervasen.

Nicht die Spur von blauen Blumen, was Spotorno nicht verwunderte. Ihr Fehlen war vielmehr eine Bestätigung für gewisse Ideen, die in ihm herangereift waren, als er die Schilderungen der Polizeibeamtin Stella mit den Informationen in Zusammenhang brachte, die Puleo kurz vor der Ermordung von Diego und Sanfilippo zusammengetragen hatte.

Logisch, dachte er, das ist nicht das richtige Grab.

Er bat Amalia, auf ihn zu warten, und ging rasch zur Friedhofsverwaltung in der Nähe des Eingangs. Dort erhielt er die Lagepunkte für die Grabstätte der Familie Mancuso, wo er die blauen Blumen finden würde.
Was mache ich hier eigentlich?, fragte er sich, während er zu Amalia zurückkehrte. Wäre es nicht besser, alles so zu belassen, wie es war?
Amalia war sprachlos angesichts der über und über mit Stuck verzierten Grabstätte der Mancusos, Spotorno geschockt, angesichts der fehlenden blauen Blumen.

Schnell fasste er sich wieder. Er hatte die plausibelste Möglichkeit vernachlässigt, nämlich ihre Herkunftsfamilie. Wieder eilte er zur Friedhofsverwaltung, dieses Mal in Begleitung von Amalia, die wegen des plötzlichen Stimmungsumschwungs ihres Ehemanns etwas besorgt war.
— Die Grabstätte der Familie Caminiti?, fragte Spotorno den Zuständigen.
Die Antwort kam innerhalb von Sekunden: Es gab keine Familie Caminiti auf dem Rotoli-Friedhof. Vielleicht waren sie auf dem Sant'Orsola oder dem Santa Maria di Gesù oder bei den Cappuccini, zählte der Angestellte die anderen Möglichkeiten auf.
Dann blieb nur noch eine Möglichkeit. Es war mehr ein Schuss ins Blaue. Dazu brauchte er keine Unterstützung des Angestellten, denn dieses Grab kannte er. Schnaufend marschierte Spotorno zur gegenüberliegenden Seite des Friedhofs.
Ein Strauß blauer Blumen, ganz schlicht auf der Marmortafel abgelegt.
Gott sei Dank sind es keine Rosen, war sein erster, abwegiger Gedanke, da ihm Emanueles eigenwillige Experimente mit dem Züchten von blauen Rosen in den Sinn kamen. Dann begann er, die Bedeutung dieser Blumen zu begreifen. Und am Ende war ihm klar, dass er sie schon längst gekannt hatte.

Zu Hause rief er umgehend die Polizeibeamtin Stella an:
— Stelluccia? Du müsstest mir einen Gefallen tun. Erinnerst du dich an Aurora Caminiti? … Ja, die. Du musst sie anrufen und dich für morgen Vormittag mit ihr verabreden. Wir statten ihr einen Besuch zu Hause ab … Ja, auch ich komme mit, aber das darfst du ihr nicht sagen. … Was meinst du? … Erfinde irgendetwas, das überlasse ich dir. Aber keine Uniform. Wir dürfen Sie vor den Nachbarn nicht bloßstellen. Sieh zu, dass sie uns gegen zehn Uhr empfangen kann, so hätten wir vorher noch Zeit, uns im Büro zu treffen und die Sache zu besprechen … Ja, exakt. Ciao, also. Bis morgen. Danke, Stelluccia.

Amalia starrte ihn verdutzt an. Vielleicht auch beunruhigt. Wer zum Teufel war Stelluccia? Und warum schien der Herr Kommissar zu schnurren, während er mit ihr am Telefon sprach?
Spotorno war anschließend seltsamer Laune. Für den Rest des Tages bewahrte er eine angespannte Ruhe und ging früh zu Bett.
— Wer ist Stelluccia?, nuschelte Amalia, kurz bevor sie in den Schlaf fiel.

Die Polizeibeamtin Stella hatte sich größte Mühe gegeben, das eigene kriegerische Potenzial zu entschärfen. Keine Schminke. Kein Parfüm. Ein pfirsichfarbenes Kleidchen aus Baumwollstrick. Flache Schuhe. Die Haare auf dem Kopf zusammengenommen und mit Haarnadeln festgesteckt. Trotz alledem – wären die zahllosen Blicke, die ihr aus den anderen im Verkehr steckenden Autos zugeworfen wurden, Laserstrahlen gewesen, dann hätte der Fiat 131 von Spotorno bereits auf der Höhe der Chiesa della Pinta geschmolzen sein müssen. Unterdes waren sie auf dem Corso Calatafimi angelangt, und auch er musste sich beherrschen, nicht immer wieder die weichen Linien von Stellas Profil anzustarren.
Kurz zuvor hatten sie sich im Büro des Kommissars gese-

hen, und Spotorno hatte ihr in groben Zügen den Anlass für ihren Ausflug erzählt.

— Was hast du zur Caminiti gesagt?

— Dass ich sie in einer persönlichen Angelegenheit sprechen muss, ohne Genaueres hinzuzufügen.

— Sehr gut. Und sie?

— Sie war lediglich etwas verwundert, hat aber keine weiteren Fragen gestellt.

Spotorno bog auf die rechte Fahrspur der Umgehungsstraße ab und kam sich vor wie in einem Déjà-vu: derselbe Blumenhändler, der drei Monate zuvor dort gestanden hatte, als er mit Amalia auf haargenau dieser Strecke dem Wagen der Dama Bianca gefolgt war.

Einer spontanen Eingebung folgend lenkte er den Wagen unvermittelt an den Straßenrand und stieg aus. Er ließ seinen Blick über das Meer der auf dem Fußweg ausgestellten Blumen und Topfpflanzen gleiten und erforschte jede Spur von Blau, bis er schließlich die richtigen Blumen gefunden hatte. Zumindest glichen sie in seinen Augen denen, die er auf dem Grabstein auf dem Rotoli-Friedhof und zuvor in den Händen der Dama Bianca gesehen hatte.

Er ließ sich einen Strauß von ähnlicher Größe zusammenstellen und blätterte ohne mit der Wimper zu zucken eine Summe hin, die ihm völlig überzogen vorkam.

Stella enthielt sich jeden Kommentars.

In der Via Nave stieg sie aus dem Wagen und klingelte an der Gegensprechanlage neben dem automatisch gesteuerten Tor. Das Kommando zur Öffnung setzte ein, und Spotorno fuhr hindurch bis zu der erdfarbenen Umzäunung eines verödeten Vorgartens.

Aurora Caminiti zuckte nur kurz zusammen, als sie feststellte, dass Stella in Begleitung war.

Spotorno seinerseits hielt bei ihrem Anblick mitten im Aussteigen inne, mit einem Fuß auf dem Boden und dem anderen im Wageninnern und mit der klaren Erkenntnis, in einer lächerlichen Haltung gefangen zu sein.

Nach einer halben Ewigkeit erwachte er zu neuem Leben und war mit einem Schlag wieder präsent. Beim Aussteigen warf er Stella einen flüchtigen Blick zu. Auch sie schien überrascht und wirkte, als würde sie für eine Marmorstatue Modell stehen. Dann hatte auch sie sich wieder gefasst und ging auf die Frau zu.
— Mara, sagte die Dama Bianca.
Sie begrüßten sich mit Wangenkuss.
— Aurora, darf ich dir Kommissar Spotorno vorstellen, sagte Stella.
Der Blick der Frau blieb an den Blumen hängen. Spotorno überreichte ihr den Strauß. Sie nahm ihn mit beiden Händen entgegen.

— Wir kennen uns bereits, sagte sie mit einer müden, brüchigen Stimme. Sie wirkte noch ausgezehrter, die Wangenknochen traten scharf hervor, ihr Teint schien fast durchlässig. Dennoch machte sie nicht den Eindruck, am Boden zerstört zu sein.
— Wo haben Sie die gekauft?, fügte sie hinzu.
— Das wissen Sie nicht?, sagte Spotorno.
Die Frau lächelte traurig:
— Nein, sagte sie. Das sind nicht dieselben. Meine hatten ein grünes Band. Diese hier sind mit Silberfolie zusammengebunden.
Spotorno nickte:
— Können Sie sich vorstellen, warum ich Mara Stella gebeten habe, dieses Treffen zu organisieren?
— Herr Kommissar, warum sagen wir uns nicht gleich, was wir uns zu sagen haben! So bringen wir diese verkorkste Situation hinter uns?
Aha, das war es also, dachte Spotorno, es liegt an der Stimme.
Trotz der Angriffslustigkeit dieser Worte war es, als verlangten sie, kaum ausgesprochen, nach Trost. Seit er die blauen Blumen auf dem Rotoli-Friedhof wiedererkannt hatte, schlug er sich mit der Frage herum, was diese Frau

so Besonderes an sich haben mochte, um einen Mann wie Rosario so in ihren Bann zu ziehen, dass er sogar ein Risiko von dieser Tragweite auf sich nahm. Ein leider allzu reales Risiko, den Ereignissen nach zu urteilen.

Er musste an das attraktive Mädchen auf Rosarios Motorrad denken, als sie einander in der Via Sant'Isidoro alla Guilla zum letzten Mal als Lebende begegnet waren. Es war Jahrzehnte her. Und soweit er wusste, war auch die noch blutjunge Exfrau von Rosario jener Typ von offensiver, greller und nichtssagender Schönheit, nach der sich die Männer auf der Straße umdrehen und die doch nur einen oberflächlichen Kratzer in der Erinnerung zurücklässt.

Im Vergleich zu ihnen verkörperte die Dama Bianca eine Art Gegenentwurf. Ihre körperliche Präsenz war eine Vorwegnahme, ein Bildhaftwerden jener Stimme. Eine Schattenstimme. Die es schwierig machte, indifferent zu bleiben.

Spotorno war bei den Verhören der Dama Bianca und der Verwandten von Diego und Sanfilippo dabei gewesen. Aber da hatte sie den Mund kaum aufgemacht. Sie war zu niedergeschlagen, zu unfähig gewesen, ihre Gedanken logisch zu verknüpfen. Sie hatte seine Fragen nur einsilbig oder durch Kopfbewegungen beantwortet.

Er bedachte sie mit einem langen, schweigsamen Blick und bemühte sich, Verständnis für sie darin erkennen zu lassen. Die Frau schien zurück ins Hier und Jetzt zu finden.

Sie bat sie, auf einem der Sofas in dem großen rechteckigen Wohnzimmer Platz zu nehmen. Der Raum war nur durch eine niedrige Mauer mit einem Marmorsims voller Zierrat von der Diele abgetrennt. Die wuchtigen, zweisitzigen Sofas waren mit einem steifen silberfarbenen Stoff bespannt und gruppierten sich um einen Couchtisch aus dunklem Nussholz. An den Wänden eine prätentiöse, unfreundliche Tapete und einige Landschafts-

bilder in Öl, unechtes neunzehntes Jahrhundert in verschnörkelten Rahmen, alle einfallslos in gleicher Höhe aufgehängt.
Ein Haus, das zum Ausbrechen geradezu aufforderte.
Und da Aurora aus dieser Realität ausgebrochen war, musste die Einrichtung Diegos Geschmack widerspiegeln. Womöglich glaubte sie, in den Gesichtern von Spotorno und der Polizeibeamtin Stella eine ästhetische Zensur zu lesen, denn sie beeilte sich zu sagen, dass sie im Begriff sei, auszuziehen:
— Ich habe eine kleinere Wohnung im Zentrum angemietet. Ich will nicht länger in diesem Haus wohnen. Zu viele düstere Dinge sind hier versammelt. Selbst meine Aussteuer mag ich nicht mitnehmen.

Sie wählte eine große Kristallvase für die Blumen und verließ den Raum, um Wasser zu holen. Als sie zurückkam, stellte sie die Vase auf ein Spitzendeckchen auf dem niedrigen Tisch.
Alle drei setzten sich. Stella nahm vorsorglich auf dem Sofa von Aurora Platz, um sie, falls nötig, trösten zu können. Mit einem Seufzen verschränkte Aurora die Hände und legte sie auf ihren Bauch.
Ein ins Auge fallender Bauch, den sie mit ruhiger Gelassenheit und nicht ohne Stolz vor sich hertrug.
Achter Monat, schätzte Spotorno.
— Es ist besser, du hältst Abstand zu mir, Mara. Ich bringe nur Unglück. Jeder, mit dem ich es zu tun habe, kommt ums Leben. Zuerst Rosario, dann Nunzia. Und Diego.
Sie sprach den Namen ihres verstorbenen Ehemanns mit einer verächtlichen Kälte aus, als würde sie einem flüchtenden Feind einen Fluch hinterherschleudern.
— Nunzia, die Ärmste … ihr habt ja keine Ahnung, wie gern sie Rosario hatte. Und folglich auch mich, seitdem er mich das erste Mal mit zu ihr genommen hatte. Es schien fast eine Heiligenverehrung. Sie war ihm mehr ergeben, als eine Mutter es sein könnte. Zu seiner richtigen Mut-

ter konnte er mich ja nicht mitnehmen, das versteht sich. Zu seiner Schwester noch viel weniger, um den Schwager nicht zu alarmieren. Und da er noch bei seiner Mutter wohnte, hat Nunzia, die Ärmste, uns ihre Wohnung zur Verfügung gestellt. Sie hat für uns sogar ein neues Bett gekauft. Das hat sie uns als Überraschung präsentiert, andernfalls hätte Rosario das nie und nimmer angenommen. Sie hatte ja kaum Geld, sie war daran gewöhnt, sich in allem zu bescheiden. Jetzt sind beide tot. Und ich bin zwei Mal gestorben. Das erste Mal, als sie Rosario ermordet haben. Das zweite … das zweite Mal war, als ich den Entschluss gefasst habe …

— Es ist nicht nötig, dass sie es aussprechen, unterbrach Spotorno sie rücksichtsvoll. Wir wissen Bescheid.

Die Frau sah die Polizeibeamtin Stella an, die stumm nickte.

— Du hast es geahnt. Es war an dem Tag in der Klinik *Bocciolo di rosa*. Nachdem ich dich gesehen hatte, war ich völlig durcheinander. Ich hatte das Gefühl, man hätte mir die Polizei auf den Hals gehetzt wegen dem, weshalb ich in die Klinik gegangen war. Am liebsten wäre ich weggelaufen und geflüchtet. Stattdessen habe ich einfach nur weggesehen. Vielleicht war es genau diese Angst, die mir den noch fehlenden Mut gegeben hat. Denn ich wusste, was mich erwartete, wenn ich im selben Zustand, wie ich das Haus verlassen hatte, wieder heimkehren würde. Als es dann soweit war, habe ich die … die Sache vier Mal abgebrochen. Vier Mal habe ich gesagt: Es ist in Ordnung, ich bin soweit. Und vier Mal habe ich gesagt: Nein, noch nicht. Dann bin ich wieder gegangen und hatte das Gefühl, der Tod würde schon seine Hand nach mir ausstrecken.

Nicht zu Unrecht, dachte Spotorno. Diego konnte sich die Ankunft eines rothaarigen Bürschchens nicht erlauben. Auf irgendeine Weise hätte er sich auch ihrer entledigt, noch bevor die Schwangerschaft eine nicht mehr zu übersehende Tatsache geworden wäre. Wenn ihm die Zeit dafür geblieben wäre.

— Er wird Aureliano heißen, hauchte die Dama Bianca. Rosario ist gestorben, noch bevor er wusste, dass es ein Junge werden würde.

Sie schaute zur Seite, auf das Bücherregal aus Massivholz voller dicker Wälzer mit identischen Buchrücken; eine ungelesene Reihe, die vermutlich nur zu Dekorzwecken angeschafft worden war, um etwas darzustellen. Mit einer Ausnahme: ein Buch von *verlebtem* Aussehen, das flach auf den anderen lag und so sehr herausstach, als wäre es von einem Scheinwerfer angestrahlt.

Spotorno entzifferte den Titel auf dem Buchrücken: *Hundert Jahre Einsamkeit*.

— Er wird meinen Mädchennamen bekommen, fuhr Aurora fort: Aureliano Caminiti. Den von Diego will ich ihm nicht geben, und den von Rosario kann ich ihm nicht geben.

— Wie habt ihr euch eigentlich kennengelernt, Rosario und du?, fragte Stella.

Spotorno dachte, dass er wirklich gut daran getan hatte, Mara Stella zu bitten, ihn zu begleiten. Nur eine Frau konnte so eine Frage stellen. Wenn er das versucht hätte, hätten sich ihm vor lauter Verlegenheit die Stimmbänder verknotet.

Aurora fixierte einen Punkt auf der Tapete hinter Spotornos Rücken, um die Konzentration wiederzuerlangen.

— Man könnte von einer Laune des Schicksals sprechen, sagte sie dann. Es kam durch meinen Cousin Gaspare Mancuso. Die beiden kannten sich bereits seit drei, vier Jahren. Einer von Gaspares Freunden hatte zusammen mit Rosario eine Pizzeria aufgemacht. Als das Lokal pleite ging, stand Rosario auf der Straße. Gaspare hat ihn erstmal unter seine Fittiche genommen. Das heißt, Rosario arbeitete für ihn. Er war sein Chauffeur, fuhr ihn durch die Gegend, machte Erledigungen … Stellen Sie sich vor, mein Cousin hat sogar den Fiat 127 bezahlt, der auf Rosario zugelassen war. Er hatte ihn als Gebrauchtwagen von der Frau seines Freundes Sanfilippo gekauft. Rosario hatte nichts als Schulden. Und in seinem Alter schämte er sich, seine Mutter um Geld anzugehen.

Sie hielt inne und dachte nach.

— Zu meinem Cousin hatte er eine seltsame Beziehung, die sich ziemlich bald veränderte. Vielleicht hatte Asparino es schon damals auf die Agentur von Rosarios Schwager abgesehen. Rosario hat jedenfalls anfangs nicht begriffen, dass Gaspare ihn genau dorthin lotste, wo er ihn haben wollte. Und als ihm das klar wurde, war es schon zu spät. Er musste die Füße stillhalten, um seine Schwester und den Rest der Familie nicht in Gefahr zu bringen.

Wieder eine Pause, in der sie den Erinnerungen nachspürte.

— Eines Tages war ich im La Noce-Viertel, um meine Cousinen, meinen Onkel und meine Tante zu besuchen, eben Gaspares Familie. Wir sahen uns nur alle Jubeljahre. Diego war dagegen. Den Grund hat er mir nie gesagt, aber ich habe verstanden, dass er sie als zu … wie soll ich sagen … als Leute von zu niederem Stand ansah. Damals wusste ich noch nicht, dass er im Bedarfsfall keine Probleme hatte, sich mit Gaspare gemeinzumachen. Als ich nach dem Besuch wieder nach Hause wollte, sprang mein Wagen nicht an. Es wurde bereits dunkel, und es fing auch noch an zu regnen. Also habe ich kehrtgemacht und meinen Cousin gebeten, mich nach Hause zu fahren. Ich wusste nicht, dass sie ihm den Führerschein weggenommen hatten. Weißt du, Maria, weil er schon einiges auf dem Kerbholz hatte … Also hat er kurz telefoniert, und zwanzig Minuten später kam Rosario mit seinem himmelblauen Fiat 127 angefahren und hat mich nach Hause gebracht.

Sie hatten die ganze Fahrt über miteinander geredet. Es

herrschte dichter Verkehr, und Rosario wählte die am meisten verstopften Straßen, so dass sie über eine Stunde unterwegs waren. Er fuhr gemächlich, hielt rechtzeitig bei jedem Gelb, anstatt noch über die Kreuzung zu brettern, wie alle anderen es taten. Nach und nach wurde der Ton ihrer Unterhaltung immer persönlicher, intimer. Es war vor allem Rosario, der redete. Er erzählte ihr Dinge, die er bislang noch niemandem anvertraut hatte. Und Aurora hatte das auf verschwommene Weise begriffen.

Sie hatte nicht den Mut, ihm ihre Anfälle von Schwermut wegen der ausgebliebenen Mutterschaft zu offenbaren. Und auch nicht die Enttäuschungen an der häuslichen Front. Aber im Laufe der Unterhaltung hatte sie durch winzige Details, kleine, immer wieder auftauchende Momentaufnahmen ein ziemlich klar umrissenes Bild von der tatsächlichen Beziehungswelt entstehen lassen, in der sich Diego bewegte. Keine Dinge, die man einem Unbekannten anvertrauen konnte. Aber Dinge, die sie beharrlich quälten.

Als sie auch die letzten Reste von Naivität verloren hatte, war der Gedanke, mit dem Ehemann ein Kind zu bekommen, unerträglich geworden.

Diego hatte gleichgültig – vielleicht sogar erleichtert – reagiert, als sie ihm ihren Entschluss mitteilte, nicht mehr auf die künstliche Befruchtung zurückgreifen zu wollen. Er nahm es zur Kenntnis, und das war's. Das machte ihr wiederum klar, dass er die vorhergehenden Versuche eher nur über sich hatte ergehen lassen.

Beim Abschied vor dem Haustor hatten sie und Rosario einander in die Augen geschaut. Und obwohl sie sich noch nie zuvor gesehen hatten, erkannten sie einander. Eine Begegnung ruhelos Suchender. Eine Art stummes, aber intensives Gespräch, das ein paar Sekunden dauerte und nie enden wollte.

Rosario hatte gefragt, ob er sie wiedersehen dürfe.

Sie hatte Ja gesagt.

Eine simple Geschichte, wie sie jeder kennt. Abgesehen vom Finale.

— Und damit habe ich Rosario und auch Nunzia zum Tode verurteilt, sagte Aurora. Das ist eineinhalb Jahre her. Gaspare muss etwas mitgekriegt und die Sache Diego gesteckt haben, dafür würde ich meine Hand ins Feuer legen. Die beiden sind vom selben Schlag.

— Was heißt das?, sagte Spotorno.

— Männer der Unehre. Mein Cousin war immer schon meinetwegen eifersüchtig, obwohl ich verheiratet und zuletzt auch in anderen Umständen war. Aber er hatte gar keinen Grund eifersüchtig zu sein und auch keinen, es nicht zu sein. Er hatte nie einen Grund dafür gehabt, auch nicht als wir jünger waren und unsere Familien Tür an Tür wohnten. Es ging ihn einfach nichts an, Punkt und Schluss. Wir waren nur Cousins. Nicht mehr und nicht weniger. Wenn er nicht zu Diego gelaufen wäre und gepetzt hätte, könnte er noch am Leben sein. Denn eines steht fest, Herr Kommissar: Diego hat Asparino getötet, um den Mord an Rosario zu verschleiern. Nicht er, sondern Rosario war das eigentliche Opfer.

Spotorno dachte zurück an die Befragungen der Familie Mancuso in den Stunden nach dem Attentat. Die Tatsache, dass die beiden Schwestern, entgegen ihrer eigenen Überzeugung, mit solcher Treffsicherheit Rosario als das eigentliche Ziel der Kugeln in der Via degli Emiri identifiziert hatten, hatte etwas Dramatisches und zugleich Paradoxes an sich.

Spotorno aber hatte erst am Tag zuvor auf dem Rotoli-Friedhof begriffen, wie die Dinge standen. Und er hatte sich an die mahnenden Worte von Don Tano erinnert, der das Ganze für ein Manöver im Stil des amerikanischen Footballs hielt, für ein Präventivverbrechen. Damals hatte er diese Bemerkung auf die Beseitigung von Mancuso bezogen. Aber der Alte musste geahnt haben, dass das Attentat eigentlich Rosario gegolten hatte. Er hatte ihm

sogar das richtige Stichwort geliefert. Und Spotorno hatte dann auf dem Rückweg nach Hause seine eigenen mentalen Archive durchforstet und die Szenarios vieler typischer und atypischer Überfälle hervorgezogen.
Am Ende sinnierte er über den Tathergang bei der Entführung Aldo Moros.
Als der Politiker entführt wurde, hatte das Kommando der Roten Brigaden die beiden Carabinieri, die mit ihm im Auto saßen, und die drei Polizisten des Begleitfahrzeugs erschossen. Moro selbst hatte nicht einen Kratzer abbekommen, denn als Toter wäre er den Roten Brigaden absolut nicht von Nutzen gewesen.

Die Operation bewies die technische Machbarkeit eines mit chirurgischer Präzision ausgeführten Überfalls.
Die Mafia war da weniger rücksichtsvoll. Wenn es sein musste, schoss sie auch in die Menge, nur um ihr Ziel zu treffen. Spotorno erinnerte sich noch an die Hinrichtung eines Mafioso, der wenige Sekunden nach seiner Freilassung aus dem Gefängnis in seinem Auto erschossen worden war. Mit ihm hatten sie auch seine Ehefrau hingerichtet, die ihn mit dem Wagen am Ucciardone abholen wollte.
Und dann das fehlgeschlagene Attentat auf den Richter Carlo Palermo in Pizzolungo, wo die einzigen Opfer zwei kleine Kinder und ihre junge Mutter waren, die zufällig mit dem Wagen an der betreffenden Stelle vorbeifuhren. Von ihnen war nach der Explosion der Autobombe recht wenig übriggeblieben. Von wegen, die Männer der Mafia rühren Frauen, Kinder und Geistliche nicht an!
Sie hatten noch mehr Frauen auf dem Gewissen. Und Kinder auch. Und auch Fra Giacinto, einen Franziskanermönch, haben sie in seiner Zelle im Kloster Santa Maria di Gesù mit Blei durchsiebt, wenige Meter von der künftigen Grabstätte des für ihn zuständigen Bosses entfernt. Den Boss haben sie acht Monate später an seinem Geburtstag ermordet. Fra Giacinto hatte die Regeln des

Franziskanerordens zu leger ausgelegt. Er trug Mönchskutten aus Kaschmir, trank Chivas und stand in dem Ruf, es mit der Mafia zu halten.

Aber nach Ansicht des Kommissars war es wahrscheinlicher, dass die Mafiafamilien früher oder später ein Exempel statuieren wollten und deshalb die Ermordung eines Priester anordneten, der sich nicht darauf beschränkte, die Messe abzuhalten, den alten Weibern die Beichte abzunehmen und seine Stoßgebete mit Anweisungen zu vermischen, wem bei der aktuellen Wahl die Stimme zu geben sei. Und es hätte ihnen keine Magenschmerzen bereitet – dessen war er sich sicher – sogar den Papst umzulegen, wenn der sich zu sehr in ihre Geschäfte einmischen würde.

Warum sollten sie sich also Gedanken um jemanden wie Rosario machen? Warum so vorgehen, dass man denken konnte, er wäre versehentlich getroffen worden und das von einer einzigen Kugel, die nicht für ihn bestimmt war? Eine Kugel, die ihn kurioserweise an einer Stelle getroffen hatte, die ihm keine Chance ließ.

Die Verbindung zwischen ihnen, die ziemlich stetige und enge, wenn auch asymmetrische Zusammenarbeit zwischen Mancuso und Rosario hätte eine wilde Schießerei gerechtfertigt, einen demokratisch verteilten Bleiregen, auf parithetischer Grundlage.

Stattdessen, nichts dergleichen.

Die Dama Bianca kam Spotornos Frage zuvor:

— Diego konnte schießen wie ein junger Gott, sagte sie. Einmal, als wir frisch verheiratet waren, hat er mich zum Schießplatz mitgenommen; der ist hier in der Nähe, in der Via Nave. Nicht ein einziger Schuss ging daneben. Hin und wieder ging er mit einem Freund dorthin. Er schoss gern mit der Sportpistole, aber das wären Spielzeugwaffen, hat er immer gesagt. Die echten Pistolen, die die schwer in der Hand liegen, das sei etwas ganz anderes. Er war derjenige, der auf Rosario geschossen hat.

Einen Schuss nur. Den Rest der Kugeln hat Gaspare abgekriegt. Wer weiß, vielleicht hat Asparino ja den Part des Judas gehabt und Rosario verraten: Er hatte die Sache organisiert, die Verabredung getroffen, Diego wissen lassen, dass der Fiat 127 mit ihm und Rosario am Steuer sich an dem und dem Tag, zu der und der Stunde, exakt an diesem Punkt befinden würde. Asparino kannte Diego nicht so, wie ich ihn gekannt habe, sonst hätte er ihm nicht so viel Vertrauen geschenkt. Und wie wir gesehen haben, hat er dafür bezahlt.

Natürlich wäre es Diego nicht im Traum eingefallen, einen Zeugen am Leben zu lassen, der ihm früher oder später die Rechnung präsentieren konnte, dachte Spotorno. Und der ihn womöglich verraten hätte.

Spotorno war erstaunt, dass in der Stimme der Dama Bianca nicht der leiseste Zorn auf Mancuso zu hören war. Sie musste diese Wut nach und nach abgebaut, sie zuerst mit Resignation und später mit der Freude über die bevorstehende Mutterschaft ersetzt haben.

Ihr Bericht ergänzte jedenfalls die Informationen, die die Ermittler in den Tagen nach dem Auffinden des Fiat 131 mit den beiden Leichen im Kofferraum zusammengetragen hatten.

An jenem Abend hatte Spotorno, noch bevor er Hals über Kopf in die Via degli Emiri geeilt war, einen Streifenwagen losgeschickt, um Basilio Manfredi, den Neffen der Frau von Sanfilippo abzuholen, den potenziellen Helfershelfer beim Diebstahl der Kawasaki. Da Diego und Sanfilippo tot waren, war auch er in Gefahr.

Die Polizisten kamen zu spät. Manfredi war wie vom Erdboden verschluckt. Alle befürchteten das Schlimmste.

Aber dann war Basilio Manfredi ein paar Tage später wiederaufgetaucht, um sich zu stellen. Er hatte noch vor den Bullen vom Verschwinden der anderen beiden erfahren. Vermutlich durch seine Tante, Sanfilippos Ehefrau. Und er hatte sofort begriffen, dass er der Nächste auf der Liste war. Insbesondere, wenn sie Diego und Sanfilippo erst *verhört* und dann kaltgemacht hatten.

Also hatte er sich schleunigst aus dem Staub gemacht, wusste aber, dass er nicht auf ewig untertauchen konnte. Früher oder später würden sie ihn finden. Deshalb hatte er beschlossen, zur Polizei zu gehen und um Schutz zu bitten. Er war halbtot vor Angst.

— Sie müssen mir glauben, Dottore, hatte er Spotorno versichert, als Onkel Bastiano mir gesagt hat, dass er ein Motorrad, so und so, braucht, da wusste ich doch nicht, dass sie es für so was benutzen würden. Er hat mir weisgemacht, dass er es nach Tunesien verkaufen wollte. Das mag sich abwegig anhören, aber in Tunesien und Marokko sind gebrauchte Großzylindermotorräder sehr gefragt, ebenso wie Autos aus zweiter Hand, besonders BMW und Mercedes Diesel. Deshalb war es wichtig, dass das Verschwinden des Motorrads nicht zu früh auffallen würde. Es tat mir leid für Scannariato, er ist schließlich ein Kollege. Aber wie kann man auch so dämlich sein, ein Motorrad, auf das alle scharf waren, einfach so herumstehen zu lassen, nur um ein paar zehntausend Lire für die Garage zu sparen! Er hat es quasi herausgefordert.

Manfredi wusste über Sanfilippos Stellung im Innern der Organisation Bescheid. Für ihn war es eine Frage der Ehre, seinem Onkel behilflich zu sein. Außerdem hat dieser ihm in Aussicht gestellt, irgendwann aufgenommen zu werden, und ihm deshalb strengstes Stillschweigen auferlegt.

Erst als er in der *Sicilia* die Nachricht vom Doppelmord in der Via degli Emiri gelesen hatte, war ihm der wahre Zweck dieses Diebstahls klargeworden.

Im ersten Moment war er stolz gewesen, in eine derart große Sache verwickelt zu sein, wenn auch nur am Rande. Wie ein Blitz war eine Vision der Hölle vor ihm aufgetaucht. Und was er dort erkennen konnte, hatte ihm gefallen.

Dann kam die Sorge angesichts möglicher Konsequenzen. Er wäre nie im Leben auf die Idee gekommen, dass die Hinrichtung nicht im Auftrag und unter der Kontrolle der *Mammasantissima** erfolgt sein könnte. Oder zumindest mit ihrer Zustimmung. Unter Einhaltung der Regeln.
Dann war er seinem Onkel begegnet.
— Dottore, der kochte vor Wut wie ein Teufel …
Er war finster und besorgt, weil er die Kawasaki gefahren hatte. Diego hatte hinter ihm gesessen. Beide trugen geschlossene Helme. Und Diego hatte ihm nahegelegt, die Schüsse nur auf den Beifahrer des Fiat 127 zu konzentrieren. Das heißt auf Mancuso. Rosario hatte nichts damit zu tun und sollte um jeden Preis unverletzt bleiben.

Deshalb hatte Diego auch die Prozedur verworfen, mit dem Motorrad an dem Auto vorbeizufahren und die Schüsse im Fahren von der Seite abzugeben, wie man es häufig tut. Er wollte sie aus dem Stand heraus abfangen und zwar an einem Punkt, wo der Fiat 127 zwangsweise langsamer werden, beinahe stehenbleiben würde, an der Einmündung in die Via degli Emiri.
Doch dann war ausgerechnet Diego derjenige, der Rosario sofort eine Kugel in den Kopf geschossen hat. Und Onkel Bastiano war sich absolut sicher, dass das nicht aus Versehen geschehen war, wie Diego glauben machen wollte.
Was die offizielle Begründung für die Beseitigung Mancusos anging, hatte Diego Sanfilippo erklärt, dass Asparino sich zu *breitmachte* und auf eigene Faust handelte. Dass er zu ehrgeizig geworden sei, und man ihn stoppen musste, bevor er Schaden anrichtete. Und dass er, Diego, im Sinn hatte, Sanfilippo an Mancusos Platz zu stellen, sobald der Hitzkopf aus dem Weg geräumt wäre. Ein Aufstieg vom einfachen Strohmann zum Teilhaber am Geschäft. Ein gewaltiger Sprung.
Diego hatte Sanfilippo tagelang bearbeitet und ihn Milli-

* makabrer Kosename der Mafia

meter für Millimeter auf seine Seite gezogen. Und am Ende hatte Sanfilippo nicht einmal gemerkt, dass er von der Machtsphäre Mancusos in die von Diego übergelaufen war. Er hatte ihm geglaubt, weil er ihm glauben wollte.

Diego besaß großes Geschick darin, Menschen für sich zu gewinnen. Ein echter Schlangenbeschwörer. Wen er einmal ins Visier genommen hatte, den umgarnte er allem Anschein nach auf herzliche und offene Art und Weise. Und war zur selben Zeit gebieterisch und fordernd.

Diego war zum Kommandieren geboren, hatte die Dama Bianca gesagt.

Auch sie war ihm anfangs auf den Leim gegangen, in der kurzen Zeit der ersten Liebesplänkeleien, als er um sie warb. Einmal verheiratet, hatte es Jahre gedauert, bis Diegos wahre Persönlichkeit aus dem verschlungenen Überbau, den er um sich und seine Geschäfte herum konstruiert hatte, erkennbar wurde.

Seine Geschäfte gingen weit über die eigentlichen Aktivitäten seiner Firma für Erdbewegungen hinaus. Das Unternehmen garantierte ihm zwar ganz hübsche Einnahmen, diente aber in erster Linie als Tarnung – und als operative Basis der Mafia.

Dort liefen alle Fäden für die systematischen Erpressungen zusammen, die einen stetigen Geldfluss mit sich brachten. Sämtliche Überschüsse, die nicht für die aktuellen Ausgaben der Mitglieder gebraucht wurden, endeten im Kreislauf der Geldwäsche, den sie vor der Ausschaltung von Diego und Sanfilippo nur zum Teil rekonstruiert hatten.

— Hat Rosario Ihnen jemals erzählt, wie die Geschichte mit der Beltramini Travel, der Agentur seines Schwagers, tatsächlich abgelaufen ist?, fragte Spotorno.

— Sicher doch, das hat er mir erzählt. Zu Beginn dieser Sache hatte Rosario noch nicht begriffen, mit wem er es wirklich zu tun hatte. Damit meine ich meinen Cousin

Gaspare. Er hielt ihn für einen Freund. Einer, der ein wenig im Graubereich agierte, aber mehr nicht. Rosario geriet andauernd an solche Typen wie Asparino. Als er entdeckte, dass sein Schwager vor dem Bankrott stand, ist er zu Gaspare gegangen, um zu sehen, was sich da machen ließe. Gaspare kam die Sache mehr als gelegen. Er hat Beltramini das Geld in die Hand gedrückt und war anfangs honigsüß. Du hast das Geld nicht, um die nächste Rate zurückzubezahlen? Kein Problem! Wir sind ja flexibel, wir passen die Zeiten ein wenig an und ebenso die Zinsen, und schon ist die Sache aus der Welt.

— Und dann?

— Dann wurden ziemlich schnell andere Saiten aufgezogen. Und als Rosario es endlich begriffen hatte, war es bereits zu spät. Die Agentur war in Gaspares Hände übergegangen. Und in die von Diego, der zwar nie aufgetaucht ist, aber im Hintergrund die Fäden zog. Von seinen Handlangern stammten die ersten Warnungen, die Anrufe bei Beltramini und dann der Brandanschlag, der den Weg für Schutzgeldforderungen frei machen sollte. Dem Schwager von Rosario zahlten sie praktisch nur ein Gehalt. Er stieg vom Chef zum simplen Angestellten ab. Sie konnten ihn nicht rauswerfen, weil er etwas vom Metier verstand, von den Mechanismen, die die Agentur am Laufen hielten, welche ansonsten tatsächlich pleitegegangen wäre. Aber natürlich hatten sie ein Interesse daran, dass sie gut lief, ohne viel Tamtam, und so nicht zu sehr ins Auge fiele. Außerdem konnte ja keiner wissen, wie Beltramini reagieren würde.

Sanfilippo war die zweite bittere Pille, die Beltramini zu schlucken hatte. Mancuso hatte bestimmt, dass er in der Agentur fest angestellt wurde, zum einen, um einem seiner Männer ein Gehalt zu garantieren, zum anderen, um immer alles im Auge zu behalten. Spotorno hatte das schon von seinem Neffen erfahren. Der hatte ihnen auch von der Sache mit dem Attack erzählt, mit dem Sanfilippo

nach der Hinrichtung von Rosario und Mancuso persönlich das Schloss der Agentur unbrauchbar gemacht hatte. Der Kommissar hatte also richtig gelegen, als er das für ein Ablenkungsmanöver hielt.
Die Episode mit dem Attack sollte die Familien-Bosse davon überzeugen, dass die Aggression von außen kam. Jemand hatte Mancuso eliminiert und versuchte jetzt, seinen Platz einzunehmen und Diego zu übergehen. Wer hätte denn auf die Idee kommen können, dass Diego sich einer Sache bemächtigen wollte, die er bereits in Händen hielt?
— Und Rosario, hakte Spotorno bei der Dama Bianca nach. Wieso hat er nie mit Mancuso gebrochen und stattdessen nur mit Diego weitergearbeitet?
— Es gab einen Moment, da wollte er weg, hat er mir erzählt. Da wollte er meinen Cousin nicht mehr sehen. Am Ende aber hat er begriffen, dass es besser war, mit Gaspare in Kontakt zu bleiben. Um die Situation im Blick zu haben. Zu schauen, ob es irgendeinen Ausweg gab. Nicht so sehr wegen seines Schwagers, aber im Interesse seiner Schwester und der Neffen. Den Ausweg hat Diego ihm dann geboten. Ihm und Gaspare. Und auch Nunzia. Wissen Sie, Herr Kommissar, gestern, nachdem ich auf dem Rotoli-Friedhof war, habe ich auch ihr Blumen gebracht, auf den Sant'Orsola-Friedhof. Wer hätte denn ahnen können, dass der Ärmsten ein solches Ende bevorstand: den Schädel mit Eisenrohren zertrümmert?
Stimmt, Nunzia. Ein anderes Opfer des Lawinenwirbels. Nachdem Rosario eliminiert war, gab es keine Rettung mehr für sie. Sie war die einzige Zeugin der heimlichen Liebe der Dama Bianca. Außer der Dama Bianca selbst.
Um jeden Verdacht zu vermeiden, dass es eine Verbindung zur Hinrichtung von Rosario geben könnte, hatte Diego etwas Zeit verstreichen lassen, bevor er zu Phase zwei überging. Es war unwahrscheinlich, dass Nunzia zwischen Rosarios Tod und seiner Beziehung mit der Dama

Bianca einen Zusammenhang herstellen würde. Trotzdem blieb sie ein unkalkulierbares Risiko. Und das konnte Diego sich nicht leisten.
In der Nacht, in der Nunzia starb, war Diego um halb drei in der Früh nach Hause gekommen, sagte die Dama Bianca. Das geschah nicht zum ersten Mal, aber so spät wurde es selten: Meistes war er so gegen zehn zurück. Er musste ja jeden Morgen früh raus. Denn was auch immer man über Diego sagen mochte, er war niemand, der sich einen faulen Lenz machte. Er war ein Arbeitstier.
Die Uhrzeit passte. Der Gerichtsmediziner hatte den Todeszeitpunkt von Nunzia auf rund zwei Uhr in der Früh eingegrenzt. Von der Via Siccheria bis zur Via Nave brauchte man mit dem Auto um diese Uhrzeit fünf Minuten. Und höchstens weitere zehn von Nunzias Haus bis zu der Stelle, an der Diego vermutlich sein Auto abgestellt hatte, um nicht von den Nachbarn gesehen zu werden. Vielleicht hatte er unauffällig zwischen all den Einheimischen auf der großen Brachfläche am Fuß des Dinosaurierhügels geparkt.
Spotorno war überzeugt, dass Diego die Sache allein durchgezogen hatte. Es wäre ziemlich unklug gewesen, Sanfilippo oder jemand anderen da mit hineinzuziehen. Welchen überzeugenden Grund hätte er wohl liefern können, um eine Frau mittleren Alters aus dem Weg zu räumen? Eine, die sie sich zudem ihren bescheidenen Lebensunterhalt in einer Hemdennäherei verdiente – die, welch Zufall, der Mutter von Rosario Alamia gehörte. Damit hätte das Risiko bestanden, dass ein Problem gelöst wäre und sich gleich ein wesentlich gefährlicheres auftäte.
Die Ergebnisse der Spurensicherung waren nicht ganz eindeutig, aber die Spuren im Haus in der Via Siccheria und vor allem im Außenbereich lieferten starke Indizien dafür, dass der Einbruch das Werk einer einzelnen, nicht mit dem Haus vertrauten Person war.

Die Dama Bianca sah Spotorno direkt in die Augen:
— Haben Sie denn am Ende wirklich begriffen, Herr Kommissar, warum geschehen ist, was geschah? Oder denken Sie, dass Diego sich an Rosario hat rächen wollen, weil … weil er … ich …
— Ich glaube, es zu wissen. Aber sagen Sie mir, warum es geschehen ist.
— Nicht mein Cousin Gaspare war derjenige, der seine Macht ausweiten wollte, sondern Diego.
Spotorno hatte verstanden. Diego Sala war entschlossen, den großen Sprung zu wagen. Den Aufstieg zum Quartiersboss. Er setzte dabei auf eine Handvoll treu Ergebener und vor allem auf sich selbst. Auf das eigene Charisma und seine Fähigkeiten, Geschäfte durchzuziehen.

Dann war ihm dieser Fallstrick vor die Füße geraten: Ein Mann des Respekts, der von der eigenen Frau betrogen wird, ist kein Mann des Respekts mehr. Keiner wird ihm noch trauen. Außereheliche Beziehungen wurden im Milieu toleriert, vorausgesetzt, sie blieben diskret und wurden nicht zur Schau gestellt, und die Frauen von anderen Ehrenmännern waren nicht verwickelt: Ehefrauen, Schwestern, Töchter.
Vor allem aber waren dergleichen Abenteuer ausschließlich männlichen Vertretern der Mafiaclans vorbehalten. Wie sähe das aus, von der eigenen Ehefrau verlassen zu werden, die mit einem anderen flüchtet, von dem sie zudem ein Kind erwartet.
Eine Katastrophe. Ein endloser Abstieg in die Hölle und ins Lächerliche. Das Sich-Verschließen-aller-Türen. *Jener* Türen.
Als Diego von seiner Frau Rechenschaft für ihre langen nachmittäglichen Abwesenheiten forderte, hatte sie ihm unmissverständlich gesagt, dass sie sich von ihm trennen und mit Rosario weggehen wollte.
Schon damals hatte sie vermutet, dass ihr Cousin Gaspare die Quelle für das Misstrauen ihres Ehemanns war. Aber

sie war auch überzeugt, dass Diego sich nicht mit Verdächtigungen begnügt hätte. Er musste ihr mindestens ein Mal bis zu Nunzias Haus gefolgt sein.

Diego hatte keinerlei Regung gezeigt. Auch nicht, als sie ihm mitteilte, ein Kind von Rosario zu erwarten. Nur sein Gesicht war wie versteinert. Weiter nichts. Er hatte sich abgewandt und war gegangen.

Von dieser Nacht an schlug Diego sein Bett in einem anderen Zimmer auf.

Am nächsten Morgen sagte er ihr, dass er ausziehen und ihr das Haus überlassen wolle. Sie sollte ihm nur die Zeit geben, damit er sich nach einer adäquaten Unterkunft umsehen könnte. Zehn Tage, maximal zwei Wochen.

Sie war dem Wiederaufflammen seines alten Charismas zum Opfer gefallen und hatte ihm geglaubt.

Und Diego hatte diese Tage dafür genutzt, um Rosarios Ermordung vorzubereiten.

Er konnte sich nicht darauf beschränken, einfach nur ihn zu beseitigen. Der nicht autorisierte Mord an Rosario hätte einen Mechanismus geheimer Nachforschungen im Innern der Mafiazentrale in Gang gesetzt, und früher oder später wären sie auf das wahre Mordmotiv gestoßen.

So blieb ihm nur eine Vertuschungsaktion übrig. Rosario, als zufälliges Opfer eines Attentates auf ein vermeintliches Ziel: auf Gaspare Mancuso.

Die von den Familien-Bossen angeordneten Nachforschungen hätten Rosario außer Acht gelassen und sich auf Gaspare konzentriert. Und an dieser Front hatte Diego nichts zu fürchten. Zumindest sah so das Fazit aus, zu dem er gelangt sein durfte.

Aber er hatte sich getäuscht.

Die Dama Bianca hatte nicht sofort begriffen, welche raffinierte Strategie hinter dem Attentat steckte. Ihr schien es zunächst offensichtlich, dass der Anschlag Gaspare gegolten haben musste.

Erst Nunzias Tod hatte ihr die Augen geöffnet. Das und die neue Art und Weise, wie Diego durch sie hindurchsah, ohne sie zu sehen. Ein Blick, der allem eine arktische Kälte entlockte, aber keine erstarrte, sondern eine lebhaft bedrohliche Kälte.

So hatte sie sich selbst von der Unausweichlichkeit eines Schwangerschaftsabbruchs überzeugt. Aber es war nur eine vorübergehende Überzeugung.

— Wenn du wüsstest, Mara, wie viele Stunden ich im Gebet vor dem Bildnis der Madonna der Erwartung verbracht habe, nach dem ich die Gewissheit hatte, schwanger zu sein … Jedes Mal, wenn ich gehört habe, dass die Kapelle geöffnet sein würde, habe ich vor diesem Tor gestanden. Eine Lehrerin aus der Handelsschule Duca degli Abruzzi hat mich dort eingeführt; sie war im Diplomjahr meine Lehrerin gewesen, sie war noch jung, und so haben wir uns angefreundet. Und als ich dann weiterhin in die Via del Ponticello ging, hat kaum noch jemand Notiz von mir genommen. Zuletzt war ich dort am Tag vor der … der Klinik. Ich habe sogar mit einem Jesuitenpater gesprochen, der gerade eine Trauung vollzogen hatte. Als ich ihm meine Absicht gestand, hat er mir die Leviten gelesen. Er hat sogar gedroht, mich zu exkommunizieren. Er war schrecklich. Nach Diegos Ermordung bin ich noch einmal zu Pater Cuttitta gegangen, so heißt der Geistliche. Die Schwangerschaft war inzwischen zu sehen, und obwohl er Priester ist, hätte er mich vor den alten Weibern in der Kirche beinahe umarmt und geküsst. Er hat auch eine Arbeit in einem Steuerberatungsbüro für mich gefunden. Ich bin diplomierte Buchhalterin, sagte sie mit einer Spur von Stolz. Für den Moment kann ich von zu Hause aus arbeiten, aber sobald mir das Kind etwas mehr Freiheit lässt, kann ich dort halbtags anfangen.

Während sie sprach, drängte sich Spotorno schlagartig der Gedanke auf, dass die Dama Bianca ihre Finger im Spiel gehabt haben mochte, damit ein geheimer Tipp an der richtigen Stelle landete und die Familien-Bosse bis zu Diego als dem Schuldigen an den Morden von Rosario, Mancuso und Nunzia vordringen konnten. Dazu hätte es nicht viel gebraucht. Eine Anspielung, die sie Gaspares Schwestern, ihren Cousinen, gegenüber machte, wäre ausreichend gewesen. Vielleicht war ihr diese Idee just in der Klinik gekommen. Und vielleicht war genau das der wahre und entscheidende Anstoß gewesen, das Kind von Rosario doch zu behalten. Die Strategie der Tigerin, die in die Ecke getrieben wurde und ihren Nachwuchs verteidigte. Sie wusste, was Angst bedeutete, und hatte lange mit ihr zusammengelebt, aber es geschafft, sie am Ende zu besiegen.

Mit Sicherheit würde man nie herausfinden, wie die Dinge tatsächlich gelaufen sind. Es sei denn, früher oder später würde ein Reumütiger seine Version auftischen. Der Kommissar hätte die Dama Bianca auch direkt danach fragen können, und vielleicht hätte sie sogar geantwortet. Aber Spotorno verspürte nicht unbedingt das Bedürfnis, diesen Teil der Wahrheit in Erfahrung zu bringen.

Die Frau sah jetzt aus dem Fenster nach draußen.

Der Himmel war kobaltblau und lud zu schwereloseren Gedanken ein. Aurora Caminiti schien vom Schmerz nicht mehr völlig betäubt. Der Schmerz war zu einer wachsamen, beherrschten, inneren Trauer geworden. Einer heiteren sogar. Zu etwas Fruchtbarem und Lebendigem.

Spotorno spürte eine stille Zufriedenheit.

Anmerkung

Sciascia sagte, Literatur ist die absolute Form, die die Wahrheit annehmen kann.
Der Leser möge versichert sein: Obwohl der Autor von der Idee geschmeichelt ist, dass dieser Roman ohne Einschränkung als ein literarisches Werk beurteilt werden darf, hatte er keine Absicht, ihm Wahrheiten, weder offenkundige noch getarnte, unterzujubeln.
Dennoch enthält diese Geschichte – im weitesten Sinne – nichts Zufälliges noch »Erfundenes«. Ein simples Überfliegen des Nachrichtenteils der Zeitungen genügt, um den Umstand ähnlicher Ereignisse wie der im Laufe der Erzählung dargelegten zu dokumentieren. Keines jedoch stellt Anlass oder direkten Bezug zur Ausarbeitung der Handlung dar. Es existiert also kein zweifach eindeutiges Verhältnis zwischen Fakten und Figuren der Erzählung und realen Personen und realen Ereignissen.
Jedes Zusammentreffen ist, wie es so schön heißt, ein zufälliges und unbeabsichtigt.

Editorische Notiz

Rasch findet sich der Leser zurückversetzt in die 90er Jahre, kein Handyklingeln schreckt ihn auf, die Verbrechensaufklärung ist ein Akt purer Konzentration aller Sinne, die Computer-Bildschirme zeigen noch tänzelnde grüne Buchstaben. Und ja, die Geldsummen klettern rasch in Millionenhöhe, mit den gebündelten Lire in der Tasche, der kleinste Schein: fünftausend. Wir haben darauf verzichtet, die Summen in Euro umzurechnen, weil die große Illusionsmaschinerie, die sich der Millionen und Milliarden bedient, sehr gut ins Thema passt. Nicht nur in das hier verhandelte.

Das authentische Palermo, das dem Autor so ans Herz gewachsen ist, schlägt sich auch in detaillierten Ortskenntnissen nieder. Obwohl die Mühlen hinsichtlich öffentlicher Baumaßnahmen in Italien, zudem auf den Inseln und in vielschichtigen Metropolen wie Palermo langsam mahlen, werden die Straßen und Plätze heute einen anderen Anblick bieten. Eine Aufforderung, die Stadt auszukundschaften, nach Spuren dieser Blauen Blumen suchend, die Nase in die Luft gestreckt.

Es sind auch im deutschen Text noch Überbleibsel feudaler Strukturen abgebildet, also nicht politisch korrekt eingedampft; deshalb gibt es noch Küchen-/oder Dienstmädchen, die ja in Sizilien *familiari*, zur Familie Gehörige, und mehr als eine anonyme dienstleistende Leihkraft sind.

Die Speisen sind auch in ihrer Schreibweise nicht eingedeutscht – auch das um der Authentizität willen und in dem Glauben an deren Unnachahmlichkeit, entgegen jeder Rezeptgläubigkeit.
2018: Der Autor selbst schlägt in einem als dramatisch zu bezeichnenden Weitblick, einer politischen Zukunftsprognose, die völlig unwahrscheinlich schien, den Bogen in die alleraktuellste Gegenwart:
Gemeint ist der schwindelerregende (»zum Kotzen bringende«) Aufstieg der Lega Nord. Ihre Verachtung für die aus dem Süden, ihr beißender Rassismus, der sich der Steigerung ihres Wählerpotenzials wegen, rasch in einen *globalisierten* Rassismus gewendet hat: Ein gemeinsames »Feindbild« war zur Stelle: Und das propagiert die Lega nun in allerersten Machtposition und mit unverminderter Heftigkeit gegen das Fremde schlechthin, den Fremden, den Flüchtenden, den Einwanderer. Auch sich über die Gesetze hinwegsetzend hat sie nun das Instrumentarium, diese Politik in die Tat umzusetzen.

Oktober 2018, Monika Lustig

Inhaltsverzeichnis

Die Übersetzerin dankt dem Freundeskreis zur Förderung literarischer und wissenschaftlicher Übersetzungen e. V. für ein Arbeitsstipendium, das vom Ministerium für Wissenschaft, Forschung und Kunst Baden-Württemberg ermöglicht wurde.

Die Übersetzerin dankt Prof. Dr. Jochen Althoff, Institut für Altertumswissenschaften, Johannes-Gutenberg-Universität Mainz, für seine großzügige altphilologische Expertise beim Entschlüsseln der lateinischen Hintergründe.

Deutsche Erstausgabe

Originaltitel: *Il soffio della valanga*

Lektorat: Petra Müller, Berlin

Umschlaggestaltung: Kutschera Grafik, Karlsdorf-Neuthard
Layoutgestaltung: Lisa Neuhalfen, Berlin
Gesetzt aus der Whitman von Kent Lew
Druck und Bindung: Beltz Grafische Betriebe, Bad Langensalza
ISBN 978-3-9819763-0-4

Scale:
Metri
Passi di 2 pie
Abbreviature
L. Largo. M. Monte. P. Piazza
Sal. Salita. Str. Strada. V. Via. Vic. Vicolo
d. - del, dello, della, delle &c.
Alberghi (Hôtels.)
a. Hôtel Trinacria C. 6.
b. Hôtel de France C. 5.
c. Hôtel d'Italie C. 5.
d. Hôtel Central D. 3.
Via Macqueda
Palazzo Reale
Piazza della Vittoria
Largo Sta Teresa dell' Indepenza
Villa Gesù Maria
Sesta Casa
Stazione
Vigna del Gallo
Orto Botanico
la Flora
Gazometro
Teatro Oreto
Porta Felice
Foro Italico
Largo Marina
Cala
Porta Garibaldi
Via Garibaldi
Porta S. Antonino
Chiese.
1. S. Agata D. 3
2. S. Agostino D. 3
3. S. Anna C. 4
4. S. Antonino B. 3
5. S. Antonio D. 4
6. Badia del Monte (Pietà) F. 4
7. Badia Nuova D. 2
8. S. Basilio D. 4
9. S. Benedetto (de' Benedettini-Bianchi) C. 1
10. de' Buonfratelli C. 3
11. de' Cappuccinelli E. 2
12. S. Carlo C. 4
Carmine v. Madonna
13. Casa Professa de' Gesuiti C. 3
14. S. Caterina C. 4
15. Cattedrale (Duomo) D. 2
16. S. Chiara C. 3
17. S. Cita E. 5
18. d. Consolazione H. 5
19. d. Concezione E. 2
20. S. Cosmo D. 2
21. de' Crociferi D. 3
22. S. Domenico D. 4
23. S. Elisabetta C. 2
24. S. Eulalia D. 4
25. S. Francesco d'Assisi C. 5
26. ___ di Paola F. 3
27. ___ Saverio B. 2
28. la Gancia C. 5
29. S. Giacomo D. 5
30. S. Giorgio E. 5
31. S. Giovanni C. 5
32. ___ degli Eremiti C. 1
33. ___ dell'Origlione C. 3
34. S. Giuliano E. 3
35. S. Giuseppe C. 3
36. S. Gregorio E. 2. 3
37. S. Lorenzo C. 5
38. S. Lucia G. 5
39. ___ Valverde D. 5
40. Madonna del Carmine B. 3
41. ___ ___ maggiore B. 3
42. della Magione B. 5
43. S. Marco D. 3
44. S. Margarita D. 4
45. S. Maria l'Annunziata B. 2
46. ___ delle Cancelliere D. 3
47. S. Maria della Catena D. 5
48. ___ delle Grazie C. 2
49. ___ della Mercede H. 7
50. ___ del Monserrato G. 5
51. ___ Nuova D. 5
52. ___ della Pietà C. 6
53. ___ delle Spasimo B. 5
54. Martorana C. 4
55. S. Matteo D. 4
56. S. Michele Arcangelo C. 3
57. Monte Santo B. 4
58. Monte Vergini D. 3
59. S. Nicolò Albergaria C. 3
60. ___ Tolentino C. 4
61. Noviziato de' Gesuiti E. 2
62. S. Oliva F. 3